15

徐懋庸研究资料

中国社会科学院
文学研究所 总纂

王韦 编

XUMAOYONG

YANJIUZILIAO

中国文学史资料全编

现代卷

知识产权出版社

内容提要：

　　徐懋庸，原名徐茂荣，我国现代著名的作家。本书分生平史料，文学活动自述，研究评论文章选辑，资料目录索引等四个部分，全面收集了关于徐懋庸的研究资料。

责任编辑：马　岳　　　　　　装帧设计：段维东

图书在版编目（CIP）数据

　　徐懋庸研究资料/王韦　编.— 北京：知识产权出版社，2009.9
　（中国文学史资料全编·现代卷）
　ISBN 978-7-80247-788-9

　Ⅰ．徐…　Ⅱ．王…　Ⅲ．①徐懋庸（1910~1977）—人物研究
②徐懋庸（1910~1977）—文学研究　Ⅳ．K825.6　I206.7

　中国版本图书馆 CIP 数据核字（2009）第 166459 号

中国文学史资料全编·现代卷
徐懋庸研究资料
王韦　编

出版发行：**知识产权出版社**

社　　址：北京市海淀区马甸南村 1 号	邮　编：100088
网　　址：http：// www.ipph.cn	邮　箱：bjb@cnipr.com
发行电话：010-82000860 转 8101/8102	传　真：010-82005070/82000893
责编电话：010-82000860 转 8171	责编邮箱：mayue@cnipr.com
印　　刷：北京市兴怀印刷厂	经　销：新华书店及相关销售网点
开　　本：720mm×960mm　1/16	印　张：24.75
版　　次：2010 年 1 月第一版	印　次：2010 年 1 月第一次印刷
字　　数：360 千字	定　价：50.00 元

ISBN 978-7-80247-788-9/K·034（2636）

汇纂工作小组
名单

（按姓氏笔画排列）

王润贵　刘跃进　刘福春　严　平

张大明　杨　义　欧　剑　段红梅

编 辑 说 明

中国社会科学院文学研究所向来重视文学史料的系统整理与深入研究，建所50多年来，组织编纂了很多资料丛书，包括《古本戏曲丛刊》、《古本小说丛刊》、《中国现代文学史资料汇编》、《近代文学史料汇编》、《当代文学史料汇编》以及《文艺理论译丛》、《现代文艺理论译丛》、《古典文艺理论译丛》等。其中，介绍国外文艺理论的3套丛书，已经汇编为《文学研究所学术汇刊》9种30册，交由知识产权出版社出版。该书出版后，国内一些重要媒体刊发评介文章，给予充分肯定。为满足学术研究的需要，2007年初，中国社会科学院文学研究所与知识产权出版社商定继续合作，编辑出版《中国文学史资料全编》，将以往出版的史料著作汇为一编，统一装帧，集中出版。

这里推出的《中国文学史资料全编·现代卷》就是其中的一种。本卷主要以《中国现代文学史资料汇编》为基础而又有所扩展。《中国现代文学史资料汇编》的编纂工作启动于1979年，稍后列入国家第六个五年计划社科重点项目。该编分为《中国现代文学运动、论争、社团资料丛书》、《中国现代作家作品研究资料丛书》、《中国现代文学书刊资料丛书》即甲乙丙3种，总主编陈荒煤，副主编许觉民、马良春，编委有丁景唐、马良春、王景山、王瑶、方铭、许觉民、刘增杰、孙中田、孙玉石、沈承宽、芮和师、张大明、张晓翠、杨占陞、陈荒煤、唐弢、贾植芳、徐迺翔、常君实、鄂基瑞、薛绥之、魏绍昌，具体组织主要由徐迺翔、张大明负责。此项目计划出书约200种。至20世纪末，前后20多年间，这套书由数家出版社陆陆续续出版了80余种，还有数十种虽然已经编就，由于种种原因，迄今尚未出版。"现代卷"包括上述已经出版的图书和若干种当时已经编好而尚未出版的图书。

这项工作得到了中国社会科学院文学研究所和知识产权出版社的高度重视，为此成立了汇纂工作小组。杨义、刘跃进、严平、张大明、刘福春等具体负责学术协调工作，于2007年11月，向著作权人发出《征求〈中国文学史资料全编·现代卷〉版权的一封信》，很快得到了绝大多数编者的授权，使这项工作得以如期顺利开展。为此，我们向原书的编者表示由衷的谢意。为尽快将这套书推向社会，满足学界和社会的急需，除原版少量排印错误外，此次重印一律不作任何修改，保留原书原貌，待全部出齐，视市场情况出版修订本。为此，我们也诚挚地希望广大读者能给予充分谅解。

《中国文学史资料全编·现代卷》出版后，我们将尽快启动"古代卷"、"近代卷"和"当代卷"的编纂工作，希望能继续得到专家学者的大力支持和热心参与。

现代卷汇纂工作组

目 录

生 平 史 料

徐懋庸传略 ……………………………………………… 2

徐懋庸回忆录 …………………………………………… 6

"左联"情况 …………………………………………… 146

一个"知识界的乞丐"的自白 ………………………… 152

冷却了的悲痛 …………………………………………… 157

去延安的过程 …………………………………………… 165

回忆大革命时期新文化运动及国共合作情况 ………… 169

徐懋庸年表 ……………………………………………… 174

文学活动自述

我在文学方面的失败

　　——为文学社《我与文学》特辑作 ………………… 194

"人民大众向文学要求什么？" ……………………… 196

一九三六年八月一日致鲁迅信 ……………………… 199

还答鲁迅先生 …………………………………………… 201

我所受于鲁迅的影响 ………………………………… 207

《不惊人集》前记 …………………………………… 211

《芒种》编者的话 …………………………………… 214

我也得带说几句 ·· 216

《伊特勒共和国》前记（节录）···································· 218

《打杂集》自记 ··· 223

《街头文谈》小引 ·· 227

《太白》的停刊 ··· 229

《怎样从事文艺修养》前记 ·· 232

巴比塞著《斯大林传》译者前记 ·································· 236

《文艺思潮小史》前记 ·· 242

《阿Q正传》注释者声明 ··· 244

《鲁迅——伟大的思想家与伟大的革命家》前记 ·········· 246

《马克思列宁主义和毛泽东思想的简单介绍》作者的声明 ···· 247

《工人阶级与共产党》作者的声明 ······························ 248

我的杂文的过去和现在

    ——《打杂新集》自序 ·· 250

萨特尔著《辩证理性批判》译者前言 ··························· 256

研究评论文章选辑

徐懋庸作《打杂集》序（鲁迅）································· 262

《懋庸小品文选》序（曹聚仁）···································· 265

评徐懋庸作《打杂集》（力博）···································· 266

评《打杂集》（张庚）·· 268

《中国现代文学史》评徐懋庸的杂文 ··························· 272

初谈"余致力"（徐懋庸）（曹聚仁）··························· 274

徐懋庸和他的《打杂集》（倪墨炎）····························· 278

徐懋庸注《阿Q正传》（姜德明）······························· 282

《徐懋庸杂文集》序（任白戈）···································· 284

《中国现代散文史稿》评徐懋庸杂文（林非）················· 292

徐懋庸及其作品（任白戈）

    ——《徐懋庸选集》序 ······································· 293

一本很珍贵的回忆录（牛汉）

————谈谈《徐懋庸回忆录》 ……………………………… 300

先睹为快（张大明）

————读《徐懋庸杂文集》札记 ……………………… 302

《徐懋庸选集》编后记（王韦） ………………………… 309

资料目录索引

徐懋庸著译系年 …………………………………………… 314

徐懋庸著译书目 …………………………………………… 352

徐懋庸未发表作品部分目录 ……………………………… 368

徐懋庸编过的报刊 ………………………………………… 376

研究评论文章目录索引 …………………………………… 378

后记 ………………………………………………………… 385

生 平 史 料

徐懋庸传略

徐懋庸（1910年12月16日—1977年2月7日），原名徐茂荣。浙江省上虞县下管西堂人。

徐懋庸出身于一个贫苦的小手工业工人家庭。父亲、叔父均是制作、修理纱筛的竹匠。这样的家境，使他即使在号称"穷举人、滥秀才"的这样一个"书第之乡"中，也只能勉强读完高小，便不得已而辍学，随同父亲去浙东山区贩卖和修理纱筛。同时，也正是因为这样的一个家庭，奠定了徐懋庸的性格和思想基础，使之在其后的生涯中，更容易接受无产阶级革命思想，坚定地选择了革命的道路。

1923年初，十三岁的徐懋庸到本地自办的一所鹿溪小学去当教师。自此，他先后在鹿溪小学及民强小学任教四年，直到1926年底止。

在这四年中，徐懋庸参加了上虞县一些进步知识分子组织的进步组织——"青年协进社"，并在这个组织的刊物《上虞声》上面开始写文章。这一阶段的活动，使徐懋庸的政治倾向性逐步建立和明确起来，虽然当时还不过是反帝反封建的民主主义性质，却为以后的接受马克思主义打下了政治基础。

在1926年的北伐战争中，徐懋庸通过报纸和上虞县共产党人的直接影响，初步知道了共产党的主张，积极参加了当时共产党领导的一些革命活动。"四·一二"蒋介石叛变革命后，徐懋庸在上虞党组织的领导下，坚持地下斗争，办了一份《石榴》报，揭露国民党反动派的叛卖行径。后在国民党反动派的通缉之下，被迫离开家乡去上海。

　　1927年，徐懋庸在上海化名余致力考入上海劳动大学中学部。1930年毕业之后，回到浙江临海县回浦中学教书，到1932年底离职。在回浦中学期间，徐懋庸开始翻译一些外国文学作品和人物传记。

　　1933年，徐懋庸第二次到上海。夏天，开始向"左联"支持的《申报》副刊《自由谈》投稿，受到《自由谈》的编者黎烈文的重视，从此，便成了《自由谈》的经常撰稿者，并因此同鲁迅先生相识。渐渐，徐懋庸便以"杂文家"而出了名。

　　1933年9月，徐懋庸给鲁迅寄了一本自己翻译的《托尔斯泰传》，并附信请教了两个问题。鲁迅得书信后，当夜即作复。由此，徐懋庸同鲁迅就开始了他们真诚、友好的交往。

　　1934年上半年，徐懋庸由任白戈介绍加入中国左翼作家联盟。同年夏，负责编辑半月刊《新语林》。

　　1935年春，徐懋庸继任白戈后任"左联"常委秘书长，与林淡秋、何家槐、梅益、周立波同在常委工作，并负责同鲁迅联系。

　　在这期间，徐懋庸除社会活动外，主要精力用于创作，他和鲁迅站在一条战线上，写下了大量投枪、匕首式的杂文，向国民党反动派和形形色色的黑暗势力作坚决的斗争。这些杂文当时编成为两个集子：《不惊人集》和《打杂集》，鲁迅给其中的《打杂集》写了序。杂文之外，徐懋庸还撰写了一些如《街头文谈》、《怎样从事文艺修养》、《文艺思潮小史》等有关艺术理论、艺术史方面的论著，并做了许多翻译工作。

　　1935年到1936年，徐懋庸参与了上海"文化界救国会"和"文艺家协会"的工作。

　　1936年，"左联"解散之后，发生了"国防文学"和"民族革命战争的大众文学""两个口号"的论争。在这场论争中，徐懋庸同鲁迅的意见相左。在8月1日给鲁迅的一封信中，凭着同鲁迅的友谊，徐懋庸直抒了自己的一些意见。鲁迅发表了《答徐懋庸并关于抗日民族统一战线问题》的长文。随后，徐懋庸作《还答鲁迅先生》一文。

　　1938年初，徐懋庸辗转到了延安。5月，同毛泽东作长谈，汇报了"左联"的解散及"两个口号"论争等问题。毛泽东对此作了明确具体的指示和结论。其后，徐懋庸又向中共中央组织部陈云、李富春分别汇报了情况。

1938年8月，徐懋庸在抗日军政大学由艾思奇、张庚介绍加入中国共产党。在抗大工作期间，徐懋庸先后担任编译工作、三大队哲学教员、政治主任教员、总校政教科副科长等职务。并同何干之等共同编了《社会科学基础教程》、《社会科学概论》等教材。

1943年初，徐懋庸调任晋冀鲁豫边区文联主任，主编《华北文化》，并注释鲁迅著《阿Q正传》和《理水》。

1945年8月，徐懋庸调至冀察热辽工作。先后任热河省文联主任、建国学院院长、冀察热辽联合大学教育长、副校长、校长等职务。

1949年3月，徐懋庸率领联大干部到北京，组成第四野战军南下工作团第三分团，并任政委。

同年10月，徐懋庸到武汉，先后任武汉大学秘书长、中南军政委员会委员、中南文化部副部长、教育部副部长、武汉大学副校长等职务。这期间著有《马克思列宁主义和毛泽东思想的简单介绍》、《工人阶级与共产党》、《鲁迅——伟大的思想家与伟大的革命家》等书。1957年，调至中国科学院哲学研究所工作。

自1938年徐懋庸到延安后，他就开始了全新的生活和工作，几乎完全地投入到教育工作和政治工作中了，这期间他的著作也多为政治理论、宣传教育之作，及一些哲学、政治经济学讲义。

1956年11月到1957年8月半年多的时间里，出于对党的事业的忠诚，徐懋庸重操杂文这个武器，在一个短时间中，写下了一百多篇尖锐、泼辣的杂文。北京出版社曾把这些杂文编汇成册，取名《打杂新集》，但终因反右运动扩大化，徐懋庸被错划为右派，这个集子也中途夭折，未能出版。

此后，徐懋庸埋头于西方哲学的翻译和研究工作。在60年代初期，徐懋庸先后翻译出版了加罗蒂所著《人的哲学》、《人的远景》、《共产党人哲学家的任务》和萨特著《辩证理性批判》、《存在与虚无》等书和一些论文。此外，还写有诗词三百余首，历史故事若干篇。

在十年浩劫中，徐懋庸受到了残酷打击和迫害。在极其困难的情况下，徐懋庸没有违心地编造任何不实之词，坚持了一个共产党人应有的气节。

1972年后，徐懋庸被"挂"了起来，处于相对"闲散"的状态，于是他开始撰写他的回忆录，到1974年止，完成了十二章。这时，国内政治形势再度恶化，引起了他难以名状的深深的忧虑，加之身体状况越来越坏，回忆录没有能够再写下去。

1976年底，徐懋庸的身体已十分虚弱，但他没有停止自己的工作：他依然同"四人帮"遗留下来的恶劣文风进行了斗争；依然应北京鲁迅博物馆之约，为鲁迅给徐懋庸的全部书信做注释工作，直到1977年2月7日他长辞于世。

徐懋庸辞世之后，中央组织部、中国社会科学院相继作出结论，将多年来强加于徐懋庸身上的一切诬陷不实之词全部推倒，为他恢复了政治名誉，使多年沉冤得以昭雪。

徐懋庸一生勤奋学习，努力工作，为人正直，对党忠诚。"喜能歌舞，怒能战斗，勤靡余劳，心有常闲"是他多年奉守的座右铭，也可以说是他一生的真实写照。

1983年春

徐懋庸回忆录

第一章　下　管　社　会

（五四运动前后）

　　我于一九一〇年十二月出生在浙东上虞县的下管镇。生下来的时候，还是"大清帝国"宣统二年，所以该算是宣统皇帝的"臣民"。次年发生辛亥革命，一九一二年起，我就是"中华民国"的人民了。此后的国内外大事，有第一次世界大战、袁世凯称帝、张勋复辟等等，但这些事件在当时都没有对我发生什么影响。

　　毛主席说："在阶级社会里，每一个人都在一定的阶级地位中生活，各种思想，无不打上阶级的烙印。"在我的思想上打阶级烙印的过程，开始于五四运动的前几年，即一九一六年我开始上小学的时候，打那以后，下管的种种社会存在，开始作用于我的反映能力逐渐发展起来的头脑，这个过程大约有十年之久，因为我是从一九二七年起才完全脱离下管的社会生活的，虽然从一九二四年起，也接触到下管以外的——主要是上虞县的一些社会实际。这十年中的一切国内外大事，都是通过下管社会的折射而在我的头脑里得到反映的。所以，我的世界观的雏型，以及个性上的一些特征，就是在我在下管社会的十年生活中逐渐形成的。这是在我的头脑的可塑性最大的时候被打上的烙印，因此，最为深刻，此后数十年的发展，改造，都联系到、触动到这个根本。

因此，我首先要把五四运动前后的下管社会的情况，系统地回忆一下。

下管，是上虞南乡的一个不大的镇子，离县城（现在的丰惠镇，因为解放后县治已迁到杭甬段铁路线上的百官）三十里。上虞南乡大部分是贫穷的山区。下管是群山环抱中的一片平地，它的住宅区只容得一千户左右的人家，有两条溪流象铁钳似的把它钳住，一条从南面的山区流来，经过镇的西边，叫做管溪（也叫大溪），一条从东面的山区流来，到镇子东边的半腰折而向北，到镇子背后的方山脚下又折而向西，然后与管溪汇合向北流去，这一条叫做鹿花溪，相传徐氏的始祖曾在这条溪上看见一只梅花鹿衔花涉水，故名。它又叫小溪。镇的东西两边，一过溪不到半里地就是山，在水和山之间都只有一小片狭长的田地。镇子正南的和东南的部分，离山较远，田地面积较大，但大约也不过二三百亩。不过，在南边的十九都（"都"可能是明朝的行政区划名称，相当于解放后的"乡"，下管是二十都）山区，还有一些属下管人所有的田地山林，那是由十九都人租种的。总之，与人口相较，下管人所有的田地是很少的，据说在解放后土地改革时，每人分得的田只有四五分，当然还有一些山，主要出产毛竹和茶叶。

单看镇子的周围，下管是一个很小而又局限性很大的地方，但是下管人都夜郎自大地称下管是"大地方"，这主要是对十九都而言的。的确在十九都，所有的山村都比下管小得多。不过，说下管是"大地方，还有其他的含义。第一，下管是上虞南乡的商业中心，十九都的山货，一部分就在下管销售，一部分挑到上虞县城销售的，挑夫也要在下管歇脚。十九都人所需的日用工业品，则绝大部分在下管街上购买。由于这个经济地位，所以一般新旧全国分省地图上，都可以找到下管这个小小的镇子的地名。第二，下管是上虞南乡文化最发达的地方。这一方面待下面再说。下管东南相距三四十里处，有一座四明山，是上虞、余姚、嵊县等几个县交界之处的大山，在早年常有土匪出没。抗日战争时期，新四军的一支部队曾在四明山建立根据地。一九四五年我在延安时，某月某日，《解放日报》上曾经在头版头条报导解放下管的胜利消息，还附有地图，可见在以乡村包围城市的当时，下管这个地方是对上虞县具有"战略意义"的。

下管的商业是很发达的。有两条主要的街，一条叫大街，一条叫横街，成丁字形，大的店铺集中在这两条街上。门面最大的，有以相当于现在叫做百货商店的"杂货店"三家；南货店——主要是食品店，兼售香烛炮仗之类——有两家；大酱园（主要卖酒、酱油……等）一家；饭馆一家。此外，有中药店三家，染坊两家，粮店一家，豆腐店三家，猪肉店两家，水果店两家，还有几家小酒店以及油条铺、早羊肉铺、理发店、"宿夜店"（旅店）、邮政代办所各一。还有十多家各种小铺、小摊。总之，店铺相当齐全。早年还有一家盐店，所以有一条弄堂叫做盐店弄，但到我懂事的时候，盐店已不存在了。原因是，盐店是卖官盐的，官盐价贵，下管人都吃沿门来卖的、价钱比较贱的私盐。卖私盐是犯法的，私盐贩子被官厅的缉私营捉住，就要受处罚。但民国初的某一年，十九都农民（私盐贩子都是十九都人）和下管农民联合起来，到上虞城里砸了"盐公堂"，官府没有办法，从此下管就没有卖官盐的盐店了。私盐都是从余姚县的盐场贩来的。贩私盐当然仍然是非法的，私盐贩子还是要冒风险。我的姨夫就是私盐贩子，我看到他每次到我家来时，神色总是带点紧张，他非常辛苦而生活非常困难，我的姨母来我家作客时，经常是哭哭啼啼的。

下管每逢一、三、七的日子有集市，十九、二十两都的许多人在逢集的时候，到下管来进行交易。一家水果店的老板兼作"中人"，买卖货物要经过他过秤，他收取一定的"佣金"。

手工业方面，作坊只有两三家铁匠铺和铜匠铺，其他竹工、木工、裁缝、弹棉花工……等等，都是用户自备材料雇工来家制作的。我的父亲是"纱筛匠"，他从外地买来材料，制成出卖。大溪上下游各有一部水碓，供碾米。无磨坊，麦面是在一些石磨盘上用人力牵拉磨成的。

在谈到这种经济情况下的下管社会的阶级构成以前，必须先讲一下下管的宗族问题。

下管的居民几乎全部是姓徐的一族。据族谱记载，下管徐氏的始祖，是元朝末年因兵乱从江西逃难路过下管，认为这个地方好，定居下来的。所以，从建村到民国初年，已有五六百年的历史。在我离开下管的时候，徐氏已传至二十三世，我是属于二十世一辈的。下管镇上，外姓人不到十户，那是由于入赘或其他原因陆续迁来的。但在管溪西岸和镇子南边，却有两个非徐姓，而与徐姓有密切关系的人所住的小村。一个村子叫做"西夹笆"，另一个叫做"东夹笆"。这两个村子住的是"惰民"（关于"惰民"，清人俞正燮在《癸巳类稿》中曾有考证。在绍兴城内，有一条叫做"三条街"的，也完全住的是"惰民"。绍兴的"惰民"是以演戏为主要职业的，即古代的所谓"乐户"，是一种"贱民"）。下管两个村的"惰民"的祖先，当是明朝下管徐氏某个大官的家内奴隶。这个大官的后裔繁衍起来，他的奴隶的后裔就成为徐氏一族的公共奴隶，所以让他们另立村居。"夹笆"是打篱笆的意思，东西夹笆，两个村设在下管镇的两头，可能是表示作为下管的屏障的意思，让奴隶来保卫徐族。在我离开下管以前，东西夹笆的"惰民"的奴隶地位，表现在以下几方面：第一，他们要为徐氏的所有男女服务。男性"惰民"的主要任务是，在徐氏各房举行祭祀以及徐氏各家有婚丧事件的时候他们来当吹鼓手；女性"惰民"叫做"老嫚"，则定期给徐氏的男人剃头和给女人绞面，还有在徐氏的贫家结婚时当"伴娘"。第二，他们对所有徐氏的人，不论贫富贵贱，都以对"主子"的称呼相称，如"老爷"、"太太"、"相公"、"奶奶"、"官官"、"姑娘"等。第三，每年春节，他们全体男女，都要到徐氏各家"拜岁"、"请安"，站在门口唱上一段吉庆的颂词。第四，他们平时为徐氏服务时，不取报酬，只在逢婚丧大事时可以吃几顿，而到年终时，到徐族挨户"讨赏"，由"主子"家给些年糕、大米等"赏赐"（春节"拜岁"时也有这种"赏赐"）。第五，他们被禁止与徐氏通婚，被禁止上学。此外，则没有奴隶社会的奴隶那样可以由"主子"任意虐待和买卖的情况。比起奴隶制下的奴隶来，他们已经相当"自由"。他们的生活，单靠"赏赐"当然是维持不了的，主要靠自己开荒种一些山坡地。也许是因为他们只好在本族内通婚的关系，所以他们的人口繁殖力很小，在二十世纪二十年代初，两个"夹笆"，还都只有十多户人家。五四运动的时候，下管的资产阶级民主派对"惰民"取消了一条禁令，即不准上学的禁令，此外，则无所改革，但是，此后"惰民"子女还是很少上学的，我记得的只有一个女孩子。

"惰民"的存在，使下管的阿Q式的人物产生优越感，使他们记得祖先曾经阔气过而且现在还有比自己"低"一等的人，虽然有些人的生活实际上比"惰民"穷苦得多。

徐氏的世系十分清楚。全族有一个"大宗祠",并修有总的"族谱"。记不得从第几世起,分为四个大房,叫做"真七房"、"真九房"、"真五房"和"真六房"。七、九两房最大,各有三四百户,五房、六房则小得多,各有几十户。各房都有祠堂,也各有家谱。"真"字辈以下,又建有分支的祠堂,有十多个,但在这些祠堂门下,没有印刷的家谱,只有户口登记册,每一个人的出生和死亡,都要及时报告登记,在修"族谱"和各房家谱时,都列入世系表。这是一点也不马虎的,因为与每一个人的利益有关(看下文就可知道),所以在那时候,下管的户口登记,是十分准确的。家谱中,除做官的以及文人、学者、孝子、烈妇和一些特殊的人物立有传记,秀才、举人……等有"功名"的人也被注明,此外,一般在世系表上记上名字和生卒年月,查不出职业和阶级地位。(前几年,有一个干部,是韩复榘的同乡,自称"八代贫农",表明他的出身之特别好。我不知道他是怎样查出来的,从家谱么?我怀疑他家的家谱,未必在"八代"人名下记有"贫农"字样。如果中国真有这样的家谱,那就不能不承认两三百年前就有马克思主义的修谱人了。)下管徐氏的"族谱"和真七、真九两房的家谱,从旧史学的标准来看,水平是相当高的。据说乾隆年间修的"族谱",曾经大史学家章实斋指导、批改过,章实斋很不客气,在草稿上批了"不通","狗屁不通"等评语。但我没有看到过这个稿本,这是作为宝贝秘藏在族长手里的。

从大宗祠以下各级祠堂门下,都有多少不等的"祭田",其收入主要是保证祖宗们死后的"享受"的,修理坟墓和祠堂办"祭祀",这是各级祠堂门下子孙的公田,由有关各户轮流"当值"。但除供奉祖先的费用外,还有几种用途,一种是举办公益事业,譬如修两条溪的桥梁(大溪上的是木桥,小溪上的是石桥。木桥每年至少要被山洪冲倒一次,所以年年要修理),办学校、办水龙局(下管房屋密度大,一发火灾,延烧甚烈,故对消防设备很注重),也包括定期续修家谱的经费。各大房祠堂公田的收入,除办祭祀,修坟墓、祠堂,办学校,修家谱等外,还用以春节"上供"(在祖先遗像前供一桌食品)和演社戏。各房祠堂,还没有公仓,所积粮食,每年年终要给所属全体子孙按口分配几升。此外，清明祭墓时，凡到墓前祭拜者，可分得一双馒头（即北方人所谓的豆沙包）；年终时除分粮外，还按口分几角钱和几两猪肉。分配的原则基本上是平均的，但"家长"（一房中年纪最大的）和绅士（在清朝是有秀才、举人……等"功名"者，民国以后，则中学毕业者也算是秀才）可得双份，而猪头猪尾，则一定归于"家长"。"房"以下的各祠堂，公共收入，除上坟时的馒头和年终分几两肉外，别无分配，这是因为"祭田"很少的缘故。除以上各种开支，"祭田"收入的多余部分，则归当年"当值"者所有。

全族和各大房的祭田，绝大部分由外村的农民租种。地租的收入和公共的开支，由一些绅士组成的董事会加以管理，这里面自然有贪污现象。譬如在大溪上本来也可以造石桥的，但始终是一座木桥，每年被洪水冲倒，修一次或两次，经手的董事就有钱可赚，因此，经常引起议论和指责，并时常引起宗派纠纷。

轮到当值祭田的人家，从董事会领到当年除公积金以外的货币地租，主要的任务是办祭祀。但全族和大房的祭祀是一件非常复杂的大事，富农以下的人家就没法办。譬如，一席祭品就有几十样，还有一定的规格，就是上坟时分发的馒头，也得蒸几十斤到百多斤。大房以下各祠堂的祭祀虽然比较简单，但贫下中农也是没法举办的。因此，轮到贫户当值时，只好请富户（一般就是董事）包办祭祀。这样就要受到双重的剥削，首先，董事会转交给他的应得的地租，就不见得够数；其次，请人包办，又要付出代价。所以贫户当值时，实际的收入非常有限。更严重的情况是：有些贫户，计算到若干年后可以轮到一笔祭田当值时，就以此作抵押向高利贷者借钱救急，结果是到了当值的那一年，本利超过了当值祭田的收入，吃亏很大。我的祖父有一年就是因为这样，以致死后给我的父亲和叔父留下一笔多年才还清的债。

《红楼梦》里，秦可卿临死的时候，劝说王熙凤立祭田，讲了许多对祖先和子孙的好处。徐氏的祖先立了祭田，除了自己每年可以享受"羹饭"外，真正得到好处的子孙，只是一小撮剥削阶级分子，他们是否预料到多数的子孙在祭田上也会受到另一部分子孙的剥削的呢。然而，下管的大多数穷人们，对于祭田还是很感兴趣的，一则，这在名义上，毕竟是自己也有份的"公共财产"，二则，每年年终，总可以分到一点钱、谷、猪肉，对过年有所补助。这样，祭田对于巩固宗族观念和维护宗族关系，缓和阶级斗争，是起了很大的作用的。

随着阶级的分化，徐氏的各支逐渐形成各自的特色。下管人中间流行着形容各个"堂"的评语：

"起早落夜润山堂"——这是说，润山堂（我家就是属于润山堂的）绝大部分是贫农、中农，非常勤劳，"起早落夜"。

"拖鞋拔鞡留余堂"——坐吃山空的破落户多，比较懒散。

"挑脚抬轿同德堂"——"挑脚"就是替商业部门把山货挑到县城，又从县城挑回货物。"抬轿"当然是抬的出门的富人。

"担进担出宏远堂"——沿门叫卖的小商贩多。

"猪粪（读为"污"）狗粪拱北堂"——拱北堂的农民特别勤于捡粪。

"秀才顶子又新堂"——又新堂的"秀才顶子"（包括举人、进士）特别多，所以祠堂建筑也最大，最讲究。

"做官做府重庆堂"。

关于别的一些"堂"（如"日新堂"、"积善堂"等等）的话，我记不得了。

以上所说，本是清朝后期的情况，在辛亥革命以后，除了"秀才顶子"、"做官做府"两条外，基本上也还是那样。又新堂和重庆堂的"秀才顶子"和"做官做府"这两个特点，则都被破落户作风所代替了。至于留余堂，则因破落较早，那些破落户的后代，多数已经成为劳动农民，那种拖鞋拔鞡的现象就不多见了。

在很早以前，下管是有好些户较大的地主的，这些地主，一般都由于做官发财而成的。大房以下各祠堂所奉祀的那个祖宗，就是这样的人物。但是后来由于子孙不断分家，土地分散，大地主变成中等地主，中等地主变成小地主，许多小地主又经过破落，其后代转化为贫农或干其他职业，因此，在"五四"运动前后，下管较大的地主只剩下两家，九房一家，七房一家，但也都只有一百多亩地。九房的一家是首富，当家长的是个土地主（即不是"书香门第"），一个儿子虽然毕业于北京大学，但在外找不到职业，赋闲在家，"摸牛屁股"，而且父子都非常啬刻，所以在社会上除了几个"臭钱"外，没有地位，人缘又不好。七房的一家大地主，其父是下管最后的一个进士，他本人是末科秀才，而且在杭州做官——但所谓官，不过是法院的一个"推事"——在下管人眼中，算是有气派的。还有一户外姓（姓陈）的较大地主，则是早年从外地来下管经商，发了财，就购买徐氏一些破落户的田地，并在下管落户的，还开着一个叫做"陈同益"的南货店，并放高利贷。这一家的剥削手段最厉害，所以受到下管人的怨恨和歧视，在土匪几次抢劫他时，人们往往拍手称快。

拥有四五十亩左右田地的中等地主，有十来家，大部分是清廷官僚的后裔，当前也还保持"书香门第"，在社会上是有势力的绅士，这些大、中地主，在经济上虽未迅速没落，但也有没什么发展。小地主大约有二三十家，则大部分在没落过程中，有一些还摆着"书香门第"的空场面，有的则连这个空场面也摆不下去了。只有一家小地主，开了一爿杂货店，大卖日本货，又放高利贷，迫使债户买他的商品，因而发财，从那些没落户的手中买进土地，渐渐成为大地主。

富农有十多户，大约都有十来亩地，又租种一些祭田，自己劳动，有的雇一个长工，大部分只雇短工。有几家也放高利贷，但经济上发展的也极少。只有我家后面的一家，曾于一九二四年盖起三间楼房——盖新屋是经济上升的一个标志，下管人在发财以后，总要买田和盖新屋。但在五四运动以后的十来年中，下管盖比较象样的新屋的总共只有四家，可见上升户之少。

在本地开店而比较富裕的商人有七八家（在外地——上虞县城、杭州、宁波、上海等地——经商的也有七八家，但寄回下管的钱不多），一般商店小铺，只能勉强维持门面。随着地主阶级的日趋没落和劳动人民的日益贫困化，下管人的购买力逐渐缩小，所以商业也日见其不景气。

下管人口的绝大部分是农民，其中又以中农占多数，贫农次之。无地的劳动人民，一部分作雇农，或作长工，或作短工，并干挑脚抬轿，一部分作各种手工工人和小商贩。但就是没有一个产业工人，不但因为本地没有工厂，就是出外营生，也没有当工人的。穷得只好当乞丐的人没有几个，但是有的人表面上虽有一个职业，其实都过着半乞丐的生活，例如，我的伯父，少年时学过铁匠，但因没有本钱开作

坊，就只好背着一副担子，到外村沿门叫唤，"磨镜磨剪刀"（其实
下管和附近各村的人已不用铜镜，所以只磨剪刀），但这宗生意很有
限，养活不了他自己和一个妻子，所以还要乞讨一些。不过他还是象
一般下管人那样的爱面子，不好意思在同族人面前乞讨，所以总是到
外村去，至于向我的父亲和叔父要些吃的，则算是兄弟之间的通融。
有一个乞丐很特别，他本来也是"书香人家"的子弟，有几亩地，后
来地被近房的一家地主巧取豪夺地占去了，他的兄弟却给这家地主当
走狗，他一气之下，索性离了家，住到村西半里外通县城大道的魁星
阁下去，每天到镇里讨饭，但不用乞讨的口气，只是把那个地主和自
己的兄弟咒骂一通，让人们主动给他一些吃的。躺在魁星阁下的时候，
也见人就骂他的仇人，他的形象很可怕，小孩们见了都怕他。

下管还有一些人是以"道士"为职业的。这不是在道观出家的道
士（下管没有道观，也没有寺院，没有和尚，只有一所尼庵，里面有
三、四个尼姑），就住在家里，平时不穿道衣，只在人家办丧事，做
盂兰盆会的时候，集合七、八个道士去念经拜忏，这时才穿起道衣，
有念、有唱、有舞蹈，象演戏一样，演完领工资，所以，完全是一种
职业。

地主阶级依靠私田，绅士地主并利用公田进行各种形式的剥削。
商人除现钱交易中的剥削外，还通过赊账形式，转化的高利贷的剥削；
放高利贷的，还有一些地主和富农。高利贷的剥削在人们印象中最为
深刻，因为到了年终，满镇子都是络绎不绝讨账的人，欠户则四出避
债，尤其是除夕晚上，债主们打着灯笼上门，催讨声、哀求声、叱责
声、抢夺家具声，到处可以听到。平时的那一层宗族之间的尊卑、亲
睦的关系的纱幕，此时完全扔掉了，只剩下赤裸裸的金钱关系，要等
过了年，才把这层纱幕再掩盖起来，债主和欠户在春节祭祖的祠堂里
相见时，又唤祖叫爷，称兄道弟地互相打躬作揖，未了债的，等着日
后再算。

现在谈一谈下管的知识分子的情况。下管人自称"大地方"，引
以自豪，文化教育发达，知识分子众多，也是一大原因。这对于下管
社会，对于我自己的历史，都有很大影响。

明清两代，下管的科举非常发达。管溪大桥的两岸，有一座建立

于清朝中叶的石牌坊,上面刻着"五经科第"四个大字,下面密密麻麻地刻着历届举人、进士的姓名(秀才还上不了牌坊)。我查过族谱,虽然做大官的人不多,最大的只有翰林、学台等几个。在"大宗祠"旁边有一个"三忠祠",有三个塑像,其中之一叫徐学诗,据说是首先反对奸相严嵩而受到迫害的"忠臣",也不过是一个工部主事,但下管人却以出了这样的"忠臣"自豪。至于秀才、举人、进士,却的确数不胜数。据说,当年地主家庭的子弟,如连秀才都考不取,就要为乡里所不齿。清朝末年,有一个"书香门第"的儿子,年年在桥头痴等考中秀才的捷报,却年年失望,平日躲在家里不敢见人,终于在四十多岁时抑郁而死。民国以后,一般地主家的门口,却还贴着"忠厚处世,耕读传家"的对联,可见对于读书的重视。相当于中农家庭的子弟,读书赶考的也不少,一则受风气影响,二则读书人可以得到族内公款的一些津贴,但主要还是把读书看作一种赌博,一旦"高中",就可以做官发财,至少弄个秀才,也可以当个乡绅。但是到了清朝后期,得"功名"的人多了,除了中进士的人能得官做,单靠举人的资格,则除了可以向县官"打秋风"以外(据说县官不怕进士,却怕举人,因为中了进士,开始也不过当个县官,与自己一样,举人则发展前途尚未可知,中了进士,进一步点了翰林,放了学台,则地位在县官之上了),在本乡当绅士,都因下管地方到底太小,绅士又多,油水很有限,秀才更吃不开了。上虞县有些地方,一个秀才就了不起;有的地方,则有"富举人,穷秀才"的说法,在下管,则是"穷举人,滥秀才",又说:"秀才可以打篱笆。"极言其多。事实上就是这样。我在下管的时候,还有一个举人活着,但穷得很,一分地也没有,房子很小,自己在外面教私塾,三个儿子,一个当小学教员,一个在外当店员,一个当警察,两个女儿嫁不出去,因为高不成低不就。

剩下来的十多个秀才,则除了前面说过的那个大地主在杭州法院当"推事"的比较阔气外,有五个当小学教员(其中只有两个家里有点土地),其他则在家赋闲,过着颓唐无聊的日子。

这些举人、秀才作为"大清帝国"的遗老,在下管人中间,引起种种复杂的想法:他们的头上的丹光,随着帝国的灭亡而消失了,他们的"功名",不能作为做官的资本了,他们的经济地位,除个别的人以外，也一天不如一天了，因而在社会上也没有特殊地位了，唯一的特权，只剩下年终在祠堂里可以多分一份钱、粮、猪肉。因此，讲究实利的人们，认为从此读书无用，我的父亲就是这一派的坚决分子。不过他在表面上，对那些秀才、举人，还表示三分敬意，因为他们毕竟是秀才举人嘛；而且比起十九都人而言，这些人还是造成"下管大地方"的优越性的条件之一。至于保守的人们，则怀着对大清帝国的恋念之情，把这些人物看作从此绝种的珍物，既敬畏，又惋惜，我在高小上学的时候，很用功，国文成绩较好，有一个邻居的长辈曾对我说："可惜啊，你要是在光绪、宣统的时候，也是一块举人、进士的材料呢！"

但是，下管人还是重视读书的。戊戌维新以后，在下管也办起了新式的学堂，民国以后，改为学校。到我开始上学的时候，已经有一所全族办的高小，叫做"公立小学"，初小两所，一所是七房办的"方山小学"，一所是九房办的"听泉小学"，一九二四年，五房又办了一所"鹿溪小学"。入学的儿童还是很多的，还有不少女学生。这是由于：第一，传统的影响；第二，学校是公款办的，入学不要交学费；第三，下管地少人多，不少劳动人民家庭不需要儿童作为劳动力，不如送子弟进学校让老师去管，省得父母操心；第四，上了学，学会简单的写算，总有点用处。因此，就是主张"读书无用论"的我的父亲，在我到了六岁的时候，也把我送到小学去，原来他只是认为多读书没有用，没有做官发财的指望而已。

进中等学校的人就很少了，因为这要到绍兴、宁波、杭州等城市去（上虞县城也没有一所中等学校），费用很大，连一般中农人家也负担不起。我在下管的十年间，一共只有十几个上中等学校的学生，大部分进师范学校，因为不收学费，而且毕业后就可当教员。进普通中学的人只有两个，大学生只有一个，还有两三个是技术学校——中医、测量——毕业的。

清朝留下来的秀才和廪生以及后来的学校培养出来的知识分子（包括中等学校以上的毕业生以及少数虽只有高小毕业的资格却也当了小学教员），也算是知识分子的人（高小毕业的人很多，但一般在毕业后或务农，或到商店当店员，不算是知识分子），共有五六十个。其中有一个在杭州当"推事"，五六个在外当技术人员，有一些在家赋闲，大部分则当教师，除两三个教私塾外，其余都是小学教员，有四十多人。

大部分小学教员比较能够接受"新思潮"，在五四运动中很活跃（这待以后详述）。有七八个人也参加了一九二七年的大革命，但在"四·一二"反革命政变后，除了一个人（就是我）继续追求革命外，其余都消极了。

知识分子对于下管社会是有相当大的影响的，第一，他们使下管的初等教育比较普及。第二，由于他们读报纸，经常谈论，使下管人比较了解国家大事。第三，他们经过读书刊，把种种"新思想"介绍进来，但这些思想，都是经过他们的世界观和知识范围的"过滤"的。第四，他们是下管舆论的支配者，社会上发生的种种纠纷和解决，往往受到这种舆论（譬如五四运动以后，小学教员们办起了一种叫做《管溪声》的小报，制造舆论）的影响，而由于下管的知识分子一般具有资产阶级民主主义的倾向，所以封建势力不敢太猖狂。

但是，下管的知识分子，实际上，知识是贫乏的，思想是浅薄的，生活作风是虚夸的，劳动人们对知识分子虽然也还带有三分敬意，但也看穿了他们的弱点，说他们"爱空场面"，"摆空架子"，一穿上长衫，即使是农民家庭出身的，也不肯再参加一点生产劳动。但对于那个首富而大学毕业的人之有时摸摸牛屁股（放牛），又给以特别的轻视。

下管社会的阶级斗争，表面上不怎么激烈，象十九都山区那种地主残酷压迫农民和农民激烈反抗的情况，在下管是看不到的。宗法制度这方面起了很大作用。宗族关系在相当程度上掩盖了阶级关系，剥削阶级常常把阶级矛盾引向族内的宗派矛盾。"祭田"以及每年三次的社戏，每年一次的庙会（"花迎"）等等全镇性的娱乐活动，也对阶级矛盾起了麻痹作用。对外自称"下管大地方"的自大心理，在这方面也有影响。

总而言之，作为半封建半殖民地中国社会的小小一角的下管社会，既具有中国社会的共同特点，又有其特殊之点：

在生产上它是一个农业社会，但帝国主义和民族资本主义的商品经济已经大量渗入。下管人除粮食和菜蔬肉类等还能自给自足，并有毛竹和茶叶等山货可以外销外，日常生活的工业品，几乎全是外来的"洋货"（下管人把外国货和本国现代工业产品都叫"洋货"，其中有一大部分是日本货），譬如点灯全用"洋油"，衣料绝大部分是"洋布"。除了制造和修理农具和家具的一些小手工业外，家庭纺织业等已被淘汰殆尽。

在精神生活上，它是一个闭塞的社会，又是逐渐开放的社会。宗族观念，自大心理，怀旧情绪，笼罩着下管人，但是资产阶级的思潮，以至共产主义的思想已经冲击进来，不过各种新思想，无不受到狭隘的传统观念和实际情况的歪曲。例如，资产阶级的自由恋爱思想，在仍然保持同姓不准通婚的原则下，成为同姓男女私通的辩护理由。而"共产主义"这个名词，曾引起一些人对于改造祭田制度的幻想。

它在表面上是一个没有激烈的波动的社会，但是已在急剧地没落过程中。各个阶级，从地主商人到贫农，大部分都日益没落。下管的经济，已经养活不了全体下管人，大批大批的人口只好外流，男的大部分去当店员，女的则去当女仆（下管叫做"当妈妈"）。在上海"当妈妈"的人，身份虽然是仆人，但每次回家的时候，穿着比较"时式"的衣裳，带回几十块钱的工资，却也受到很多人的羡慕。

这种没落，是绝大部分下管人感觉到了的，附近山区的"土匪"的产生和活跃，也使下管人感到一种不祥之兆，但只有几家大地主、大商店有些恐慌。出门营生的人们回家时，关于外面的"洋场世界"没有带来什么好消息，当他们谈到江浙的军阀战争和上海的经济萧条的时候，反而给某些下管人以下管是"世外桃园"的安慰感。大部分人是得过且过地活着，或者勉强挣扎着，对前途不抱大的希望。一些破落户，则缅怀祖先的黄金时代（其实他们也不清楚那个黄金时代是什么样子的），以麻痹目前的衰颓感。也有一些企图改革的人，是那些"先进的"知识分子，谈论从书报上看来的三民主义呀，社会主义呀，还有什么日本的明治维新呀，美国的工业文明呀……但是谁也说不清楚，尤其不知道在下管该怎么办，由于这些知识分子都是小学教员，所以对于"教育救国"这一条感到亲切，而且在下管也能实行，所以，十分努力于办教育，改革教育制度，但当然也完全不能解决问题。

中国是要发生革命的，而且已经在发生，在五四运动以后，共产党创立了，无产阶级在领导革命运动。但在下管，却没有这种新生的革命阶级。农民的革命觉悟还没有受到启发，因为共产党的教导还没有到来。二十年代上半期，人们听说上虞出了一个共产党员，叫做王一飞，觉得新鲜而神秘，但他是在上海活动的，后来又听说到俄国去了，对下管毫无影响。直到一九二六年，共产党领导的革命运动才把下管也带动起来。

这样的下管，就是我的故乡，是我生于斯长于斯的那个社会，是我过了十多年痛苦多于欢乐的生活的环境，是我受到各种互相矛盾的教育的学校。我曾迷恋于那里的美丽的山水，我曾在那里分担我贫穷的家庭的痛苦，我也曾盲目追随那些遗老们大发思古之幽情，我也曾同一些青年人一起构造对未来世界的幻想。在这个社会里，一个偶然的机会，把我从一个已定的手工工人的学徒，搬弄到知识分子的队伍里面去，从而形成我的世界观的基础，决定了此后的我的命运。这个故乡，对我是多么亲切，又多么疏远；它造就我，又败坏我；它推动我后来去追求革命，又对我设下绊脚石。我爱过它，又恨过它。但是，它现在已经是一个可爱的社会主义的公社了，我对它再没有什么怨恨了。我讲它的过去，只是为了探索我的灵魂的塑造场，以便对我自己后来的历史发展找到最初的线索。

但是，实际上，我的故乡的概念，应当扩大一些，把十九都也包括在里面。我身上的某些山民的性格，是受了十九都人的影响的。十九都人大部分很穷苦，也富于反抗性。在下管和十九都交界的地方，有一座叫做"大庙"的庙，叫做"大庙菩萨"的神，是代表镇压农民的地主阶级的，非常威风。据说，他曾经夸口道："石笋不会倒，象鼻洞不出草，大庙菩萨不会老。"石笋是大庙前面山上一支长十余丈直径二丈多的岩石，象鼻洞则是大庙前面的一个石洞。这几句话，表示着封建势力的统治永远巩固的意思。但是大庙附近有一座黑龙潭，潭里的一条黑龙却起来造反，有一夜把石笋打成两截，象鼻洞也出草了，至于大庙菩萨，却长出胡子来了，老了。这个民间神话故事，象征着农民革命的胜利，后来，我在参加革命的时候，常常记起这个故事。

第二章　家　　庭

一个人出生的家庭是不能由自己选择的。对于作为我的"社会关系的总和"的基本的我的家庭，现在想来，假如我出生时是由我选择，而限定在下管地区选择的话，那末，我倒是"选择"了最好的一个了。当我高小毕业后想上中学而几个老师也力劝我的父亲进一步"培养"我的时候，父亲曾说："他倒是一块读书人的坯子，可惜投胎错了，谁叫他到我这个穷家来的呢！"当时我也很"后悔"，但在有了一点革命的觉悟以后，却对这个家庭成份满意起来了。这倒不是因为那个形式上的成份，而是因为事实上，这个家庭是给了我一些好影响的，虽然有些影响后来被其他社会影响所冲淡。

我的祖父（在我出生前早已去世）是个贫农，原来有过两三亩田地，但是被高利贷剥削光了，死后还留给儿子们一笔债务。他生了三个儿子，我的伯父名水木，是学铁匠的，但后来只靠沿门磨剪刀和乞讨过着十分困苦的日子；他收留了一个从外地逃荒来的愚蠢的丐妇为妻，没有生过一个儿女。我的父亲名叫金木，和叫做木清的我的叔父，都是学篾匠（制作竹器的手工工人）的，出师以后，却给原来的师傅当了几年伙计，后来父亲改行，专门制作和修理筛面粉用的纱筛，叔父则仍然作篾匠。他们在丧父以后分了家，两个兄弟分担了还债的义务，老大在他们的谅解下免去了。我是我父母的长子，下面还有过五个弟妹，但有三个被送到县城的育婴堂去了，只剩下一弟一妹。叔父生了三个儿女，但一子一女早死，最后留下一个儿子，比我小十七八岁。

我的祖母是在我五岁那年死去的，人们都说是一个很慈祥的人。在我脑子里，还留下一点模糊的记忆：她让我坐在一个蒲囤里，自己一面打草鞋、一面唱歌给我听，确实很可亲。

"润山堂"人都有"起早落夜"的勤劳习惯，勤俭相联，生活也都很节俭。我家除伯母一无所能、半饥半饱地无所事事外，也都是很勤俭的，尤以叔父和叔母为甚，叔母除料理家务，还帮叔父劈竹子，削竹筷，制造刷锅用的筅帚，淘米用的淘箩等等，抵得大半个工人。我的母亲也帮我父亲干些零活，她养猪很有经验，每年年底，总有一个肥猪去卖；她也曾给一个地主家当过几年女佣，挣些工资。不知为什么，在下管周围方圆数十里地区内，干"纱筛老"的只有我父亲一人，所以他的生意比较好。由于勤劳节俭，我父亲在我十岁的时候，还清了债务，叔父则晚两年才还清。

现在我的老家只剩下叔母和她的一个儿子和媳妇，还有三个孙子。伯父和伯母在抗日战争中先后饿死。我的一弟一妹也都已死去。母亲是一九五七年去世的，父亲到一九六八年才去世，活了九十岁。一九三七年我去延安前，母亲叫把我的大女儿晔子留下。我有十二年不知家里的情况。一九四九年浙江解放后，我在开封经过函询，才知父母和晔子还在，并知他们在这以前的十二年中生活十分困苦，晔子才十五六岁时曾到上海当过女佣。我派人先去接晔子出来，不料她在决定动身日子的前两天，忽得暴病身亡。她是我的第一个孩子，小时很聪敏，我很喜欢她。后来听叔母和邻居们说，在解放前的十二年中，她同祖父母相依为命地过着苦日子，很懂事。我在开封接到她的一封信，内容和文字都写得很好。又据说，当我派人去接她时，她的心里是很复杂的：知道父母还在，而且父亲去接她，当然是十分高兴的，但又知道父母已经分离，不免痛苦；同时要离开年老的祖父母了，又不忍。所以她得病以前，一直处在激动状态中，不能睡觉，并为祖父母赶制衣服鞋子，非常辛苦，这也许是病魔容易侵入的原因吧！得到噩耗后，我曾感到无比的悲痛。

我的父亲受欠债的痛苦很深，我也分担过一些精神上的痛苦。我家的债主，是一个富农的寡妇，她讨债的方法很特别，总是在我们吃早饭的时候上门（这是因为吃过早饭，我父亲就出门做生意去了，碰不着），一进门就坐下唠唠叨叨哭哭啼啼地要钱，那样子比那些横眉怒目大声叫嚷的债主还可怕；我的父母则愁眉苦脸地讲好话、求情。这场面常常使我吃不下饭，放下碗筷饿着肚子上学去。因此，父亲在还清债务以后，立誓在任何情况下决不借债。他对于我，平时已够严厉，而特别严禁我向人借钱。我八岁的时候，十月间，村里演社戏，戏台下有卖各种食品的摊子：咸豆浆、甘蔗、橘子等等。我最爱吃橘子，但父亲只给我两个铜元，吃得不过瘾。我向一个同学借了五个铜元。这个同学也学会"驴打滚"的办法，过了两个月，算我该他两角银元了，我哪里还得起呢！躲过了这一年的除夕，却在新年初五我家正在设羹饭祭祖的时候，他上门来讨取了。父亲替我还了钱，却把我在祖宗面前痛打一顿。从此，我再也不敢借钱了。父亲也不准我赌博，连小孩们玩的各种打赌的游戏也不许，还是为了防止借钱。

母亲对我比较慈爱，但爱莫能助，无非在弄好吃的东西时，偷偷也给我一点而已。但我也曾挨过她的一次痛打。那一次，她叫我到南货店去买五个铜子的姜糖，我在路上先偷吃了一块，接着又吃了一块，终于一块块地全吃完了，回去撒了一个谎，说是不小心，糖包掉进阴沟里去了。母亲气极，就打了我。打过后她自己又哭得很伤心。后来叔母告诉我，那时母亲是怀了孕，才想买一点姜糖吃的。

父亲根据自己的生活经验，并观察了他所接触到的社会现象，总结了一套"人生哲学"。他常说："做人就是靠勤勤恳恳干活挣钱，最稳当，也最安心。做官担风险；财主尅薄穷人，昧良心，而且富贵人家都过不了几代，就要出败家子，坐吃山空，没有好下场。读书，认几个字，学点算盘，能够记帐，是有用的。或者读本《汤头歌诀》做个医生，也好（不知他是怎么知道《汤头歌诀》这本医书的）。要不然，没有正经事可干的时候，学个拆字、算命也好，虽然骗人，不过使人上当不大，良心上还过得去，又用不到摆空场面。多读书没有用，现在还想读书做官是妄想；做教员，薪水有限，但要充长衫帮，摆空架子，没有意思。"

因此，他本来想让我继承他的行业。他不让我上中学，除了没钱，也还因为他认为读书无用。我在家里看书的时候，他发现有插图的，就认为是"闲书"，叫我不要读。没有图的呢，他就问是什么书？我呢，就是小说，也骗他是"正经书"，他要我讲内容给他听，我就是不讲。有一次，他居然从别人那里借来一本《汤头歌诀》，要我读，我偏不肯读，他很生气。当他出门做生意的时候，我却常把《西游记》、《三国演义》的故事讲给叔父和母亲、叔母听，他们很喜欢，喜欢的是我小小年纪，竟看得懂这些书。

父亲在还清债务以后，他对自己的生活，稍加改善，每月吃几次豆腐，还吃两次肉。豆腐，母亲和我可以分尝一点，猪肉是除了过年过节，不让我们吃的。他吃肉要吃最肥的，以为这比较"补"。我看了就觉得腻，即使让吃我也不吃的。关于这事，他也有一套理论，说的是："穷人家，全靠出力挣钱的人，他应该吃得好些，才有气力。不挣钱的人也吃好的，就会更穷了。"除了这个"按劳分配"的原则外，他还说："养儿子，要让他们吃苦，才能懂事，做父母的要是好过一点，应当自己享点福，儿女长大了，就会自己照顾自己，做父母的，不要想老了依靠子女，你们看，下管有几个孝子贤孙？倒是不孝的多。"

在旧社会，父亲的话倒也反映了一些真理。譬如，他自己从小劳动，一直到七十一岁才歇手。我只在一九三一到一九三七年间，每月给家里寄一些钱，使父亲稍稍减轻劳动。抗日战争发生，我到延安去以后，十二年与家里毫无联系，我的弟弟到外乡作赘婿自顾不暇，对家里毫无照顾，从此一家三人（父亲、母亲和我的长女）又完全靠父亲劳动维持生活了。直到全国解放后，家用才完全由我供给，一九五七年我母亲去世，父亲耳聋眼瞎，此后十年，完全靠叔母照料他的生活，我只是寄一点钱而已。但是一九六三年听叔母说，下管人还说我是个"孝子"哩。

父亲一生困苦而享高寿，可能有两个原因：一是长期劳动；二是有一套"哲学"，遇事想得通。一九六二年春节，当我在离家二十五年以后去看他的时候，他对我讲的话里面，有两段很有意思。关于我一九五三年那次罢官，他说："下管这个地方，土薄水浅，培养不出大树，大风一吹，难怪要倒的。"但是关于我一九五七年戴右派帽子的问题，他却有点激动，说："听说你原来当新四军（我家乡那里只有新四军活动，所以人们把共产党八路军都叫做新四军），我也觉得很光荣，但是后来又听说当了右派，右派不是中央军么？我家的人，怎么可以去当中央军的！使得我靠你寄来的钱吃饭，也不舒服。你现在还是中央军么？……不当了，那就好！"

我小时候很不喜欢我的父亲，嫌他"自私"。后来想想，他到底是劳动人民，就是"自私"，也和剥削阶级不一样。他重视劳动，对剥削阶级没有幻想。他拥护"新四军"，反对"中央军"，就是从劳动人民的立场出发的。

但是我对我的叔父，却是一直非常敬爱的。

首先是他对我非常关心，不象父亲对我那样的冷淡。他家做了一些好吃的东西，总要让我分享。他见我爱读书，而且比较聪明，就赞成我读书，还热心帮助我。我读高小二年级的一年，学校放暑假，叔父在八里外的童郭村给一家破落的"书香人家"做工，发现哪一家有一批藏书，他就同东家商量，让我去看书，也在东家家里吃午饭，在他的工资中扣饭钱。一九二七年大革命失败后，我被国民党反动政府通缉，逃到上海，后来考进吃饭不要钱的劳动大学中学部学习。我父亲全不管我。叔父知道了，于一九二八年春季特别跑到上海来看我。他了解到我在学校还需要一些买书和零花的钱，就同在上海开烟纸店的一个同乡人说好，让我在必要时借一些钱，由他负责偿还。这样，我在劳动大学的三年间，曾用了叔父五六十元钱，那时他自己的生活还是艰苦的。

叔父是下管"方圆十里"内的有名人物。第一，他是一个孝子，我听人们常说起他对我的祖母尽孝的故事。第二，他是一个手艺非常高明的竹工，他对许多竹器进行了改良。他曾用极细的篾丝编成一把迎神用的"掌扇"，上面编出很复杂的神像和文字，这尤其博得人们的赞叹。第三，他是一个极规矩的人，工作认真，讲价公道，态度严肃而和气，生活朴素，毫无不良嗜好。第四，他是一个极勤劳的人，"起早落夜"都是第一名。第五，他有克己为人的精神，不但对我的伯父和我的照顾，比我的父亲为多，对邻里穷苦的人，也肯周济。此外，人们还认为他是一个非常虔诚的信神者，参加迎神赛会非常积极，上面提到过的那把"掌扇"，也是他自己化了许多个工贡献的。

因此，他受到所有的人的尊敬，连我的父亲，也对他有点敬畏，能听他的批评。

他最肯动脑筋，富于学习钻研的精神。譬如，他本来也是文盲，但在我读书以后，他向我学认字，后来能自己记工账。

我对叔父谈话很自由，随着我的长大，我们之间的谈话越来越多，越来越深入，使我了解到他考虑问题深刻，而且发现他有不少别人不知道的秘密思想。

一九二六年，我参加了共产党领导的革命运动，有一天，我同叔父谈起革命的目的，他想了一想说："你说的打倒列强，除军阀，打倒土豪劣绅，使穷人不再受剥削压迫，这都很好。但是讲共产，那就是不论劳动不劳动，都可以分到田地财产吧，我想这不好。这只能让懒汉占便宜，勤劳的人吃亏，那谁还愿意劳动呢，结果岂不是谁也不想劳动，弄得大家都没有饭吃么？"我就把自己也懂得很少的生产资料公有化，各尽所能，按劳分配，不劳动者不得食的道理讲了一下，他点头说："这样才好。"然后他又问："下管人里面还有哪些人参加革命的？"我说了几个人，他说："这几个都是正派人，年纪比你大，有见识，而且都不是穷得没法走邪路的。我相信你们干的是正事，你好好干吧。"这以后，虽然经过一九二七年革命的失败，他一直是同情共产党，因而，也同情我的。一九二八年那次他到上海去看我，在经济上帮助我，不仅是对于一个侄儿的关心和支持而已。

一九三七年春，叔父去世前的两个月，已病重，不能起床，我从上海带着妻子和三个孩子去看他。这次他同我谈了许多话。有一天我问他："我父亲不信鬼神，你为什么信神那样虔诚？"他皱着眉说："我哪里信神信鬼？只有祖先是应该纪念的，所以每年必须祭祀。至于神，谁见过？说神道赏善罚恶，可是谁见过几个恶人得到恶报，几个善人得到好报？这都是骗人的！不过，要是没有这一类骗人的话，恶人就毫无顾忌，作恶还要多。我的信神，也不过是想骗骗恶人，有所忌惮罢了。"他还说，一九二四年，下管曾有人组织"同善社"，以"同归于善"为宗旨，他也参加过，但不久就发现参加的大都是些不三不四的男女，讲的都是些胡言乱语的道，他就退出了。

我家附近，有一个四十来岁的寡妇，带着一个女儿，丈夫死后，没有生路，姘了一个挑脚的过日子，起初是秘密的，后来公开了。有一天，她同姘夫相骂，怪他赌输了没有钱给她。邻居们笑她不要脸。叔母把这事告诉了叔父。叔父说："这有什么可笑的？这个女人本来是正派人，丈夫死后，生活没有着落，又嫁不了人，不找个姘头，难道就活活饿死么？"他对这个寡妇的处境，不是从道德观念来评论，而是看作一个社会问题的。

叔父和父亲不同之处，在于他有改良社会的愿望。但为他们接触的条件所限，只想凭神道、说教和以自己的道德实践这两条去改良社会。在劳动人民中，他是很有思想的人物。这样的人，在劳动人民中应当很不少，这种人，只要得到共产党的领导，一定是积极坚定的革命分子。可惜叔父死得太早了，没有遇上共产党领导的抗日战争和以后的一系列革命运动。

叔父不但关心我，支持我，对我也是有考察的。当然他只能考察到我的一些表面。一九二七年以前我在家的时候，他只是从我读书很用功和没有油滑习气这两点上对我表示满意。一九三七年我在探病的那一次，他曾对我说："你在外面干什么事，干得怎样，我都不知道。但你离家十年，回来对我们讲话，还是一口下管话。别的许多人，只要出去一两年，就满口南腔北调的官话了。你的衣裳，也还是那样朴素，可见你没有忘本。你的老婆，我看也是个好人，她没有一点洋气，对你大伯、大妈毫不嫌弃，给了他们很多照顾。没有势利眼。"

"不忘本"的话，现在我想来很觉惭愧。要是叔父活到一九五七年的话，那么他对我戴右派帽子这事，其失望一定会远远超过我的父亲的。不过，假如我把一九五七年的问题的某些真相告诉他，也许他倒是会对我寄以某种程度的同情的吧。

伯父伯母对我也很亲切，但他们实在穷得可怜。我每一想起他们，脑子里总再现出他们把人家丢弃的瘟猪死鸡捡来充饥的困苦情景。

这样一个家庭，特别是叔父的影响，对于我之走上革命道路，是起了积极而且深刻的作用的。但是我后来走进知识分子的行列，受了许多消极的影响，对叔父的许多优良品质学习得不够，现在想来，还是觉得很抱歉的。

后来我自己也成立了一个家庭，而且比较的大。我对自己的儿女们，以"成份"论，先是给了他们"革命高干子弟"的"荣衔"，后来，则因右派帽子给了他们连累，这就使他们的"命运"复杂化了。以生活条件论，他们比我小时好得多了。以家庭影响论，我对他们的教育，是根据无产阶级的原则的，某些方面的影响，则是资产阶级的，管教方式，有时还用点封建式的打骂。但他们主要是在社会主义时期受到学校教育和社会影响的。他们的发展前途，目前还难作估计，各人各有其特点。然而至今为止，总算是：一，没有一个白痴；二，没有一个病号；三，没有一个新式的纨袴子弟；四，没有一个被我这包袱压得灰心丧气的人；五，尤其经过无产阶级文化大革命，没有一个在逆流中成为流氓。这是我所聊以自慰的。但愿他们在毛泽东思想的教育下，不断正常地成长、进步，从我这老朽的身上远远地跨出去！

现在，在我的上一辈里，只有一个叔母了。她在我小时候，也对我很好。一九五七年我母亲去世后，她又代我照管耳聋眼瞎的父亲达十一年之久。我对她的感情，也是非常之深的。我于一九六二年、一九六三年和一九七三年三次回到下管去看望她。她只有一个儿子，于一九六三年结的婚，现在有两个孙子和一个孙女了，家庭还算是过得去的。我每次回去，总要同她谈许多话，特别是听她讲讲我儿时的许多事情。我在她面前，又处在子侄的地位，有时仿佛真正回到儿时的情景，感到特别有味，比做父亲和祖父有味得多。

第三章　从小学生到小学教师

如前所说，一家之内，处于同一阶级地位的两个长辈，对于同一个子侄，也会施加不同的影响，钤盖不同的烙印，指引不同的方向，在家庭以外的社会上，各个互相矛盾的阶级和阶层，各种立场和观点，对同一个人的影响、纠缠、拉扯和争夺的情况，就复杂得多了。人们的社会存在，决定人们的思想，对于一个人来说，这个"决定"的过程，绝不是简单的，径直的，一下子就固定的，其错综反复的关系，后来连自己也很难分析清楚的。一般地说来，一个人在青少年时期所受的家庭生活和学校教育以及社会环境的影响，总是决定他的世界观的基础。及至入世愈深，面临阶级斗争的尖锐化，需要重新确定阶级立场的关键时刻，原来的世界观的雏型，或者需要根本改造，或者需要加强某一方面而克服另一方面的时候，那末，改造与否，改造的程度，却取决于本人的自觉性和自我斗争的努力如何。

我的世界观的基础，是在与十一年的小学校生活相关的过程中形成的。

一九一六年，就是我实际上刚满五岁那一年的二月，我父亲就把我送入方山小学读书。在拜过孔子的画像以后，老师就开始教我学习商务印书馆出版的"共和国教科书"，国文课本的头几课是"人、手、足、刀、尺、山、水、田、狗、牛、羊"这些字，同时还有算术、唱歌、手工等课程。国文和算术，我学得很好。手工是用纸折叠成帆船、猴子之类的各种东西，因为父亲不给我买好纸，只用练过大字的坏纸，使我失去兴趣。唱歌却唱得很好，好象有点音乐"天才"的，但为家境所限，没有得到发展。

校舍设在"真七公祠"。祠堂里有许多对联、匾额，还有一套关于二十四孝的木刻图，每幅有文字说明。我对这些东西很感兴趣，所以认得的字，远远超过教科书的范围。

初小是四年制。从一九一八年起，改春季始业为秋季始业，我于这年秋天，就升入四年级，次年夏季毕业，所以少读了半年。一九一九年秋季，升入高小，就是设在徐族"大宗祠"的"公立小学"。旁边属于九房的"双柏公祠"，后来用族产盖了新房子。高小是三年制，课程增加了英文、历史、地理、图画和常识（自然常识）。我的国文和历史成绩，一直是第一名；英文，头两年学得不坏，第三年就比较落后了。由于家里没法给我买色盒和画纸，我根本不画画；除在老师指挥下做做体操外，我也不参加体育运动，同学们踢皮球和打乒乓球，我因为买不起这些球，也不大去玩。到了高小三年级，同班同学一共只剩下八人，那时出了三个"第一"，国文是我，英文是徐载赓，算术是徐伯效。徐载赓后来成为我的好朋友。八人之中有一个叫俞再麟的，是嵊县人，当时成绩不好。后来听说留学外国，成了工程师。一九四七年我在热河解放区工作，听从战场上起义投向我军的一个国民党军师长韩梅村说，俞再麟在北票煤矿当工程师，我军解放北票时，国民党军企图破坏煤矿，俞出而阻止，竟被射死。可见俞再麟是有正义感的人。我听了此事，觉得惋惜。根据我党的政策，俞若不死，是可以被留下工作的。

小学时期的老师，有两个对我的影响最大。

一个是徐用宾，他本是方山小学的校长。他出身于一个地主家庭，父亲是武秀才，哥哥是文秀才。他父亲当过保长，开着一家染坊，兼卖绍酒。用宾本人在辛亥革命后，曾到杭州，在浙江都督汤寿潜办的一个铁路学堂学习过，懂得测量术。后来在下管当小学教师。在下管知识分子中间，他是政治上最求进步的人，不断地接受新思潮，在五四运动中是积极分子，后来信仰孙中山的三民主义，一九二六年，参加共产党领导的大革命。但大革命失败后，他脱离了革命，一直在浙江公路建设系统中当技术人员，全国解放两年后才病故。他当小学教师，不只是为了谋生，主要是认为教育可以救国，所以办学很认真，成绩好，在下管和上虞很有威信。他注重自然科学，但也订了关于政治、文艺、教育方面的许多报刊，认真阅读。他被下管人认为品行严正，生活朴素，二十多岁就留起"仁丹胡子"，一生只穿布衣布袜，没有烟、酒、赌博等嗜好，与我的叔父有共同之处。

徐叔侃是当时仅存的一个"举人老爷"的儿子，他从父亲那里接受了家学，在中国旧文学的知识和诗文创作方面，在下管数第一。又受了他的表兄胡愈之的影响，对中外新文艺也有相当的研究。五四运动中，他也是一个积极分子，但不久以后，就不问政治了。成为颓废派的文人，饮酒赋诗，以"才子"自命，但因家里穷，生活是困苦的。

这两个老师，同我的关系，都从我当学生时期起直到一九二七年，十分密切，而且影响都很深。

一九一九年当我在初小的最后一个学期内，中国发生了五四运动，通过报纸，五四运动很快发展到下管。以徐用宾为首的一批小学教师，就在校内并到社会上进行宣传。我开始知道欧洲大战、巴黎和会、二十一条卖国条约等大事，也听说了袁世凯、章宗祥、曹汝霖、陆宗舆等卖国贼的姓名，并且知道日本"倭寇"是我国的大敌，初步发生了爱国心。在老师们的领导下，我也拿着小旗，参加集会和游行，高喊"劝我同胞，毋忘国耻"，"打倒日寇，抵制日货"，"打倒卖国贼"等口号，并且到商店里去检查日货，当时有一个小学教师，在讲演会上自己咬掉一节手指，在白布上写出"劝我同胞，勿买日货"的血书，使我非常感动。

接着爱国运动的是新文化运动。"德先生"（democracy 民主），"赛先生"（science 科学）等名词，使我觉得非常新鲜，胡适、陈独秀等人物，引起我的崇拜。新文化运动在下管的具体内容是：

破除迷信——主要是到庙宇里打毁一些泥塑木雕的偶像。

普及教育——小学废除了不准"惰民"子弟和小尼姑（下管没有和尚寺）入学的禁令，为文盲农民办"平民夜校"，用"平民千字课"教认字，还教珠算，并进行反日的政治宣传。

提倡"白话文"。

办舆论刊物——油印的《管溪声》介绍新思潮，批判下管的社会不良现象。

办图书馆——由许多小学教师把家藏的书借出，集中在"方山小学"的一间屋子里，并由学校和某些个人订了一批报刊，有《申报》、《时事新报》、《民国日报》，以及《新青年》、《东方杂志》、《小说月报》、《教育杂志》、《妇女杂志》、《少年杂志》、《儿童世界》、《小朋友》等等，让人们借阅。

这些事情，主要都是徐用宾领导的。我虽然只有八九岁，却在老师分派下积极参加各项活动，如印刷平民夜校的教材和《管溪声》，分发《管溪声》，管理图书馆的书报等等。

在这些活动中，我自己也得到不少知识。尤其是那个图书馆，我一直利用到一九二五年为止。这个图书馆的书，包括属于经、史、子、集四部的古书，古今中外的小说，从严复翻译的《天演论》到胡适等人的"新思潮"著作，还有商务印书馆出版的"少年丛书"（都是古今中外的名人传记）。我最初借读的是薛仁贵"征东"传，由此扩大而读各种小说，并且读得最多。"少年丛书"，则从诸葛亮、拿破仑开始，全部读完了。这都是在当小学生时期读的。在当小学教师的时期，则主要读的是古代诗文集。有一次看到另一个老师（叫做三希先生）在摘抄梁启超的《清代学术概论》，我也借来读了一遍，作了笔记。

读高小二年级的时候，有一次在上国文课的课堂上，不听讲，偷偷地看一部叫《新华春梦记》的小说，被老师三希先生发现了，他就把我叫到他的办公室里去。这个老师是很严厉的，我很害怕要受斥责，甚至打手心。他板着脸问："你为什么不听讲？"我说："因为这课《醉翁亭记》我已经懂了。"他又问："你看《新华春梦记》，可知道这个书名是什么意思？"我说："新华是袁世凯住的宫名；袁世凯在新华宫做皇帝，只做了八十三天就完了，好比一场春梦。"老师展开了笑容，说："说得不错，去吧。"

我的国文成绩好，就是得力于图书馆的那些书。高小毕业考试时，三希先生出了一个很普通的作文题，叫做"说犬"。我用文言文写了一千多字，把人家的蓄犬与国家养兵并论，不但得到老师的一百分，而且受到参加毕业典礼的许多来宾赞赏，这些来宾中就有徐用宾和徐叔侃，他们都认为"孺子可教也"。这事对我以后的生活道路有很大的关系。

一九二一年夏，我在高小毕业了。我怀着升学的幻想，在好些日子里，对着报纸上上海、杭州、绍兴、宁波等地的中学和师范学校的招生广告发呆。叔父和徐用宾、徐叔侃两位老师，也劝我父亲让我升学。但是家里实在出不起学费，终于，我只好服从父亲的决定，准备继承他的行业。但是，在学校快要秋季开学的时候，徐叔侃又到我家来了，他说他在离下管三十里的章镇一所小学里当教师，他愿意把我带去，由他自己教我读书。每月只要我父亲出三块钱的饭费。父亲感激他的好意，但是说，让我跟他去，总得办一套铺盖，可是置不起（我在家里是和我父亲合盖一条被子的），所以还是不能去。徐叔侃说，这好办，让他同我一起睡好了。父亲看到他如此热心，却不过情面，——实在仅仅是却不过情面，只好同意了。

在章镇，徐叔侃对我的教育方法，是很特别的，他没有规定一个计划，只是在每天晚上和白天吃饭的时候，凭他自己兴之所至，漫谈一些问题，大部分是中国的历史故事、古文、诗词，以及文学家的轶事，也谈到鲁迅的小说，还有外国的托尔斯泰、莫泊桑、契诃夫、国木田独步的作品；有时也谈些经学、理学的问题。他讲得非常生动，又因我前几年已在图书馆里读了一些书，有不少零零碎碎的知识，所以听得懂，而且很有兴趣。此外的时间，他在上课，叫我自己联系他讲过的问题找他书架上有关的书去读。每隔一星期，他出个题叫我做一篇文章或一首诗，然后给我当面批改。夜晚讲谈的时候，他常常拿出蛋糕、酥糖等点心，和我同吃。他还饮酒，也叫我喝，但我不会喝。他对于社会是很悲观的，所以讲到那些暴露社会黑暗的作品，联系现实生活，特别深刻。我后来想，他之所以这样对待我，是因为自己感到在世间的寂寞，想把我造成一个和他同样的文人，引为同志的。但是，我如成了文人，生活问题怎么解决，他似乎并没有想到，我自己也没有考虑。

这样地过了三个月。到了十月间，下管照例演社戏，他就带我回去看戏。看完戏，我的父母就不让我再跟他去章镇了。原因是：他回家以后，同他的妻子谈起我在章镇的一些情况，说我身上生疥疮，每天早晨他发现床上总有一些疮痂，很脏。他的妻子把这事告诉我的母亲，父母亲觉得很过意不去，又以为这样总非久长之计，所以坚决把我留在家里了。

每年腊月，是我父亲做生意的旺季，他总要挑着担子，到属于四明山脉一个叫做"大岚山顶"的山区里去贩卖和修理纱筛。这年冬天，他叫我跟着他同去。我带了一本《唐诗三百首》在身边。上山以后，每天父亲和我分作两路，他挑着担子，我则挑着十多面纱筛到各村沿门叫卖。山区的人一年到头吃玉米面多，很需要纱筛，所以我所带的货，每天都能卖光。山民很淳朴，我的顾客大部分是妇女，心肠好，看我年纪小，都很客气，他们看到我休息的时候，总是拿出一本书看，觉得很希奇。我跑了许多村子，有的属于余姚县，有的属于慈溪县，山上风景又好，觉得见了世面，读唐诗也很有味。同时记起《儒林外史》里的王冕、荆元等故事，觉得一面劳动，一面读书，很有意思。所以十分安心愉快。晚上在客店里同父亲汇合的时候，吃罢饭，洗罢脚，自然拿出书来读。客店主人和别的宿夜客人都夸奖我。父亲也很高兴，也许还因我的读书而觉得骄傲，常买一些点心给我吃。我和父亲相处的十六七年时间中，只有这一段他对我非常亲切和蔼。在我愿意作一个劳动者的条件下，他对于我的读书，是赞许的。

年底回家过春节，全家都很愉快。新年初五之后，父亲又准备带我到别处做生意去了。但是徐用宾来到我家，他说，"真五房"要新办一个小学，叫做鹿溪小学，请他当校长，他想叫我去当教员。因为学校经费少，我又是个"小先生"，说明第一年只给我五十六元"薪金"。这回父亲答应得很干脆，但主要因为他对徐用宾的为人很尊重，情面难却，何况我只十二三岁，暂时一年能挣五十六元，总可以不白供我吃饭穿衣了。说实在，他还是不愿意让我干这一行的。

从此，我当了四年小学教员。第二年仍在鹿溪小学，年薪八十元，第三年到二十里外的东溪村坤麓小学，年薪一百元，第四年到西北乡前江的民强小学，年薪一百二十元。民强小学的位置，是徐叔侃让给我的，因为他那时另有"高就"了。

当时的小学教师的工作，就是把初级教科书上的内容搬到比我小不了几岁的儿童的脑子里面去，我是胜任的。下管人对我这"小先生"，开始觉得新奇好玩，后来倒有点看重了。有的人还称我为"神童"。但我并没有把这当作终身职业的决心。不说别的，单以薪金而论，一百元左右的年收入，在一般小学教员，是不低的了。这笔收入，对于一个农民或手工工人，可以勉强养活一家人。但小学教师是"长衫帮"，衣服要穿得好些，还要买些书和笔墨纸砚，如果家里没有财产，就只能顾自己的生活，要养父母妻小就不可能。而且我还想"深造"，成为一个学者文人。因此，我曾经打算，从薪金中抽出一部分积蓄起来，以便作日后上中学的学费。然而这不过是一个幻想，因为家里困难，要用我的钱，那四年中，我除了自己买进一批书，其余的钱都交给父母了。还有一层，当时在下管和上虞，小学教育界也日益人浮于事，发生了竞争，象我这样只有高小毕业这个资格的人，很容易被"第一师范派"和"第五师范派"（指杭州第一师范毕业和绍兴第五师范毕业的人）所排挤掉，随时有失业的可能。在这种情况下，我除了应付工作外，只是一味的读书。

上虞县有一个美丽的白马湖，白马湖畔有一所春晖中学，校长经亨颐，是五四运动中浙江"四大金刚"之一，后来是国民党中央委员中的左派分子。春晖中学的教员，有不少当时全国有名的人，如夏丏尊、丰子恺等等。一九二三年夏季，经亨颐在春晖中学组织一个暑期讲学会，听讲的有从上虞和浙江其他一些县来的知识分子，共三百余人，徐用宾带着我也去参加了。这是一次盛会，也是我第一次见大世面。当时被请来讲学的人里面，有吴稚晖、黄炎培、沈玄庐、黎锦熙、刘大白……等等名流。讲学的内容五花八门，观点也是百家争鸣。譬如在政治问题上有的讲无政府主义，有的讲共产主义，有的讲三民主义，有的讲教育救国。他们讲的内容，我都不大理解，只记住了许多新鲜的名词，同时形成一个模糊的概念，觉得中国太弱，社会太黑暗，需要革命或改良，才能救国，救国要有一个主义，而主义却很多，不知哪一个最好。总而言之，这次讲学会，使我的脑子从狭隘的下管社会跳出，初步接触到整个中国的许多问题，从而引起我此后读书看报时对这些问题的注意。而想做一个学者、文人的愿望，也由此加强了。

这次在白马湖，还有两个人物引起我的兴趣，那就是沈玄庐的儿子沈剑龙和他的妻子杨之华。这两个青年很摩登，每天双双在白马湖里游泳，游得很出色，在我看来，特别感到新鲜。几年以后，我听说杨之华成了共产党人瞿秋白的妻子时，相信杨也是共产党员，因而把对共产党的想法，同对杨之华的回忆联系起来，有一种微妙的感觉，认为杨之华是我第一个见到的具体的共产党人。

徐用宾是不放过任何一个能够使自己进步的人，同时也很关心我的进步。一九二四年春，他带我到宁波去参观实行道尔顿制的学校。同年秋季，他在上海进"国语师范学校"学习了半年，也把所有的讲义都寄给我，让我自学，因此，我也学会了注音字母拼音法，但后来用处不大，倒是他给我的"世界语"（Esperanto）讲义，对我后来的学法文有很大帮助。

一九二五年春，上虞的一批小学教师，组织了一个叫做"青年协进社"的团体，主要宗旨是改良教育，促进社会。徐用宾又是其中的领导成员。徐叔侃却没有参加。"青年协进社"的活动，除了开讨论会，演话剧等等，主要是办了一个不定期的铅印报纸，叫做《上虞声》。这个报纸的编辑和印刷工作，都是由在上海商务印书馆编辑《东方杂志》的胡愈之负责的。我也在这个报纸上发表过好几篇文章。这事对我后来的发展关系很大。由于参加"青年协进社"的活动，我的政治倾向明确起来，虽然那时还不过是反帝反封建的民主主义性质，却为后来接受共产主义打下基础。同时，由此我的名字为胡愈之所知，所以在一九二七年和一九三三年两个关键时刻，胡愈之都对我有决定性的帮助，这且等下文再说。就在那时，我树立了做一个进步作家的决心，胡愈之是我的模范，而最高的目标是鲁迅。那时我已对鲁迅十分崇拜，读了许多他著译的书，还订了一份《语丝》。我不大喜欢创造社，而倾向于文学研究会，这也是受鲁迅影响之故。

以上种种，是我在徐用宾带动下的主要发展方向，但那时我还没有完全摆脱徐叔侃的影响。徐叔侃和我的关系，还是一直很好的。一见面就亲切交谈，他对我的影响也是两方面的，使我爱好鲁迅的作品而激起反抗性的是他，使我产生一些颓废文人习气的也是他。对于后者，徐用宾时常批评我，但也不能使我完全克服。

最强大的批判力量还是实际生活，是阶级斗争。固然，生活也是复杂的。我之所以有颓废文人的习气，也是因为生活有时使我感到没有出路。但生活又教导我，做一个颓废文人却更没有出路。譬如，我曾幻想做一个陶渊明式的隐士，但我哪里有陶渊明那种保证可以悠然采菊赋诗的生活资料呢？我自以为是个"才子"，应有"佳人"作伴，但是我的家境，连一个"村姑"也娶不起。我虽已进入知识分子的队伍，但真正要做学问，如果搞"旧学"，下管所有的书远远不够，搞"新学"吗，同样书也不够，况又不懂外文，那些地主家庭出身而上中学的青年，我以为他们的知识不如我"丰富"，但我得向他们借新书看，有一次，被某人嗤笑为"知识界的乞丐"。而最重要的还是常怀失业的忧虑。一经穿上长衫，又不愿回到工农队伍里去。生活使得我进退维谷，思想也常在进取和颓废之间彷徨，具体地说，在徐用宾和徐叔侃两人的影响之间摇摆，虽然进取的倾向是占主导地位的，然而决定性地促使我进取而终于走上革命道路的，则是一九二六年发展到上虞的那个共产党领导的大革命运动。

社会生活的辩证法是非常狡狯的，它以种种偶然性左右你，而又以必然性决定你，它把客观规律性以暧昧的形态显示给你，而考验你的主观能动性。一个人的"命运"，就是这样地造成的。

（原载 1980 年 5 月 22 日《新文学史料》第 2 期。收入《徐懋庸回忆录》，人民文学出版社 1982 年 7 月第 1 版）

第四章 在第一次国内革命战争中

民强小学是一所完全小学，规模较大，有七个教师，其中六个都是杭州第一师范学校毕业的，他们的派性很强，在一起总是谈杭州，谈第一师范的事，我和他们没有共同语言，彼此很冷淡。但是他们也不欺侮我，因为一则，他们知道我在《上虞声》上发表文章的（这时《上虞声》已改为新闻性的三日刊，在百官由一家新办的印刷所印刷，编者姓朱，报纸已经没有从前那样的生气勃勃了），不敢藐视我，二则校长金佩承和我的关系不坏，他是清朝末年的一个举人，又曾在日本留学，参加过辛亥革命，他倒同我很谈得来，谈的是古文诗词。他很喜欢骈文，鼓励我也作骈文。

这年下半年，从报纸上，从小道消息，我隐隐约约地得知从广东出发的国民革命军北伐的消息。八月间，有两个人来到前江，一个叫叶天底，一个叫程仰山。程仰山就是前江人，叶天底则是上虞东乡的谢家桥人，他曾毕业于杭州的美术专门学校，是学画的；后来在苏州的一个女子师范学校教书。他们两人都在外地参加了共产党。一九二六年春，叶天底受党委派，来上虞进行活动，在县教育局找到一个工作。后来程仰山也回上虞了。这次他们到前江，名义上是程仰山邀叶天底到家里作客，实际上是秘密发展共产党领导的国民党组织。他们同民强小学的教员们谈了话，发展了包括我在内的四个国民党员。叶天底是通过《上虞声》上我所发表的文章，大概又经徐用宾的介绍（后来我知道，徐用宾在此之先也由叶天底介绍入国民党），对我很了解。他同我谈话的时候，既表扬我的优点，又批评了我残存的颓废文人习气。介绍我加入组织以后，他送我一本任国桢翻译的《苏俄文艺论战》，叫我研究一下苏俄的革命文艺理论。不久以后，叶天底和程仰山回城去了。程仰山在那次离开后，我直到一九四四年从晋冀鲁豫解放区回延安到中央组织部转组织关系时才又见过一次，他那时在组织部当科长，就是转组织关系的。一九六八年，宁夏回族自治区革命委员会成立后，听说他是委员之一。

民强小学的国民党小组成立后，活动不多，没有学习文件，主要是讨论北伐形势。那时报纸上也不断透露，北伐军的进展是很快的。不过关于党员的工作如何进行，大家都心中无数。叶天底走时，说以后等他的通知。

在这以前，关于共产党，我毫无知识。一九二三年在白马湖虽然听讲过共产主义，但没有听到具体地谈共产党，不记得是哪一年，在报纸上看到军阀吴佩孚一篇"讨赤"的通电中，有两句话："赤化勃兴，苍生战栗"。有人说这两句文章做得很好，我则知道军阀是"讨赤"（共产党）的。在鲁迅的杂文中，则知道他是反对"讨赤"的。吴稚晖还没有在蒋介石的指挥刀下成为反共英雄的时候，曾经发表过一篇文章，斥责军阀杀害江阴一个共产党员的罪行，题目是《恐不赤，血染成之欤！》，给我的印象很深。曾听徐叔侃说过，上虞人里有一个共产党员，叫做王一飞，但不在上虞活动，徐叔侃说的时候，是把王一飞看作神秘而非凡的人物的。因此，共产党在我的脑子中，模模糊糊很有好感。关于国民党和三民主义，则曾听徐用宾说过一点，同辛亥革命联系起来，我对孙中山是崇拜的。现在叶天底这个共产党员（民强小学的一个同事），出现在我的面前，而且介绍我参加国民党，指引我走革命道路，我是何等兴奋呵！但是，关于革命的道路，经过叶天底的谈话，我只极简单地知道，国共合作，唤起工农，打倒列强，除军阀，打倒土豪劣绅，实行三民主义这几条；至于如何做法，还不清楚。反正是要革命了，我觉得自己有光明前途了！关于苏联，我曾在《东方杂志》上看到过一些介绍文章，也知道"李宁"（当时《东方杂志》上列宁的名字是这样写的）、托洛茨基的名字，他们是苏俄共产党的首领。至于叶天底送给我的那本《苏俄文艺论战》，当时我读了一遍，却没有懂。

这年十月，北伐军打到福建，所谓"五省联防总司令"的孙传芳，亲率大军到福建去抵抗。乘此机会，原浙江省长夏超宣布起义，向孙传芳倒戈而响应国民革命军。于是浙江的共产党人和国民党人从地下转到公开。在叶天底领导下在上虞县城开了一次国民党员大会，民强小学的四个党员也去参加，到会的共有四五十人，大部分是"青年协进社"的分子。我发现下管人就有十来个，其中徐用宾、徐镜如（就是五四运动时写血书的那个人）还是核心人物。大会由叶天底作了报告，散发了《中国国民党第一次全国代表大会宣言》，作为讨论的文件，徐用宾等在大会发了言，我被指定作记录。大会开了三天，最后组织了县党部，由张子敬任常务委员，叶天底任宣传部长，徐用宾任组织部长，徐镜如任青年部长……等等，同时决定把《上虞声》作为县党部的机关报。大会闭幕后，除县党部的几个负责人留在县城计划工作外，其余党员暂回原地，继续讨论"宣言"，同时等候县党部的指示。

不料，没有过多久，孙传芳回师浙江，进攻夏超，夏超的军队迅速崩溃，夏超本人也死了，浙江又处于军阀统治之下，国民党又转入地下。在上虞，以刘介菴为首的土豪劣绅在孙传芳部下周荫人师过境的时候，拿了刊有国民党上虞党员大会记录的《上虞声》报去告密。于是叶天底、徐用宾、徐镜如和我到离下管八里远的山乡童郭村隐蔽。

在童郭，叶天底对我们谈了不少革命工作的问题，着重指出发动农民的重要性，他自己就邀请许多农民谈话，进行调查研究，宣传二五减租的政策，农民们很信任他。我早已发现他的样子有些特别，面部浮肿，头发稀疏，眉尖都脱光了，一只胳膊动作不灵活，而且嘴里发出一股臭气。这时才知道他患有麻疯病，已经相当严重。但他工作仍然很积极，情绪很乐观，而且很有才气，能画画，字也写得漂亮，口才、文才都很好。我对他的敬爱之情，日益增长起来。

一九二七年初，北伐军打到上海，打到杭州，浙江又解放了，上虞的国民党县党部又公开活动起来。我们回到县城，以县议会的会址作为县党部机关，组织机构充实起来。我被分配在叶天底领导的宣传部当干事，负责编辑党报《南针报》。

在这个县党部领导之下的革命运动，只存在了两个月左右，蒋介石发动的"四·一二"反革命政变，把上虞县的革命运动也镇压下去了。

在这两个月左右的时间中，开展的工作重要的有以下几项：

第一，把政权夺到县党部手里，但奇怪的是，仍然让孙传芳时代的县知事保留下来，虽然不给他实权，只让他住在县衙门，并以他的名义，发布县党部的一切决定。解散了旧的警察局，把它所有的六十条枪夺过来，由一部分留用的警察和一批贫苦手工工人，组成"工人纠察队"。这个革命武装，曾经应邻县余姚县县党部的邀请，支援余姚盐场工人，镇压盐场主的反革命暴动，取得了胜利。

第二，镇压了一些土豪劣绅，首先逮捕了那个向周荫人告密的刘介菴，把他关在牢里。

第三，管制粮食贸易，举办"平粜"，贱卖粮食给平民。为此，禁止奸商私运粮食出境，逮捕了囤积和私运粮食的奸商。

第四，举办农民训练班，为组织农民协会和实行"二五减租"作准备。

第五，接管一个原来由土豪劣绅以慈善事业为名而实际上剥削贫民的"贫民习艺所"，改善了工人的待遇。

第六，举办知识分子训练班，目的是培养干部和改革教育。

当时的共产党是在陈独秀机会主义的统治下，上虞的共产党人和国民党人，连叶天底在内，又都缺乏经验，所以有些事情办得不彻底

（如留用旧县长），发动农民也不够放手。干部绝大部分是小资产阶级和地主阶级出身的知识分子，不少是投机者，譬如"工人纠察队"这个要害部门的队长，就是一个小军阀的弟弟而略懂军事的中学毕业生。

当时我还只知道叶天底是共产党员，直到一九六二年我回家探亲时，中共上虞县委党史研究室的同志同我谈起，才知道张子敬、徐用宾、徐镜如在一九二七年也参加了共产党。还有一个叫朱庆云的，当时在县党部做传达，也是共产党员。这个老朱，给我的印象很好。据说，他在大革命失败后，仍潜伏在上虞进行活动。抗日战争时期和解放战争时期，他都在新四军部队工作。一九四九年浙江解放后，他担任中共上虞县委的组织部长，但不久以后，被反革命余孽刺杀了。他在群众中威信很高，人们叫他"爷爷同志"。他的儿子朱章杰，一九六二年在上虞担任副县长，曾经到下管去看过我。

我自己，在那两个月中，除了编《南针报》和搞其他一些活动外，读了不少的书，如《共产党宣言》、《左派幼稚病》，还有陈独秀著的《共产主义ABC》，布哈林著的《唯物史观》。有一套长江书店出版的《社会科学讲义》（原来是中共党校上海大学的课本），有蔡和森、恽代英、瞿秋白等的著作，印得很讲究。此外，还经常看中共的刊物《向导》和《中国青年》，我对萧楚女批判国家主义派的文章《照妖镜下的醒狮派（即国家主义派）》，特别爱读，觉得他文笔犀利、生动，与鲁迅的杂文有异曲同工之感。孙中山的《三民主义》和《建国大纲》，当然也是读了的。读了这些书，我觉得大开眼界，虽然理解得很少，却也根据所读的心得，到知识分子训练班去讲课。

当时的总的路线虽然是右的，但叶天底本人和一些积极分子的情绪，却是"左"的。譬如，在县党部的大门口，挂着一副叶天底亲手写的对联，写的是"革命的请进来，反革命的滚出去"。工农部的干事钱念先，最受叶天底的信任，言论特别激烈，和我成为好朋友。我们对于混进县党部的一些投机分子，很反感。譬如有一个叫做徐浩（子梁）的，也是下管人，第一师范毕业的，曾经多年担任县立第一高小的校长，是一个小学阀，此人也混进了县党部，担任教育部长，他联络一批"一师派"，闹宗派。"四·一二"政变后，这伙人就暴露出反动面目。后来徐浩成为浙江CC派的一个省级的头目，非常反动。

象上虞县这样的一股革命力量，当然是经不起全国性的自上而下的"四·一二"政变的冲击的。

上海"四·一二"政变的消息，两三天后就传到上虞，情况很紧张，但杭州的消息倒无所闻。叶天底派徐用宾和徐镜如到杭州找省党部请示。这两个人尚未回来，杭州的消息倒来了。说省里也发生反共屠杀，中共浙江省委书记宣中华和其他一些领导人被杀害了；还说不久"清党"就要清到上虞来。恰在这时，叶天底病势严重，不能工作了，我们把他送到谢家桥他的老家去休养。县党部的工作，由张子敬主持，但实际上，工作已经停顿下来，在观望形势。反动派的消息更灵通，那个原来已无权力的旧县长，这时活动起来，把关在牢里的土豪劣绅释放。土豪劣绅们组织了一批流氓，并胁迫一批农民，组成三四百人的一个暴动队伍，进攻县党部。"工人纠察队"此时还听县党部的指挥，暴徒们没有能够打进大门。被胁迫的农民只是消极地嚷嚷，不积极动手。有几个流氓想火烧大门，被纠察队打死了两个，于是暴动队伍就散去了。

在这种形势下，县党部的工作人员，好多回家去了。留下的人，都没有主意。击退反革命暴动的那天晚上，张子敬派钱念先和我，由老朱搞了一条船，到谢家桥去向叶天底请示。叶天底在病床上指示，叫我们再等一等徐用宾他们从省里带回来的消息。如果省里不来严重的压力，让我们依靠纠察队的武力，顶住县里的反动势力；要是来了大的压力，则大家可以暂时分头撤退。我们看到叶天底的病势越来越重，怀着极沉重的心情含泪告别，回到了城里。

第二天，有一个叫徐云士（也是下管人）的到来，他是原来余姚县党部的秘书，他说徐镜如现在余姚县党部，让我到余姚去。徐云士自己，则准备找叶天底谈一谈，然后到绍兴执行一个任务。于是我当天到余姚去了。

到了余姚，徐镜如对我讲明了情况。原来当时浙江的情况很乱。国民党反动派虽然自上而下地夺取了政权，但他们的干部很少，而共产党领导的左派，潜势力还很大。因此，左派通过各种关系派出自己的一些还没有暴露左派面目的干部，混到许多县的县党部里去，担任党务指导员。徐镜如是余姚的党务指导员，徐用宾则是慈溪的党务指导员。右派所派的党务指导员，本来是负责"清党"的，但徐镜如和徐用宾的任务，则是掩护两县的左派党员的撤退。他说，徐云士暂时出去活动了，叫我代理他的秘书工作。原来余姚县党部的负责人有郭静塘、楼建南（楼适夷）等人，后来在徐镜如的掩护下，搞了一条船从海上撤退了。郭静塘一九三五年在上海改名换姓办了一个"天马书店"，我曾经同他有接触，楼建南后来在上海搞了一段左翼文艺工作，被国民党逮捕了，他们两人都是共产党员。

我在余姚呆了一个星期左右，徐云士回来了。徐镜如让我到慈溪去找徐用宾。慈溪的情况又不同，那里在徐用宾去以前，已经"清"过党。在"四·一二"政变后，国民党反动头子杨虎、陈群，到宁波"清党"，非常残酷，残杀了共产党员杨梅山一家，在慈溪也逮捕了几个共产党员。但"清党"以后的慈溪县党部，还潜伏着一些面目没有暴露的左派分子。徐用宾到了那里，暂时只是无为而治，等看看形势发展如何。我被安排了一个干事的位置，拿点薪金，无事可做，只读读书。慢慢地结识了两个朋友，一个是张友直，是个高小教员，他后来去日本留学，我在劳动大学时，曾同他通信，他还寄过几次钱帮助我。一个是汪牡谷，他比我小一岁，也在县党部里当干事。这两个人都是因为政治上倾向相同，又都喜欢文艺，所以成为朋友的。有一次，汪牡谷秘密地带我去看一个姓陈的青年人，那人让我看一份油印的中共文件，我想他和汪牡谷可能是 C. Y. 这年秋天，汪牡谷也到上海同我和徐载赓考劳动大学中学部，没有被录取，后来在上海一家西装店当学徒。

五月中旬，钱念先来到慈溪，他说上虞的国民党县党部，完全被徐浩等反动分子所把持，张子敬已到淮南煤矿当工程师去了，其他一些不显眼的左派都潜伏起来了。叶天底秘密转移到一个亲戚家养病。他还带来叶天底的指示，说我们还应做些工作，主张办一个秘密报纸，在上虞问题上进行与国民党反动派对立的宣传。具体办法是印刷纸张费由大家拼凑，编辑由我在慈溪负责，印刷由在余姚的徐镜如负责，印好以后，由钱念先、葛纪昌等在上虞秘密散发。这样，报纸就办了起来，因为是五月创刊的，故定名《石榴》。

《石榴》出了三四期。这期间，我常与葛纪昌通信，谈些关于上虞情况和约稿的问题。六月二十左右，我给葛纪昌的一封信被国民党反动派在上虞邮局查获了，这就出了事。

六月三十日，徐镜如忽然来到慈溪，说上虞反动派根据我的信，连同《石榴》报，向浙江国民党省党部告发，省里决定通缉信里提到的八个人：张子敬、徐用宾、徐镜如、钱念先、葛纪昌、徐宗武、徐国仁和我。因此，这八个人得赶快逃走。他说，葛纪昌、徐国仁、徐宗武已到淮南煤矿找张子敬去了；钱念先在老朱掩护下仍潜伏在上虞，他、徐用宾和我也得立即离开余姚和慈溪。他问我有什么地方可去。

我想来想去，只有在高小时的同学徐载赓处可去。他在上海的一家铜店里当伙计，平时同我友谊很深，且去他那里试一试暂住一下再说。我就在当天下午乘火车到宁波，换乘轮船去上海。徐用宾和徐镜如，在别处转了一下，一星期后也到上海，我们在一家旅馆里谈过一次话。

这一夜我在轮船上，对着茫茫的大海，真是百感交集。首先是不知道政治形势将如何发展，因而个人的前途也渺茫得很。（和徐载赓久不通信了，不知他近况如何，能否收留我？）其次，想到前几个月的革命工作，想总结一点经验教训，但想不出一个所以然。（多少年以后，当我知道这次大革命的失败是由于陈独秀的机会主义路线的时候，才对于"工人纠察队"的那六十条枪，感到非常可惜。假如当时把那六十条枪拉上四明山去打游击，那该多么好啊！）叶天底的情况，也使我非常悬念，（他是重病在身，又处在虎口里啊！）还想到家里父母不知我的下落，该如何着急（后来我知道，国民党反动军警曾到我家去搜捕过我）……

这中间曾经想起过王阳明的一首诗：

险夷原不滞胸中，何异浮云过太空，
夜静海涛三万里，月明飞锡下天风。

但是我的心情，不能完全达到这种境界。

第五章　从中学生到中学教师

一九二七年七月一日早晨，我到了上海，在小东门天官坊裕生铜店找到了徐载赓，此时我才知道，铜店主人（他的叔父）已经去世，店已歇业，他只是帮助他的叔母在料理善后事宜，所以他实际上也已失业。经他请求，他的叔母允许我暂住店里。载赓在这种情况下收容我，毫无顾虑，一方面由于我们的友谊之深，另一方面，也说明他对共产党领导的革命是同情的。

我们两个人都迫切地想找职业。他是想找要使用懂英语的店员的商店的门路，这是有希望的；在上海这样的商店很多，而他通过三四年的自学，英语已有相当的水平（第二年，他果然被南京路一家电料行录用了）。我呢，一个在上虞可以说是颇露锋芒的人，到了上海这样的大城市，就显得不在话下了。还是当小学教师吗？无论年龄和资格，都不行。"卖"文章吗？也不行。载赓也替我发愁。

九月间，忽然在报纸上出现"国立劳动大学"的招生广告，章程上说，这个学校是半工半读的，不收学费，且供膳宿，每年还发一套制服。我觉得这是一个绝好的机会，既有书读，又可解决生活问题，决定去报考。载赓也作了同样的决定。恰好汪牡谷也到上海考这学校。我们报的是中等科，章程上说是大学预科性质。但后来改为中学部。报名的时候，我用了假名——余致力。考试结果，我被录取，载赓和汪牡谷却"名落孙山"了。

学校规定，入学时需要有保证人，条件是社会"知名人士"或"殷实商号"。这又使我为难了，哪里去找呢？裕生铜店是歇了业的。至于"知名人士"？……我却终于想到了胡愈之。我到商务印书馆编辑部去找他，请他作我的保证人。胡愈之了解上虞革命失败的情况，很同情我，填了保证书，并送了我十块钱。

劳动大学存在的日子很短，它于一九二七年秋季由国民党反动派创办，而于一九三一年冬，由同一个反动政府用武力把它解散了。因为学生大部"左倾"。它的创办，是因为比利时社会党政府把庚子赔款退还给蒋介石政府，但提出条件，要蒋介石政府仿照比利时劳动大学也办一个劳动大学，其目的，一则为了培养亲比利时的知识分子，二则可以替蒋介石政府培养黄色工会干部。蒋介石委托亲法、亲比的国民党"元老"李石曾筹建这个大学，而任命当时南京政府的农矿部长易培基兼任校长。校址设在上海东郊的江湾，大学部包括工学院、农学院、社会科学院三院，中学部原来也设在江湾，一度迁至宝山县泗塘桥，后来又迁至江湾的上海大学旧址。上海大学曾经是共产党办的党校。

易培基不过是个挂名的校长，他只在第一年中来过劳大几次。起初学校的工作，是由秘书长沈仲九主持的。沈是无政府主义者，所以请来的教员中，有不少是克鲁泡特金派的无政府主义信徒。在学校附近，有一个叫做"革命书店"的书店，也是无政府主义者办的，出版了许多克鲁泡特金的著作，并办了一个《革命周报》。在一九二七年下半年至一九二八年上半年期间，无政府主义的宣传，对"劳大"学生发生过影响。

因为这个学校对学生是免费的，又要学生做工，所以投考的学生，地主资产阶级出身的很少，绝大部分是小资产阶级分子，象我这样参加过大革命而失败后穷无所归，到此混饭吃的人也不少。因此，许多学生先是受了无政府主义的影响，而在一九二八年共产党领导的社会科学方面和文艺方面的马克思主义宣传运动开展后就转向马克思主义。虽然教务主任和训育主任是反动的国民党员，但在学生中间，头两年国民党员很少，而且"吃不开"。我在劳大的三四年间，先后有几个大学部的学生和一个中学部的学生因"共产嫌疑"被捕，捕去后学校才出告示开除学籍，可见校内是有共产党的秘密组织的。

一九二七年下半年，鲁迅曾到劳大作过几次讲演，第一次讲的是"关于知识分子的问题"，这次是易培基亲自陪他来的，他开头说："易先生要我到贵校讲几句话，我没有什么可讲，但他要我来，我是不得不来的。"这是因为，在一九二六年"三·一八"惨案时，易培基曾同鲁迅一起同段祺瑞、章士钊等斗争过。鲁迅作讲演时，听讲的人很多，但他的一口低沉的绍兴官话，许多人听不懂，我却听得津津有味。

我进劳大以后，首先是解决了三年的生活问题，学校的伙食是很好的，自己只要补充少量的衣着，还要一些买书和零用的钱，这主要是向在福州路开烟纸店的一个同乡人借，而由叔父负责偿还的，有几个朋友，也帮助我一些。

我没有打算白吃饭混日子，而决心利用这个机会，努力学习，充实自己的知识。在规定的课程中间，国文和中国历史，我根本用不到化气力，地理、生物学、心理学等课，只要在课堂上留心一点就行了；数理化则要多占一点时间。外文是我学习的重点。法文是必修课，我学了三年，大大超过了课程所规定的水平。头一年，还自修世界语。一九二八年的暑假期间，我请一个台湾籍的同学教日文，为的是可以读日本出版的马克思主义书籍。二年级结束后，三年级要分文科、理科。人们以为我一定是进文科的，我却选了理科。这有两个原因：第一，我对当时学校的文科课程内容（连大学部社会科学院的课程在内）很不满意，觉得这方面还是自己读书的好；第二，我认识到学文科的人，懂一点理科的知识，也是必要的；第三，则因为当时有一个恋爱对象，她决定进理科，劝我也进理科，好在一起。因为理科是要用英文课本的，所以在一九二九年的暑假期间，我又自学了英文。我学外文时，一开头下决心，不求能说能写，只求能阅读，目的很明确。

这三年里面，课外书读得很多，主要是社会科学和文艺方面的。但那读法，一味贪多务博，是未曾很好消化的。那时好象牛吃草那样，先把胃填满，然后再进行反刍活动，慢慢加以消化。我也很少作写作的尝试，因为自己也感到读书没有消化，抓不住一个问题写出自己的独创性的、系统的见解。

劳动大学虽说是半工半读，学校当局并不重视"工"的方面，学生作工的时间，每周只有两个半天。按规定，每人要从木工开始，把铸工、锻工、钳工、车工……都学一通，但我做了一段木工以后，就不干其他，只搞锻工，作锻工也只是帮一个老师傅抡大锤，结果什么也没有学会。由于文人习气使我对工业劳动很不重视，没有与工人阶级结合的思想，更没有想到要当一个工人。

然而在政治思想上，还是倾向共产党的，不过与具体的共产党人的关系却中断了。一九二七年底共产党举行广州起义失败了，同时，在报纸上又看到，叶天底在病中被国民党反动派逮捕，在杭州与张秋人等几个共产党员一起被杀害，罪名是企图发动温州暴动。这两件事使我很震动，不知道共产党领导的革命在什么时候才能转败为胜。在一九二八年下半年以前，能够得到的革命的书，只有讲无政府主义的，我就读了好些克鲁泡特金的著作，如《面包略取》等，很感兴趣。但是无政府主义者办的《革命周报》，却使我失望，觉得非常空虚。所以当介绍马克思主义的社会科学的新"启蒙运动"起来后，我就不再读无政府主义的书了。但是后来有一个信无政府主义的教员教我们读屠格涅夫的散文诗《在门槛上》的法文译本时，诗中所歌颂的那个俄国"虚无党"女杰苏菲亚·彼洛夫斯卡亚的为革命决定牺牲个人一切的精神，却深深地感动了我。

但在这几年中，思想上对我影响最深刻的，还是鲁迅。鲁迅那时一方面发表后来收在《而已集》中的许多文章，揭露国民党反共反革命的罪行；另一方面，编刊物，出书，介绍苏联的文艺理论和作品。鲁迅的作品，特别是与"创造社"等论争的文章，使我对于革命的大方向没有迷失，而且保持着信心。对无产阶级革命文艺的理论，也一知半解地领会一点。在鲁迅与"创造社"的论争中，我觉得鲁迅有说服力，所以完全站在他一边。然而因此却发生一个特殊的情况。有一个叫做韦秉三的同学，浙江东阳人，是一九二八年下半年才入学的。他通过他的一个同乡（和我是同班同学）的关系，渐渐同我接近，先是要我给他补习法文，但这不过是个借口，实际上他经常同我讨论马克思主义的文艺理论问题，我觉得他懂得不少，很谈得来，交情越来越厚。但是，每谈到鲁迅和"创造社"的论争的问题的时候，我们就发生根本的分歧。他是完全拥护"创造社"的，因此，我和他经常争论得面红耳赤，谁也说服不了谁，但是，他始终十分耐心，我们的感情一直很好。不料在一九二九年秋季，他忽然被捕了，罪名又是"共产嫌疑"。后来，我才想到，他可能就是共产党员，至于他和我的接近，可能是对我来进行争取工作的。如果是这样，那末，我当时之拥护鲁迅而没赞成"创造社"，与一九三六年在两个口号的论争中，我赞成"国防文学"口号，而没同意鲁迅。这种情况，说明问题太复杂，而我自己实在也太幼稚。

我在"劳中"时期，朋友很少，而且都是很穷的。其中以钟敬之和我的关系最为密切，后来他和我也保持长期的密切关系。

一九三〇年上半年，是我在劳中学习的最后一学期。其他同学，都准备毕业后考大学部，我却无此打算。主要的原因是父亲五十多岁了，劳动能力衰退了，希望我找个职业，在经济上能帮助家里一些。同时我早已了解到大学部社会科学院的那些课程，没有什么可学的，且已打下可靠的自学基础。因此，很想找个职业，但是没有门路。有一次，我偶然同一个叫陈淑卿的女同学谈话，她是浙江临海人，是劳中第一年我们班上的国文教师陆翰文的小姨子。她说起她的姐夫现在在临海办一个中学，曾在给她的信中问起我，他是很欣赏我这个学生的。于是我对陈淑卿说，我不想上大学了，叫她写个信给她姐夫问问，是否可以让我到他的那个中学里去当教员。不久以后，陈淑卿告诉我，说她姐夫非常欢迎我去。

这样，一九三〇年下半年，我就成了临海回浦中学的教员。

关于陆翰文，在他担任我们的国文教员的半年中，我只知道几点情况。第一，他那时已经快五十来岁了。第二，他曾在日本留过学，上过一个什么雅礼大学。第三，他在临海办学——就是回浦中学——多年，当时我们第一个法文教员毕修勺，在法国多年勤工俭学的，就是他所办的回浦中学的学生。第四，毕修勺是个无政府主义者，陆翰文也有点无政府主义倾向，所以他曾选了克鲁泡特金的《告少年》等文章作为国文教材。此外，也选过鲁迅翻译的，日本江口涣揭露日本反动政府迫害俄国盲诗人爱罗先珂的暴行的文章。但是，他的国文程度并不高明，有好几次把文句讲错，我在课堂上起来纠正他。他倒表示得很谦虚，并不怪我，反而很佩服我，对于我的作文，每次总批给很高的分数。也许就是因为这样一来，他觉得自己不适宜在上海教书了，半年以后，就回到临海去了。

我到了回浦中学，陆翰文的确很欢迎我，重视我，请我担任三年级（回浦是一个初级中学）的国文和世界历史的教师，我还愿意教点音乐课，因为在劳中时，我曾经参加过一个合唱队，练过一阵钢琴，还会几种中国乐器。陆翰文给我三十元的月薪，在回浦中学，这是最高的待遇。

我逐渐地了解到陆翰文和回浦中学的情况。原来，陆翰文这个人不简单。他出身于一个地主家庭，但早就破产了。他参加过辛亥革命，后来成为教育救国论者，先办回浦小学，后来发展到中学。他办学校有一套独特的办法，主要是"中学为体""西学为用"的原则，管理很严格，功课抓得紧，因此，学生的成绩，一般较好，在原台州府属六个县算是第一，所以各县都有许多学生考这学校。因为学校办的时间长，所以出了许多"人材"，仅以临海县来说，回浦中学出身的法国留学生就有三个，其中一个叫朱洗的，是在法国也比较有名的生物学家，解放后担任过上海一个科学研究所的所长。劳中的法文教员毕修匀和他的妻子，也是回浦中学出身而留法的。此外，临海的政治人物如大革命时期的一些共产党员和左派国民党员以及清党后的国民党党部的一些头头以及县长，也曾经是回浦中学的学生。至于中小学的校长教员，大部分都是读过回浦中学的。陆翰文不但以培育出这些"门生"自豪，而且依靠这些门生的关系成了临海县的太上皇。他自己不担任任何政治上的职务，但党政机关的头头都要听他的话。在教育界也是一个"学阀"。就是在回浦中学，他自己也不担任校长的名义，只算一个教员（他也教点国文课和音乐课），但事事都得由他决定。全校师生的心目中，只有"陆先生"，那校长只是挂名的。他选择教员，不论资格，只讲"实学"，就是课本烂熟，所以大部分是回浦中学毕业的"优秀"学生提拔起来的，这对他有几个好处，一是听话，二是薪金低，三是功课代代相传，倒能"保证质量"。他还有一套"团结"教师的办法，譬如，每月月终，总要在一个晚上，买些落花生、豆腐干和酒，让大家"欢叙"一番。

他的思想，实际上是很保守的，但为了使回浦中学的毕业生出去能适应"新潮流"，他自己也得"以不变应万变"，而以万变维持其不变。所以，一九二七年他跑到上海，也曾跟着他的学生毕修匀讲无政府主义。他之所以看重我，除了我"学问好"，也因为我那时对克鲁泡特金较有兴趣的缘故。他在上海跑了一通之后，感觉到回浦中学原来的一批教师太"土"了，太落后了，想找两三个比较"摩登"的来装点装点，所以他欢迎我去，第二年，还请了一个上海大夏大学毕业的人去当英文教员。

临海的环境，比上虞还落后。譬如，回浦中学这个"最高学府"，报纸只有《申报》和《新闻报》各一份；杂志也只有《东方杂志》一份。学校的"图书馆"，比我们下管的"图书馆"的书还要少得多。而且都是很陈旧的。一九三一年上半年，我向陆翰文建议购买一批新书，他让我选。我根据在上海的钟敬之寄给我的新书目录，开了一个单子，买来了。书到以后，陆翰文一看大部分都是马克思主义的，就收藏起来了。他对我说："你自己研究马克思主义，我不反对，但不宜给学生阅读。"这是他第一次和我发生的矛盾。在所有的同事中，我找不到一个可以谈心的人，他们只知照本宣科讲完，就回家抱孩子，对新事物毫无兴趣。我觉得很寂寞。曾经用法国诗人波特莱尔的《秋之歌》中的一句诗："象北极的地狱中的太阳，我的心是冰冻而通红的一团"，来表示我的心境。我还受到有些同事的嫉妒，因为我年纪很轻，而教高年级的课，薪金又最高。有一个六十来岁的老头子，被认为旧学最好的，教二年级的国文，他对我最不服，曾经向我挑战，他有一个绝招，就是懂"反切"，以为我不懂，他就在二年级教了起来，然后鼓动三年级的学生要求我也教。我用元音、辅音的拼音原理，教得学生一秒钟就能拼出一个字音，而这位老先生的老办法，拼一个字却需要一分钟左右，还不一定准确。他输了，但更不服气。但是学生是很喜欢我的，认为我"学问好"，他们知道我懂几种外国文，以为了不起，这是当时的人们的一般的心理，但主要的是觉得我讲课生动活泼，富于启发性，特别是思想新颖，我也有意识地灌输一些民主革命的思想。因此，不少学生喜欢和我谈话，而且对学校的种种逐渐不满起来。这种情况被陆翰文知道后，引起他很大的警惕，觉得有危险性，他曾婉转地警告过我，矛盾越来越大了。

临海不但毫无革命气息，连对日本帝国主义发动的"九·一八"事变和上海战争，也毫无爱国主义的反应，真是死水一潭。我自己，则因钟敬之寄给我的一份《社会与教育》周刊和一本胡愈之著的《莫斯科印象记》才隐隐地感到一点时代的脉搏。还有《申报》副刊《自由谈》上署名"何家干"的一些文章，很使我激动，后来我才知道"何家干"就是鲁迅。

我做中学教员，原来也曾有过渡思想，主要是想趁此机会，把在"劳中"所读的书好好消化一下，同时把外文提高提高。回浦的环境既然如此，我就作随时离开的打算，到哪里去呢？还是上海。一九三

49

二年，我就开始翻译法国罗曼·罗兰著的《托尔斯泰传》，以便作闯入上海文化界的敲门砖。

我在临海唯一可以谈心的人，是那个大夏大学毕业的英文教员，他是台湾籍的福建人。但他同我也只是谈谈旧诗词，他的旧诗做得还不坏。我们两个"外路人"，不在学校吃饭，而到一个饭馆包伙食，每天招摇过市，显得很突出。一九三二年初，他因兼女子师范的英文课，同一个已由家长许给别人的女学生恋爱，受到学校的干涉而被迫离去。我也同女子高小的一个学生刘蕴文恋爱，于暑假期间结了婚。这些事，在临海的封建观念极浓厚的社会里，是很招物议的。于是，我决心离开临海了。一九三二年下半年，我从一本日文杂志译了一篇介绍印度爱国女诗人奈都夫人的文章，试寄《东方杂志》，被采用了，得了十八元的稿费。因此，我觉得去上海是有希望的。年终我就向陆翰文提出辞职，他也干脆地答应了我。次年春，我在黄岩县的岳母家过了春节以后，就带了《托尔斯泰传》的稿本，一个人跑到上海去。

三年的中学生，两年半的中学教员，都由于偶然的机会。但我一直是朝着做一个革命的文化工作者的方向进行。这几年，总算给我在这方面打下一点基础。在后两年半中，我对父母也算尽了一点责任，每月寄十块钱给他们。同时，还解决了婚姻问题。我选择了一个年纪很轻的非常纯朴的高小毕业的女学生。

第六章　在上海"文坛"上

一九三三年春，我第二次进入上海。与一九二七年那次不同，这次是主动的，而且有明确的目的，目的就是要进入革命的即"左翼"的文化界。

那时，自己觉得主观上具备的基本条件是，能够抱着字典，翻译一些法文和日文的进步书籍。

客观条件则还没有把握。我知道要进入文化界，也得有"名人"引进，但我认识的"名人"，只有一个胡愈之，却关系很浅，不便凭空去找他。至于上海文化界的政治情况，我毫无所知，一时找不到"左翼"的线索。于是我想先找一个暂住的地方，把《托尔斯泰传》的稿子卖出去再说。

我有一个表弟丁镜心，他也曾在"劳中"学习过，这时在上海黎明书局当小伙计。我找到了他，暂时住在他那里，并托他把《托尔斯泰传》的稿子向几家书店接洽。因为我是"无名小卒"，黎明书局、商务印书馆、中华书局都很快地把稿子退回来了。最后虽被一家叫做华通书局的接受，却只预付我六十元的版税，仅够维持两三个月的生活。

有一次，我在马路上遇到在"劳中"教过我们世界史的梁园东。他教世界史是根据唯物史观的观点的，我对他比较尊敬，他也比较赏识我。这次偶然遇见，他很高兴，问我在上海做什么，我把想搞文化工作的意图告诉了他。他问我有什么作品，他可以给我向有些刊物介绍。当时我身边还带有一篇在临海写的关于中国封建社会中知识分子的作用的稿子，他让我寄给他，他把它介绍给《前途》月刊发表了。到后来我才知道，《前途》月刊原来是借马克思主义的幌子骗人的反动刊物。此后我就没有再见到梁园东。直到一九四九年，我到武汉大学工作时，才发现他在武汉大学历史系当教授。

住在丁镜心那里的期间，我从法文翻译了高尔基的一篇小说《秋夜》。我把这寄给胡愈之，希望在《东方杂志》发表。胡愈之回信说，这篇小说，早已有人译出发表过了，《东方杂志》不便再刊登。他约我到他家里去谈一谈。他倒是很热情的，了解了我的情况以后，他说他在法国设在上海的哈瓦斯通讯社兼有工作，可以介绍我到这家通讯社去翻译电讯，但不知我的法文水平如何。我讲了自己学法文的情况，他说，译电讯，既要快，又有许多新词汇，我的法文水平怕不行。于是，他说，有一家书店，想把德国经济学家Sombart的《资本主义》一书译过来出版，问我是否可以担任翻译工作。我说可以试一试，他就把三厚册的法文译本交给我。我带回一看，有许多地方有未曾译成法文的大段拉丁文和德文的引文，我没有办法，只好退还给胡愈之。胡愈之又问我，自己觉得有什么书可以翻译。我说新从内山书店买到一本日本山川均著的《社会主义讲话》，译起来不困难。他说，那你就翻译这本书吧，译出后可在生活书店出版。稿费是每千字三元。

生活书店是黄炎培领导的中华职业教育社办的，由邹韬奋主持，它原来只出一些"指导职业"之类的书，并办有《生活周刊》，内容也是讲"职业修养"之类的问题。一九三三年，邹韬奋在政治上倾向了共产党，生活书店进行改组，由胡愈之协助，要办成一个进步的书店。我译的《社会主义讲话》和另一本讲唯物史观的书，是生活书店改组后最初出版的两本讲马克思主义的书。此后生活书店就成为中国最进步的书店，《生活周刊》也内容一新，并且继续办了《文学》、《世界知识》、《太白》、《译文》等许多进步刊物。

《社会主义讲话》有十二万字，译成后可得三百六十元稿费。这样，我在上海就可立足了。于是我托钟敬之在"社会与教育社"编辑部所在的金神父路花园坊找了一个亭子间，从事翻译工作，经两个月，全书译成。《社会主义讲话》交稿时，正好生活书店筹备出版一套《生活小丛书》，胡愈之借给我一批日文材料，约我为这个丛书写一本叫做《犹太人》的小册子，字数一万五千字左右，每千字给稿费五元。那时候，犹太人的复国主义运动还被认为是正义的，所以要宣传这个运动。

这时已是六月间，我的妻子刘蕴文从黄岩来信，说她快要分娩了。于是我就带了关于《犹太人》的材料回黄岩，准备在那里编写这本书。并打算在刘蕴文分娩后，携带妻儿一同到上海长住。

在黄岩，我把《犹太人》这个小册子写成后，有一天，翻翻《申报》，从《自由谈》上何家干（鲁迅）的一篇文章，忽然有所触动，也写了两篇短文，写给《自由谈》编辑部。不过是试一试而已，并无一定会被采用的信心。不料几天以后，《自由谈》竟发表了那两篇东西，编者黎烈文，在寄稿费的同时，还写信给我，说是这样的文章很合需要，希望我再写。大概因为我的杂文的风格，颇与鲁迅相近之故吧（后来许多读者认为我的名字就是鲁迅的化名之一，有一回，在黎烈文请客的筵席上，林语堂当鲁迅和我的面，对鲁迅说："徐懋庸又是你的化名吧？"鲁迅笑着说："徐懋庸的正身就在这里呢！"），所以受到黎烈文的重视。从此我就成了《自由谈》的经常撰稿者，而且以"杂文家"出了名。

杂文之于我，关系是很重大的。在三十年代，我主要是以杂文进入"文坛"，而且是被吸收入"左联"的原因之一。而到了一九五七年，在二十年不写杂文之后，试写了几篇，又被《人民日报》的编者所鼓舞，大写特写起来，却竟因此成了"右派分子"❶。

八月间，我们的第一个孩子满月了，我就带了刘蕴文和孩子回到上海，恰好原来住在金神父路花园坊一〇三号即"社会与教育社"编辑部的三楼的黄源夫妇，因到傅东华主编而由生活书店出版的《文学》月刊编辑部去工作而搬家了，我就住进这个三楼。这就和《社会与教育》以及出版这个周刊的新生命书局发生了一点关系。

当时我对上海文化界的政治背景毫无所知。关于新生命书局，我只知道几点：第一，这家书店的总编辑是樊仲云，他和胡愈之一起，曾任《东方杂志》的编辑多年，他的姓名，我是早知道的。他是浙江嵊县人，是钟敬之的同乡，钟敬之就是因与樊的同乡关系到新生命书局工作的。第二，当时的新生命书局，出版了许多谈马克思主义的书，但也出过周佛海（他是共产党的叛徒，后来成为汉奸）的《三民主义的理论体系》，而我以为后者的出版，可能只是一种掩护作用，新生命书局基本上是"左倾"的。第三，新生命书局出版的《社会与教育》周刊，我在临海时钟敬之曾按期寄给我看，它在一九三二年"一·二八"中日上海战争期间，积极宣传抗日，尤其是发表胡愈之的《莫斯科印象记》并介绍苏联的五年计划故事，给我的印象很好。因此，我认为樊仲云和新生命书局都是进步的。

由于生活书店出版的《生活小丛书》很受群众欢迎，樊仲云也编辑起一套小丛书来，名曰《大众文库》。我在上半年住在花园坊×号的亭子间里时，为到一〇三号找钟敬之，也和樊仲云见过面，那时他对我很冷淡，但由于我在《自由谈》上发表文章而且在生活书店出书，樊仲云也约我为《大众文库》写书了。我先后根据日本书刊的材料，写了《罗斯福》、《甘地》、《印度革命史》等几个小册子。

一九三三年十一月，十九路军将军陈铭枢、蔡廷锴等联合国民党内李济深等一部分势力，公开宣布与蒋介石破裂。他们在福建省成立"中华共和国人民革命政府"并与红军成立抗日反蒋的协定。上海的

---

❶ 1978 年 12 月 16 日徐懋庸同志所在单位对他错划为右派问题的改正意见："徐懋庸同志1958 年被划为右派分子是属于错划的，应予改正，恢复徐懋庸同志的政治名誉，恢复党籍。"
——编者

许多刊物如《生活周刊》等，发表文章支持福建人民政府。《社会与教育》周刊也显明地站在这个立场，因此，这个刊物和其他许多刊物，都被国民党反动派所封闭了。

到此为止，我总以为新生命书局是进步的，然而后来逐渐知道，实际上，它本来就是一个国民党反动派所办的书店。

一九二七年"四·一二"反革命政变后，国民党反动派虽然夺取了政权，对共产党进行了残酷的镇压，并对江西中央苏区进行了多次军事"围剿"，但是全国广大人民群众，是拥共反蒋的，尤其在青年知识分子中间，大部分倾向马克思主义，国民党反动派办了许多宣传"三民主义"的书刊，却很少人予以理会，而只要带点"赤色"的书刊，却大受欢迎。因此，上海的出版机构，有以下三种情况：

第一，是真正同情共产党，而出版进步书刊的，如生活书店、读书生活出版社、新知书店等。

第二，是商人为了投机牟利，而出版进步书刊的，如光华书店、光明书店之类。

第三，国民党反动派，企图以伪装进步，先把读者争取过去，然后施以反动影响的，这是走曲线的道路。新生命书局即属此类。

然而，经过福建事变，情况发生变化，生活书店坚持了进步立场，它的《生活周刊》被封闭后，就改名《新生周刊》继续出版，《新生周刊》被封，又改名《大众生活》，进行了顽强的斗争，而且每被封闭一次，却愈受群众的支持，影响越来越大。那些投机商人办的书店，则采取"游击"式的办法，即在一个时期，约一些"左倾"的作家，编一个进步刊物，销行一下，捞一笔钱，出几期就停刊。但它们的手段是很卑鄙的，就是利用"左翼作家"困难的处境，压低稿费，甚至借口拖欠，在停刊以后不补发稿费，完全是一种剥削行为。一九三四年夏，我代表"左联"为光华书店编辑的《新语林》半月刊，就遇到这种情况。至于国民党反动派官办的书店，看到伪装进步不能收到预期的效果，反而替共产党帮了忙，所以后来就不伪装了，新生命书局不再出《社会与教育》这样的刊物，后来办了一个赤裸裸宣传国民党反动文化思想的《文化建设》月刊。

樊仲云这个人原来的情况比较不同一些。我在一九三四年春曾听胡愈之说过樊仲云当新生命书局的总编辑，主编《社会与教育》周刊，本来是确实站在进步立场的。但在《社会与教育》被封闭后，国民党一方面对他施加压力，另一方面，用"美人计"，使他同国民党的一个御用"学者"萨孟武的妹妹结婚，以拉拢他。正当樊仲云进退维谷的时候，胡愈之曾劝他脱离新生命书局，并介绍他到河北定县孙伏园所办的一个学校去教书，但是樊仲云意志薄弱，终于投降了国民党，后来同陶希圣以及一些托派分子，发表所谓"十教授宣言"，鼓吹国民党反动派的文化思想，并且主编起《文化建设》月刊来。抗日战争期间，他终于成为汪精卫汉奸政府的教育次长。

《文化建设》的编辑部，仍设在花园坊一〇三号。具体工作人员有四个人，包括钟敬之，就是原来"社会与教育社"的工作人员。一九七五年，这四个人中的一个叫邢墨卿的弟弟邢司卿到北京看我，谈起三十年代的事情，他与兄邢墨卿曾经通过社会关系，援救过领导美亚绸厂罢工的工人领袖（此人现在山东任地委书记），他说我也去美亚绸厂对工人作过演讲（厂内有"左联"支部），邢墨卿的爱人袁秀清和邢司卿本人，在抗日战争时期参加了地下党，在浙江活动，现在袁已退休，邢司卿在杭州物资局工作。这几个人，都是樊仲云的同乡。我既住在花园坊，所以同这几个人都很熟。一九三三年冬，有一个"神秘"的人也住在花园坊，樊仲云的《社会与教育》的几个人同他都有接触，有几个还向他学俄文，钟敬之告诉我，此人是留苏的，可能是个共产党员，姓吴的是临海人，我在临海时，也曾闻名说他是共产党员，此人不久就不见了。一九三八年我到延安抗大工作时，见此人也在抗大工作。原来他叫做刘鼎，解放以后，曾作过政务院的重工业部部长。

我在一九三四年春已加入"左联"。在了解到新生命书局的实际情况和樊仲云的变化以后，曾与"左联"的同志们讨论过我搬出花园坊住处的问题。讨论的结果是，不宜即搬。理由是：第一，倘若我急急搬家而不告诉"社会与教育社"的几个熟人以新的住处，那么反而容易引起他们的猜疑；倘若告诉他们，则与不搬无异。第二，樊仲云以外的那几个熟人在樊仲云手下工作，都只是为谋生活的，与樊仲云的政治倾向无关，其中的钟敬之，并已由我在一九三四年夏介绍入"左联"，后转"剧联"。此外几个，不知道我的"左联"的组织关系，与我只是生活上有些联系，如一同看看绍兴戏之类，他们不会加害于我。（事后证明，一九三七年抗日战争发生后，这几个人都脱离新生命书局到别处谋生，没有跟樊仲云一起走，钟敬之则同我到延安去了。）因此，我暂时不搬出花园坊，只是借故先搬出一〇三号，住到一〇六号，后来又到一〇七号，与曹聚仁同住。

但是《文化建设》月刊创办之初，樊仲云曾几次约我为这个刊物撰稿。我曾经敷衍过他两次，用假名写了两篇看不出政治倾向的文章。

但是，我毕竟与新生命书局有过关系，第一，是在与这个书局有关的《文化建设》月刊上发表过文章，并写过几个小册子；第二，是在"社会与教育社"所在的房子里住过；第三，是因此与樊仲云相识，并与他手下的几个工作人员很熟。所以，我在延安入党时和后来整风审干时，都曾把这段关系向党交代过。一九五五年在中南党校工作时，由于我和一些干部对校长有些意见，他利用我的这段历史，要把我打成"反革命"，紧张地搞了一年多，然而到底没有办法把"反革命"的帽子加在我头上。

作为一个"作家"，我同生活书店的关系最为密切，我的书绝大部分是在这个书店出版的。我的文章，大部分也是在这个书店办的刊物——《新生》、《大众生活》、《太白》、《世界知识》、《文学》、《世界文库》、《译文》上发表的。生活书店所付给我的稿费，是我一九三三——一九三七年的生活费的主要来源。在这里，把我在生活书店出版的书，开一个目录如下：

一、《社会主义讲话》（日本山川均著），约十二万字。一九三三年。

二、《犹太人》，一万五千字。一九三三年。

三、《伊特勒共和国》（苏联拉甫莱涅夫著的小说），二十万字。一九三四年先在《世界知识》上连续发表，后出单行本。

四、《小鬼》（旧俄梭罗古勃著的小说），三十万字。一九三四年先在《世界文库》上连续发表，后出单行本。

五、《打杂集》，一九三五年出版，二十万字。（一九三四年，曾编过一本《不惊人集》，国民党图书杂志审查委员会不予通过，稿子也没有退回。不知怎样一来，一九三七年由一个叫做"千秋出版社"的出版了，我自己在文化大革命中才知道。）

六、《文艺思潮小史》，五万字。一九三六年出版。

七、《列宁家书集》（据巴比塞编的法文译本译出）三、四十万字。一九三七年出版。此书稿费，成为我去延安的旅费。

此外，一九三六年我曾翻译巴比塞著的《斯大林传》（副题《从一个人看一个新世界》，二十万字。本来生活书店想出版，后由钱俊瑞、姜君辰等办的新知书店印行。）

我投稿的范围比较广泛，除生活书店的几个刊物以外，还有《申报》的《自由谈》、《申报月刊》、林语堂编的《论语》和《人间世》，以及其他许多进步刊物。

所以我在一九三三——一九三七年期间，虽然没有职业，但稿费和版税的收入，对一个"左翼作家"来说，还是不少的，平均每月有一百五十元左右，除给父母每月寄三十元外，夫妻二人，加上陆续出生的三个儿女，生活倒过得不拮据，还可以对个别"左联"的同志津贴一些。

以上说的是我公开的文字活动。一九三四年以后，我的主要的活动是"左联"的秘密工作，这要在一个专章中来谈❶。

关于文学工作，鲁迅先生在一九三四年九月二十日给我的信中曾给我一个指示，他说："至于投稿，则可以做得隐藏一点，或讲中国文学，或讲外国文学，均可。这是专为卖钱而作，算是别一回事，自己的真意，留待他日发表就是了。"

我基本上是按照这个指示做的。但现在想来，却应作如下的检讨：

在一般的"左翼"作家中，我的翻译、写作的数量是比较多的，这一点，曾受鲁迅先生的表扬，总算没有做"空头文学家"。但正因为写得多，却粗率得很，水平不高。当时上海有一种风气，就是一个"作家"如果有了一点名气，就纷纷来约稿。尤其自己做过编辑的，来纠缠的人更多，由于我一九三四年曾编过《新语林》，也碰到这种麻烦，向鲁迅先生诉过苦。所以在上述同一信中，鲁迅先生也说："一

❶ 这一章未写出作者即谢世。——编者

做过编辑，交际是一定多起来的，而无聊的人，也就乘虚而入，此后可以仍旧只与几个老朋友往还，而有些不可靠的新交，便断绝往来，以省无谓的口舌，也可以节省时间，自己看书。"但是由于"左联"的工作，这一条指示我却无法做到，很多时间花在无聊的交际上，因而看书也不仔细，没有系统深入地研究一些问题。有些写小说的"左联"同志，写出几篇比较象样的作品以后，再难为进，长期写不出东西，这是很可理解的。写小说总要有生活经验为基础，但有些人，原来的生活经验，一、二篇就写完了，后来却因从事"左联"的活动和应付无聊的交际，生活空虚了，所以就写不出东西。我写杂文，本来是批判国民党统治下的黑暗现状的居多，比较容易，有话可说。但一九三四年八月国民党实行图书检查制以后，这种批判文章，意思较显明一点的就通不过，于是只好"隐藏"得非常含糊。但主要还是自己的思想不深刻，艺术不熟练，而且又要应付拉稿，所以常不免粗制滥造。不过在当时，除了鲁迅那样的修养有素的作家外，象我这样的情况的人，是比较普遍的。

上海是个"洋场"，情况极复杂，故先进的阶级——工人阶级在这里过着被剥削、被压迫的最悲惨的生活，同时进行着顽强的革命斗争；最反动的、最腐朽的阶级——官僚资产阶级在这里过着最荒淫无耻的生活，同时进行着反革命阴谋；而各种小资产阶级分子也在这里挣扎着，动摇着，反抗着。社会关系错综复杂，政治面貌五颜六色，变化不定。所谓"文坛"，也反映着这种情况。有革命倾向的知识分子，在这种环境中很容易迷失方向。我是因为参加了"左联"，所以以"左联"的方向为方向。

（原载1980年8月22日《新文学史料》第3期。
收入《徐懋庸回忆录》，人民文学出版社1982年7月第1版）

第七章　我和鲁迅的关系的始末

这个标题其实不恰切。我和鲁迅先生的关系，固然有始，却还没有完结。在当前，报刊上的文章也好，人们的闲谈也好，一提到鲁迅，常要牵涉到我同鲁迅的关系。不仅如此，鲁迅先生的名字和著作全集，一定是会"流芳百世"的，那末，我的名字，也将夹在他的全集中"遗臭万年"。至于我自己，只要分析到自己的思想，就离不了与鲁迅有关的问题，他所给予我的深刻的影响，以及我对这些影响的也有正确、也有错误的反应。这是要我死的时候才停止的。而且在我死后，不仅我的儿女们，下代的青年们也还会碰到我和鲁迅的关系的问题，而且对于他们会发生某些影响❶。

然而，现在姑且用这个标题，来写出我和鲁迅相识的几年中的一些事情的回忆。

说起来很奇怪，把鲁迅介绍给我的，倒是一个悲观厌世的颓废文人——我在小学时期的老师徐叔侃。他在一九二二年下半年教我读古书时，就同时介绍鲁迅的《阿Q正传》给我看。一九二三——一九二六的几年中，鲁迅著译的每一本书出版——从《呐喊》到《彷徨》、从《热风》到《华盖集续编》、从《工人绥惠略夫》到《现代小说译丛》和《现代日本小说集》、从《苦闷的象征》到《思想·山水·人物》，他都介绍给我，还叫我订了一份《语丝》。在当时的国内两个主要文艺团体——"文学研究会"和"创造社"中，他不喜欢"创造社"而赞成"文学研究会"的方向，而特别崇拜鲁迅和周作人。我完全接受了他的影响，却主要地崇拜鲁迅。

说起来又很奇怪，在那时候，鲁迅的书里面，对我影响最大的，倒是他翻译的日本作家厨川白村的两本东西：《苦闷的象征》和《出了象牙之塔》。这影响有两个方面，一方面是译文的风格。在徐叔侃的指点下，我对于《苦闷的象征》的译文，觉得非常新鲜，非常生动有力。后来我自己搞翻译时，也模仿鲁迅的直译法，自然是没有模仿好。《出了象牙之塔》，则除了这一点外，主要是从思想上给我影响。厨川在批判那种投机取巧的"聪明人"，提倡那种不计个人利害、不妥协、不敷衍的"呆子"的议论，使我对鲁迅精神有了一些理解，自

---

❶ 今年7月间，北京的"鲁迅研究室"和"鲁迅博物馆"的工作人员来找我，要我解释一些他们搞不清楚的问题。我因此想到，关于鲁迅的有些事情，现在知道的人极少了，有的而且只有我一个人知道了。——作者

已也决心做个"呆子",自然也没有做好。又因厨川氏提倡写Essay（杂文），而鲁迅自己也写了很多杂文，后来我也写起杂文来，而且也模仿鲁迅的笔法。不消说，这方面也没有模仿好。

在一九二七年以后，我看到鲁迅的拥共反蒋、亲苏抗日的政治立场是鲜明而一贯的，我开始把鲁迅同中国共产党领导的无产阶级革命联系起来认识，因此对他有进一步的崇拜。一九二八年开始的"创造社"和"太阳社"与鲁迅争论时，我是站在鲁迅方面的。从鲁迅的《而已集》、《三闲集》和《二心集》，我体会到他既同社会上的资产阶级右派又同党内的错误思想斗争的英勇精神。尽管我的认识既不全面，也不深刻。

我第一次同鲁迅通信，是一九三三年的十一月间，那一年初，我从黄岩到上海，开始从事翻译工作，夏季开始写杂文投寄给黎烈文编辑、得到"左联"和鲁迅支持的《申报》副刊《自由谈》，受到黎烈文的欢迎。此后我即成为《自由谈》的撰稿者之一。十一月间，我翻译的法国作家罗曼·罗兰的《托尔斯泰传》出版，就寄了一本给鲁迅，并提出其中两个用拉丁字拼音的日本人名的汉字写法。鲁迅于十五日收到我的信和书，当夜就作复，并对我没有问到的人名，也给了指示，可见他是把书即时浏览一遍的。他这种精神使我非常感动。十七日和十九日，他又给我两封信，更正了他十五日信中答复的一个错误，并指出我的一句译文的错误。在此以前，我虽早已知道鲁迅对于青年非常热情，办事很认真，但这回自己亲身感受到，就特别觉得亲切了。

同年十二月间，关于一个文艺理论的问题，我同韩侍桁发生了争论。我于十八日写信给鲁迅，希望得到他的指示，并请示关于文艺理论有什么日文书可读。他于二十日复信。关于第一个问题，他说：据我看来，先生的主张是对的。而比较详细地谈了他自己的观点。关于第二个问题，他介绍了六种书，首先是关于世界史的，他说："首先是改看历史，日文的《世界史教程》（共六本，已出五本，这是苏联人编的——作者），我看了一点，才知道所谓英国美国，犹如中国之王孝籁而带兵的国度，比年青时明白了。""其次是看唯物论"，然后是文学史，最后是文艺理论。从这个书目的次序，可以看出鲁迅的马克思主义的观点，首先是历史，然后才是理论。此信最后说：

　　中国的书，乱骂唯物论之类的固然看不得，自己不懂而乱赞的也看不得，所以我以为最好先看一点基本书，庶不致为不负责任的论客所误。

　　这是何等重要的指示啊！

　　一九三四年新年，一月六日（《鲁迅日记》），黎烈文邀请《自由谈》的十来个撰稿者聚餐，其中有鲁迅、郁达夫、曹聚仁、陈子展、唐弢、周木斋、林语堂……，也有我。这是我第一次同鲁迅先生见面（同其他诸人也是第一次。又，在此以前，我于一九二七年秋在上海劳动大学听过鲁迅先生的演说）。林语堂晚到，那时大家已经入席了。他坐下之后，就对鲁迅先生谈起来，他说："周先生又用了新的笔名了吧？"因为当时鲁迅的笔名，是经常改变的。鲁迅反问道："何以见得？"林语堂说："我看新近有个'徐懋庸'，也是你。"鲁迅先生哈哈大笑起来，指着我说："这回你可没有猜对，徐懋庸的正身就在这里。"大家也笑了起来。

　　虽然我的杂文的风格，有点和鲁迅相似，其实唐弢刻意模仿鲁迅，比我还更形似，不过在泼辣一点上，唐弢不及我而已。到了后来，我更有意减少文言句的使用，避免过于隐晦，这是根据"左联"同人们的建议的。

　　一九三四年春我加入"左联"后，同鲁迅的关系进入一个新阶段，即"左联"的组织关系，因为鲁迅是"左联"的委员长。虽然鲁迅同周扬等的关系已经很不好，但对于"左联"，他还是没有脱离组织的。

　　这年的五月十日，鲁迅由"林语堂邀夜饭，晚往其寓，……同席十人"（《鲁迅日记》）。这是我同鲁迅的第二次见面。林语堂当时还在办《论语》半月刊，所以举行这次聚餐的。鲁迅在五月二十二日给我的一件复信中说："别后一切如常，可纾锦注。"这次所说"别后"，就是十日在林寓的分别。

　　我那时是"左联"理论研究会的一个组员。这时候《自由谈》被国民党反动派所迫停刊，"左联"想办一个半月刊，代替《自由谈》这个阵地。恰好有一个惯于投机而不负责任的"光华书局"，愿意出版这个刊物，且想利用《自由谈》在群众中的影响，力主定名为《自由谈半月刊》，"左联"就叫我担任编辑。我将这事请示鲁迅，他于五月二十六日的复信中说：

> ……我因为根据着前五年的经验，对于有几个书店的出版物，是决不投稿的，而光华即是其中之一。
>
> 他们善于伺机利用别人，出版刊物，到或一时候，便面目全变，决不为别人略想一想。例如罢，《自由谈半月刊》这名称，是影射和乘机，很不好的，他们既请先生为编辑，不是首先第一步，已经不听编辑者的话了么。则后来可想而知了。
>
> 我和先生见面过多次了，至少已经是一个熟人，所以我想进一句忠告：不要去做编辑。先生也许想：已经答应了，不可失信的，但他们是决不讲信用的，讲信用要两面讲，待到他们翻脸不识时，事情就更糟。所以我劝先生坚决的辞掉，不要跳下这泥塘去。
>
> 先生想于青年有益，这是极不错的，但我以为还是自己向各处投稿，一面译些有用的书，由可靠的书局出版，于己于人，益处更大。

我得了这劝告，也曾经决定不干。鲁迅于五月三十一日给杨霁云信中说："徐先生也已有信来，谓决计不干。这很好。否则，上海之所谓作家，鬼蜮多得很，他决非其敌，一定要上当的。"然而"左联"决定还是要在光华书店出版这半月刊，也还是要我担任编辑，不过经过力争，名称改为《新语林》。我仍想请鲁迅支持，要求面谈。六月七日他来信约定时间地点，九日我和魏猛克一起去看他。《鲁迅日记》六月九日记："同猛克及懋庸往Astoria饮茶"，即是此次的晤谈。Astoria者，是北四川路底一个希腊人开的咖啡馆，下午总是很少顾客的。我后来多次与鲁迅晤谈，都是在下午，我先到内山书店找着他，然后一同到Astoria去。一面谈话，一面饮咖啡，吃点心，钱都是由他付的。

五月二十六日的信虽然表示他自己不在光华书店的出版物投稿，而且劝我不要做编辑，语气十分坚决。但《新语林》办了起来，仍在光华出版，而且仍由我编辑之后，鲁迅先生却是积极支持到底的，不但自己投过好几篇稿子，还介绍许多别人的稿件。我由此认识到鲁迅先生很顾大局，决不固执己见的。

鲁迅的预见完全应验了，光华书店的确不讲信用，《新语林》才出了两三期，就老病复发，首先是老板任意扣稿子，比国民党的"图书杂志审查委员会"差不多，不过后者是用"法律"强制，前者用生意经"商量"而已，所以把《新语林》弄得"实在和别的东西太象"（鲁迅七月九日给我信中语），其次是一方面说销路还好，另一方面却拖欠稿费，所以鲁迅说："他们就利用别人的同情和穷迫的。既然销路还好，怎么会没有钱，莫非他们把杂志都白送了人吗？"（七月二十七日信）于是我真的象进了"泥塘"，非常为难，既对读者抱歉，又觉得对不起作者。所以常向鲁迅诉苦。鲁迅于八月三日给我的信中说：

> 光华忽用算盘，忽用苦求，也就是忽讲买卖，忽讲友情，只要有利于己的，什么方法都肯用，这正是流氓行为的模范标本。我倒并不"动火"，但劝你也不要"苦闷"了，打算一下，如果以发表为重，就明知吃亏，还是给他；否则，斩钉截铁的走开，无论如何苦求，都不理。单是苦闷，是自己更加吃亏的。

在当时的上海也真是没有办法。革命者自己没有出版机关。商务印书馆、中华书局等大书店，是官气商气并重，不印左倾的东西的。一九三三年改组的生活书店，是进步的，也比较正派，但也很稳重。"左联"要出版刊物，只好找光华之类的书店，但确实要受到流氓的利用和欺侮。所以鲁迅也只好认为以宣传工作为重，只好自己吃点亏。然而，我实在没有同流氓打交道的本领，终于在八月间，经"左联"领导的同意，辞去了编辑，由另一个能打交道的人去编，然而他也只搞了两三期，《新语林》终于夭折了。

鲁迅在九月二十日信中追论此事说：

> 先生去编《新语林》，我原是不赞成的，上海的文场，正如商场，也是你枪我刀的世界，倘不是有流氓手段，除受伤以外，并不会落得什么。但这事情已经过去了，可以不提。不过伤感是不必的，……由我想来，一做过编辑，交际是一定多起来的，而无

聊的人，也就乘虚而入，此后可以仍旧只与几个老朋友往还，而有些不可靠的新交，便断绝往来，以省无谓的口舌，也可以节省时间，自己看书。至于投稿，则可以做得隐藏一点，或讲中国文学，或讲外国文学，均可。这是专为卖钱而作，算是别一回事，自己的真意，留待他日发表就是了。

这信的后半段，当时看了虽然很感动，但没有体会它的深意。现在联系别的许多事情想来，鲁迅先生那时是认为我是一个努力上进的青年，可以培养的，对我期望颇殷，爱护甚深。他起初坚决反对我编《新语林》，但当我编了起来之后，他则大力支持，并多所指示，这固然是以事业为重，但也是出于对我的爱护。他曾对我说过，有不少"左翼"作家，只"左"而很少"作"，是"空头文学家"，而对于我的每年至少译一本书，而且文章写得不少，颇致赞许。鲁迅一生爱憎分明，对所爱的人，关心起来是无微不至的，从我编《新语林》一事的前前后后，可以看出。也就是在这个时候，有一次谈话完毕，从Astoria 出来，他忽然问我："你有几个孩子？"我说有两个。他就带我到北四川路一家商店，买了两斤高级糖果，说："带回去给孩子们尝尝吧。"又知道我正消化不良，到药房买了一瓶蓖麻子油，说："服这个泻一泻就好了。这是起物理作用的药品，没有副作用的。"

但在同时，他也已看出了我的危机。我在"文坛"上有点"名气"了，又当过编辑，捧的人多了起来，但学问的根底是浅薄的，所以他认为我还须多有时间学习，为此就须减少交际，避免无谓的口舌。这意思，他在一九三五年三月给我的《打杂集》所作的序里，也曾暗示过，其中说，中国对于稍稍显得特出的人物，采取两种办法来加以毁灭，一种是"拿了长刀来削平它"，另一种是捧了起来，"但这捧了起来，却不过为了接着捧得粉碎"。

但这种深意，我在当时是未有所悟的。那时看了序文，只重视他对我的杂文的几句好评，如"和现在切帖，而且生动，泼刺，有益，而且也能移人情"，从而沾沾自喜；而会被捧得粉碎的那个警告，却以为不是对我自己的。呜呼，我的缺乏自觉性，所以终不免于"粉碎"也。

一九三四年秋，即在我卸去《新语林》编辑之后不久，我被选入

"左联"常委会，担任宣传部长。次年春，在田汉、阳翰笙等被捕以后，原来担任"左联"书记的任白戈去日本，由我接任书记。

我以一个一九三三年才在上海文化界露面的青年（那一年只有二十三岁），在"左联"又不过是一个新盟员，为什么"飞黄腾达"如此之快？这本来是一件反常的事。但这是有原因的：

首先，"左联"在前几年已遭受过国民党的几次破坏，因此一些作家消沉了，虽然还挂着"左翼作家"的牌子，但不愿干组织工作，而我却有一股勇于任事的锐气，也可以说是呆气。又因为胡风同周扬闹对立，拉了一部分人出去，作为"正统派"的周扬，手下人数不多了。

其次，当时许多老"左翼作家"，作品很少，在社会上名声不大。我则因为译书，写杂文，当时显得"异军突起"，而且与生活书店关系较好。

第三，也是主要的一点，当时周扬所主持的原"左联"常委会的人，已经没有一个可以同鲁迅谈得拢，而我，特别经过《新语林》的一段工作，在他们看来，鲁迅同我的关系很好。周扬虽然和鲁迅关系不好，但还要团结他，要有个人去同他联系。

就是因为这样，他们才让我担任宣传部长以至书记，以便代表常委会同鲁迅联系。

那第三条，周扬他们当时是对我明说的，前两条则是我后来慢慢体会到的，这也是为了利用的方便。鲁迅也看出了这一点，他在一九三五年六月二十八日给胡风的信中说："我们的元帅（指周扬）深居简出，只令别人出外奔跑"，这在当时，是由"叶君"（即叶紫）引起的话，但也包括我在内。

我对于这样地被利用，却从来没有后悔过。"部长"、"书记"等头衔，现在看来很了不起，但在那时，既无利可图，又无威可发，社会地位又主要靠自己的译作，所以除了满足青年时代的荣誉感以外，不过有坐牢杀头的危险而已，所以我并不对此很感兴趣。当时自己的想法，主要是服从工作的需要，而且对于由此可以多与鲁迅先生接触，觉得高兴。

然而，我却真正陷入了一个没顶的泥塘。

无论怎样，对于三十年代加入"左联"一事，我是毫不后悔的。

既要革命，就得参加革命的组织，而"左联"就是革命的组织。

"左联"存在的几年，尤其是我加入后的"左联"的几年，整个说来，对其性质、工作、影响，究应如何评价，现在还没有作出历史结论——至少我还没有听说。关于那时"左联"的活动情况，我这里且不说它，我现在只谈谈与鲁迅有关的一些问题。

鲁迅先生在一九三六年答复我的文章中指出：

> 在左联结成的前后，有些所谓革命作家，其实是破落户的漂零子弟。他也有不平，有反抗，有战斗，而往往不过是将败落家族的妇姑勃谿，叔嫂斗法的手段，移到文坛上。喊喊嚓嚓，招是生非，搬弄口舌，决不在大处着眼。

这一段话，对于当时的有些所谓"左翼作家"，实在是一针见血的。我想举几件事情来谈谈。

三十年代胡风和周扬为什么闹对立，我到现在还闹不清楚。我那时只听周扬说，胡风闹分裂，这人不好，却没有听说过他是内奸。我同胡风也接触过两三次，而且受周扬委托，争取他释嫌合作，而没有成功，不过我也觉得这人确实不好，很"诈"。我在当时，只知道周扬派和胡风派之间成见很深，互不通气而已。然而，在鲁迅死后，他的书简集出版时，我却发现几件怪事。

第一件是关于争取萧军参加"左联"的问题。

一九三五年，在我担任"左联"书记之后，有一次鲁迅指示说，在现在这样白色恐怖的时期，"左联"暂时不要发展新盟员。发现几个新出现的进步的作家，最好在组织之外把他们团结起来，不要拉进组织；否则，一旦"左联"遭到破坏，就会一网打尽，后备无人了。

当时"左联"常委会对于这个指示是同意的，周扬也说这样较好。事实上，从那时起，直到"左联"解散，不曾发展过一个新盟员。

但是，鲁迅一九三五年九月十二日给胡风的信中，却有这样一段话：

> 十一日信收到。三郎的事情，我几乎可以无须思索，说出我的意见来，是：现在不必进去。……近几年，我觉得还是在外围

的人们里，出几个新作家，有一些新鲜的成绩，一到里面去，即酱在无聊的纠纷中，无声无息。……我的这意见，从元帅看来，一定是罪状。

"三郎"即萧军，"进去"即加入"左联"。"元帅"是周扬。胡风的信里，说的是周扬方面要拉萧军进"左联"呢，还是萧军自己想"进去"而通过胡风征求鲁迅的意见呢？现在不得而知了。倘若是前者，那么是周扬不但对鲁迅的指示阳奉阴违，而且是背着"左联"同人干的。难道是后者么？这却可疑。一则，萧军在那时候，同鲁迅通信、见面的次数很多，为什么这个问题，他自己不直接向鲁迅提出而要通过胡风？第二，胡风当时与周扬是势不两立的，如果萧军要加入"元帅"控制的"左联"，胡风本人就一定反对，何必去问鲁迅呢？可见在这件事情中，必然有超出喊喊嚓嚓而又加强喊喊嚓嚓的某种阴谋，无非要激起鲁迅的愤怒。而且倘若是前者，那末鲁迅因此也把我看作阳奉阴违的人了。

第二件事就更加奇怪。一九三五年夏，"左联"想恢复两年多没有办的内部刊物。为了这事，我同周扬争论过一下。周扬以为要办，就得办成十六开本的厚厚的一册，如以前的《文学导报》那样。我分析了情况，第一，稿件难得，因为内部刊物是不给稿费的，当时"左翼作家"不会有几个人愿意为此撰稿。第二，这刊物是不卖钱的，筹印刷费就很困难。所以要办大而厚的本子，在当时是不可能的。我说："大固然比小好，但小总比没有好。"最后总算我的意见被通过了。我把这事向鲁迅报告，他表示同意，并且很赞许我的意见，以为比较切实（在与此相类的一些问题上，鲁迅总是满意我的精神的）。

于是就搞起来了，首先就的确碰到稿件的困难。凑了几篇，连三十六开四五十页的一本也填不满。请周扬写一篇"指导性"的文章，催了又催，过一个多月才交来。此外，我又请张仲实把苏联的《给初学写作者的一封信》的第一篇译给我们。（此信已由张译出在生活书店出版，但那第一篇，因为太"红"没有译出。）这样，总算第一期的字数够了。

集稿以后，由何家槐找到一个小印刷所去印，因为这里面有同情我们的工人，所以交涉成了。

印刷是很快的，但碰到付印费的困难了。要一百多元钱，从哪里来呢？办法是，第一，把我们在《时事新报》办的副刊《每周文学》的稿费充公，不给作者个人（作者都是常委会的几个人）。第二是募捐，在一次某个编辑部可能是《文学》或《太白》半月刊举行的宴会上，我向茅盾、胡愈之各捐了十元。当时鲁迅也在座，我向他募捐，他却说："我没有钱。"这使我很奇怪。但是《每周文学》的稿费有限，募捐也只得到二十元，不够付印费。而印刷所不断地催何家槐，叫交款取货，因为这批货放在印刷所是有很大风险的。我着急得很，有一次去同鲁迅面谈时，又向他要钱，他仍然说："我没有。"

这样地拖了一个多月，最后《每周文学》又增加了一个月的稿费，我自己也出了十来块钱，总算付清了印费，把叫做《文艺群众》的这批货取回来了。

我把这刊物寄给鲁迅两册，不料寄出的第三天，就收到他寄来的二十元钱。这就是九月八日他给我信中所说："附上稿费收据三张，为印刷之用，乞便中往店一取为感"的那回事。"店中"是指生活书店。据《鲁迅日记》："下午收《太白》（二卷之十二）稿费九元八角，即转寄茂荣"。这是不准确的，三张稿费单不会只有九元多，其实是二十元。

对于他在此事上前后的两种态度，我们觉得很奇怪，知道一定有文章在里头，但不知道是怎么一回事。

后来鲁迅先生用以下的一番话给我作了解释："开初的不给钱，是有原因的，并不是我小气。'左联'已经有两年多不出机关志（即内部刊物）了，但常说要出，却总不见出。而且每月有人向我收取盟费二十元，也说是办机关志用的。我出了钱，刊物既不见，却反而落得一个坏名声，说我本来是不配做左翼作家的，只因为这每月的二十元，才准我做。所以我是个捐班的左翼作家。现在你们让刊物和我见面了，这回总算没有失信，所以就寄给你那几张单子。"

我当时听了这话，一方面很被鲁迅的严格精神所感动，另一方面，又觉得事情很离奇。"左联"至少在我参加的期间，已不收盟费了，我也没有听说过鲁迅的二十元还在每月收取；如果收取，我作为书记，应当是知道的。那末，这笔钱是谁在收的呢？但我不敢问鲁迅，因为那时已感觉到"左联"的里外，口舌很多，许多事情弄不清楚，一问反而使情况更加复杂化。

然而，更奇怪的事情，是我后来看到《鲁迅书简集》才发现的。一九三五年八月二十四日鲁迅给胡风的信中，有这样一段话：

> ……至于我们的元帅的"悭吝"说，却有些可笑，他似乎误解这局面为我的私产了。前天遇见徐君，说第一期还差十余元……。我说，我一个钱也没有。其实，这是容易办的，不过我想应该大家出一点，也就是大家都负点责任。

从这一段话可以看出：第一，当时从"左联"分裂出去的胡风，对于周扬方面的动静，是十分清楚的。第二，胡风总是把得到的消息报告鲁迅，以激起鲁迅对"元帅"的愤怒的。第三，周扬身边，可能是埋伏着胡风的内线，经常向胡风通风报信的。这是谁，我也猜不出。

周扬说鲁迅"悭吝"的话，我是没有听到过，他很可能对别人说过，也可能没有说过而是胡风故意捏造。总之，周扬固然有缺点，而胡风之"喊喊嚓嚓，招是生非，搬弄口舌"的伎俩，同样是不择手段的。

我怀疑鲁迅的那每月二十元，很可能是胡风收取的，但无从证实。但是胡风在鲁迅面前，还装着一个没有脱离组织的"左联"盟员，这是可以肯定的。

诸如此类喊喊嚓嚓的事情还不少，但不去说它了。即此两件，已足以说明周扬、胡风的对立和胡风的卑劣以及我所处的环境的险恶。我虽然也不是怎么从大处着眼的人（老实说，当时的大局实在也不知道怎么着眼才好），但喊喊嚓嚓的事情却不多，一则，我要译书写文章，没有那么多时间，二则，我处在鲁迅和周扬之间，感到很为难，唯恐多说了话，使自己更不好办。

周扬虽然和鲁迅关系不好，但在我面前，却不讲鲁迅的怪话，有些事，他只是说胡风的不是。而鲁迅，却对我几次表示过对周扬的不满。例如一九三五年一月十七日给我的信中说：

今天得信，才知道先生尚在上海，先前我以为是到乡下去了。暂时"消沉"一下，也好的，算是休息休息，有了力气，自然会不"消沉"的，疲劳了还是做，必至于乏力而后已，我憎恶那些拿了鞭子，专门鞭扑别人的人们。

我为什么那时讲到"消沉"一下，记不得了，但曾讲到要到乡下去，总是因为身体不好。我几次回乡，都是因为身体衰弱。鲁迅那句"拿着鞭子"的话，是指周扬的，也就是一九三六年他那篇文章中所说"以鸣鞭为业绩"的"奴隶总管"，是关于萧军问题的一次谈话。萧军从东北来上海，带了一本《八月的乡村》的稿子，是反映东北抗日义勇军的斗争的。鲁迅很重视这作品，故为之作序，帮助出版，而且同萧军夫妇的个人往来，非常密切。《八月的乡村》出版后，周扬写了一篇书评，对其缺点多所指摘，鲁迅对此很生气，他对我说："你看过一个美国电影片子么？那是讲白种人在非洲'探险'的事情的。白种人用暴力征服黑人之后，把黑人作为奴隶，却从黑人中挑选一个顺民作这些奴隶的总管。这总管，每当白人主子来察看的时候，就用鞭子打自己的同胞特别起劲，以表示对主子的忠诚。现在我们的人，对一个新出的作家的很有意义的作品，百般挑剔，而对于资产阶级作家，却很客气，这不是同那奴隶总管一样的么！"

这样的话，我听了回来，对周扬是不照样直说的，只把主要意思传达一下，对常委会的人们，稍多说几句，但他们总是竭力为周扬辩解，我后来也懒得说了。我自己，对于周扬的某些作风——仅限于作风——也是不太满意的，有时对常委会的人谈起，他们也总是为周扬辩护。

鲁迅有一次对我批评"空头文学家"的问题（这是一九三五年秋天的事）。这回我是认真传达了一下，并在常委会上讨论，作了一个计划，当时，大家自报：梅益翻译《钢铁是怎样炼成的》，周立波翻译《被开垦的处女地》，林淡秋翻译《时间呀，前进！》，都是苏联小说。何家槐翻译一个美国左翼作家的《小说与民众》。我那时已经翻译了《小鬼》的大半，后来又计划翻译巴比塞的《斯大林传》。这个计划，后来总算实现了，这些书先后都与读者见面。周扬也翻译了

《安娜·卡列尼娜》，但不在我们的计划之内。

总而言之，直到"左联"解散的问题发生为止，我同鲁迅的关系是比较密切的，他关心我、支持我、教导我，我对他是由衷地敬爱的。我的前妻刘蕴文，有一次同我发生口角，她认为我很错误，说："我要写信到鲁迅先生那里告你一状。"由此可见，她也相信鲁迅是真理所在，而且也知道我是敬服鲁迅的。至于我虽不才，但鲁迅说我对于上海文坛的鬼蜮们，"决非其敌，一定要上当的"（见前引给杨霁云信），倒也是真话，不但当时如此，即后来的几十年，也还是如此！

然而，"左联"解散的问题发生了。

一九三五年十二月十二日鲁迅给我一信，内云：

> 萧君有一封信，早已交出去了，我想先生大约可以辗转看到。

这里的"萧君"是在苏联的萧三，"交出去了"是交给茅盾转周扬的。过了几天，我就"辗转看到"了。

萧三的信的大意是，现在形势不同了，在文艺战线上需要组织统一战线的团体，因此建议把"左联"解散。——他当然是根据共产国际七次大会和我党中央《八一宣言》的精神的。周扬给我看了这信之后，表示完全同意萧三的意见，主张常委会开会讨论一下。但他又说，鲁迅交去这信时，并没有表示自己的态度，所以让我先找鲁迅谈一谈，问问他的意见。我这就非常忙碌起来了。

第一次我找鲁迅谈这事，他的答复是：

> 组织统一战线团体，我是赞成的，但以为"左联"不宜解散。我们的"左翼作家"，虽说是无产阶级，实际上幼稚得很，同资产阶级作家去讲统一战线，弄得不好，不但不能把他们统过来，反而会被他们统去，这是很危险的。如果"左联"解散了，自己的人们没有一个可以商量事情的组织，那就更危险。不如"左联"还是秘密存在。

我当时是同意这意见的，但并没有领会其深刻的意义。

　　"左联"常委会开会了。这回代表"文总"来出席"指导"的却不是周扬，而是我第一次见面闻名的胡乔木。我在会上传达了鲁迅的意见，并表示了自己同意鲁迅的态度。于是胡乔木作了长篇发言，主要的意思是：统一战线团体是群众团体，"左联"也是群众团体。在一个群众团体里面秘密存在另一个群众团体，就会造成宗派主义，这不好，而且会使"左联"具有第二党的性质，更不好。

　　我当时还不是共产党员，听了胡乔木的"第二党"的说法，觉得倒也是个问题，但关于宗派主义，我认为"左联"不存在，统一战线组织中还是可以产生宗派的，"左联"本身之有周扬派和胡风派，即是一例。但讨论结果，大家一致同意把"左联"解散。胡乔木看到我对鲁迅的意见还有点留恋，在会后又同我长谈，打通我的思想，打通了我，就要我去打通鲁迅。

　　于是，我第二次去见鲁迅，把会议的决议和胡乔木的一套道理向他汇报。他听了以后表示：

　　　　既然大家主张解散；我也没意见了。但是，我主张在解散时发表一个宣言，声明"左联"的解散是在新的形势下组织抗日统一战线文艺团体而使无产阶级领导的革命文艺运动更扩大更深入。倘若不发表这样一个宣言；而无声无息的解散，则会被社会上认为我们禁不起国民党的压迫，自行溃散了，这是很不好的。

　　我又把这意见带回给周扬，他起初说，这意见很好，等"文总"讨论一下再说。但是过了几天，他对我说："文总"讨论过了，认为"文总"所属左翼文化组织很多，都要解散，如果都发表宣言，太轰动了，不好。因此决定"左联"和其他各"联"都不单独发表宣言，只由"文总"发表一个总的宣言就行了。

　　于是我第三次为这事去见鲁迅，这次他的答复很简单："那也好。"

　　然而，又过几天，周扬说，"文总"也不发表宣言了，理由是，此时正在筹备组织文化界救国会，不久将成立。如果"文总"发表宣言解散，而救国会成立，就会被国民党把救国会看作"文总"的替身，这对救国会不利。

　　于是我第四次去见鲁迅，说明此事，鲁迅听了，就脸色一沉，一言不发。我觉得很窘，别的话也无从谈起了，就告辞而回。

　　这是我同鲁迅的最后一次见面，时间是一九三六年二月二十八日，因为鲁迅一九三六年二月十七日的信中说："来信收到。近来在做一点零碎事，并等候一个朋友，预先约好了怕临时会爽约，且过一个礼拜再看罢。"而二十一日的信，则约定"于二十八日（星期五）午后二时，等在书店里"。这就是他对我最后一次的约会。

　　"左联"就这样解散了。而斗争开始在统一战线问题上公开化、复杂化起来。

　　鲁迅先生对于"左联"的"解散"和"溃散"的界限是分得极严格的。一九三六年四月间，我看到日本的《改造》杂志，其中有"改造社"社长山本实彦来华时与鲁迅谈话的记录（《鲁迅日记》一九三六年四月七日记："得改造社信并稿费八十"，就是同时刊有鲁迅的文章的这期《改造》），其中有一段，山本问起"左联"，鲁迅答："我本来也是'左联'的一员，但是这个团体的下落，我现在也不知道了。"

　　在无产阶级文化大革命中，我看到"师大井冈山"编的一个小册子，其中录有《光明》半月刊一卷十期刊载的一九三六年四月二十四日复何家槐的信（此信《鲁迅书简》未收入），上面说：

　　　　我曾经加入过集团（按：即"左联"），虽然现在竟不知道这集团是否还在，也不能看见最末的《文学生活》……

　　这信我在当时也是看到过的。鲁迅答山本和何家槐的说法，当时使我感到他不顾事实，所以于五月二日写了一封信给他，说："'左联'解散问题，我是前前后后多次报告了你的。'解散'得对不对，是另一问题，但你说不知下落，则非事实。"他即于下午复信，（此信亦未收入《书简》，我也是在师大井冈山编的小册子中看到的。是被当时的编者扣下的。复何家槐的信，可能是鲁迅死后没有交给许广平。）他说：

集团要解散，我是听到了的，此后即无下文，亦无通知，似乎守着秘密。这也有必要。但这是同人所决定，还是别人参加了意见呢，倘是前者，是解散，若是后者，那是溃散。这并不很小的关系，我确是一无所闻。

看这信就十分明白了，他的意思，第一，解散而不发表宣言，就是"无下文"，第二，解散而不发表宣言，是由于"别人参加了意见"，就是"溃散"，也就是投降。而所谓"别人"，我想是指当时文化界救国会的头头。

这信的末了，还说：

我希望这已是我最后的一封信，旧公事全都从此结束了。

事实上这也是他给我的最后一信——除了八月后那篇《答徐懋庸并关于抗日统一战线问题》文章不算——他从此同我绝交了。

此后见之于鲁迅的日记的，还有我一九三六年五月五日和八月二日的信，最后是十月三日记着："下午徐懋庸寄赠《小鬼》一本。"

我素知鲁迅先生的脾气，当他认为一个人可以交的时候，他的关心爱护是无微不至的，而当他憎恶一个人的时候，就拒之于千里之外，决不留情的。我知道他对我已经失去信任，认为我是周扬的人，交谊至少暂时是不能恢复了。我自然非常沉痛，但对他的革命性，他的文章、道德，丝毫也没有怀疑，也无怨怼之心。我只有一个想法，关于路线政策问题，总是共产党员比较明白，鲁迅不是党员，而周扬却是的。因此，我要跟党走，总得基本上相信周扬他们所说的。所以，在这个严重的关头，我经过反复考虑，在当时的争论中决定站在周扬的方面，虽然我对周扬的作风有些方面也是不满意的。又因为周扬他们的经常议论，以及根据我自己的观察，我以为胡风不是好人，鲁迅是受了胡风的蒙蔽，"浮云蔽白日"，一时也是难免的。

此后的大事情：如两个口号的争论，我八月一日给鲁迅的信和他的驳斥的长文等等，报刊上讲得很多，众所周知，我这里不说它了，有的事情，则将在关于"左联"情况的回忆录中去写。现在只讲几个问题。

第一，关于我八月一日给鲁迅的那封信的问题。

鲁迅在给杨霁云的信（一九三六年八月二十八日）中说："其实，写这信的虽是他一个，却代表着某一群"，这话是符合实际的。但是，这个问题，从一九三六年下半年起，一直到无产阶级文化大革命中，我同人们争论了三十年之久。这争论是两方面的。

一个方面，是我同周扬他们的争论。鲁迅答复我的文章发表后，周扬他们认为我给他们惹了大祸，就开了一个会批评我，除了周扬以及原"左联"常委会的几个人以外，还有夏衍。他们批评我"个人行动"、"无组织无纪律"、"破坏了"他们"同鲁迅的团结"，而他们自己却毫无检讨。我很不服，驳斥了他们。我说，信虽然是我自己想起写的，可以说是"个人行动"，但其基本内容，不是你们经常向我灌了又灌的那一套么，不过我把它捅了出去而已。"左联"的解散，我本是赞成鲁迅先生的反对意见的，你们硬要解散，而且不发表宣言，既已解散了，还有什么"组织"，什么"纪律"。你们与鲁迅的"团结"，这几年不是由我去做的么？鲁迅的文章里所揭露的事情，绝大部分是你们所干而我不知道的，难道你们本来同鲁迅很团结，而由我这信才破坏的么？——这样，我对周扬他们的争论，强调了代表他们的方面。

另一方面，在文化大革命中，有许多的"左派"组织，向我调查三十年代的问题，硬要我承认这封信是经过几个人共同策划、讨论、修改而且共同发出的，还说我的信不是八月一日写的，我八月一日也没有离开上海，是在八月一日以后的好几天，才共同把信发出的。我举出鲁迅日记作证，说明鲁迅在八月二日收到我的信，八月五日就写完驳斥我的文章，他们也硬不相信——这样，在同这些"调查者"的争论中，我强调了"个人行动"方面。

第二，是我对鲁迅先生的文章的公开答复信的问题。

鲁迅先生的文章发表后，我觉得自己固然有错误，但又很觉委曲，于是写了一封公开信，叫做《还答鲁迅先生》，主要说了三点意思：

（1）说我的信只是私人通信，鲁迅先生把它公开，不合适。对事业无益。

（2）说鲁迅文章中所揭露的事实，绝大部分与我无干，而且为我所不知道的，把这些事情同我拉在一起，没有道理。

（3）问鲁迅先生说我们是"敌人所派遣"的话有何根据。

此外还有一些不关紧要的话。

这个公开信的稿子，我曾经给周扬他们看过。他们不让我发表，怕惹出更大的乱子，我一定要发表。后来，我找了一个叫做《今代文学》的刊物发表了。鲁迅却没有再予理会。

鲁迅先生在一九三六年八月二十八日给杨霁云的信中说：

> 徐懋庸也明知我不久之前，病得要死，却雄赳赳首先打上门来也。这实在是我最痛心的事。

在给杨霁云的信中还有一段话，也是有点误会的，这段话是：

> 他的变化，倒不足奇。前些时，是他自己大碰钉子的时候，所以觉得我的"人格好"，现在却已是文艺家协会理事，《文学界》编辑，还有"实际解决"之力，不但自己手里捏着钉子，而且也许是别人的棺材钉了，居移气，养移体……原是不足为异的。

其实，所谓"理事"、"编辑"，也和"左联"书记一样，在那时是无利可图，无威可施的。至于我在八月一日信中提到对胡风"本可实际解决"的话，原是说的"左联"存在时候把他开除出组织的意思。这是一九三五年周扬有过的意思，却为我反对掉了。鲁迅先生把"实际解决"解释为"充军"或"杀头"，也是误会，但这也怪我自己没有说清楚。

胡风在三十年代的问题，我不清楚。我那时只攻击他的"诈"，在政治斗争中用了人性论，真也幼稚甚至荒谬得可笑。鲁迅先生说得好："不是只要'抗日'，就是战友吗？'诈'又何妨，'谄'又何妨？"

王船山在《读通鉴论》中有一篇说，嫉恶太甚的人，"恶之而不如其罪之应得，不待其恶之已著，而摘发之已亟也。形于色，发于言，无所函藏，而早自知其不容，一斥为快，而不虑其偾兴以旁出也；如是以赞人主赏罚之权，而君志未定，必致反激以生大乱"。又说"考核未速，瞋恨先形"，一定要坏事。

这说得实在有理。

第三，在鲁迅先生死后。

那时候，我本来还存着希望，且有信心，有朝一日，有些问题是会得对鲁迅先生说清楚，得到他的谅解的。所以当我翻译的《小鬼》单行本出版后，我寄给他一本，表示一种态度，但没有附信，他收到后，也在日记中记了一笔。（我译《小鬼》也是与鲁迅有关的，因为他早年的文章里曾谈起过，当我的译文在《世界文库》中陆续发表的时候，他在一九三五年十二月三日给我的信中说："我看《小鬼》译的很好，可以流利的看下去。"）

但是，十月十九日，忽然得到一个电话，说鲁迅先生逝世了。这对于我真是一个晴天霹雳。我的悲痛，是异于一般人，是无法表达的。后来我送了一副挽联，是这样的：

> 敌乎友乎？余惟自问，
> 知我罪我，公已无言。

这算是大体上表达了我的思想，情绪和态度。到了现在，上联的问题，是没法说清的了。如果还是"自问"，那么我对鲁迅确非敌人。一九三八年五月，毛主席接见我听取关于一九三六年上海那场争论的汇报后，他所作的结论，第一条也肯定了当时双方的争论，不是敌我的矛盾。然而现在的人们的看法可难说了。至于下联的那种遗憾，我现在还是深深地感觉到。

鲁迅先生的遗体在殡仪馆的时候，去瞻仰凭吊的人很多。我去以前，有人劝告不要去，去了恐会受到群众的冲击，至少是怒视的。我考虑了一下，去，固然有此可能；不去，也会被人们认为真正是对鲁迅绝情了。怎么办呢？于是也还是"自问"，到底要不要去追悼，结果是去了，我在先生的遗体前站了一分钟，各种难受的目光是受到了，冲击却没有。后来送葬时，我也参加了行列。

鲁迅先生死后，许广平征求鲁迅生前写的信件，拟编为一集。我当时不经考虑，全部寄给她了。后来《鲁迅书简》中印出来的是四十三封，实际不止此数。有些简单约定谈话时间的条子，我当时没有保存；《鲁迅日记》中所记有些信，不见于书简集中，现在我只知道有一封是被编者扣下的，其他不得而知了。但也有两三封，有信而日记未记的。

我深信自己当时做得对，把全部的信交了出去，以致现在不但保留了鲁迅先生的手迹的一部分，而且对于我自己的回忆，有很大的帮助，有一些，还对解决某些问题有作用。据我所知，有些人是没有将鲁迅先生的信交出去的。

这书简集，还有许多很值得研究的事情，我不知道将来能否有时间研究一下，许多实情，现在知道的人已不多了，单是看信中文句，是不容易明白的。

关于鲁迅先生，许多人写过回忆录和纪念文章、研究文章，我只写过几篇，是被催得紧才写的。不想写的心情很复杂，这里不去说它了。有一篇，论鲁迅的战略和战术思想，举出好些论点与毛主席的思想不谋而合，我以为是写得正确的。

我说"不谋而合"，倘被某种人见了，又是要挨斗的。文化大革命中，有的权威人士的言论和权威的报刊，说鲁迅是学习毛泽东思想的模范，我很诧异。鲁迅生前怎么就看到《毛泽东选集》了呢？当然，毛选第一卷里的《湖南农民运动考察报告》等一、二篇，鲁迅可能看到过，但他很多与毛主席一致的观点，却是毛主席后来（鲁迅死后）的著作中才发表的。不过，鲁迅读过不少马、恩、列、斯的书，却是实在的。他经过独立思考，领会了马克思主义的立场、观点、方法，又结合中国历史和现实（对于中国现实的范围，鲁迅自然没有毛主席调查研究得广泛），不犯教条主义，所以在许多问题上，达到了与毛泽东思想基本一致的结论。

毛主席最全面、深刻地理解鲁迅，他的心与鲁迅相通，鲁迅在三十年代就拥护党的路线，假如他再活三十年，也一定能更了解毛主席的思想，拥护党和毛主席的路线的。

说到我自己，虽然崇拜鲁迅，却没有把鲁迅的著作学好，正如崇拜毛主席，却没有把毛泽东思想学好一样。我没有学好鲁迅的著作，在一九三六年就暴露出来，而且得到鲁迅自己的批评。他的《故事新编》出版后，从《理水》等篇中，看出他运用了顾颉刚、傅东华、林语堂、潘光旦等人的材料，于是写了一篇读后感，用"索隐"的方法，说他就是在讽刺这些人。事前我曾写信给鲁迅，说要关于《故事新编》写一篇文章，他回信说："先生的对于《故事新编》的批评，我极愿意看。"（一九三六年二月十七日信）但在看到我的文章后，他写信给我说："……看见先生的文章了，我并不赞成。我以为那弊病也在视小说为非斥人即自况的老看法。小说也如绘画一样，有模特儿，我从来不用某一整个，但一肢一节，总不免和某一个相似，倘使无一和活人相似处，即非具象化了的作品。"（一九三六年二月二十一日信）其实，我所承袭的"老看法"，是鲁迅在关于《阿Q正传》批评上早就驳斥过的，我也是早就知道的，但一遇《故事新编》，也还是用了"老看法"，这绝不是偶然的，乃是由于中那种庸俗的观点之毒太深，所以对鲁迅的正确观点不能正确理解。当时，邱韵铎也对《故事新编》中的《出关》一篇写了评论，鲁迅看了却很生气，写了一篇《〈出关〉的"关"》公开加以驳斥。他在给我的信中说："邱先生的批评，见过了，他是曲解之后，做了搭题，比太阳社时代毫无长进。"（一九三六年二月十七日信）虽然我也是"毫无长进"，但鲁迅还是用了严格的老师对不及格的学生的态度，善意地既有批评，又有指示。后来，我却有了一点体会，要能真正理解鲁迅，必须真正领会毛泽东思想；反过来，如果真正理解了鲁迅的著作，也有助于对毛泽东思想的理解的。在某些问题上，我是有这种体会的。

我关于鲁迅的回忆，暂止于此了。至于在同鲁迅的关系上的教训的总结，则以后再做。

1972年9月9日，初稿毕

（原载1980年11月22日《新文学史料》第4期。收入《徐懋庸回忆录》，人民文学出版社1982年7月第1版）

第八章　我和毛主席的一些接触

有许多事情，现在对于公众，是毫无意义的了，本来无须谈它。然而，一则，在自己，总是对一生发生过深刻的影响的历史事实，而且这影响今后还会继续起作用；二则，有一、两个儿女，或纯然出于好奇，或是真正想了解我，或者认为对于他们自己也有些间接的关系吧，常动员我把它们写出，让他们看看。因此，就来写一写吧。——这里要写的是我和毛主席的一些直接的接触。

我是主要为了弄清一九三六年上海文艺界关于抗日民族统一战线中两个口号的那场论争，到延安去的，因为我觉得这个问题的是非，只有党中央才能给我明确的指示。我倒并不希望肯定我自己的"是"，而希望弄清"非"在哪里，是什么性质，错到什么程度，出于什么原因。只要弄清了，我是能够服从真理的。

自从鲁迅先生一九三六年答复我的那篇文章发表以后，在上海我的处境是很困难的。在过去，凡是受到鲁迅斥责的人，大都是没有好下场的，有的人，也以事实证明其为不可救药的分子，所以上海的很多人们，也认为我是从此完蛋了。有的人，则因鲁迅的文章中怀疑"是敌人所派遣"这句话，简直认为我就是反革命。周扬他们，也对我不负政治责任了。因此，我也考虑过，我去延安，也许会碰到很不利的情况。然而，对党中央的深信和问心无大愧，所以还是满怀信心地去了。

由于周扬他们对我不负责任，我又没有别的关系，去延安是很困难的。一九三七年底，我在汉口利用李公朴为阎锡山办的"民族革命大学"聘请教师的机会，先去临汾作为过渡，一九三八年二月末，就脱离"民大"，到西安找到八路军办事处，向林伯渠同志提出去延安的要求，他毫不犹豫地答应了。

三月十日，我拿了林老的介绍信在延安找当时任陕甘宁边区政府副主席的张国焘，他让我暂住"西北旅社"，即中央的招待所。

在"西北旅社"住了两三天，和我从汉口同去"民大"又同去延安的钟敬之，找到正在筹办"鲁迅艺术学院"的张庚，一说就到"鲁艺"工作去了。我却在一个星期之后被通知说，暂时到艾思奇和柯仲平负责的"陕甘宁边区文化界抗敌协会"去住。八月以后，我才听人说起，那时中央要考察我一下。

《实践论》里面说："有些外面的人们到延安来考察，头一二天，他们看到了延安的地形、街道、屋宇，接触了许多的人，参加了宴会、晚会和群众大会，听到了各种说话，看到了各种文件，……在他们的脑子中生起了许多的印象。"

党中央对我的考察，也是让我从以上种种活动中考察延安以后根据我的反应作出判断的。

住"西北旅社"的那几天，就有不少人来找我，除艾思奇、张庚等，原是在上海的熟人外，还有郭化若（当时中央军委的×局局长）、和培元（当时毛主席的秘书，是个青年哲学家，后来在延河游泳中淹死了）、张庆孚（当时任"抗大"四大队主任教员）、柯伯年……等。他们当时只是一般地访问，没有深谈，但已经使我初步吸收到上海所很少有的那种坦率、爽朗、诚恳的延安空气。

在"文化界抗敌协会"，我虽是一个暂时的客人，但也让我参加他们的包括生活检讨会的一些会议，我特别感到新鲜而强烈的是那种批评与自我批评的精神和民主集中制的作风。有一次，讨论伙食问题，大家提了许多批评和建议。一个十五、六岁的"小鬼"（勤务员的爱称）的发言既有批评，又有建议，既坦率，又中肯，使我非常感动。在初到延安的两、三个月内，我的"考察"自然而然地集中到人与人的关系的这一方面。

大约在三月中旬之末，由于何思敬、萧军等人也到了延安，原来从延安带了一个战地服务团到山西去的丁玲等也回来了。有一天晚上，由毛主席以及康生、张闻天、张国焘出面，代表党中央和边区政府举行一次宴会，欢迎包括我在内的七八个新到延安的文化人。这是我第一次见到毛主席，只觉得他态度平易近人，但比我一月间在洪洞县八路军总部见到的朱总司令潇洒得多。这一次他没有当众演说，欢迎词是由张国焘作的，他提到了我翻译的《斯大林传》，夸奖了几句。然后让我们被邀请的人发言，大家谦让，推来推去，要我先讲，我就讲了几句，主要是讲到延安以后的感觉，特别强调延安的人与人的关系与上海不同，批评与自我批评的制度使得是非容易分清，并能增强团结，不象上海那样，很多喊喊嚓嚓，是非难分，不易团结。也联系了上海两个口号之争的问题，说自己虽然觉得有错误，但是非的界限还是很糊涂的，所以要在延安很好学习。接着是丁玲报告了战地服务团工作的经过。然后是萧军发言，主要意思是不同意延安的文艺为政治服务的方针，说是把文艺的水平降低了。最后康生作了长篇讲话，阐述党的文艺政策，中间针对萧军的发言，不指名地批评了一通，萧军竟听不下去，中途退席。

此后是中央宣传部召开的一次座谈会，有张闻天和中央宣传部的几位副部长吴亮平、杨松参加，成仿吾作了关于陕甘宁边区文化运动的报告。会上也要我讲话，我说听了成仿吾的报告，我才对党的文化政策，初步有了一个系统的、明确的概念。至于上海"左联"的工作，是糊里糊涂地做的，我觉得错误很多，但现在还没有能力分析，我相信今后在延安好好学习，一定会弄清楚的。

后来，当时的党报《新中华报》的负责人向仲华来看我，约我为报纸写文章。我当时正读列宁的《"左派"幼稚病》一书，受到一点儿启发，写了一篇短文，大意是，以抗日为内容的文艺作品要使群众能接受，形式是可以不拘一格的，有些旧形式为群众所习惯的，也可以利用。过了两三天，陕北公学举行开学典礼，请我去参加，吃饭时恰好坐在毛主席的旁边，他对我说："我看到你在《新中华报》上发表的文章了，写得不错嘛，这样的文章望你多写写。"

大约是四月下旬或五月上旬，有一天我在城里闲逛，走到北门里的一个广场边，看到毛主席在对一个队伍讲话。原来以苏振华为大队长、胡耀邦为政委的"抗大"一大队，要开到瓦窑堡去了。我就站下来旁听，听见他这样一段话，印象特别深刻："同志们，瓦窑堡那里还有国民党和它的政府，也有我们的党和政府，那里的老百姓，熟悉的是国民党，对共产党是还不很了解。同志们去那里，老百姓就要通过你们来观察共产党，所以你们一定要把党的政策和作风带去，使得老百姓拥护我们。同志们都是经过长征的老红军，二万五千里，这很光荣。但是二万五千里也是一个包袱，可以使人骄傲；背上这个包袱，而骄傲起来，老百姓就不喜欢我们，我们就会脱离群众。"这是我第一次听到"背包袱"这句话。我当时听了他的讲话，觉得又新鲜，又觉得有什么地方很熟悉。回去仔细想想，才明白新鲜的是内容，熟悉的是与鲁迅讲话一样的深入浅出而多风趣（现在想来，主要是非常深刻的辩证法精神）。不过鲁迅讲演时，很沉静，不做手势，也不笑；他则姿势很生动，自己也笑。我曾经很喜欢鲁迅的绍兴腔，我同他个别交谈时，都用绍兴话，觉得很亲切。至于毛主席的一口道地的湖南话，我听起来却觉得特别的铿锵。我现在还觉得，一个人的讲话，只要内容好，而且出于真情实感，符合其人品的，实在是用他本人最熟习的语言说出，听起来更有说服力和感染力。

"文化界抗敌协会"隔壁就是延安的大礼堂，名曰大礼堂，其实很简陋，也不大，只容得三四百人，然而经常在这里开大会，而且经常举行文艺晚会。在这里，我也多次见到毛主席。

群众大会是在南门外的沙滩上开的。一九三八年五月以前，我曾参加过两个大会。一个是公审汉奸吉思恭的大会；一个是处理"抗大"的一个队长黄克功的大会。后一个会使我特别感动。黄克功是原红军的一个团长，是个优秀的干部。他在"抗大"工作时，同一个从蒋管区来的青年女学生刘茜恋爱，但他那朴素爽直的工农干部作风，不合刘茜的小资产阶级浪漫情调，所以刘茜后来不爱他了，同一个知识分子恋爱起来。黄克功一气之下，用手枪把刘茜打死了。党中央认为这事非常严重，决定开群众大会批判，处他死刑。在大会上，黄克功诚恳认罪，甘心服法，毫无怨言。群众中许多人发言，主张免他死刑，让他戴罪立功。不少老红军干部甚至痛哭流涕。主席团根据群众要求，向党中央请求改判，但是党中央答复，还是要处死刑，说黄克功虽然确是一个优秀干部，过去有功，但这件事政治影响太坏了。最后，黄还是被枪毙了。三个月后，在"抗大"的一次宴会上，我听毛主席谈起此事，说："这叫做否定之否定。黄克功一粒子弹，否定了刘茜，违反了政策，破坏了群众影响；我们的一粒子弹，又否定了黄克功，坚持了政策，挽回了群众影响，而且使得群众更拥护我们了。"

那时，我通过以上种种以及其他许多现象，对延安的一切非常满意，思想上受到了很多启发。我观察在延安的那些上海的熟人，绝大部分在精神面貌方面也有不同程度的变化，至少都是很愉快的。在党中央的人物中，只有张国焘给我的印象很不好，我住在"西北旅社"的时候，他几乎天天醉醺醺的，带着四个警卫员招摇过市，来同何思敬下围棋。延安的人，尤其是高级干部，一般都是工作很紧张的，谁象他那样闲散无聊。

到了五月中旬之末，我觉得应该解决我自己的问题了，于是写了一封信给毛主席，请求接见，谈谈上海的问题。信里简单地讲了两个口号论争的过程，希望得到他的指示，其中也提到周扬，表示不满，说他"把我作为肥皂，想以我的消灭洗清他的污浊"。情绪有点愤激。第二天就得复，说愿意同我一谈，但目前较忙，待过几天相约，末尾说，不要急，问题总可以弄清楚，前途是光明的。（可惜这封信在一九四二年日寇对太行山进行五月"大扫荡"时，连同装其他东西的一口箱子被从埋藏的地方挖走了。）又过了一天，他的两个秘书，和培元和华民来找我，一般地了解了"左联"的情况。然后大约是五月二十三日左右，下午三点钟，华民来把我带到北门内凤凰山麓毛主席住的窑洞里谈话。

毛主席刚刚午睡起来，窑洞里还是比较凉的，他披了一件旧棉袄，让我隔着办公桌，和他对面而坐，他让我吸烟，我说不会吸，他笑笑说："搞文艺的人不吸烟的可不多嘛。"然后说："现在就谈谈吧。"

我先简单地讲了自己的履历，然后把我所知道的"左联"的情况，"左联"解散的过程，两个口号的论争，我给鲁迅的那封信，鲁迅的那篇驳斥我的文章，以及事后上海的舆论包括周扬他们对我的态度，我来延安要求弄清是非的决心，详细谈了一下。大概讲了一个半钟头。当我说到我后来基本上认为鲁迅是正确的时候，他把"鲁迅"两字错听为"路线"，马上就问："路线？谁的路线是正确的？"非常注意这一点。我说："我说的是鲁迅，不是路线。"他笑了一下说："哦！"

我向来有个不好的脾气，至今也还是改不了，我同别人谈话的态度，尤其对于领导人，总是以对方的态度为转移的。如果觉得对方的态度马虎和生硬，我说话就不自然。反之，对方使我感到很自然的时候，我就毫无拘束。在上海时，有人说，见了鲁迅，自己觉得受到一种压力，说话不能畅快。我对鲁迅，却没有过这种感觉。这回对于毛主席这样一个人，因为已经有好几次看到过他的平易近人的态度，这回谈的问题虽然在我说来比较严重，但又看到他十分认真的听我的话，所以也畅所欲言，一点也不拘谨。

他听完以后，就给我作了如下的指示：

（1）"关于两个口号的争论的问题，周扬同志他们来延安以后，我们已基本上有所了解。今天听了你们所谈的，有些情况使我们更清楚一些，具体一些。"

（2）"我认为，首先应当肯定，这次争论的性质，是革命阵营内部的争论，不是革命与反革命之间的争论。你们这边不是反革命，鲁迅那边也不是的。"

（3）"这个争论，是在路线政策转变关头发生的。从内战到抗日民族统一战线，是一个重大的转变。在这样的转变过程中，由于革命阵营内部理论水平、政策水平的不平衡，认识有分歧，就要发生争论，这是不可避免的。其实，何尝只有你们在争论呢？我们在延安，也争论得激烈。不过你们是动笔的，一争争到报纸上去，就弄得通国皆知。我们是躲在山沟里面争论，所以外面不知道罢了。"

（4）"这个争论不但是不可避免的，也是有益的。争来争去，真理越争越明，大家认识一致了，事情就好办了。"

（5）"但是你们是有错误的，就是对鲁迅不尊重。鲁迅是中国无产阶级革命文艺运动的旗手，你们应该尊重他。但是你们不尊重他，你的那封信，写得很不好。当然，如你所说，在某些具体问题上，鲁迅可能有误会，有些话也说得不一定恰当。但是，你今天也说，那是因为他当时处境不自由，不能广泛联系群众的缘故。既然如此，你们为什么不对他谅解呢。"

（6）"但错了不要紧，只要知道错了，以后努力学习改正，照正确的道路办事，前途是光明的。"

我听这个指示的时候，神经十分紧张，把每字每句抓得很紧，不但一个字没有放过（现在这里记录下来的，当然不是原话的全部，原话还要多，大概讲了一刻钟。但主要的话就是这样），而且盯住他的严肃而慈祥的眼神，越听越入神，觉得每一句话都解开我心里的一个疙瘩，听完之后，如浑沌开窍，如重感冒发了汗，头脑清醒，身体轻松了。同时非常兴奋。

说完之后，他问："怎么样？你对我的话有什么意见？"这时，我倒激动得几乎流下眼泪，说不出话来，只是说："今天我听到了许多闻所未闻的道理，非常感激，等回去好好想一想。"

接着，他问我："你的工作已经分配了没有？"我说："还没有，在'文化界抗敌协会'只是暂住。"他说："那末，你到鲁迅艺术学院去工作好么？我们正在叫周扬筹办这个学院。"我说："我不想去。"他说："你不是搞文艺的么？为什么不想到那里去？"我说了两个理由："第一，刚才听了你的话，使我知道自己对马克思主义一点儿也不懂，过去自以为懂一点儿，不对了，因此我要去学习，到陕北公学。这是主要的。其次，根据上海的一段经验，我觉得搞文艺的人很多脾气很怪，鲁迅也认为是这样，我不愿意再同搞文艺的人在一起。"于是他说："你想学习马克思主义，这很好嘛！那末你到'抗大'去教哲学好不好？现在抗大的学生很多，教哲学的只有艾思奇、任白戈、何思敬等几个人，顾不过来，你去也好。"我说："我是要到陕北重新学习嘛，怎么能去做教师？"他说："象你这样，一面教一面学习就可以了，何必进陕公学习。就这样好么？"我于是同意了。他立即打电话给"抗大"的副校长罗瑞卿，通知了这件事。

最后，他问我是不是党员，我说："不是的。我在大革命时期就追求党，但'四·一二'政变后，失去机会。后来加入'左联'，也就是为了想入党。我曾听说，上海'左翼'组织的干部，本来是可以转党的，但是自从我写信给鲁迅遭到鲁迅公开驳斥以后，我知道的上海的党员也疏远我了。我觉得没有希望了。但是我是决心要跟着党走的，象鲁迅那样，虽不是党员，却是一个非党的布尔塞维克，我要学习他。"他说："既要革命，有条件还是入党的好。你也不是没有入党的可能的。这个问题，你可以在'抗大'的工作中去解决。你还可以找中央组织部陈云同志去谈一谈。但入党要有了解你的党员作介绍人，你有这样的熟人么？"我说："我只知道周扬是党员。"他说："艾思奇你也是熟的嘛，他也是党员，可以去找他。"

到这里，谈话就结束了，我就告辞而回。

两三天后，"抗大"的训练部长陈伯钧就来接我到"抗大"去。我恰好赶上关于"抗大"三期工作总结和布置四期工作部署的大会的最后一天，林彪作了长篇的总结发言。毛主席最后讲了话，强调作教师的要安心，说这是很重要的工作，当场表扬了张如心安心做教师的精神。

我到"抗大"，开始被分配在三大队一队工作。入党的问题，就是在一队向指导员段苏权提出来的。同时我也向陈云同志写信，要求谈一谈。陈云同志约我到组织部谈了两个钟头，我谈的内容和对毛主席谈的一样，不过最后强调了入党的要求。他说，这个问题可以考虑，并让我再同组织部副部长李富春同志谈一谈。次日，我同李富春同志谈了，内容仍然一样，富春同志说，入党的问题，除我自己提出外，他也将通知"抗大"政治部考虑。

七月间，"抗大"成立一个编译科，科长是曾涌泉，副科长是张成功，支部书记是谭政的妻子王长德，编译人员除一批从"抗大"各队调来的学生外，还有何思敬、焦敏之。我于八月间在编译科支部入党，候补期是半年。这中间，曾为介绍人的问题有过一些周折。

原来，我给艾思奇和周扬写信，请他们作我的介绍人。艾思奇很快回信同意了，周扬则久无回信。我知道周扬是不愿意的，当初去找他，实出于无奈，因为我没有别人可找。有一个任白戈，是我加入"左联"的介绍人，但他那时还在驻庆阳的"抗大"五大队，不在延安。周扬既不答理，我也不再去催问。恰好有一天遇到钟敬之，谈起此事，他说张庚原是党员，钟本人已由他介绍入党。我于是请张庚做我的另一个介绍人，他同意了。

八月一日，"抗大"纪念建军节，开了大会，会后聚餐，我和毛主席以及中央军委参谋长滕代远同志同席。席间谈话之际，毛主席问我："你结婚了没有？"我说："已经结婚，还有了儿女呢。"他说："你爱人现在哪里？"我说在浙江黄岩。毛主席说："哦，牛郎织女嘛！那末最好把他们接到延安来。"我说太不容易了。于是毛主席就对滕参谋长说："这件事，你想想办法吧。"滕参谋长对我说："可以办到，你自己开个地址，并给你爱人写封信，我们通过八路军和新四军的办事处去接。"过了两天，我还没有把信写起来，滕参谋长就派通讯员到我这里来要了。就这样，到十月间，刘蕴文带了执提、执模和刘仁德就到了延安。

大概在九月间，毛主席约了十来个人，在他自己的窑洞里开哲学座谈会，每周一次，参加的有许光达、陈伯钧、郭化若，后来又有萧劲光、萧克等将军们（萧克是开六届六中全会时回延安的）。文人有何思敬、艾思奇、任白戈和我。那时专门请何思敬讲克劳塞维茨的《战略学》的内容。何思敬因为懂德文，照着本子随译随讲，实在讲得不大高明。每次听完出来的时候，将军们既不满意，我们也觉得索然无味。尤其是他自己发挥的时候，简直是闹笑话。譬如有一次，他说："一个指挥员，从战略上要考虑的事情实在太多，甚至战士在战场上拉屎拉尿的问题也要考虑到。"然而，毛主席却听得很认真，还拿一支红铅笔，在一个本子上不时的记录。我对这种态度和精神觉得非常惊奇，原来不管何思敬讲得怎么糟，他是能从何思敬传达的原著的话里，吸收到我们所不能理解的意义的。在这个座谈会上，有时他也随便讲一些话。一九六〇年，他的诗词公开发表以后，我曾写了一首《临江仙》：

> 踏破岷山千载雪，
> 红旗飞越冰峰，
> 大同境界蕴胸中，
> 诗情和战略，
> 马背正交融。
> 记得延安窑洞里，
> 谈笑满座生风。
> 漫夸韩范是英雄，
> 纵能寒敌胆，
> 曾不识工农。

这末了的三句，就是他一次讲话的意思。当时延安城还没有被敌机炸毁，大街上的牌楼上，还挂着写有"韩（琦）范（仲淹）旧治"四个大字的匾额。

十月间，我到"抗大"三大队担任政治主任教员的工作去了。三大队在北门外，离城较远，就不再参加这个座谈会了，因为这个会总是晚上开的。

后来，毛主席用他的《论持久战》的稿费，请许多人吃了一顿饭，并组织了一个延安哲学研究会。日机炸延安后，许多机关搬出城去，中央组织部搬到北门外去了。于是哲学座谈会就在中央组织部开，时间改在下午，会后由组织部请吃晚饭。毛主席仍然去听，我也去的。那时由后来大谈厚今薄古的陈伯达讲老子哲学，他的话我听不大懂。

听了几次以后，因为工作忙了起来，也就不再去听了。

　　一九三八年底和一九三九年初，"抗大"进行工作大检查，接着又是开荒运动；一九三九年三月间，我又随着三大队去瓦窑堡，七月又随"抗大"总校去太行山敌后根据地。这样就多年没有见到毛主席。我最后一次见到他，是一九四四年我回延安以后，十月三十日那天，他在陕甘宁边区文教大会上讲演《文化工作中的统一战线》的时候，那次我坐在头排，看到他已经发胖了。以后就再没有见到他的机会。（一九四九年我在北京任第四野战军南下工作团第三分团政委时，七月一日，毛主席在天安门接见南工团全体干部和团员，我因生病，没有去成。）

　　虽然在三九年以后只见到他一次，但是，在抗日战争期间和解放战争期间，在实际斗争的环境中间，经常学习他陆续发表的著作，是越来越觉得亲切，也在某些问题上有比较深刻的体会的，特别是关于他的战略思想，因为自己在战争环境中，经常遇到各种复杂、困难、危险的情况，都是依靠他的及时的指示，才解决问题，得到出路的。在战争问题上，违反毛主席的路线，就会失败，遵循毛主席的指示，就能转危为安，转弱为强，从小到大，从失败到胜利，这是我有非常深刻的体会的。在有些情况下，简直觉得他救了自己的命。例如，一九四七年和一九四八年，我在热河，率领我所领导的冀察热辽联合大学的师生所组成的一个土改工作团，搞土改运动。执行了侵犯中农、侵犯工商业、"搬石头"、搞扎根串连、"村村点火，处处冒烟"等错误的一套，特别是要求快，"限两个月解决问题"。我虽然没有认为整个是错误的，但对于侵犯中农和工商业等做法是怀疑的，而主要由于感到自己的队伍的主观力量弱，不能搞快，只好慢慢地做。这就多次受严厉的批评，不但说我"右"了，还说故意拖延，违抗上级指示。幸而毛主席在一九四八年二月以后发出一系列纠正错误的指示，这才把我从困境中解救出来。

　　但是，我对于毛泽东思想的理论、路线、政策的理解是很不全面的，也犯了不少错误。

　　对斯大林的迷信，也是我没有全面地学好毛泽东思想的重要原因。一直到一九五七年，我有两个根深蒂固的想法。一个是：毛主席是中国革命的导师，而斯大林是世界革命的导师；另一个是：关于中国民主革命的路线，毛主席是唯一正确的，但是关于社会主义时期，则要听斯大林的话，尊重苏联的经验。这是我在社会主义阶段犯错误的一个最重要原因。

然而，最根本的原因是在我的世界观方面。毛主席一贯提倡"谦虚谨慎，戒骄戒躁"，我没有认真接受教导。三十年代上海的乱子，固然有种种客观原因，但我的"骄和躁"，起了很大的作用。三八年我对毛主席说：我对马克思主义一点儿也不懂，当时确是真心的。但后来学习了一些，在某些工作中也运用了马列主义、毛泽东思想做出了一些成绩，于是又骄傲起来了，特别是急躁起来了。武汉大学的一段工作，我在文化大革命中仔细检查，大方向是基本正确的，头两年也做出一些成绩，但是由于骄和躁，终于被撤职了。

我在毛主席的教导之下，对于艰险的物质环境，是不怕的，也能谨慎处理。整个解放战争时期，在热河那样艰苦的环境中，我很有信心的奋斗过来，取得了成绩。但在全国解放以后的党内斗争中，我却受不了委屈，禁不起打击，遇到复杂的情况，往往闹个人意气，以致该改正的错误也不承认，而该坚持的真理也不坚持，一味任性，终于败事。宋朝的曾子固批评王安石道："勇于有为而吝于改过。"这九个字对我倒很贴切。

三十年代，鲁迅先生和我的关系本来是很好的，他很关心我，爱护我，支持我，给我许多教导，但是到了最后，我同他闹得个凶终隙末。三八年，毛主席不但对于上海问题给我做了恰当的结论，而且亲自分配我到"抗大"工作，还帮助我解决入党问题，使我后来在前方的战争环境中，在军队的党组织中受到锻炼，得到不少其他文化人难得到的机会，这也是对我的很好培养。然而，到了一九五七年，我终于被划成"右派"，这却是我终身遗憾的事。

当前的政治情况也还是很复杂，今后我的做人也还有许多困难，但是，在总结了过去几十年的经验教训之后，只要努力学习毛泽东思想，坚持真理，修正错误，特别是做到不骄不躁，我有信心还是可以为革命做点有益的工作的。

一九七二年九月十三日初稿

一九七六年九月九日广播，毛主席竟于九月九日零点十分逝世了！今日取出此稿重阅，不禁百感交集！

一九七六年九月十一日南京

（原载1981年2月22日《新文学史料》第1期。收入《徐懋庸回忆录》，人民文学出版社1982年7月第1版）

第九章　在　抗　大

毛主席把我分配到抗大工作，在我是很大的幸运。因为：第一，抗大是最突出政治的学校，毛主席说："抗大为什么全国闻名，在国外也有点名气？这是因为它同所有的抗日军事学校比较起来，是最革命、最进步的，最能为民族解放和社会解放而斗争。"毛主席不但对抗大进行原则领导，而且做了许多具体工作，他规定了抗大的教育方针和教学方法的原则，他为抗大提出了抗大的校风和校训，他还亲自在抗大教过课。所以，我在抗大的工作中，学习马克思主义、毛泽东思想比较多，对抗大所代表的我军的优良传统体会较深，虽然由于主观努力不够，都没有学得很好。第二，抗大是一个军事学校，校内党组织的纪律比较严，所以，我的组织性、纪律性受了一些锻炼。第三，由于抗大总校后来上了前线，我也到前方，尽管没有上火线，但军事知识也学了一些，特别是对军队的政治工作和组织队伍，指挥行军的经验。后来自己曾有所运用，譬如在解放战争时期，在非常艰苦的环境中，我带了一个小部队，辗转行军，依靠这些经验得以胜利地完成任务。

在这里，我首先讲一点抗大简史。

一九三五年底，中央红军经过二万五千里长征到达陕北，党面临着把国内革命战争转变为抗日民族革命战争的伟大任务。毛主席指出："这种转变是不容易的，需要重新学习。重新训练干部，成为主要的一环。"训练干部的具体内容，包括：

1. 总结十年内战的经验教训，彻底批判王明路线和张国焘路线，使全军干部统一于毛泽东思想的基础上团结起来。

2. 学习领导抗日民族统一战线的战略和策略。

3. 在提高红军老干部的政治军事水平的基础上，吸收和培养大量新干部，以壮大我军力量。

一九三六年六月一日，毛主席就亲自创办作为抗大前身的"中国红军抗日大学"，以便实现这个有战略意义的伟大任务。

从一九三六年六月一日起，至一九四五年日本帝国主义投降为止，抗大共办了八期。

第一期——创建的一期（一九三六年六月一日—十二月）。名称是"中国红军抗日军政大学"，校址在瓦窑堡，后迁保安。学员有一〇六三人，都是红军干部。

第二期——统一战线形成的一期（一九三七年一月—七月）。改名"中国人民抗日军政大学"，校址迁延安。学员二千七百六十七人，绝大部分是红军一、二、四方面军和陕北红军干部，开始有了外来知识青年。这一期总结了十年内战的经验。毛主席的《实践论》就是这时候（一九三七年七月）在抗大讲的。

第三期——开始扩大的一期（一九三七年八月——一九三八年三月）。校址仍在延安。学员一千二百七十二人，一部分为八路军干部，大部分为外来知识青年。毛主席在这时期到抗大讲了《矛盾论》❶。

第四期——猛烈发展的一期（一九三八年四月—十一月）。学员五千五百六十二名，绝大部分是外来知识青年。校址仍在延安，但在十一月敌机轰炸后，校部及延安城内各大队迁至城外。（校部，二、三、四、八大队——八大队为女生大队——均驻延安。）苏振华为大队长、胡耀邦为副大队长的一大队于五月开赴瓦窑堡。何长工为大队长的五大队在甘肃省的庆阳。韦国清为大队长的六大队驻洛川。徐德操为大队长的七大队驻蟠龙。这一期学习了毛主席的《论持久战》和党的扩大的六届六中全会文件。在这一期中，开展了纪念建校两周年的盛大活动并对来延安参观的国际学生联合会代表团举行了盛大的

---

❶ 抗大的分期，有时并非一期完了，下期才开始，而是搭着头的，如二期学员未完全毕业，三期学员就到校开课了。毛主席在抗大二期讲哲学课，《实践论》、《矛盾论》各是其中的一章，先后在七、八两月份讲，听课的大都是二期的学员。

欢迎活动，扩大了国际影响。

第五期——深入敌后的一期（一九三九年一月——一九四〇年三月）。根据抗日战争行将进入相持阶段的新形势，为了配合发展敌后游击战争的新任务，贯彻毛主席"向斗争中学习"的指示，一九三八年底，抗大的一部分开赴敌后，创建了一、二分校。一分校由何长工为校长，周纯全为副校长，设在晋东南长治一带。二分校由陈伯钧为校长，邵式平为副校长，设在晋察冀灵寿一带。七月，总校也在罗瑞卿率领下开赴敌后（延安留下由许光达为校长的三分校），十月间，到达晋察冀边区，一九四〇年二月又转移到晋东南，驻山西武乡的蟠龙一带。一九四〇年后，在八路军和新四军各抗日民主根据地又先后成立四至十等七个分校。一九三九年六月是抗大建校三周年，毛主席曾亲临庆祝大会作了《被敌人反对是好事不是坏事》的讲话。本期学员（这里仅指总校）大部分是陕甘宁边区带去敌后的，共四千九百六十二人。

第六期——战争中学习的一期（一九四〇年四月十五日—十二月）。这是总校开赴敌后的第一期。这期与四、五期不同，学员成份都是八路军、新四军及山西决死队送来的干部。共四千九百人。校址初仍在蟠龙，后移到黎城的霞庄一带。一九四〇年底，迁驻河北邢台（当时名邢西县）的浆水一带，校部驻在前南峪，校政治部驻在浆水镇上。四五月间，罗瑞卿调往八路军野战政治部任主任，滕代远任副校长。抗大学生参加了百团大战，由于敌人经常进行"扫荡"，抗大的学生也经常参加"反扫荡"的斗争。

第七期——进一步建设的一期（一九四一年一月—十二月）。此期注意了正规制度的建立，大大缩小了组织机构，改进了工作作风，制定了精密的教学计划，编写了许多教材。总校校址仍在邢台浆水，学员成份与六期相同，共二千五百五十一人。

第八期——准备反攻的一期（一九四二年五月一日——一九四五年八月）。这个时期，抗日战争的相持阶段将要结束，日本帝国主义垂死挣扎，对解放区进行疯狂的"扫荡"。一九四二年毛主席发动整风，号召精兵简政，搞大生产运动，抗大总校也在敌后进行整风，开展大生产运动，并设立陆军中学（任白戈任校长），提高干部的文化水平。

校址仍在邢台浆水镇。一九四二年下半年，滕代远调八路军总部任参谋长，副校长由原教育长何长工继任，同时，政治部主任张际春为政治委员，仍兼主任。一九四二年底，党中央命令总校返回陕甘宁边区，在绥德继续整风审干，并总结经验，为抗日战争反攻阶段作准备。本期时间最长，学员共六千人。

抗战胜利后，抗大完成了历史使命。中央命令总校于一九四五年十月十二日挺进东北，并同时各分校也陆续改组为中国人民解放军各大战略区的军政大学，开始了新的战斗任务。

抗大存在的九年有余的时间内，总校和各地分校，为我党和我军培养了十几万名军政干部，并把抗大的优良传统和作风（也就是我军的优良传统和作风）带到各个工作岗位，对中国革命作出了不可磨灭的贡献。

一九四一年抗大建校六周年纪念的时候，我曾经受校政治部委托，写过一篇《抗大简史》，可惜现在找不到了。

抗大自成立之时起，直到结束，校长虽长期由林彪挂名，但林彪在抗大工作的时间实际上很短，三期以后，基本上只挂空名。在延安时期，毛主席亲自过问抗大的工作时间很多，到前方后，则由其他同志按照毛主席的指示进行工作。

我在抗大工作时间，从一九三八年六月——一九四二年底，共有四年半。

因为时间较长，经历较多，关于抗大的事情，倒不知从何说起才好。我想先把自己在抗大担任的职务先记录下来，然后讲一些印象较深的事情。至于关于抗大的全面的工作叙述，则是我力所不能及的了。

毛主席本来让我到抗大讲哲学，但我到了抗大以后，校部的政治教育科（科长杨兰史，不久病死）却说按照教育计划第四期的哲学课已经结束，要我到三大队讲政治经济学。于是，我于一九三八年六月开始担任三大队的教员。当时三大队的大队长是方正平，副大队长兼军事主任教员庄振风，政治处主任张正光，政治主任教员李培南（解放后曾任中央宣传部副部长的熊复，当时是三大队的政治教育干事，不久就调到蒋管区工作去了）。我住在一队，一队队长是陈秋狗，指导员段苏权。在一队，段苏权开始同我谈我入党的问题。

七月间，抗大成立编译科，我被调到编译科工作。编译科科长是曾涌泉，副科长是张成功。党支部书记是谭政的爱人王长德。在编译科工作的还有何思敬、焦敏之，还有在苏区第五次反"围剿"时共产国际派来的军事顾问李德（即华夫）。其他都是从学员中调来的。编译科的任务，主要是编译军事教材的，那些懂俄文的同志翻译了一些俄文书籍，我则无法文书可译。却在中宣部副部长杨松主持下，参加了一本《社会科学概论》的编写，我写了"帝国主义"一章，其他执笔者还有王思华、王学文、柯伯年等同志。

在编译科，我于一九三八年八月间被批准入党。介绍人是艾思奇和张庚，候补期半年。

十月间，党的扩大的六中全会期间，刘蕴文由内侄刘仁德陪同，带了执提、执模到延安。刘蕴文和刘仁德都进抗大学习，两个儿子送托儿所。

十一月间，因党籍问题已经解决，同时李培南调出延安去了，我被任命为三大队的政治主任教员。

一九三九年一月，四期结束，五期开始，三大队改为五大队。大队长庄振风，副大队长李国华兼军事主任教员，政治处主任叶德贵，我仍任政治主任教员。

三月，原在瓦窑堡的一大队调回延安，把三大队调到瓦窑堡去。三大队大队长刘忠，政治处主任黄志勇，军事主任教员胡汉标，政治主任教员任白戈。因瓦窑堡只有一个大队，需要多配备教员，我也随三大队去瓦窑堡。

七月，抗大总校与陕北公学一起上前方，我和刘蕴文也随三大队同行，新生一子，送给瓦窑堡的一个居民，解放后去信探问，经当地政府复信，说已因患天花死了。

十月，总校到达晋察冀的灵寿县暂住，我被调到校部政治教育科任哲学主任教员。当时训练部长是王智涛，政治教育科长是张如心。一九四〇年二月，总校到达晋东南，驻山西武乡蟠龙镇。我仍在政治教育科，编了一本哲学教材，同时到杨献珍主持的北方局党校讲过政治经济学。学员中有陈再道、曾传六、林海云等。

二月，从灵寿出发时，刘蕴文因即将分娩，通过敌人封锁线困难，故中途折回灵寿。四月间才带了所生的女儿（即后来叫做雪娥的）到达武乡。

一九四一年初，总校驻邢台浆水镇，张如心调回延安，任白戈继任政治教育科长，我仍任哲学主任教员。李凡夫由晋察冀来，短期任政治经济学主任教员，但不久就调走。下半年成立研究室，我任研究室主任。

一九四二年初，总校附设陆军中学，任任白戈为校长。我继任白戈任政治文化教育科长，到一九四三年总校回陕甘宁我被北方局留下时为止。

同年初，因敌人"扫荡"残酷，中央命令送老弱病残和孕妇回延安。刘蕴文此时又怀孕，带女儿也回延安。不久以后，八路军总部通知我说，她过封锁线时被敌人俘虏，且已牺牲。年底我与王韦结婚。

下面谈谈随时想到的一些问题。

一　抗大教育工作中的争论

总的说来，抗大存在的七八年中，特别在延安时期，由于毛主席十分关怀和亲自具体领导，基本上是贯彻了党中央和中央军委的办校方针和指示的。政治教育方面，主要以毛主席的著作为教育内容；军事教育方面，完全以《中国革命战争的战略问题》和《论持久战》两部著作为依据。"理论联系实际"、"少而精"、"启发式"等教学方法，是始终贯彻的。但是，也不是没有争论的。

我是搞政治教育工作的，先是领导大队的政治教育，后来搞全校的政治教育。由于我对《论持久战》、《〈共产党人〉发刊词》学习得还认真，又由于在延安时同毛主席有过多次接触，在谈话中受到不少启发，所以对毛泽东思想，在当时情况下，体会了一些。但是，在五期（一九三九年初）时，调来了大批政治教员，都是经过抗大和陕北公学学习而又在马列学院深造过的青年，他们中有的人对于政治理论方面的许多论点，常与毛主席的著作相矛盾。在备课过程中，当我指出这些矛盾的时候，他们总是拿出笔记本，把王明、洛甫、博古讲过的话来作证。他们虽然也尊敬毛主席，但认为在理论上王明等人是"权威"。我总觉得毛主席讲的道理切合实际，不过也不敢说王明等讲的话是错误的，而且也没法说服那些教员。因此，在许多理论问题上往往采取了调和、折衷的态度。

一九四二年有件事，当时也是使我很纳闷的。有一次，北方局发下两个文件，一个是毛主席的《中国革命战争的战略问题》，一个是王明的《为党的进一步布尔什维克化而斗争》。但是，发下以后，既不说明这两个文件的目的，也不组织学习讨论。我看了这两个文件，发现一些矛盾之处，但也没有发现根本路线分歧。直到一九四四年回延安中央党校整风后，才知道中央发这两个文件的目的，是要党内同志认真学习，把正反两方面进行比较鉴定，提高路线斗争的觉悟。还有一件事，一九四二年，抗大设了一个轮训班，学员是一二九师的中级干部，绝大部分是原四方面军的干部。有一次，北方局发下党中央"关于四方面军干部的问题的决定"的文件，其中指出原四方面军的绝大部分干部包括徐向前和李先念，都是好同志。国焘路线的错误，主要由张国焘等个别人负责，现在对于原四方面军的干部在工作分配、政治待遇方面，应与原一、二方面军的干部"有所区别"。我看了这个文件，觉得"有所区别"这句话与前面的意思不合逻辑。轮训班的学员则听了非常不满，纷纷提出意见，空气十分紧张。后来，由一二九师师长刘伯承到抗大作了解释，说中央文件"有所区别"一句原文是"一视同仁"，是译电员译错了。这才澄清了问题，平息了情绪。

顺便说一下，我在抗大"编译科"工作时，内战时期反第五次"围剿"时的那个共产国际派来的掌军事大权的顾问德国人李德和我在同一个党小组。当毛主席的《论持久战》发表时，我们进行了长时间的学习讨论，李德那时还坚持他的教条主义，坚决主张现代化的正规战，对游击战争十分轻视，对《论持久战》不感兴趣。我在同他的辩论中，却加强了对毛主席的思想的体会。

然而，在整风——特别是在回延安中央党校整风——以前，我的党史知识很少，路线斗争觉悟很低，所以在抗大时，遇到一些与毛主席的思想相抵触的现象，有的看出其错误，有的当时未能看出，而且没有意识到存在路线斗争的问题。只是因为在那时，每次错误言行，很快就得到恶果，又很快被毛主席纠正了。所以，在抗大，基本上能够保证毛主席的路线的贯彻。我自己的思想，也在摇摇摆摆中基本上追随了毛主席的路线。

二　工农干部和知识分子干部的团结问题

在抗大，工农干部和知识分子干部的关系，也就是老干部和新干部的关系。在抗大，从校部直到连队的各级领导干部，绝大部分是工农出身的老红军，知识分子成份的老干部占极少数，而训练成为新干部的成千上万的学员，则几乎全是知识分子。这两类干部的关系，在抗大是很好的，毛主席在整风报告中指出的那种宗派主义，只有个别的微乎其微的表现。其原因主要是在毛主席的教导下，工农老干部主动地对知识分子新干部采取了团结、教育、改造的正确态度。特别是毛主席为党中央起草的《大量吸收知识分子》的决定，在抗大经过反复讨论，使全体的认识比较统一。从三期起，抗大的主要任务就是教育大量知识分子，把他们培养成为新干部。因此，作为工农老干部的领导干部在团结知识分子的问题上自觉性相当地高。

在毛主席的指示下，对于新参加抗大工作的外来高级知识分子干部，在生活方面特别优待。譬如，红军出身的各级领导干部，一般每月的津贴费，最多不过四五元，而对一部分外来的知识分子，当教员或主任教员的，如艾思奇、何思敬、任白戈和我这样的人，津贴费每月十元。一九三八、一九三九年间，延安的物价很便宜，猪肉每斤只值二角，鸡蛋一角钱可买十来个。所以，这十元津贴费，是很受用的。我第一次在延安时，还兼了鲁迅艺术学院的一点儿课程，另有每月五元的津贴费，此外还有一些稿费，所以，我是很富的，生活过得很舒服。（到了晋东南根据地以后，物价高得多，十元钱只能买猪肉二斤。）虽然这样，也有个别的人，却总还觉得延安生活太苦，不久就离去了。对待党的这种优待，在有些人身上也产生副作用，使他们产生优越感，我自己也有一点。

当时从外地跑到延安去的青年知识分子，绝大部分是怀着满腔革命热情至少是抗日的热情的，但一般有两个特点，一个是多不切实际的幻想。譬如对于红军，本来是想象成为小说中描写的那种"英雄"甚至是神物的，但在抗大一看到实际的"二万五千里"的战士，却幻想破灭了，觉得貌不惊人，土里土气，渐渐有点儿看不顺眼起来。一个是自由主义严重，对于抗大的纪律性不习惯，特别是不注意内务、军风纪等形式的要求。一九三七年，毛主席在抗大的党内刊物《思想战线》上，发表《反对自由主义》一文，此后成为抗大政治思想教育的主要内容之一。我在抗大三大队担任政治主任教员时，曾对全体学员作过一次报告，分析了红军干部的优良品质和战斗功绩，号召大家要尊重，并强调军容的重要，指出在国民党区不修边幅是对旧社会秩序的消极反抗，多少有点儿革命意义，但是在共产党领导的地区，倘若仍然不修边幅，那就无意之中反抗了革命的秩序，就不对了。我入抗大后，对于军风纪是很注意的，着装整齐，绑腿打得很漂亮。

在老干部中，也有个别的歧视知识分子干部的人，譬如当时抗大政治部的宣传部长谢翰文，就是一个。一九四〇年由他传达党中央关于大量吸收知识分子的决定时，他在自己的发言中，片面地强调知识分子的缺点，大骂一通，并且把文件中"没有知识分子的参加，革命的胜利是不可能的"改为"……革命的胜利是困难的"。我在大会上发言，批评了他不该改动中央文件，但我也说了一句错误的话："我站在知识分子的立场上，对谢部长的发言提出抗议。"政治部主任张际春在总结发言中，批评了谢翰文，同时也批评了我，说我不应该站在知识分子的立场，而应站在党的立场。这次会议，使我受到深刻的教育。

在知识分子接受工农兵再教育上，抗大实在是一个典型的革命大熔炉。我自己在抗大向红军老干部学得了不少东西，同他们的关系一般也比较好，但是还学得很不够，自我改造也不彻底，留下较长的小资产阶级知识分子的尾巴，这是自觉性不够高的缘故。

顺便讲另一个问题，抗大的干部，绝大部分是党员，学员中也大量发展了党员，同时又是军队组织，组织性、纪律性很强，所以每逢一个任务，动员起来很容易。一九四二年，我率领抗大的一个参观团到地方上去参观，在晋冀鲁豫边区政府同边区政府的主席杨秀峰交谈，他说政府部门党员少，非党群众多，所以在工作上，不象抗大那样党员多的部队容易动员和保证。我说，这诚然是事实，但是，党员少的地方，却能促使党员认识依靠群众的重要性，不得不更密切地联系群众，学习更好地做群众工作，所以也有好处。我觉得我这看法是正确的。后来在解放战争中，我在党员很少的机关、部队中工作时，确有这样的经验。

三　抗大的几位领导同志

抗大总校的校长，名义上始终是林彪。但是在抗日战争发生后，林彪长期不管抗大的工作了。我到抗大以后，只在一九三八年五月下旬，在抗大总结三期工作和迎接四期工作任务的干部会议上，听林彪在罗瑞卿的报告的基础上，作过一次冗长的发言。抗大的工作，从一九三七年下半年起，实际上是先后由三位副校长罗瑞卿、滕代远、何长工主持的。

我进抗大时，除罗瑞卿是副校长外，教育长是许光达（这以前是刘亚楼），政治部主任是张际春（一九四二年底张际春调八路军总部任政治部副主任，由袁子卿继任），训练部部长是陈伯钧（一九三九年初陈调任设在晋察冀的抗大二分校校长，训练部部长由王智涛继任），政治教育科长是杨兰史（一九三九年死于肺病，由张如心继任）。一大队（驻瓦窑堡）大队长是苏振华，政委胡耀邦。二大队大队长是冯达飞，三大队大队长是方正平，四大队大队长刘忠，五大队（驻庆阳）大队长何长工，六大队（驻洛川）大队长韦国清。

这里我只谈谈关于三个副校长的一些印象。

三个副校长，以滕代远给我的印象最深，我同他一起工作的时间也最长（从一九四〇年下半年到一九四二年六月）。

一九四〇年的一期《共产党人》上，发表过洛甫（张闻天）写的文章，叫做《大刀阔斧和精雕细刻的工作作风》，其中说，两种作风各有优缺点，而前者适宜于工作大发展时期，后者则适宜于巩固时期。我后来觉得，罗瑞卿的工作作风是大刀阔斧型，滕代远的则属于精雕细刻型。对罗瑞卿的作风，我很欣赏。他脑子快，下决心快，说话干脆、直爽、富于鼓动性，处理问题不拘泥于细节，这些都是我自己具有的特点，所以觉得很适合于我自己的口味。滕代远则比较谦虚、谨慎，考虑问题十分周密细致，决心下得慢，但下了决心就很坚定，处理问题很慎重，讲话很朴素，总留有余地。我后来在某些情况下（主要是在艰苦困难的情况下），能够比较周密细致地考虑问题，是从他那里学来的，但是学得很不够。

自从一九三九年七月总校挺进敌后的时候开始，不知为什么，我同政治部之间，经常发生一些矛盾。开始是我对某些政治工作干部的作风有意见，后来则经常为了政治工作干部"侵占"政治理论教育的时间问题，发生争执。所谓"不知为什么"，其实在我自己方面，是明白的，由于骄傲，由于幼稚，我对政治工作干部的缺点指摘过多，言语也往往太偏激。在发生这种矛盾的时候，罗瑞卿往往基本上肯定我的具体意见，批评政治工作人员，态度很明确。滕代远则不然，他不对当时的一些具体枝节问题肯定是非，而只讲明总的情况，阐述基本原则，让双方去思考，进一步研究具体问题的解决办法。他常常强调一切具体办法要经过试验，逐渐改进。他的这种态度，对我当时的骄和躁，是起了镇定作用的。

一九四二年张际春主张把政治理论教育工作划归政治部领导，所以要把政治教育科划到政治部去，校部只管军事教育。我们不同意。在这以前，一九四一年下半年，他因政治部的干部写作能力差，曾想把我调到政治部去担任宣传科长，我不愿去，滕代远也不同意，因此张际春对我不满意。在一九四一年关于政治理论教育是否归政治部领导的争论中，张际春竟在大会上说我和任白戈联络政治教员闹宗派，反对政治部，并抛出"任徐派"这个帽子。当时我的情绪也很激动，在大会上加以反驳。滕代远在总结发言中，关于这个问题，说这是一个体制问题，他经过考虑，也没有成熟的意见，大家是可以讨论的，可以提出不同的意见，供北方局研究。关于"任徐派"的问题，他一字不提，也没有对争论的双方提批评意见，只是号召团结。

现在想来，尽管有这种情况，但是抗大的民主集中制是贯彻得比较好的。在会议上可以展开激烈的争论，但会后不存很深的成见，工作上还是能够团结进行的。我想，大敌当前，非团结不能战斗，也是一个原因。

一九四一年，曾经审查过一次干部，我的问题是滕代远负责的。在我写的材料中，曾写着一九二七年"四·一二"政变前，我在浙江上虞县共产党领导的国民党县党部担任党报《南针》报的编辑。滕代远找我谈话时，曾问：《南针》是哪个党的党报，是共产党的还是国民党的？我说，是国民党的党报。他说，那末你应当具体写明白，否则可以被误会是共产党的党报。他这种细致的作风，给我很大的教育，但是后来我在实践上，还常常是粗枝大叶的。一九四二年敌人五月"大扫荡"中，八路军总部参谋长左权牺牲了，滕代远调去继任，何长工继任抗大副校长。滕代远在离抗大前，在同我和任白戈谈话时，曾劝我要谦虚谨慎，注意团结。他还针对某些干部争名誉地位的倾向，谈到他自己，说，"我现在去做彭副司令员（即彭德怀）的参谋长了。假如计较名誉地位，我就会闹情绪。在红军时期，彭担任三军团的司令员时，我是三军团的政治委员呢。一个共产党员，闹名誉地位是很庸俗的，没有党性的。"这话使我很感动。

一九四一年下半年，我担任研究室主任时，主要任务是要编一套政治文化的教材，滕代远只配备给我四五个干部。我曾经拟订了一个研究工作进行方法的意见和编写教材的计划，请滕代远批准，并建议油印几份，以便同八路军总部、一二九师以及晋冀鲁豫边区政府的研究室交换（在中央发布《关于调查研究工作的决定》后，各部门都成立了研究室），并要求增加干部和经费。滕代远答复道："研究室是一个新的工作部门，现在只是试办，还没有经验，不宜大搞，干部和经费不能增加。计划书也不必油印，只要自己存一份就是了。"对计划却没有提出修改意见。我们搞了三个多月，编了几种教材，并组织了一个参观团到地方上参观调查，写了一份调查报告，于是开了一个总结工作的会，请滕代远来参加。他听了我的总结报告后，对我们的工作很感满意。过了几天，他就不经我再次要求，主动增加了干部和经费。这件事对我的影响非常深刻。后来我在每次担任一个部门的领导的时候，总是不向上级强调要干部要钱，主要是就所予的有限条件，团结干部，把工作干出成绩来再说。其实滕代远的作风，是符合革命事业发展的普遍规律的，决不是保守、吝啬，革命事业总是白手起家的，哪有一开始就铺张门面的可能。一切要经过试验，等实践证明，值得多给条件时再给，也是十分正确的办法。

滕代远以后由何长工担任副校长。何长工是一个对干部表现得很热情的人，干部有问题找何解决，他总是满口答应，毫不犹豫。尽管问题解决了不少，但由于条件所限，有时却办不到，不免引起了一些意见。

一九四三年初，总校迁回陕甘宁，经过八路军总部（山西左权县麻田村）时，彭德怀要把我留在太行山。在这以前刘伯承同我谈话，也表示过这个意思。但何长工不愿放走我。一个晚上，他和我去见彭德怀时，汇报了抗大的情况，彭讲了许多话，还拿出一本《"左派"幼稚病》来，说他最近重读了列宁的这本著作，很有启发，特别把"不能把对于我们已经过时的东西当作对于阶级也已经过时的东西"这句话指给我们看，叫我们也好好学习。他拿出一听咖啡请我们喝，说这是左权留下的，还吟了一句诗："见君遗物使人哀呵！"最后，他作了决定，把我留在太行山。何长工同我回到宿营地后，同睡在一个炕上，他临别赠言，劝我改掉骄傲和说话偏激的毛病。我也送他两句老子的话："轻诺者必寡信，多易者必多难。"双方互相指出的毛病都是实在的。但后来几十年的情况证明，我的毛病并没有变掉。

四 在瓦窑堡的反摩擦斗争中学习毛主席的战略思想

瓦窑堡本是陕北安定县的一个镇子，抗日战争时期，是安定县（后改为子长县）的政府所在地。党中央迁到陕北后，曾驻于此。

在一九四〇年打退国民党第一次反共高潮以前，陕甘宁边区各县，包括延安在内，都有两个政府，我党领导的政府和国民党政府。在延安及其附近各县，国民党政府当然是活动不开的，但在其他地方，国民党还有相当大的势力，比较猖狂。譬如绥德专区的国民党专员何绍南，就是一个顽固反共派。瓦窑堡属绥德专区，这里的国民党县长田杰生，也是个摩擦专家。

瓦窑堡是在陕西很少见的一个漂亮镇子，房屋几乎是一色的砖窑洞，整齐，清洁，街道也平直干净，周围有城墙。陕北民谣说："清涧的石板安定的炭，米脂的婆姨绥德的汉。"（据说《三国演义》里说的貂蝉是米脂人，吕布是绥德人）都是"特产"。清涧的石板和安定的煤炭也实在好，瓦窑堡周围，煤炭随处可捡到，易燃无烟。瓦窑堡之所以砖窑洞多，就是因为烧砖的燃料便宜。

一九三八年五月，抗大四期一大队由苏振华、胡耀邦率领，开赴瓦窑堡，出发前，毛主席亲自对一大队的干部讲话，我在旁听了（那时我还没有进抗大工作），毛主席在这次讲话中，指出一大队到瓦窑堡去的任务，除训练学员以外，主要是到那里扩大党的影响，与国民党争取群众。他说，瓦窑堡有国民党，抗大一大队到那里去是代表共产党。要让群众比较比较，到底是共产党好还是国民党好。所以同志们到那里，一定要把共产党的作风带去。同志们是走过二万五千里的，很光荣，但不要把二万五千里背在背上当包袱，要骄傲，骄傲是群众不欢迎的。

这是我第一次听到后来普遍流行的"背包袱"这句话。

一九三九年初，国民党安定县长发动摩擦，曾蛮横地扣押我方县长薛兰斌同志，后来虽经我方坚决斗争，薛兰斌被释放了，但摩擦并未停止，而且，日趋紧张。三月间原驻瓦窑堡的抗大一大队调回延安，由刘忠率领的三大队换驻瓦窑堡，我也随三大队前去。五六月间，国民党从榆林地区调来高桂滋、高双成的部队，有占领瓦窑堡的企图，曾在瓦窑堡以北的杨家园子同我警卫部队发生战斗。八路军留守兵团司令部调来警备四团增援。警备四团是战斗力很强的一支部队，团长陈先瑞，是原四方面军的干部，十分勇猛，敌人有所畏惧。故四团一到，敌人就暂时撤走；四团撤回河防地区，他们又来了，这样反复了好几次。在反摩擦斗争中，我军是不放第一枪的。国民党反动派的这种"我来彼退、我撤彼来"的诡计，弄得我们很被动，因为警备四团不能常驻瓦窑堡一带，它有更重要的河防任务，但它一撤，国民党军队又会乘虚而入，威胁瓦窑堡。当时象我这样的一些人，不知道这种局面将如何解决。

七月间，毛主席发布命令，叫河防的部队东渡黄河抗日，同时命令抗大总校包括三大队也开赴前线。这样，瓦窑堡一带就没有我军驻防了。我们觉得这个命令很突然，而且很担心，我们一走，敌人就会占领瓦窑堡。怎么办？经过上级解释，才明白毛主席这个决定很英明。因为当时斗争的大方向，是日本帝国主义，国民党反动派不抗日而反共，我们则强调抗日。所以我军撤离瓦窑堡而渡河抗日，就使国民党在政治上输了，我们则"有理"。至于当时反摩擦的重点，不在瓦窑堡地区，这个局部地区的得失，在战略上没有什么意义。而且，在陕甘宁边区全部驱逐国民党军政力量的时机尚未成熟，我军如在瓦窑堡一带消灭国民党部队，不但不能解决全边区的问题，只会吸引更多的国民党部队进来，在边区增加麻烦，而且影响前方的抗日战争。当然，瓦窑堡的敌人如先开枪，我们可以根据自己原则，"有节"地加以击退。但敌人又不敢首先开枪，弄得我们在这个局部地区很被动，力量受到牵制。反之，我军如撤出瓦窑堡一带而东渡抗日，局部地区敌人虽可暂占优势，但在我军的这种行动下，一则他们理亏。二则他们知道我们的主动撤离，并不是没有力量而示弱。三则，敌人的力量也要集结到摩擦斗争的主要地区去。因此，他们在局部地区也不敢放肆。

事实证明，我们撤离瓦窑堡以后，国民党反动派也不敢在这一带横行无忌。而到了一九四〇年，我们在全国范围内打退第一次反共高潮后，陕甘宁边区的国民党军政势力也被我们轻而易举地驱逐出去了，连那个反共专家何绍南，也被"礼送出境"了。

我在这个事件中，上了一课，得到很大的教育，对毛主席的战略策略思想，第一次获得感性知识。

抗大总校上前方的时候，上级领导曾经征求我的意见，说我上前方如有困难，留在延安三分校工作也可以。我坚决要求上前方去，把一个新生的儿子送给了瓦窑堡的一个居民。我这个决心，和毛主席分配我工作时我不愿去鲁艺的那个决心，同样是下得很正确的，都是有关键性的意义的。

五 深入敌后

一九三九年七月，抗大总校和陕北公学组成"东进纵队"，从陕甘宁边区出发，开赴敌后，由抗大副校长罗瑞卿和陕北公学校长成仿吾率领。出发时，抗大是第一梯队，陕公是第二梯队，我们抗大三大队是第一梯队的前卫队。大队长刘忠，原政治处主任黄志勇升任政委，军事主任教员胡汉标任参谋长，政治主任教员任白戈任副参谋长。我是第一次参加行军。

原定路线，是在永和关渡黄河，入山西境，在晋南渡汾河，通过同蒲铁路，径向晋东南。但是到了永和以后，一则汾河水涨，二则晋东南敌人正在进行"扫荡"，情况紧张，所以我们在永和县城住了一个月左右便改变计划，折回黄河以西，由延川北上，在葭县乌龙堡再渡河东，经晋西北，然后去晋察冀地区。此时抗大其他三个大队改为第一梯队，陕公和抗大三大队改为第二梯队，三大队是第二梯队的后卫队。

到了晋西北的兴县，前途又发生严重敌情，所以在兴县停了一个月左右，一面待机，一面进行教育。

在兴县时，有一件事值得一记，就是关于苏德战争爆发前的第二次世界大战的性质问题的一场争论。

就在我们暂驻兴县的期间，八月二十三日，苏联与德国订立了互不侵犯协定；九月一日希特勒进攻波兰；九月三日，英法对德宣战；九月十七日，苏联进军波兰，收复西乌克兰，西白俄罗斯。国际局势发生了巨大复杂的变化，第二次世界大战爆发了。

当时，"东进纵队"所带电台，质量很差，且报务员和译电员水平低，收到的电讯很少，很简单，且多残缺，又得不到党中央的指示。所以抗大的干部在讨论中，关于这一阶段的第二次世界大战的性质问题的认识，意见分歧。绝大多数人认为德国是法西斯国家，它侵略波兰，是非正义性质的战争，英法是民主国家，它们对德国宣战，是正义性质，我们应该支持后者而反对前者。我则认为，此时双方所进行的都是帝国主义侵略性的非正义战争，我们对双方都应采取反对的立场。

我的这种认识的形成，是有一个过程的。

原来，在一九三八年党的六届六中全会以前，抗大的时事报告，都是由中央首长担任的。六中全会以后，中央首长忙了起来，没有时间常来报告。于是由中央军委×局的负责同志郭化若，组织了几个人，我也在内，成立了一个时事研究小组。时事问题，由这个小组经过讨论，分别到各处去作报告。我担任了抗大一部分大队的报告员。因此，我对时事问题，曾作了比较系统的研究。一九三九年三月我去瓦窑堡后，仍然继续研究时事，并经常向三大队学员和干部作报告。我对这年春季开始的苏、英、法三国历时四个多月的谈判的过程，是比较熟悉的。我知道英法毫无与苏联共同反对希特勒制止大战爆发的诚意，倒是在阴谋挑拨希特勒去进攻苏联。所以，它们口头上同意和苏联一同保证波兰的安全，却不同意苏联军队通过波兰去反对希特勒，这样就可以使希特勒通过侵占波兰而向苏联进攻。因此，苏联在苏、英、法谈判破裂后，就立即与法西斯德国签订"互不侵犯协定"这件"怪事"，我是不觉得"怪"的。我理解苏联是看穿了英法的阴谋，为了保证自己的安全起见，所以对德签订这个协定，以延缓希特勒对苏联的进攻，争取时间，巩固国防。因此，苏联在德国和英法的战争中，当然既不会支持德国，也不会支持英法，同时波兰当时的地主资产阶级政权，也是反对苏联的支援而依附英法的。所以，苏联也不会支援波兰去反抗德国。我根据这些事实得到的逻辑推论，肯定了当时德国和英法双方的战争都是非正义的。

抗大政治部请了在陕公当教员的李凡夫来作报告。李凡夫强调希特勒德国是法西斯主义国家这一点，以为法西斯既是当前人类的公敌，那么凡是反对德国的就是正义的，所以英法对德宣战，是正义性的战争，我们一定要支持英法，苏联也一定会支持英法的。他用苏联在德军侵入波兰后进兵波兰，收复西乌克兰和西白俄罗斯（这两块地方，原属俄国，是十月革命后被波兰侵占去的）这件事实，来证明苏联是在支援波兰。他振振有词，对以我为代表的这种意见大肆批评。他报告结束后，政治部请他吃饭，我也作陪，在饭桌上我同他又进行了争论，但是谁也没有说服谁。

直到十月间，"东进纵队"到达晋察冀边区的灵寿县以后，晋察冀分局负责人传达了党中央的指示（根据后来编入"毛选"二卷的《苏联利益与人类利益的一致》一文内容），才证明了我的意见是基本正确的。当然，我的分析是很简单粗糙的。从此以后，政治部就让我经常对全校作时事报告了。

这次我的意见的正确，虽然不是瞎猫抓到死老鼠，但本来也不值得一提。之所以在这里提起，是因为从这次开始，后来若干年中，我和李凡夫还发生过多次争论。而这些正常的争论却被他记在心里，终于在一九五三年他得到了机会打击我。此人对我后来的政治命运关系是相当大的，虽然经过文化大革命，我才彻底了解，此人之打击我是奉命的，但他对我的个人成见，也起了作用。

在兴县住了一个多月，队伍又出发了，经过岢岚县、静乐、忻县，一个晚上，在定襄以西通过敌人封锁的同蒲铁路。过铁路的时候，我们派出部队，包围附近几个敌人盘踞的碉堡，敌人不敢出来，只在碉堡里开枪对我们射击，我们也予以还击。这一夜队伍走了一百多里，在定襄县的一个村子里休息了一天一晚。第二天早晨，本来宣布当天只走四十里，到均才村宿营，但刚走了二三里，突然在我们要去的方向响起了炮声，有敌情，于是就另取路线，先爬上一个高山，走很少有人走过的山坡，天又下起了大雨，在山上整整走了一天，也没吃饭，只遇到了一个放羊的老汉。黄昏时，进入了一个长达若干里的山沟，水深没膝，马也走得乏力了，所驮的行李，都湿透了。晚上天黑如墨，气温很低，大家在黑暗中摸索着蹚水前进，队伍乱了，我和牵着马的饲养员也失散了。饥寒交迫，我和刘蕴文以及其他几个同志，互相扶持着前进。一直到第二天早晨，才走出山沟，看到了汹涌的滹沱河，幸而河上有桥，顺利地通过了。过了河，就在一个名叫"南城"的村子里整理队伍，得到休息。这一天恰好是中秋节，到村里后，大家晒干衣服行李，还买到了鸡和羊肉，美美地饱餐了一顿，苦尽甘来，非常愉快。虽然中午有一架敌机来我们驻地上空来盘旋过一次。

在过铁路的时候，我们这些初次在枪声中紧张行进的人，是不免有点慌张的。但当我看到罗瑞卿校长站在铁路上，鼓励大家"快跑"前进的时候，就安心了。我从这一次取得了经验。后来当自己率领一个小队伍在夜间危险情况下行军的时候，也总是在队伍首尾之间来回走动，并加鼓励，使大家感觉到指挥员和他们在一起，增强了信心和勇气。

午后，就沿着滹沱河继续行军，一路上都遇到些小小的敌情，但终于顺利地到达河北省的灵寿县，暂住下来。到达的时间是十月上旬，党中央晋察冀分局的彭真、聂荣臻等首长们开大会欢迎我们。驻在阜平的抗大二分校的同志们也来欢迎我们。此时正值陈庄战斗之后，我们听了指挥这次胜利的战斗的张宗逊（他是一二〇师的一个旅长）关于陈庄战斗的总结报告，内容很精彩。陈庄离我们的驻地杨树沟只有十多里路，我曾和几个同志到战后的陈庄去赶过集，更具体地了解陈庄战斗的一些情况。从此时起，我对于总结实际战斗经验的军事报告，十分感兴趣。后来在晋东南一二九师的刘伯承师长在每一次反"扫荡"胜利之后，总作一次总结报告，我每次听了，总得到一些启发。刘伯承同志的报告，内容既精彩，讲话又通俗生动。他这种非常及时的，理论联系实际的报告，对提高一二九师干部的军事素养，起了很大的作用。

在灵寿住了三四个月，到了一九四〇年二月，抗大总校离开晋察冀而到晋东南去（陕北公学则留在晋察冀，改为华北联大了）。我们经过平山、井陉，通过正太路封锁线，南下经平定、昔阳、和顺、辽县（即左权县）到达武乡的蟠龙镇，东进行军的任务才算基本完成。从延安出发到此，行程共二千五百里。

此次从灵寿到晋东南的行军，十分顺利，只是在过铁路封锁线以前，天下起了小雨夹雪，落到地上结成了薄冰，鞋底也成了冰底，路滑难行，所以又已怀了孕的刘蕴文到了井陉就折回去了。

这一次，晋察冀军区司令员聂荣臻，还有吕正操，带了一部分部队，也和抗大一同去晋东南。后来我才知道，他们是参加北方局（当时由杨尚昆、彭德怀领导）于四月间召开的黎城会议的。"百团大战"的计划，也可能是这个会议上确定的。

当时朱总司令还在晋东南（不久以后就回延安去了），听说他见了晋察冀的部队很喜欢，觉得服装整齐，武器精良，兵马雄壮。的确，我们也看出来，在晋东南的八路军总部和一二九师的部队，比起晋察冀的来，装备方面逊色得多，朱总司令和刘伯承师长等则很朴素，彭德怀在给抗大的干部讲话时，穿的一条裤子，补钉很多。但是，一二九师的部队，战斗力却很强。一九四四年我到延安中央党校后，看到从全国各抗日根据地调到中央党校学习的干部，以晋察冀、晋绥（一二〇师）的最为阔气，衣服漂亮，手头有钱，而以晋东南的干部，最为"寒酸"。因此，晋东南的干部曾发生不满情绪。但在"七大"以后，经过学习，大家觉得部队作风还是艰苦朴素的好。解放战争初期，以原一二九师为基础的部队打胜仗最早最多（譬如上党战役、平汉战役），作风艰苦朴素，包袱轻，也是原因之一。

晋东南上党区，本来是富庶的地方，而抗大所在的武乡一带，当时却非常贫困。抗大总校到晋东南后所上的第一课，就是艰苦奋斗。当地缺乏粮食，干部和战士经常要到距离五六天路程的地方去背粮，背回粮一路吃，到驻地时已所剩无几了。一个时候，粮食都是黑豆，磨碎了煮着吃，很难消化。还有高粱，且是发了霉的。又缺乏咸盐，只有一种硝盐，放少了不咸，放多了发苦。我有时到蟠龙镇上饭馆里吃一碗搁硝盐的荞麦面"饸饹"，算是改善生活。但是同志们的情绪还是很好的，毛主席关于"坚定正确的政治方向，艰苦朴素的工作作风，灵活机动的战略战术"的教导，已深入人心。此后在敌人长期反复的"扫荡"中，一贯过着艰苦奋斗的生活。

五六月间，杨尚昆向抗大干部作了一次报告，传达了四月黎城会议的内容。这个报告当时使我们受到极大的鼓舞。其中说到，在对阎锡山、鹿钟麟的反摩擦斗争胜利以后，形势大好，日军在华北的力量也比较薄弱，我们所在的以武乡、辽县为中心的大片地区，已经成为巩固的抗日根据地，因此今后这一带要大事建设，建党、建军、建政。具体的建设计划中，包括建设一个很大的兵工厂——即黄烟洞兵工厂，还要办一个正规的北方大学……等等。

然而据说，黎城会议的路线是错误的，在对形势的估计方面，是主观主义的，犯了"左"倾幼稚的急性病，违反了毛主席以游击战为主的抗战的原则；在建设方针方面，则只谈建党、建军、建政，而不注意发动群众，不贯彻"二五减租"的政策，所以又是右倾的。

又据说黎城会议的错误路线的产物之一，是"百团大战"。九月间大战开始的时候，确实打得很漂亮，平汉、同蒲、正太、石德四条铁路周围的我军同时动手，破坏了这四条铁路，抗大的一部分学员、干部也参加了破击，表现得很英勇。但是，后来有了一种说法："这次大战不适时地暴露了我军的力量，引起了日寇的注意，于是日寇放松了对国民党的压力，调动百万大军，对我华北根据地进行大规模'扫荡'，实行残酷的'三光'政策。结果是，历时三个月的'百团大战'，反而使得我们的根据地日趋缩小，增加许多困难。同时，又使得蒋介石有机可乘，在一九四一年发动了第二次反共高潮，在皖南事变中消灭了我新四军军部和一部分主力。"

在"百团大战"正在进行的十月间，新成立的晋冀豫边区政府主席杨秀峰，邀我和任白戈到边区政府去讨论筹建"北方大学"的问题。才开了两次会，敌人就进行"扫荡"，我们就随着边区政府向冀西转移（在这次转移中，我初次认识王韦），中途遇到抗大的队伍，我们就归队。终于抗大转移到邢台西部山区的浆水镇，抗大在浆水镇一带驻扎，一直到一九四三年初为止。"北方大学"的计划，在抗战期间，终于没有实现。

六　任白戈

任白戈是和我工作关系时间最长的一个。一九三三年秋，他通过钟敬之和我相识，那时他担任"左联"常委的宣传部长。一九三四年春，他介绍我参加"左联"。同年秋，他担任"左联"秘书长，我和羊枣相继任宣传部的负责工作。一九三五年春，"文总"领导人田汉、林伯修（杜国庠）等被国民党反动派逮捕后，任白戈也有危险，夏天去日本，在东京"左联"支部工作，我就继他担任"左联"秘书长。但是，他同我一起工作时间最长的，是在抗大。他去延安的时间比我早，大约在一九三七年秋天。一九三八年三月我到延安时，他已在抗大工作，担任五大队的政治主任教员，但因五大队驻在甘肃的庆阳，我没有同他见面。八月间，五大队回到延安附近的柳林镇，我和他才有来往。一九三九年春，他任五期三大队政治主任教员，我和他一起随三大队去瓦窑堡，后来一同上前方。到晋察冀后，他调到以苏振华为大队长、王赤军为政委的一大队任政治主任教员。一九四〇年夏，他继张如心任校部政治教育科长，我同他在政教科一起工作到一九四一年底。一九四二年夏，他调任抗大附设陆军中学校长，我继他任政治教育文化科长。一九四三年初，他回陕甘宁边区，我留在太行地区。所以，我在抗大的四年半时间里，他也都在抗大工作，并且先后在三年的时间里，我和他是朝夕相处的。不过他进抗大比我早，离抗大比我晚。

任白戈是四川南充人，原名任逎凡，比我大两三岁，家庭也是比较贫穷的。他入党早，大概在一九二五年和一九二六年间。原来是共产党员而在一九二七年被国民党反动派枪毙却没有死的任卓宣，即叶青，是任白戈的同乡。任白戈的参加革命，是受了任卓宣的影响的。但是任卓宣死里逃生之后，却成为托派，后来又成为国民党反动派的御用文人，极其反动。任白戈懂日本文，曾在上海的辛垦书店出版过他翻译的关于列宁的哲学思想的一本小册子。一九三二年他曾在山东曲阜的一个师范学校教书，钟敬之那时也在这个学校工作，因而相识。

后来这个学校受到国民党反动派的压迫，他和钟敬之都到了上海，他就参加了"左联"工作，但此时他就失去了党的组织关系。他到延安后，恢复了党籍，但从一九三二年到一九三七年的一段党龄，是到了一九四九年才恢复的。据说在大革命期间，他曾担任过四川省地委的工作，大革命失败后，曾任四川省临时特委书记。又据说，曾介绍罗瑞卿考入黄埔武汉分校。所以，在党内，他要算是一个"老资格"。他见闻广，相识的人也多。

在上海时，他同田汉、华汉（阳翰笙）、周扬很熟，尤其是田汉。他经常向我谈起田汉和田汉的老婆以及田汉的弟弟"田老五"。他同周扬和周扬的左右手周立波和沙汀的关系也很密切。到东京后，他搞"左联"支部搞得很热闹，在他的领导下，东京支部办了一个刊物叫作《杂文》（后改为《质文》），还搞戏剧运动。他原来的妻子李柯，就是因为在东京参加演戏，同他相识而结合的。但他最得意的一件事而经常向我谈起的，是在东京团结了郭沫若。他说郭沫若当时很虚心，听青年人的话，对东京支部的工作大力支持。我在上海和鲁迅先生联系，他在东京团结郭沫若，但在关于统一战线文艺运动的两个口号的论争中，他争取了郭沫若基本赞成"国防文学"的口号，我却得罪了反对这个口号的鲁迅先生。他早年在文艺方面喜欢"创造社"，我则喜欢"文学研究会"，所以他同郭沫若的关系和我同鲁迅的关系，都是有一定思想基础的。然而我终于因为站在"国防文学"这个口号方面，同鲁迅先生对立起来了。路线斗争超过了个人的爱好。在鲁迅先生发表那篇驳斥我的文章以后，我同周扬他们的关系闹得很僵，任白戈从日本回来后，曾约沙汀、周立波等和我吃过一顿饭，想进行调解，但由于我的倔强，没有调解成。但到了延安后，他和我的关系一直是很好的。

在延安，我看到他同抗大副校长罗瑞卿的确象是老朋友。一九三八年十一月，敌机轰炸延安时，任白戈夫妇曾到我在北门外住的一个大石窑洞来防空，有一天，有两个女同志来看他，其中一个是罗瑞卿原来的妻子（好象叫做刘教湛）。任白戈同刘谈起罗瑞卿的"家务"很熟悉。

但是由于他从一九三二年起到一九三七年的一段党龄没有得到

承认，他这个"老资格"在抗大没有得到"重用"，起先只是政治主任教员，后来也只是政治教育科长（名义上还是副的）。

任白戈在日常生活方面有很多本领，家常的四川菜做得很好，还会自己裁缝衣服，这与他的家庭贫困有关系，好象少年时期正式学过裁缝。但同样是贫苦家庭出身的我，在这些事情上，却什么也不会。我和他相处的日子里（刘蕴文不在的时候），他经常帮助我补衣服，打铺盖等等。在这方面，钟敬之也是这样的。譬如，钟敬之和我一同去延安的路上，每天起床后，他总嫌我把自己的铺盖打得松垮难看，一定要替我重新打过，后来我索性每天让他打，自己不动手了。我这个人，在生活上不注意，又任性，不愿学习，到老还是如此。这是很大的一个缺点。这些朋友们的帮助，是可感的，虽然正因为他们这种态度，把我"宠"坏了，也未可知。但主要还是因为我缺乏自觉性。

任白戈作为一个朋友，是很好的，他不但对我很诚恳，对一般人也和蔼可亲，坦率直爽，但不象我的锋芒毕露。他有一般四川人"摆龙门阵"的习惯，见闻又多，摆起来谈笑风生，很得人喜欢。

他记忆力好，少年时候读过的许多古文，能整篇地背得出。记事的能力也很强，凡是知道的事情，能够原原本本地讲出来。

他自己的生活也很朴素，能够习惯于艰苦。记得一九四一年的冬天，住在浆水镇，天气很冷，而公家的木炭供应很困难，他作为政治教育科长，不向总务科开条子去要木炭，一些驻科的教员和教育干事冻得很有意见，说他不关心干部的生活（别的科的科长都经常去要木炭）。在党小组会上，我对任白戈说，你自己不怕冻，是好的，但对干部，确实应该关心关心。同时，我对其他干部说，任白戈为公家节约木炭的精神，是好的，他自己和我也同样挨冻，所以不能说他是官僚主义。

在工作上，我动脑筋是比较多的，一遇问题，从各方面想主意，往往是我向他提供各种意见，由他采择下决心。所以有人说我和他的关系，犹如唐朝房玄龄和杜如晦的关系："房谋杜断"。他写文章，谈问题，稳稳当当，不象我的"杀偏锋"，有风趣。但一般人喜欢他的"忠厚长者"的风度。

那时他只有一个儿子，叫做嘉因，才三四岁，由于他们夫妇的溺爱，非常调皮，大家叫他"小顽固"。往往在开会时，甚至任白戈在写作、读书时，"小顽固"骑在他父亲的颈子上，乱来一起。任白戈不在乎，而且，竟有本领在这种情况下写字、看书。

一九四三年初抗大回延安后，我只在一九四五年在延安又同任白戈见过一面，那时他正准备出发到华北去。此后我们就再没有见过面，也不通信。一九五七年开全国人民代表大会时，任白戈到北京参加会议，我虽写信约见一面，他接到信时，已要回四川，匆匆回我一信，说没有时间来看我了。

直到文化大革命发动以前，他是发展得很顺利的，担任了重庆市委第一书记和重庆市长，西南局书记。文化大革命中他受到很大的冲击，现在不知道怎么样了。

去年，一九七二年八月间，有从重庆来的人向我调查过他三十年代的一些问题，主要是他同周扬的关系。我认为他三十年代一直到六十年代，在文艺路线上，一贯是和周扬一致的，但是否与周扬有更多的关系，则不知道了。

有一个问题，我至今还弄不清楚。就是三十年代在上海时，任白戈和我在"左联"担任的最高职务，我本来记得是常委会的"秘书长"，而"左联"的最高领导者，名义上是作为"书记"的鲁迅先生。我在一九四五年以前填表一直是写"秘书长"的。但是，一九四五年延安《解放日报》上发表"解放区人民代表大会"（这个大会因日本很快投降而没有开成）的代表名单时，作为代表之一的任白戈名下填的履历，却是"左联'书记'"。因此我自己后来也改为"左联书记"了。可是，一九五七年我到北京后，有一次遇到杜谈（他是"左联"的老盟员），谈起这个问题，杜谈说："任白戈不是书记，就是秘书长，你才真是书记呢。"为什么是这样？杜谈也没有说清楚。在文化大革命中，凡是向我调查"左联"的问题的人，也都肯定我是"书记"。这笔糊涂账，却说明了一个问题，就是，我们在三十年代，对于"官衔"，是马马虎虎，不以为意的，因为那时只管做工作，并无当"官"的意识。

一九四〇年有一次任白戈在闲谈中对我说："老徐，等到全国解放以后，我们都做一个大学的校长，你说好吗？"我没有考虑这个问题，而他，似乎那时的愿望也并不大。后来实际上我们都担任过比大学校长更大的责任，他还更大。但我早已垮台了，他则直到文化大革命时期才垮掉。

我一生的私人朋友很少，各个阶段共同工作过的同志虽很多，工作关系很好的也很多，但每当工作调动彼此分离之后，我也不同他们发生私人联系了，对任白戈也是这样。作为一个朋友，他是很值得我怀念的。

七　抗大以外的活动

在延安的期间，我兼任过鲁迅艺术学院的一点课，参加过毛主席窑洞里的哲学座谈会和郭化若主持的时事研究小组。

到了太行山以后，虽然敌后的交通很不便，抗大以外的活动却多了一些，这是因为，太行地区的"文化界知名人士"比较少，我算是一个，所以常得到邀请。

一九四〇年三月间，在八路军总司令部开过一个时事座谈会，由政治部宣传部长陆定一主持。我和任白戈被邀去参加了。朱总司令也到了会。陆定一我是初次见面，那时他很瘦，沉默寡言。朱总司令则一九三八年初我在洪洞县曾经受过他的招待，给我的印象一直是个豁达大度，平易近人的忠厚长者。在这次座谈会上，我的发言谈到了中苏关系，在颂扬了苏联对中国抗日战争的援助之后，又说，共产党、八路军在华北的抗日战争，对苏联也有保卫的作用，因为华北倘被日寇完全占领，则日寇就会实现其侵苏的战争。不料在我发言后，李伯钊起来对我的发言不指名地进行了批评，说我的发言低估了苏联援助我国抗日战争的伟大意义。我当时被弄得莫名其妙，但也没有做答辩。我觉得她未免是片面地迷信苏联，对中国共产党和中国人民的作用，是低估了的。

太行区有个"文化界救国联合会"，这个会办了一个刊物，叫做《华北文化》。我常被"文联"邀请去参加一些会议，并被约为《华北文化》撰稿。"文联"的负责人是陈默君（他在一九四二年五月日寇的大"扫荡"中牺牲了，同时牺牲的"文联"干部还有刘稚灵和蒋弼），干部里面，还有高沐鸿、王玉堂、张秀中、王韦等人。

在一九四二年整风运动以前，太行"文联"的文艺路线，问题是比较多的。谈理论，是教条主义；对作品，迷信"大"和"洋"。譬如，一九四〇年夏，在北方局所在地，曾经大演曹禺的《日出》。在敌后的物质条件下，演这样一出戏，要化很长的时间，从晚上十来点钟，一直要演到几乎第二天"日出"才闭幕。但是，也有一些初学写作的青年，比较地深入农村，写了一些反映农民的抗日斗争的作品，虽然很幼稚，但比较朴素、切实、短小、生动，虽然并非自觉地倾向于写工农兵，不过在毛主席的《在延安文艺座谈会上的讲话》发表以前，还没有"为工农兵服务"的明确思想。譬如王韦曾经写了这样一些小说，我就是通过这些作品同她相识的。我在一九四二年以前，也没有"为工农兵服务"的思想，更没有向工农兵学习的想法，但以为写农民和八路军的斗争，才是当前的现实主义，所以对这样的作品，曾予以鼓励。

一九四一年秋，太行地区出现了一个赵树理，写了一篇《小二黑结婚》，为彭德怀所看中，特为写序，评价很高，在群众中也有很大的影响。不久以后，一九四二年一月，八路军一二九师政治部和中共太北区党委联合邀请太行区文化界四百余人，举行了一个大规模的座谈会（会址是涉县赤岸），由杨献珍和（太北区党委书记）李雪峰作了主要报告。他们讲了形势，指出当时太行山的主要问题，是封建会道门的猖獗，认为文艺作品应反映对封建会道门的斗争。我在被邀请参加会议时，并不了解会议的意图，在预先准备好的发言中，只谈了反映八路军和农民群众的抗日斗争的现实的重要性，但我的意见是比较空泛的。此外，我又讲了一个意思，以为文艺作家不应该只是被动地根据政治家所提出的口号，写一些概念化的应景的作品，而应该深入现实生活，主动发现一些实际问题，加以反映。我还说，革命文艺家本身也应当是政治家，从自己所接触的现实生活中反映政治的一个具体侧面，以丰富总的政治的内容。我这个意见，也有不少缺点，后来被人们批评为主张文艺对政治闹独立性。这种批评是有一定道理的。杨献珍在其报告中，对当时"文联"的工作批评得很厉害，几乎全盘否定；赵树理的发言也有些趾高气扬，并对"文联"干部讽刺得很刻薄。

会后，"文联"的干部觉得压力很大，心情很沉重。李雪峰看到这种情况，召集"文联"干部开了一个小型座谈会，作了一些抚慰工作，我也被邀请参加了这个座谈会。我的发言中，表示拥护李雪峰和杨献珍的报告的精神，但认为过去"文联"的工作，还是有一定成绩，不应全盘否定，大家应该有信心。不久以后，我带了一个抗大的参观团经过"文联"，"文联"的同志们同我一起漫谈，大家说了很多对赵树理不满的话。我说，赵树理的《小二黑结婚》是写得好的，但不见得是唯一的典范。他有点儿骄傲，说话也太尖酸刻薄，但大家不必计较，而且还应当团结他。至于"文联"今后的工作，可以根据李雪峰的指示，好好研究一下，怎么改进。

"文联"的同志们听了我的话，觉得比较公平。但在我回抗大后，有人向杨献珍汇报了我的谈话，不料触怒了杨献珍，在我不知不觉之间酝酿了一场大风波。等我知道自己无意之中闯了祸的时候，已是一九四二年底了。

最近看到一本《山西文艺史料》，其中有叫做"之荷"的写的一篇《杨献珍同志的谈话记录》，是一九五八年八月写的，从这个"谈话记录"看起来，当时有些事情是有些误会的。

杨献珍在这次谈话中，谈了以下一些话：

（1）"在北方局党校时，徐懋庸就说过通俗化即庸俗化。"这不符合事实。我在"北方局党校"只有两次。第一次是一九四〇年，杨献珍请我去那里讲讲政治经济学，根本联系不到文艺通俗化的问题。我每次讲了课就回抗大，也没有同别人闲谈文艺问题的机会。（且不说通俗化是我从三十年代起一贯的主张。）第二次我在"北方局党校"呆了两个多月，而那时正在进行审干，非常之"左"，十分恐怖，我是被审查的，根本没有谈什么"文艺通俗化"的机会。

（2）"这次会（指一九四二年初的那次文化界座谈会）以后，徐懋庸就反对我，不久敌人扫荡，转至抗大所在地，徐懋庸沿途反对我。扫荡过后……他并公开说'杨献珍代表旧派，他的群众就是赵树理'。徐说'他自己是代表新派'。当我知道了徐在反对我的发言之后，我便……写了《数一数我们的家当》的文章，这不是我发言的原稿。"呜呼！"徐懋庸就反对我"、"沿途反对我"，多可怕！然而，徐懋庸在开完会后，就回"抗大"，"沿途"只是二三百里的山路，没有文化界，我要反对杨献珍，只能对一些树木去说话，杨献珍怎么能听到？"敌人扫荡"是一九四二年五月的事，"沿途"我在抗大的队伍中紧张地打游击，哪里有闲情逸致去反对杨献珍！

（3）"（五月又大扫荡）北方局的调查研究室的干部在扫荡中都牺牲了，主要负责人是彭总，后来将这部分工作放入北方局党校（北方局党校是杨献珍负责的）……我与彭总讲了讲要搞教育群众的东西，就把赵树理、王春调到北方局党校，而徐懋庸等文化人是不写这样的东西的。"呜呼！徐懋庸当时在抗大担任政治教育工作，非但不写赵树理、王春式的作品，也不写所谓"新派"的文艺作品。这又是不符合事实的指责。

但是，在杨献珍讲这番话的五八年，我已经是个没有发言权的人了，功过是非也就只能由人去说吧，即使是"落井下石"，也不得不承受下来。不过，从六十年代中期到现在的这几年中，杨献珍本人也有了一些遭遇；我想，不管怎样，在经历了这些厄运之后，他对他自己过去的某些作为可能会有些反省了吧。

彭德怀虽然批评过我"傲上"的缺点，却在抗大回陕北时，把我留了下来，要我去担任太行"文联"的主任。这样，我就在太行山的文化界"挂帅"了。

这样一来，我就脱离了工作了四年半的"抗大"了。

（原载1981年5月22日《新文学史料》第2期。
收入《徐懋庸回忆录》人民文学出版社1982年7月第1版）

第十章　在太行文联的一年

一九四二年冬，八路军一二九师刘伯承师长来到抗大，解决由于北方局向在抗大轮训班学习的一二九师干部（大部分是原红军四方面军的干部），传达党中央关于原四方面军干部问题的决定发生错误而引起的思想问题。此时党中央已决定让抗大迁回陕北；有一天下午，刘伯承同志找我谈话，问了我关于抗大政治文化教育工作方面的一些经验，然后提出，想让我于抗大回陕北时留在太行，问我有什么意见。但他没有说明要我留下来做什么工作。

我当时思想上有矛盾：一方面我愿意留在前方，又因为向来对刘伯承同志很敬重，觉得如果到一二九师工作，比抗大更接近战斗部队那很好。但是，我已经熟悉抗大的环境和工作，对此很留恋；加以留在太行，不免还要同一些人发生一些关系，有些顾虑。因此，自己没有主意。于是我答复刘师长说：我自己没有什么意见，服从党的分配就是了。

顺便说一说，我对于刘伯承同志的敬爱，是由于多次听过他关于反扫荡战役的总结，内容丰富，军事理论联系战斗实际十分自然，语言又非常生动、幽默，无论知识分子干部或工农干部，都听得津津有味，很受启发。他的作风，既很严肃认真，又平易近人。他又很勤奋，那时在指挥战争之余，还在从俄文翻译苏联的《合同战术》一书。他对我说，此书的翻译工作，本来是由八路军总部参谋长左权同志担任的，但是没有译完，左权同志就牺牲了，所以由他来继续完成。刘伯承同志还有一个特点是很虚心，他同任何一个同志谈话，都作笔记。那次同我谈话，他也拿了一个本子记了不少。那一年他五十岁，不久以前，一二九师和抗大曾庆祝过他的寿辰。

但是，当抗大从邢台出发的时候，我还是随着抗大走了，原因是，何长工不肯放我。当抗大的队伍经过八路军总部所在地辽县麻田时，彭德怀同志通知何长工和我到他那里去谈话，何长工的意思，叫我不要去。我因为除了在几次大会上见过彭德怀的面，未曾和他有过个别的接触，所以愿意去。去了以后，彭德怀当面决定把我留下来，何长工就没有办法了。

我和王韦在总部的招待所住了几天。有一天，彭德怀和滕代远两位同志请我们吃饭，餐桌上有一碗鸡汤，彭郑重其事地说道："这是鸡汤啊，难得吃的。"看来他自己平时生活是很艰苦朴素的。当天饭后，彭德怀到招待所看我们，谈了一些话，随后拿出一本油印的小册子，是他起草的北方局关于一九四三年的形势与任务的未定稿，让我看了提意见。我当场看了一下，提了几条意见。其中有一条，是属于措词问题的。我以为不妥，他以为没有什么不妥，我也就不再争辩了。

但是他走了以后，过了四五分钟，又转回对我说："你讲的有道理！确实有些不妥，要修改一下。"

关于我的工作问题，彭德怀本来要我到北方局的研究室去，但我不愿意去。最后，彭德怀通知我，让我先去参加以邓小平为书记的太行分局的高干会，然后由太行分局分配工作。

我到高干会的会址的时候，会议已是最后一天，我只听了邓小平的总结发言和彭德怀的讲话。散会后，由分局宣传部长李大章找我谈话，让我到太行"文联"去当第一把手。我就于一九四三年二月到了"文联"——地址是河北涉县的下温村一个天主教堂里。

让我去到太行文化界去"挂帅"是什么意思？我有点纳闷。但既已作出决定，我也不得不服从，虽然脱离了军队去当多年不当的文化人，也是很不愿意的。

山西文联在一九五八年编辑的《山西文艺史料》一书中，收集了一九四三年三月召开而由我主持的"文联"扩大会的一些史料。由于编辑这个"史料"时我已戴上右派帽子，所以原件中提到我的地方只写上"徐××"，而且把"徐××同志代表常委会所做报告"一字未收。只收了"徐××同志的闭幕词"。此后一年中我的一些重要文章，也一字未收。编者的政治立场自然是正确的，但这样的"史料"实在不足以反映历史的全貌❶。因此，关于那一年的工作，还得由我自己来回忆一下。

毛主席《在延安文艺座谈会上的讲话》，是一九四二年五月在延安发表的，但是不知为什么在太行区发表，却在一年多以后。所以，一九四三年三月的"文联"扩大会上，我根据太行分局的指示所作的报告（现在只能从闭幕词中看出要点），没有反映出毛主席的《讲话》的精神，只是提出要在太行根据地掀起一个"以新民主主义的民主思想为中心的"、"真正群众性的、大众化的"、"新文化启蒙运动"。

然而，大约在一九四三年五六月间，毛主席的《在延安文艺座谈

---

❶ 该"史料"如果在无产阶级文化大革命以后来编辑，那末，作为当时太行山文化界的"主将"的杨献珍的姓名及其文章和谈话等等，也该割爱了，而且连彭德怀、李雪峰以及其他一大批人及其言论，也不会出现了，那就是说，基本上没有"史料"，也就没有"历史"了。一切化为虚无了！这是很有意思的一个问题。

会上的讲话》，终于由《新华日报》华北版发表了，"文联"的工作，这才真正明确了方向。

在这以前，"文联"的干部，也进行过整风，但只是泛泛地检查了主观主义、宗派主义和党八股；也提到学习马列主义以改造世界观的问题，但也只是泛泛地讲到掌握唯物辩证法的问题，所以收效不大。有一些同志，确实也有以主观主义反主观主义，以宗派主义反宗派主义，以党八股反党八股的倾向，所以弄得文化界思想很紊乱，不团结现象反而更严重。

毛主席的《讲话》，才使我们认真考虑了"为工农兵服务"的问题，并且使我们认识到要为工农兵服务，首先要向工农兵学习。而为此又首先要深入工农兵，真正与工农兵相结合。

说来也真奇怪，"文联"的干部，一直住在农村，每天身在农民中间，但是心目中就是没有农民，即使目中有农民，心里却认为农民落后，即使想以农民为工作对象，也只是从农民生活中找一些题材，写成作品，去教育教育农民，自己完全以教师爷自居。所以，基本上是"民粹派"的思想。

针对这种情况，我们在一九四三年下半年，发动了一个向当地农民学习的运动，具体的办法是：

（1）写文章，首先是确定主题，把基本思想讲给农民听，请农民对这个问题发表自己的意见，补充和修正我们的一些想法，并提供实际材料，然后写成初稿，再念给农民听，再请农民提意见，并且用农民自己的语言来代替我们的学生腔。这样的作品发表在刊物上，然后由知识分子读给农民听，因为当地农民，绝大部分是不识字的。

（2）作宣传画，也是搞好一个初稿，给农民看，请他们提出修改意见。

（3）创作歌曲，则先收集民间曲调，加以修改，配好词，向农民去唱，请农民在曲和词两方面提出修改意见。

如此等等。

这样做的结果，我们真正做到了密切联系农民，在向农民学习的基础上，搞出真正为农民喜闻乐见的作品，为农民服务，提高了农民的觉悟，同时也改造了我们的思想。当时有许多生动的事例，说明这

121

样做的好处。譬如，"文联"有一个搞音乐的干部，叫做周沛然，他本来是迷信西洋乐的，性格又孤僻，思想又固执，不怎么安心于敌后农村根据地的工作，不重视农民和民间歌曲，连对机关里的同志们也落落寡合。自从我们掀起向农民学习的运动后，他起初很勉强地参加，但是经过一段实践，他发现农民中有不少音乐"天才"，民间歌曲有许多洋乐所没有的特点，同时认识到农民思想品质上的优点，于是就很愿意同农民接近，并且创作起为农民所乐闻的歌曲来了。又有一个叫做张秀中的同志，常写理论文章，而八股气很浓，连知识分子看了也不喜欢。他在向农民学习过程中得到很大启发。有一次，他看到一个老太太织布，就问："你们织一丈布，从纺纱到织成布的整个过程要花多少时间？"老太太起初听不懂，他连讲连比划了几次才让她听懂了，于是她说：你说的是"连纺带织"啊。张秀中听了，大吃一惊，认为农民的语言很精炼。从此他下了决心，更要深入农民，深入实际。后来他改变了闭门写作的生活，自愿到一个区去当区长，生活十分艰苦，工作非常繁忙，但很安心，坚持着干，不幸终于积劳成疾，因公牺牲了。赵枫川同志（他当时是"文联"的党支部书记），在画画方面，也受到农民的很多教益。

我曾经总结了同志们的许多经验，写过一篇文章，发表在《华北文化》上。一九五八年的"史料"上当然没有把这篇文章收入，但是，直到现在，我以为这个经验是很有意思的。通过对毛主席的著作的学习，方向明确了，结合业务实践，向农民学习而为农民服务，反复检讨总结，这是比较有效的整风的办法，比闭门整风收效更大。当时有两个新从东北沦陷区来的青年，由一二九师政治部介绍到"文联"来学习，他们开始对抗日根据地的生活很不习惯。"文联"的整风运动，我们本来没有让他们参加。后来他们看到我们同农民的那种关系，也旁听了几次整风会议，觉得很有兴趣，就主动要求正式参加整风会议，也跟着同志们同农民发生接触，因此他们的思想转变得很快，此后生活就安心了，而且在整风会议上也能批评同志并暴露自己的错误思想，要求帮助。其中一个叫孙强的，据说后来在解放战争中英勇牺牲了。一个叫周立的，后来成为公安干部。一九五○年在湖北省公安厅担任科长，我曾见到过他。

农民最感兴趣的是戏剧，过去爱看山西梆子、河北梆子等戏，抗日战争期间，这些旧戏看不到了，而我们的文工团，也不能经常对农民演出。农民没有戏看，觉得是一大缺憾。于是我们决定开展一个农民自己演戏的运动。

一九四三年十月，王韦生了第一个孩子，在下温村的妇救会小组长冬梅家里休养（冬梅的丈夫叫刘茂林，是个下中农）。冬梅和妇救会主任杨亚心都很喜欢唱歌。有一次，她们讲了某村的一个妻子鼓励丈夫参军的故事，很有意思。王韦把这故事稍加改动，编了一出小歌剧，由周沛然配曲。编好以后，唱给冬梅和杨亚心听，让她们提出修改意见。她们听了很感兴趣，就把整个戏唱熟了。于是我建议让她们排演这出戏，由杨亚心扮丈夫，冬梅扮妻子，还有一个小孩子，让冬梅的儿子扮演。她们很高兴，几天工夫就排练成功了。但是我们在这过程中没有透露要她们公开演出的意思，如果透露了，她们是连排练都不干的。

在一九四四年的拥军爱民运动中，下温村村长计划召开一个群众大会，掀起拥军的高潮，他要我们帮助他们在大会上演出一些文艺节目。我们建议主要组织村里群众自己演出，唱几出新内容的梆子和抗日歌曲，吹吹唢呐，打打鼓等等，"文联"同志也可以唱些歌曲。我说：也许还可以演出一出新歌剧，但是没有把演出的人告诉他。他同意了，积极去筹备。我则对冬梅和杨亚心说，她们排熟的那出歌剧，也可以参加演出。她们起初很有顾虑，因为农村妇女，从来没有这样"抛头露面"过，怕引起群众的议论，难为情。我和王韦再三劝说，鼓励，终于把她们说服了。演出的那个晚上，我们出于村干部和群众的不意，来了个突然袭击，最后把冬梅她们推上台去。她们的演出，效果很好，大受群众的欢迎，尤其是当群众认出她们两人时，觉得很惊奇。当她们演毕下台时，许多老太太和青年妇女围了上去，对她们热情赞扬和鼓励，她们觉得十分光荣，高兴极了。

第二天晚上，村长跑来对我说：昨天晚上冬梅她们的节目太好了，内容是反映抗日的真事，形式又新鲜，和老梆子调不一样，很受群众欢迎，而且收到很好的实际效果。演出的第二天一天之内，收到群众捐献的破铜烂铁和军鞋，比过去开十几天动员会的结果还要多。村长还说，他和农会主任商量，决定在村里办一个农民业余剧团，要求我们帮助。我同意了。

过了几天，晋冀鲁豫边区政府召集附近十几个村的群众开拥军大会，会上也有各村的群众文艺节目演出，冬梅她们的《夫妻争先》也作为压轴戏演出了。群众的评论，在所有的节目中，以这出戏为最好，比那些老梆子戏更受欢迎。这样一来，下温村的青年男女，纷纷向村长要求参加业余剧团。村长要求我们领导。我们向妇女们说明两点：第一，参加剧团要严肃认真，不要借此机会搞男女关系；第二，不要因为参加剧团活动而不顾家务，否则不欢迎。后来有一个老婆婆对我们说："你们领导的剧团真好，我的儿媳妇参加了剧团，不但没有放松家务，而且更积极了。这样的事，我们放心，赞成。"于是我们更进一步，组织男女合演，排练起《兄妹开荒》等歌剧来。也让"文联"同志和农民共同创作一些新戏。从此，全村在早、晚充满了练习的歌声。

阴历正月十五那天，上温村开晚会，请下温村也去演《夫妻争先》。开场后，许多节目演完了，但是我们发现冬梅没有在场，到处找她也找不到，她也没有在下温村的家里。我们很着急，等到快轮到《夫妻争先》上场时，我就问杨亚心："这出戏里的女角你会不会？"她说："会。"我说："那末你就代替冬梅演那一角，我来替你演男角。"我们对了一下台词，就上场了。观众开始弄得莫名其妙，怎么演员换了，待到认出我来时，全场就欢声雷动。"文联"的同志们，也没有想到我会如此重视这次演出。

第二天下午，冬梅很紧张地来找我，她说："昨天晚上我没有去，你竟自己上台了，想不到这件事有这样重要，我差点儿误了大事，错误很大，我要检讨。"我说："你且慢检讨，先说一说你昨天晚上不去是什么原因？"她老实说了："上温村是我头一个丈夫的家乡，因此，我到上温村去，又害羞，又有点怕，就不敢去演戏。现在心里很难过。"我说："这是情有可原的，但是你应该事先告诉我们一下，现在你把心里话说了出来，很好，用不到检讨了。"她听了我的话非常感动，此后工作更加积极，进步很快。一九六八年夏天，我的曾在下温村附近佛堂沟一家寄养多年的儿子带了弟妹，去探望他的奶娘，也曾到下温村去访问冬梅一家，看到她家庭的情况很好，刘茂林担任大队的党支部书记，冬梅也已是共产党员，他们的儿子，也成长得很好❶。

一九四四年三月，我被调到北方局党校整风去了。王韦也离开"文联"，到《新华日报》华北版工作去了。"文联"的干部，不久也集中到太行区党委党校整风。五月我回延安，关于下温村剧团的情况，一点也不知道了。只是后来听说那年春耕的时候，下温村是很热闹的，群众下地的时候，都唱着《兄妹开荒》等歌曲，情绪非常之高。此后究竟怎样，就不清楚了。想来，还没有能够在群众中培养出业务的领导干部来。

关于这件事，一九四五年王韦在延安中央党校学习时，曾写过一个总结，发表在《解放日报》上。

我在太行"文联"工作的一年中间，总算在文艺为工农兵服务的方向上，做了一些初步的摸索，取得了一些经验，可惜是调动太快，没有能够继续搞下去，取得更多的经验。一个工作不能坚持它多少年，无法取得系统的经验，这对我自己说，是很遗憾的事，在我的工作历史上，有过好几次。

但是，观点也不都是一致的，有人说过一句风凉话，说的是："让农民修改文章，是为提高自己；这不是为农民服务，还是让农民为自己服务。"这话也实在奥妙得很！

125

（原载1981年8月22日《新文学史料》第3期。
收入《徐懋庸回忆录》，人民文学出版社1982年7月第1版）

第十一章　在热河的二、三事（上）
（一、二两章）

从前读《阿Q正传》，读了"优胜纪略"和"续优胜纪略"这两章以后，只是替阿Q脸红而苦笑，以为讽刺得太尖锐了。后来见事较

---

❶ 1977年4月冬梅去山西某部队探望儿子，路过北京，来我家探望，只差两个月，没有见到懋庸。为参加懋庸骨灰安放到八宝山革命公墓，她在我家等候。我们共话别后太行山革命根据地三十多年来的变化，她家的变化，我家的变化，百感交集！我们流着欢欣和酸辛的眼泪！——王韦注

多，仔细想想，又觉得阿Q也确有其优胜之处，作者不完全是挖苦。盖《传》曰：阿Q的优胜之处，基本上有两条，一条是"先前阔"，这虽然是阿Q的自我吹嘘，未必可靠，但问题在于如何"阔"法；倘说，阿Q的"先前"，象赵太爷那样"阔"，自然是极不可靠的；不过阿Q本人既是个雇农，可算是农村的无产阶级，则其父辈之为贫雇农的可能性是很大的。文化大革命中，我们机关里有一个十三级的干部，自夸其家世为"八代贫农"，虽然没有拿出他家的世所罕有的特殊的谱牒作证，却也使人肃然起敬，觉得其成份的确是特别的好了。阿Q的第二条优胜之处，是"真能做"。这却是客观的鉴定，是未庄的一个老头子说的。倘以为这个老头子的话也未必可靠，但赵太爷府上每逢阿Q来作短工的时候，就破例晚上准许点灯让其舂米，却是事实，可见阿Q倘不是"真能做"，赵府是决不肯浪费灯油钱的。我们也可以断定：较之赵秀才，假洋鬼子这些人物，在舂米之类的事情上，阿Q的优胜是毫无疑义的。何况，阿Q不是终于也盘起辫子闹革命了么？至于假洋鬼子的不准他革命，那是另一个问题。假洋鬼子既然掌握了"革命"的领导权，当然不会让阿Q参加的。阿Q倘若碰到了真正的革命的领导者，那末，很可能被准许参加，并得到改造，并也成为真正的革命者的吧。

因为要讲讲在热河几年的几件事，却首先想到以上一点意思，算是序言吧。

一　承德的群众文艺运动

我于一九四五年十月离开延安中央党校，十一月到承德，被分配在冀热辽军区政治部宣传部担任宣传科长。一九四六年三四月间被调到热河省文化界救国联合会担任主任。主要的任务是争取、团结、改造热河的知识分子。

在热河，经过日本帝国主义十四年的殖民地统治，知识分子的情况是：第一，人数很少。一九四五年底，我党在承德办了一所"冀热辽建国学院"，把冀热辽地区的曾在伪"满洲国"政府部门、文教部门干过事的知识分子集中起来进行思想改造，其中属于热河省的只有二三百人。第二是文化水平很低；热河没有高等学校。只有一些小学和三四所相当于中学的所谓"国高"。有几个高等学校毕业的人，都是从辽、吉、黑三省来的。但无论高等学校和"国高"毕业的学生，都因为"满洲国"的奴化教育和愚民政策，知识贫乏得可怜。甚至当时担任热河"文联"副主任的一个老头子，曾经做过伪热河省的省报总编辑的，水平也很低。让他担任文联副主任，只是由于我们的统战政策，他在职期间，一点事也没有做过。

至于政治思想情况，则非常复杂。这些知识分子，绝大部分是地主家庭出身，又受了日本帝国主义的训练，认为剥削和压迫人民，是理所当然的事。但是大多数人，对日本帝国主义的统治是不满的，对于苏联红军的打败日本帝国主义，解放东北，他们觉得痛快，但由于苏军在热河纪律很不好，他们反感甚大（关于这件事，我们对他们做了长期的解释工作，但很难使他们心服口服）。他们对国民党没有多少印象。老一辈的身经汤玉麟的统治，由汤推蒋，也觉得不好，不过听说蒋介石有美国支持，又认为国民党是打不倒的。对于共产党和八路军，他们曾经听说冀东热河交界的地区，有过游击队的活动，但不详细，"八一五"以后，他们对于进入热河的八路军的三大纪律的表现和艰苦朴素的作风，非常感动，但是他们又觉得八路军武器太差，而且一点"威风"都没有，所以怀疑是否能"成大事"。他们的观点是，能成大事的人，总是需要一点"威风"的。一九四五年底和一九四六年初，新解放的热河，财政很困难，而大批的干部从延安和冀察晋地区过境去东北，省政府都要负担不少接待的费用，有几天，实在没有钱了，财政厅长亲身带几个干部拿了一批从敌伪那里没收来的酱酒，海带之类的物质，在承德街头摆摊售卖。当地许多知识分子对此事的反映是："这太不成体统了。"加以东北是苏联红军解放的，所以他们认为八路军并没有什么力量。还有一点是，他们知道共产党、八路军是无产阶级，无产阶级就是"苦力"，是没有文化的，所以他们又有点瞧不起。

党政军各部门作了大量的各种形式的宣传工作。这些知识分子，从来没有听过摆事实讲道理的宣传教育，更没有见识过"启发报告—自由讨论—结论"这种民主集中制的教学方式，尤其没有经历过"团结—批评—团结"这种处理矛盾的场面，所以对共产党的教育工作，

127

首先是感觉到很新鲜，其次是感觉到很切实，对于所讲的道理，虽然一时还不能透彻了解，却也无法反驳，不能不逐渐信服。而对于揭发错误思想，开展批评与自我批评，也渐渐地消除了恐惧心理，因为觉得共产党的确是治病救人的。但是，由于怀疑共产党没有力量在热河长期统治下去，又由于认为共产党的干部没有文化，所以对我们总保持一定的距离，在政治上是"敬而远之"，在文化上还有点优越感。

政治力量的问题，是短时不能解决的，但是文化水平的问题，却首先通过文艺活动而突破了。

当时热河省军区政治部宣传部，有一个文艺宣传队叫做"胜利剧社"，其中大部分人是从延安鲁艺去的，领导人是在延安参加过《白毛女》歌剧的作曲的安波。他们在承德举行了几场演出，群众反映很好，尤其是《白毛女》和《黄河大合唱》这两个节目，内容既感人甚深，而艺术水平，尤被知识分子认为"非常高明"，"闻所未闻，见所未见"，自叹不及，从而打消了共产党没有文化的臆想。我到文联以后，了解到这种情况，回忆起一九四三年我在太行"文联"时组织农民群众演戏的经验（这个经验当另写），于是决定用业余文艺研究班的形式，吸收承德市的知识分子参加，开展群众性的文艺活动。一号召，就有建国学院的一部分学生，承德中学和承德师范的一部分教师和学生以及社会上的一些知识分子报名参加，共有二三百人。这个研究班分以下几个组：

一、戏剧组。除讲授戏剧基本知识外，以排练《白毛女》为主。

二、音乐组。除讲授音乐基础知识外，以排练《黄河大合唱》为主。

三、美术组。除讲授绘画基本知识外，以练习宣传画为主。

四、文学组。除讲授毛主席《在延安文艺座谈会上的讲话》和一般创作方法外，主要是组织写稿，集体讨论修改，供"文联"办的《热潮》半月刊发表。

指导这些活动的，除"文联"的一些干部外，还有"胜利剧社"的同志们，特别是《白毛女》和《黄河大合唱》的排练，完全由"胜利剧社"负责。

在这些活动中，知识分子的积极性都很高，学习，排练都非常认真，进步也很快。他们同我们的干部的关系也日益亲密、自然，"协和语"（被日本语污染了的汉语）大大减少了，受奴化影响的面貌大大减少了，特别是广大青年知识分子，精神面貌有了很大的改变。

我们还挖掘出承德特有的一个音乐团体，叫做"清音会"。原来，清朝康熙皇帝为了对蒙古王公贵族实行怀柔政策，特地在承德建了一座"行宫"，叫做"避暑山庄"，还建造了许多西藏式的喇嘛庙。皇帝每年到承德去，召集各旗蒙古王公，举行会议，及各种文艺体育活动（以打猎为主，故热河有个"围场"）。嘉庆以后，皇帝就不大去热河了。一八九〇年英法联军攻陷天津，咸丰帝带着后来成为慈禧太后的那拉氏去热河避难，恐怕是清朝皇帝去承德的最后一次。"清音会"就是专门为皇帝去热河时奏乐的一个乐队。一九四六年的时候，这个"清音会"的组织还存在，会员有三十多人，大部分是六七十岁的老头子，有几个是四五十岁的，他们是从前给皇帝奏过乐的会员的徒子徒孙。他们在"满洲国"时期，是不敢公开的，只是秘密地传授练习。他们还保存了一部分在皇宫里演奏过的很高级的乐器和一部分乐曲。他们里面，许多人生活很困难。我们了解到这种情况以后，就动员这批人出来演奏，与广大群众见面，并在五月间恢复的广播电台的节目中给他们一个地位。除了让他们演奏旧的乐曲以外，也鼓励他们演奏一些革命歌曲。对于其中生活特别困难的人，给予一些救济。因此，这些老头子的情绪也很高。后来有两个参加了《白毛女》歌剧的乐队。这件事情，也使广大的知识分子感觉到共产党人不但尊重文化遗产，团结旧艺人，而且也是很"知音"的。

群众一旦发动起来之后，各种才能表现出来了，进步也很快。五月以后，《白毛女》公开演出了，《黄河大合唱》和其他革命歌曲也演出了。不但当地群众很欣赏，党、政、军首长和干部看了也很满意，给演员们以很大鼓励。此外，在街头，出现了群众创作的宣传画，《热潮》半月刊，发表的大部分是群众写作的短小，生动，活泼，切实的反映自己的思想的文章，连张家口的群众也很爱读，来信订阅的达四五百份。于是承德市的文艺运动达到了高潮。

毛主席在《在延安文艺座谈会上的讲话》中说："我们要战胜敌人，首先要依靠手里拿枪的军队。但是仅仅有这种军队是不够的，我们还要有文化的军队，这是团结自己，战胜敌人必不可少的一支军队。"通过承德的这段文艺运动，我对毛主席的这个指示，有了进一步的体会。同时也理解了巴尔扎克的那句话："拿破仑的剑所不能做到的事情，我的笔能做到它。"

在热河，当时我们的文艺干部是很少的。除"胜利剧社"外，从老解放区去的专搞文艺工作的人，只有"文联"的副主任方纪和塞克，还有一个搞美术的赵竟。如果不把群众发动起来，那么，热河的文艺运动是搞不起来的。因此，我又体会到毛主席的群众路线的正确。承德知识分子演出的《白毛女》，不但为热河的知识分子所喜闻乐见，而且后来又受到广大农民的热烈欢迎和深刻感动，起了提高阶级觉悟的作用。《黄河大合唱》的情况也是如此。其它的文艺作品也是如此。所以，我现在回忆当时的一段工作时，也还不能完全否定它。高级的事物，总有一个从低级发展的过程的吧。在一定的历史时期，低级的事物也还是能够起积极作用的。

这年七月下旬，中共冀热辽分局出于某种考虑，决定把承德中学和承德师范合并为承德联合中学，任命我兼任校长，以杜星垣为副校长。我只到学校讲过一次话，分局又通知我说，根据情况，敌人可能不久就要进攻承德，我军准备撤退，但为了保存一批知识分子起见，叫我组织一个大型的演出《白毛女》的文工团，以到农村巡回演出为名，先行撤离承德，一则向农民宣传，二则把尽可能多的知识分子带出去。于是我率领由将近一百个人组成的文工团开始了一段二千五百里的艰险的小长征。

二　二千五百里小长征

经过前一段党政军各方面的宣传教育工作和文艺运动，承德市的知识分子，特别是青年学生，思想上起了很大变化，对我党的政治主张和政策，有了初步的认识，特别对于我党干部的作风，感到越来越亲切，正如当时有一个知识分子所说："对比之下，才感觉到伪满洲国是一个黑暗的地狱，现在才看到人世的光明。"所以，我们动员组织《白毛女》文工团下乡演出的工作，十分顺利。许多青年，觉得能够参加《白毛女》的演出，帮助发动农民，有利于中共中央"五四"指示所号召的土地改革斗争的进行，也是参加了革命工作，非常光荣。

因此，原来参加《白毛女》演出组的人，除了承德"联中"的一个教师（他是演杨白劳一角的）不愿去，其他都欢欣鼓舞，响应号召。此外又增加了许多人。这个文工团的成员是：

"联中"的学生六十多人，其中女生二十多人。年龄一般在二十岁左右，最小的只有十五岁。

经过冀热辽建国学院学习而后来任"联中"教师的二人。

抗日战争时期的党员干部而任"联中"教师的二人。

"胜利剧社"借用的艺术指导二人和演员一人。

"文联"的人员，除我以外，还有一个搞美术工作的党员，一个参加过抗日战争的女同志，一个后来作为我的警卫员的当地青年，还有那个被留用而担任"文联"副主任的老知识分子的一个儿子（演穆仁智一角）。我的十二岁的儿子徐执提也参加乐队拉小提琴。

此外还有三个炊事员。

共产党员，干部中有四个。学生中男的一个，女的三个，都是干部子女。组成一个支部，我任书记，"联中"的教导主任鲁坎任副书记。

文工团的领导成员：

我是团长，鲁坎是政治指导员，尹文元（女，"联中"教师，当时演黄世仁的母亲）是副指导员，主要管理女生。但到了围场之后，她就同她在热河省政府财政厅工作的丈夫去了张家口。

赵竟（"文联"的美术工作干部）任大队长，指挥日常行动，下设几个小队长。"联中"的教师张伯侠担任总务工作。

我们于八月十日左右从承德出发，中共冀热辽分局派了两辆大卡车把我们送到隆化县城，受到隆化县委的热情接待，让我们住在隆化中学。在隆化一共活动了一个星期，在城里的广场上演出了三场，每场都有几千人观看。虽然舞台、灯光、布景……等条件比在承德时又差得很远，但因观众绝大部分是农民，所以受感动的程度却比承德的市民更大，每场都有很多哭泣、愤怒的人。文工团的团员们又被群众的情绪所感动，越演越认真，阶级觉悟也进一步提高。我们还想到农村去演出，但是隆化县委说，农村还有小股土匪出没，不大安全，劝我们不要去。在隆化的最后一天，我们邀请隆化中学的师生开了一个座谈会，主要由我们的几个团员讲自己在解放以后思想变化的过程，对隆化的知识分子很有启发。

离开隆化，我们就去围场。这次没有汽车送了，我们自己任何交通工具都没有，大家就打起背包，开始了步行的锻炼。演戏的服装、道具等，则由隆化县委派了一辆牛车运送。走了三天，到了围场县城。

在围场，我们也住在一个中学里。演出了两场，情况与在隆化相同。但是县委告诉我，省委已通知进行备战，所以不再演下去了。街上的气氛也日益紧张起来。还不断有从承德来的一些汽车、胶轮车经过，往西而东，可以看出承德已在开始疏散。我和几个党员干部研究了一下，决定一方面对团员加紧教育，一方面等候分局关于我们的行动方向的指示。但是分局的指示没有来，而团员中比较敏感的人，也开始感觉到战争的迫近。于是，一两个落后分子，尤其是从"胜利剧社"借用的那个演杨白劳的人，开始活动起来，一方面鼓动好几个人提出回承德的要求，另一方面，大搞破坏纪律的无政府主义活动，说怪话，吃饭时扔弃馒头，甚至于宿舍里拉大便，弄得人心惶惶，生活不正常。但是也有几个青年，表现很好，例如有个叫陈广义的，是一个十七岁的中学生，常向我们汇报一些不好的现象，自己的行动也非常积极，看到别人扔的馒头就捡起来，发现乱拉的大便就立刻打扫。根据这种情况，我们召集全体会议，我宣布：关于目前形势，蒋介石确在大举进攻解放区，也想攻占热河，但是根据延安《解放日报》八月十九日的社论（题目是《全解放区人民动员起来粉碎蒋介石的进攻》），蒋介石的战争计划必须被粉碎，也必须要被粉碎。我们要很好学习这篇社论，统一认识，坚定信心。至于蒋军如果进攻热河，我们怎么办？上级一定会有指示，妥善安排，决不会放弃大家不管，使大家遭受危险和损失。但是，无论蒋军不来也好，打来也好，我们必须服从领导，遵守纪律，团结一致，才能取得胜利。现在有人散布流言，鼓动离队，特别是破坏纪律，行为下流，这是很危险的。因此，我们在学习社论的基础上，要进行整风，同那种错误的言行进行斗争。

这个会开了三天，第一天讨论社论，后两天由群众揭发批评坏人坏事，许多青年发言很积极，敢于揭发，敢于斗争。学生中的四个党员，起了特别积极的作用。最后我作了总结，严厉批评了一个人，并表扬了陈广义等好几个人，会议开得很成功，歪风邪气被打下去了。

这个会开完的次日，围场县委通知我：省委有指示，我军已决定暂时放弃承德。但分局没有给我指示我们的行动方向。从承德撤退到张家口去的大车汽车也越来越多。于是我接着召开大会，正式宣布我军将暂时放弃承德的决定，说明这是毛主席的战略方针，暂时放弃一些城市，以便将来集中兵力歼灭敌人。既然承德暂时会被蒋军占领，我们怎么办？一条，是回承德去，那就会受到国民党反动派的法西斯统治，重新过"满洲国"时代的奴隶生活。一条，是跟着共产党、八路军行动，具体地说，你们大家跟着我们行动。我们在抗日战争时期有打游击的经验，而且承德被占以后，热河的大部分地区还是我们的，回旋的余地很大。解放区的党政军民是一家，我们走到哪里都有饭吃，大家从承德出来的时候只穿着单衣，天冷了怎么办？这也不要愁，冬衣问题也会解决的。大家只要决心跟我们走，我和大家，还有我的儿子，也和大家同生死共患难，在任何情况下决不抛弃一个人。大家经过锻炼，将会成长为坚强的革命战士。总之，前一条路是黑暗的，后一条路是光明的。但是何去何从，请你们自己考虑决定，我们决不勉强。如果有人一定要回承德，我们也可同意，而且可以发旅费，粮食和路条。不过回去的人，不要替国民党做坏事，虽然暂时要吃些苦头，但是不久以后，我军再次解放承德，那时我们还是要见面的，我希望那时我们能作为朋友而不作为敌人而见面。你们会后好好考虑一下，要回去的明天就报名。

我这番讲话的效果非常好。特别是对坚决要回去的人可以允许回去并发路费等等一条，使想回去和不想回去的人深受感动。当场许多人发言，要坚决跟我们走。有的人还揭发：曾有人散布流言，说我们是要强迫所有的人跟着走的，而且一旦情况紧急，几个"老八路"就带着"小八路"走自己的，抛下大家不管死活了。听了我的话，有几个原想回承德的人决定不回去了。

第二天报名要求回承德的，竟比原来托故要求回去的人数少，只有五个人，一个是那位"清音会"的成员，一个是演"白毛女"的B角的十七岁的女学生，另外有三个男学生。但当我们发路费等等并组织大家送别的时候，有一个男生又决定不走了。一年多以后，我才听说，回去的人中，只有一个男学生当了国民党的特务。一九四九年二月，我到沈阳向东北局汇报工作的时候，有一天到秋林公司去买一点商品，看到那个"白毛女"（B）在当售货员，她见了我表示非常亲切，说了一句"我真后悔那时没有跟你们走"。至于那个"胜利剧社"来的"杨白劳"，却没有要求回承德，后来证明，他当时不过是思想落后，伪满时期沾染的流氓习气未除，并非别有用心，终于也改变得比较正常了。

但是，当时我心里是有点忧虑的。分局一直没有指示给我，这个队伍今后到底怎么行动呢？围场县委也提不出什么主张。手头带的钱又少，交通工具一点也没有，天气渐渐冷起来，大家都没有棉衣，困难一大堆。几个党员干部都很着急，大家想不出主意。我表面上非常镇定，但夜晚睡不着觉，苦思焦虑，于是开始吸起纸烟来，因为那时围场县委是送烟慰劳我们的。这样我就在三十五年未曾吸烟以后，一旦破了戒，吸烟上瘾，从此永远戒不掉了。

大约在八月二十五日，"文联"的总务科长，党员干部赵南和另一个总务干部，从承德来围场找我们。他带来了一辆胶轮车，车上载的是"文联"副主任史维民（即那个留用的老头子）夫妇和三个儿女以及他一家的行李。我问"文联"其他的人呢，赵南说：方纪早几天已搭别的机关的汽车到张家口去了。其他几个热河本地的工作人员，都回家去了。他又说：承德的党、政、军机关都已撤退出承德，往热河南部的方向去了。往西去张家口的，大部分是干部家属和老弱病残人员。他临走以前，想找个领导机关请示，都找不到。看来这次从承德的撤退，是比较匆促和混乱的，他本来也不知道我们是否还在围场。如果在围场找不到我们，也只好到张家口去。他又说，热河省委也撤往热南去了。王韦大概随着省委走了，他没有见到她。

这样，我们就同分局、省委、省政府、军区司令部等机关统统失去联系。今后只好独自决定行动了。这更增加了我的焦虑。但是赵南的到来，也有使我宽慰的地方，一是他带来了一些经费；二是有了一轮大车；而主要的是增加了他这样一个得力的干部。

敌人是八月二十七日进占承德的。第二天，围场县委劝我们离开围场，因为怕有敌机来轰炸。我们决定暂到围场以西的农村里去待机。这时我们的队伍又多了几个人。有几个从承德撤退本来是去张家口的，但经过围场的时候，看到我们，却要求跟我们走。这几个人都是十六七岁的干部子弟。有一个从辽宁来热河打算到承德去找热河省政府教育厅长要求工作的中学教员，四十多岁，经过围场的时候，知道承德已去不了了，就通过围场县政府教育科的介绍，也参加到我们的队伍中来，他还带了一个四五岁的小女儿。我对于原来的基本队伍已经有点信心，所以都收容下来。

八月二十九日八九点钟，我们离开围场县城，准备到一个叫做"八号"的较大的村子去。才走了十多里路，一架敌机就飞到我们的头上，它是来进行侦察的，我们隐蔽了一下，不久它就飞去了。第二天我们走到离"八号"四五十里路的地方，发现了一辆被炸毁的汽车瘫痪在路上。我们的队伍走得很整齐，又很活跃，青年们对于这种行军生活觉得很新鲜，没有怕危险的心理，一路上随时唱着歌行进。大家也能团结互助。有七八个小伙子，组成一个"尖兵组"，先快步前进几里路，然后把自己的背包放下，回头来替一些体弱的和女同志们背背包。我们几个干部同他们走在一起，使大家觉得很亲切。唯一的一辆大车，还是让史老头子一家坐了，不过加上那个中学教员的小孩，还有一部分行李。"设营组"的工作也做得很好，大队一到，马上有水喝，可进房，得到休息。

"十一"号村是在围场通过多伦的大路上。我们住了下来，照"三大纪律、八项注意"办事，首先同居民搞好关系。我们开了个党支部委员会会议，讨论了行动方向问题。有的同志看到过路的都是去张家口的，主张我们也去张家口。我说，看情况再说。如果敌人不再进攻围场，我们还是在围场农村待机，以便与党政领导机关取得联系，接受指示。去张家口不是好办法，因为蒋扩大战争，张家口一定是一个重要的进攻目标，我们到那里去会碰到更大的困难和危险。热河的农村还是我们的，回旋的余地很大，我们同当地县、区政府的关系也较直接，一切问题容易解决，到张家口找大机关就麻烦多了。这个意见得到大家同意后，决定了几件事：第一，文工团的活动从此停止，改变为学校的形式，开始在驻地进行教学，主要上政治课，也上一部分文化课。第二，在"十一"号或找别的村子作过冬的准备，与区政府联系，那里有树林，发动大家砍柴烧炭。第三，现有的经费严格控制，除了买菜和补鞋，其他什么也不开支（粮食是地方政府保证供给的）。第四，把演《白毛女》用的一批服装，先发给只有单衣的一些学生，有的需要改制，动员女学生去干。最后，派赵南回到围场县城去，尽可能通过县委找到分局或省政府的比较负责的同志，反映我们的情况，要求指示，并迅速解决冬衣和经费问题。

这样，我们就在"十一"号住了半个多月，进行了教学工作。同时调查了周围农村的情况。

当时热河的战局，我们还是不明了。在"十一"号，每天还是有不少大车过境，也还是家属和老弱病残，是在围场县城住了些时重新往张家口跑的。我们向他们打听，谁也说不出确实的消息。有的说，围场已经吃紧，有的说"没事"。有一天中午，有两辆大车到我们门口停下来，载的是承德市委四个负责同志的爱人，各带一个小孩，还有两个老太太。她们下车以后，对我说是从承德撤退以后，本是往热南去的，后来听说热南情况很紧，就绕道到围场，但围场正在疏散人口，只好往西走，听说我带了一个队伍在这里，想问问我的意见，是否可以和我们一起行动，还可以帮我们做点工作。我把我们的情况坦率告诉了她们，说我们这样一个穷而弱的队伍，是无法帮助你们的。你们还是去多伦的好，再看情况决定是不是去张家口。但是我看你们的大车装载太多，山一样的高，路上会出事的，需要轻装。她们不愿意轻装，但一上路，没有走多远，就回来了，因为一辆车上的绳子断了，几件行李掉了下来。我们送了她们一条绳子，帮她们重装了车，但是我说，看来你们还是非轻装不可。她们又不听，第二次出发，不久又回来了，这回是一个小孩子从车上掉下来，受了一点伤。于是她们只好听我的话，卸掉几个装美国救济物资的牛奶罐头的箱子和两包旧衣服。我说，你们既然卸下来，我就不客气，收下解决我们的困难了。

她们留下的东西，的确解决了我们的困难。旧衣服又分配给一些衣服单薄的人。牛奶罐头呢，我让每人带两个，但不让随便喝，将来再行军万一碰到粮食困难时，等下命令再喝。

象这样一种小事情，对青年们也发生良好的影响，他们从中发现了"共产主义"的风格。因此，对于"打游击"的信心更增强了。

九月中旬，过路的撤退人员终于很稀少了。我本来指望有一个无论什么但只要较大的队伍，也象这样在这一带待机，可以互相有个照应。但是只有冀热辽建国学院的队伍，他们也是绕了一些弯子，经过我们这里，但他们也是往张家口去的。围场一带，只剩下我们，感到很孤单，等赵南又不见回来，加以知道附近山区有土匪活动，不大安全。于是决定把队伍拉到多伦去再说。

去多伦途中，有一天晚上在一个宿营地，我发现有四辆满载的大车停在一家的院子里，一车完全是白面口袋。我找到大车的主人一问，原来是分局总务处的一个科长。我对他讲了我们的情况，要求他给我们几袋白面，他同意了。第二天八十多里的行程中，中途没有村落。我就命令大家找柴禾，烧了开水，各打开一个牛奶罐头，配着烙饼吃。这使大家非常高兴。

到了多伦，发现那里备战的工作，十分紧张，县委非常忙，但还是热情周到地接待了我们。过中秋节的时候，还送了牛肉和白面慰劳我们。我们队伍中的有些人，本来以为热河省的人到了察哈尔省，吃饭一定是要钱的，没有想到我们到了多伦，与当地党、政机关的关系，还是同在隆化和围场一样。这种"新鲜事"，使他们对共产党的认识又进了一步。

过了几天，赵南也忽然来到了多伦了。他带来一个很大的喜讯，就是在围场找到分局的供给机关的一个比较负责同志，要到一笔经费，还要到让我们向多伦的国营商店领取制棉衣用的布匹和棉花的介绍信。于是我们就自己动手做起棉衣来。那时多伦已下了一场小雪，这棉衣实在是最迫切需要的东西了。这样一来，大家都感到我在围场动员他们跟着我们走的时候所做的保证，都兑现了。

赵南的故事也使大家非常感动。原来他在围场办完事情后，当天晚上，围场忽然发生一场虚惊，说是敌军迫近了，许多人连夜撤退，他也离开了围场。在半路上，他偶然遇到一辆大车，车上坐着他的在新华书店工作的几个月不见面的爱人（当时他的爱人身上怀了孕），但是那辆大车是奔另一个地方去的，有几个同志劝赵南跟他的爱人一同走，不要找我们了。赵南一方面担心他爱人的命运，又不知什么时候才能重逢，且是否能够重逢，另一方面，觉得我们委托他的任务十分重要。因此他毅然别了他的爱人来追赶我们，路上还受了许多辛苦。

这时我也发生一个隐忧。有一天，我在多伦街上遇到冀热辽军区司令部的一个干部，他一方面告诉我，分局、军区和省政府机关已经转移到赤峰去了。另一方面，他说有一个消息，热河省委系统的干部到热南以后，有些损失，有两个女同志，焦其树和王韦，被敌人俘虏去了，但还没有完全证实。我想，我的第一个妻子，在一九四二年从太行山回延安的途中，过铁路线时被俘，难道现在这个又遭到同样的命运吗？但我没有对别人说起此事。直到一九四七年初，我才得到确实的消息，被俘的原来是焦其树和林韦，而不是王韦，把一个姓传错了。

延安《解放日报》于九月十二日发表社论，题目是《蒋军必败》（这是我们到多伦后才在报纸上看到的）。我们布置大家学习的时候，大家讨论得非常热烈。在发言中，对于蒋军必败的理由，谈得比较一般，而关于我军必胜，却举出两个多月来亲身经历的许多事实（上面讲过的种种），加以推断谈得很多。有人说："象我们这样一个学生队伍，在共产党领导下，还能打游击，并且越锻炼越坚强，我们军队的力量，当然是一定能打胜仗的了。"同时，九月二十五日我军在热中宁城歼灭蒋军九十三军十八师第三团的捷报，给了大家更大的鼓舞。

学习还没有结束，我忽然收到由冀热辽军区的一个参谋带来的程子华同志（他是中共冀热辽分局书记，军区政委）给我的一封信，他说，得悉我们转移的情况，表示慰问。又说现在战局比较稳定，党、政、军领导机关都转移到赤峰，叫我们也转移到赤峰去。但是他又说，一路上还有土匪骚扰，叫我们在多伦等分局派汽车来接。最后说，黄火青（分局组织部长）在围场，我们到围场时可以和他联系。

我把这信向全体宣布，只略去派汽车接的一条，大家自然十分高兴。在支部会议上，我们讨论了如何回赤峰的问题。多数同志主张等待汽车，我分析了情况，认为第一，战局虽然暂时比较稳定，但从《解放日报》的社论看来，敌人决不会就此停止进攻，事实上，多伦备战的工作也越来越紧张，我们还是早走为妙。第二，程政委说派汽车来接，不是假话，但根据两个月的经验看来，派出汽车不是很容易的，也许要过很多日子才来，也可能派不出。我们在多伦痴等，守株待兔，很可能误事。第三，从多伦到围场这条路，我们已走过一趟了，危险不大，而且有了经验，不如立即开步走，如派汽车来，半路上碰到，我们就爬上去；不来，我们走走，四五天也到了。到了围场就好办。结果我的意见被通过了。这时冀热辽建国学院也接到同样的指示，他们来问我打算怎么办？我就把我的意见告诉他们，他们也认为有道理，决定也不等汽车了。

我到多伦县委去说明这件事，县委说：正好，明天有一批牛车要到某地去拉弹药，有一天的路程是和我们同一方向的，我们可以坐一天牛车。这样我们就于次日出发了。

后来的事实证明，我们这个决心下得十分正确。如果一定要等汽车接的话，就可能弄到全"军"覆灭的下场。因为我们走到离围场县城只有两天路程的一个区政府所在地的时候，打电话向黄火青要求派汽车，他说没有。我们说，派大车也好，他说也没有。而当我们走到围场的第三天晚上，突然接到通知，说敌军即将进占围场，我们就连夜向赤峰方向转移了。而到了赤峰以后，也只住了三天，敌军又进攻赤峰，我们又向林西方向转移。敌军于十月十日左右差不多同时占领了张家口和赤峰，多伦也不久被占。这样，我们如在多伦痴等汽车，只要等上一个星期，就向西、向东、向南都走不了，只好向北方的经棚方向转移，但这条路线，要通过沙漠，人烟稀少，天气寒冷。我们的人，虽然已领到布和棉花，但棉衣还大部分没有做成。走这条路，衣、食、住、行都非常困难，是有死亡的危险的。

回头再说，我们到了赤峰以后，分局首长们见到我们，听了我们的汇报，觉得非常高兴，亲切慰劳我们，我们的青年们都感到非常幸福。第二天，分局找我和凌莎（冀热辽建国学院的负责人）开了一个会，决定将原冀热辽建国学院、赤峰中学、赤峰师范以及我所率领的《白毛女》文工团，合并为新的建国学院，任命我为院长，凌莎为教育长。次日下午，我们召集四个单位的干部和教师，开了一个会，宣布这个决定，介绍各单位的情况，讨论组织机构，会还没有开完，分局就紧急通知我说，根据情报，敌军当晚就可能进攻赤峰，叫我们立即组织撤退，向林西方向转移。

这一次的行动太仓促了。我对赤峰两个学校的干部和教师，不少连姓名还没有来得及知道，学生是一个也没有见面，只得对在会场的人宣布：让大家尽可能通知各单位的人，于下午七时在赤峰中学集合，编队出发。结果是：到时原建国学院的队伍，除调走的一些主要干部外，到齐了；原来赤峰中学和赤峰师范的教师，只到了四五个，学生只到了家在赤峰以北的乌丹县的几十个。我原来带的人里面，那个"文联"副主任史老头子一家（除了演穆仁智的那个儿子）坚决不肯走了，我只好留下一些安家费让他们留在赤峰。

这次的转移，一则队伍根本没有组织好，二则后勤工作也来不及准备，譬如干粮都没有带。原建国学院的大车和其他物资，被调出去的主要干部带走了，一点也没有移交给我们，但是增加了一批思想没有准备、行军没有经验的人，所以困难较多。第三，在赤峰的各机关同时转移，车与人员非常拥挤，秩序很乱。第四，又是黑夜行动。因此，队伍很难指挥、掌握。

不过，我从承德带出来的那部分人，这时表现出两个多月锻炼的效果，比较沉着，比较守纪律，听指挥，比较能够想办法克服困难，帮助别人，成了骨干力量发挥积极作用。因此在出城二十多里地，当大批的车辆过去以后，路上比较松动的时候，我们的队伍总算基本上整理就绪了。同时，热河省政府的一位副主席杨雨民，在路上等候我们，交给我们一辆大车，还给我个人一匹骑马，减轻了我们的困难。

这一夜的行军，气氛是非常紧张的，开始是拥挤、混乱，但是越往前走，别的单位的车马都过去了，只剩我们这个队伍孤零零地落在后面。这就使大家更觉紧张。路上还常有一些莫名其妙的情况，时而远处传来一种怪叫声，时而在远处响起几下枪声，而当我们经过那里的时候，发现路上有一个障碍物，用电筒一照，才看出是一具死尸，这就引起许多人的恐怖感（后来才知道，当公安厅的一辆载犯人的汽车在行驶中的时候，有一个犯人跳车企图逃跑，被公安人员击毙了）。

这一程走了九十多里，第二天中午才到达一个村子，大家都精疲力尽，赶紧做饭吃了休息。我们刚到的时候，还有别的一些单位在那里休息。但不久都走光了。我睡了两个钟头就起来，很不放心，带了警卫员四处巡视，走到隔一条小河沟的邻村的时候，遇见军区政治部的熟人，他见了我，马上说："你们怎么还在这里？有情报，敌军今晚就可能从这里迂回攻占赤峰，很危险，你们立刻撤离吧，我们就要走了。"于是我回到村子，把睡觉的人们叫醒，命令立刻出发，大队先走，装车的随后赶上。

队伍没有休息好，但是不能不走，入夜以后，行军更觉疲乏，有些人尽想在路上坐下来。但我不允许。有的人实在走不动了，只好让体力强一点的两个人挟着走。大车迟迟没赶上来，我的骑马此时也不便让别人骑，因为自己要来回巡视，督促，鼓励。后来在林西开会总结时，我的儿子对我提批评意见，他说，"那天晚上，大家走得很累，你硬不让休息一下，太残忍。你自己骑马，不知道走路的人的苦。"我解释道，"那天晚上我不好向你们宣布，敌人就在我们的屁股后面，不赶着你们走怎么得了！"事实上，敌军就在我们撤离以后四五个钟头占领我们休息过的村子的。

第二天大约上午十点钟的时候，到了离乌丹县城还差三十里的一家骡马大店。我们休息下来，想做饭吃，但是大车还不来，没有粮食，只好先烧开水让大家喝了睡觉。对于这两辆大车的命运，我很担心。押车的人是可靠的，是不是遇到敌人被劫去了？但是到了十二点钟左右，大车终于到来了。据说是头晚车上的东西装得太多太乱，牲口又没喂饱，套又不好，一路出了几次事故，所以来迟了。但来了就好，赶紧做饭吃。

吃过饭，已经快到下午两点钟了。我先派出设营组，叫在乌丹城以南十来里的地方找一个宿营地。当时有几个干部，主张到乌丹城里宿营，我不同意。我的理由是：第一，敌人知道我们各机关往北撤，可能出动飞机轰炸，乌丹城是个目标。第二，我们的队伍还没有正式编好，思想上也要很好动员，还要准备干粮，有许多事要做。一进城，许多人上街玩、吃去了，这些事就办不成。第三，队伍里有一批家在乌丹一带的人，思想可能动摇，要防开小差，进城以后，开小差就比较容易。

设营组走后，我对大队宣布：今天的任务，只再走十几里路就行了。希望大家打起精神，轻松愉快地走，到宿营地就可得到充分的休息，人们的情绪高涨起来了。

第二天上午八点钟，我在宿营地召集队伍进行思想动员，宣布组织机构，布置继续行军的准备工作，半个钟头以后，几架飞机飞来了，轰炸了乌丹城，我们在十二里外可以看到机身，听到爆炸声。我们就地隐蔽了一下，没有被敌机发现。后来知道，也是从赤峰撤出来的蒙古自治学院，因为头一天进了乌丹城，所以有所伤亡。这一天，我们既没有挨炸，一切准备工作又都做好了。这对于使新参加我们队伍的人们在以后的行军过程中对指挥的信任打了基础。然而，当天晚上，还是有四五个乌丹学生开了小差，过了一个多月，因为战局稳定下来，他们又去林西报到。

这以后，为了防空起见（那一带都是草原，白天很难隐蔽），我又组织了两次夜行军。但当我宣布继续白天行军的时候，许多人倒要求夜行军了，他们怕飞机。我说，蒋军的飞机没有那末多，况且，他们也知道我们的大队伍早已在这条路上过完了，没有事！

将近十月二十日的时候，我们终于到达了林西。分局指示我们稍加休整以后，就准备招生，进行教育工作。不久，凌莎就离开了建国学院，到哈尔滨去了。

在总结工作的时候，从承德出来的人们，计算了这一段走过的路，大约是二千五百里，时间差不多是七十天。大家称之为"二千五百里小长征"，有点自豪的情绪。

然而，我注意到一个问题，林西是很小的一个县城，而中共冀热辽（当时已经由"冀热辽"改为"冀察热辽"了）分局，冀察热辽军区各机关以及热河省政府的各厅局都到了这里，人口骤然增加了很多，引起了市场物价的飞涨。譬如羊肉，当初是伪满洲币五角一斤（当时还暂让伪满币流通），自从大批人口涌到后，飞速地涨到一元、二元、三元，而且还有上涨的趋势（后来终于涨到五元一斤）。而当时热河省政府财政厅发经费的标准，却不是按照物价提高的。因此，我找做总务工作的同志来问：我们带来的钱，还节余多少？他报了一个数目。我说，把节余的钱和现在发的钱，除了买纸张，铅笔以外，全部只买两样东西：一是做燃料用的牛粪，二是买牛羊肉、白菜、油盐，不作别用。他说，这些东西，买是可以买的，敌军会不会再进攻林西？我说：我问过程子华同志，他说不保险。做总务工作的同志说：既然不保险，那末万一敌人再打过来，我们又要上路，买了这些东西怎么办？我说：好办，带不走的丢掉。他说：丢了且不可惜？我说，是可惜的，我们连好些城市都丢了，更可惜。但是，敌人来了，我们丢了这些东西，转移到哪里都还有办法。而敌人如果不来，物价飞涨，那末除了有小米，政府发的钱不够买燃料和副食，生活就会非常困难。这个同志勉强照我的话执行了。结果是，我们的牛粪和副食的准备比较充足，过年时大家吃上了羊肉饺子，而且把后来发的经费，给每人买了一条羊皮背心和一双毡疙瘩，同时还发动全体人员打了几天柴草，用以铺床。因此，一个冬天没有挨冻受饿，皆大欢喜。

关于所谓"二千五百里小长征"的回忆，就这样完了。与这一段历史有关的几个人，本来是很值得写一写的，譬如当时作为我的警卫员的孙长城，实在是很使我怀念的。但是，且等以后再说吧！

回头一看，象这样一些事情，到底算得什么呢！叫做"二千五百里小长征"，但是比起红军的二万五千里长征来，不是渺小而又渺小，平凡而又平凡么！就是在当年热河的革命斗争史中，也不过是大海的微沤而已。然而对我自己来说，总算是一点可纪念的陈迹，而且也是在广大的雪原中留下的几个鸿爪的印痕。如果说也说明着一些问题，那末：

第一，我在艰苦困难的环境中，革命的立场是坚定的。比起一遇情况紧张就放弃岗位往"安全地带"跑的人，我是觉得无愧于党的。

第二，在艰苦困难的环境中，我的头脑是比较清醒的，能够记得毛主席的教导，勇敢而又谨慎，比较周密地调查情况，做出比较正确的判断，有依靠群众、自力更生的精神，不存侥幸的心理，能够坚定而灵活地做出决断。所以在某些危机时刻，能够找到正确的出路。

第三，抗日战争时期我在太行山的几年工作中，我是学习到军队的一些实际经验的，所以组织行军这类的事情，还有点把握。

当时分局的首长们，在这些方面，也是给予肯定的。所以后来把更大一些的任务交给我，让我在困难环境中相对独立自主去领导，觉得"放心"。

然而，事物总是"一分为二"的。我在当时热河环境中领导青年知识分子的工作，虽然取得一些成功的经验，然而在全国解放后的和平环境中，领导那些旧的高级知识分子的时候，却过分地运用热河的经验，对新对象的复杂性估计不足，犯了骄和躁的毛病，工作方法也简单化，因此在武汉大学，虽然轰轰烈烈地搞了两三年，但终于搞不下去了。

（本节完。《在热河的二、三事》未完）

1972年10月6日初稿

第十二章　在热河的二、三事（续）*

三　一些花絮

建国学院在林西，住了半年多，一九四七年三月到六月期间，在林西郊区搞了一次土地改革。六月六日我军反攻，解放赤峰，不久，我们也回到赤峰。分局决定：将原建国学院改行政学院，与鲁艺学院和蒙古自治学院合并成立为"冀察热辽联合大学"，由分局宣传部长赵毅敏兼任校长，我任教育长。但当时实际上并未完成合并。九月间，分局决定，让我带原建国学院的师生，组成一个土改工作团到建平县三区搞土改。一九四八年二月，原班人马，加上赤峰赤西两县的一批干部，到这两县搞土改，六月底结束，七月在赤峰休整。八月，"联大"正式成立，以我为副校长，杜星垣为教育长。十月中旬，我军解放锦州后，"联大"于十一月初迁往锦州，出了冀察热辽地区，故将蒙古自治学院留下，另成立教育学院。"联大"改由东北局领导，我任校长。一九四九年三月，"鲁艺"先奉命入关；后来东北局电令："联大"校部和两院干部，全部开到北京，归第四野战军指挥，招收平津大中学生，加以训练，组成四野南下工作团第三分团，我任政委，杜星垣任副政委，四野调来一师长任团长。八月初，南工团三分团南下至开封，九月中旬，训练任务结束，全部干部和团员，到汉口由四野政治部分配工作，我被调出四野，任武汉大学秘书长。

由于冀察热辽联合大学和四野南下工作团第三分团，与建国学院有一脉相承的关系，所以这里我把出了热河的一些事情，也归在关于热河的一段回忆之内。

---

　　* 《在热河的二、三事》（续）刚刚开始，却不见下文。一个可能是已经写了，一个可能是不及写出。如果是前者，将来找出，一并入正文。如果是后者，只好成为十分遗憾的事了！——编者注

但是一九四七年以后的工作情况，比以前复杂得多，如果总结起每一段工作的得失来，需要写得很多，却没有必要，只零星地写了一些"花絮"吧。

倒是两个文人坚决支持反攻的主张

以热河为中心的冀热辽解放区，在一九四六年八月承德被蒋军占领以前，是归中共晋察冀中央局领导的，此后改归东北局领导。（未完一编者）

（原载1981年11月22日《新文学史料》第4期。收入《徐懋庸回忆录》，人民文学出版社1982年7月第1版）

"左联"情况

一　我加入"左联"

一九三三年初，我到上海，开始由胡愈之介绍为生活书店译书，后在《申报》副刊《自由谈》上发表文章，引起"左联"的注意。当时在"左联"工作的任白戈，通过钟敬之（钟是我在劳动大学中学部学习时的同学，当时在新生命书局工作）同我相识。一九三四年春，任白戈介绍我加入"左联"，在被批准前，曾由在"文总"工作的钱亦石找我谈话，大概是审查我的历史和思想吧！

当时我在主观上，认为"左联"是与共产党有关系的无产阶级革命文艺组织，我愿意为无产阶级革命事业而献身。

二　我在"左联"工作的经过

一九三四年春，我加入"左联"时，被编在理论研究小组，组长是周钢鸣，同组的有杨潮（又名羊枣）、夏征农、魏猛克等人，好象还有周立波。当时"左联"的宣传部长是任白戈，下年任白戈作秘书长，我在宣传部工作。

一九三五年春，田汉、阳翰笙等被国民党逮捕后，主持"左联"的工作，夏天任白戈去日本，由我任秘书长，组织部长是何家槐，宣传部长是林淡秋。是年大约夏天，梅益从北京来上海，林淡秋不干宣传部长了，由梅益继任。沙汀、周立波仍为常委，后来又加了一个王淑明，领导"左联"的"文总"代表是于伶（一九三五年末讨论"左联"解散问题的一次常委会，有胡乔木参加）。但与周扬仍保持联系，这种联系，是通过"交通"关露发生的。从此时起，直到一九三六年初"左联"解散，以至"文艺家协会"时期，同我工作关系最密切的是周立波、何家槐、林淡秋、梅益等人，以梅益、何家槐二人尤为密切。周扬的意旨，经常通过周立波、何家槐传达给我。我要找周扬面谈时，则通过关露去约，要找周立波、何家槐时也是这样。

当时，我不是共产党员，我只听任白戈暗示，周扬是党员，其他的人是否党员，我不知道。"左联"可能有党团织织，但我不知道。

同我一起在"左联"常委工作的人，都是很崇拜周扬的，当时我听说周立波是周扬的兄弟，周立波常对我们强调说"起应（周扬）这么说，那么说"。我记得一九三五年上半年，有一回周立波主张开除胡风出"左联"，我认为此事牵连到鲁迅先生，关系重大，宜慎重，周立波就强调说"这是起应的意思"。但此事后来没有实行。一九三五年下半年，计划办内部刊物《文艺群众》时，因集稿筹款都有困难，我主张办小的，周立波也传达周扬的意见，要办大的，很坚决。

一九三七年上海抗日战争发生前不久，我和这些人分散了，各奔前程。

三　我在"左联"时期的"左联"的活动

1. "左联"自己办刊物——一九三四年夏，由我出面办《新语林》半月刊，光华书店发行，只办了五、六期。一九三五年由我和曹聚仁出面办过《芒种》，不久就停了。后来又由我出面办《希望》，也办得不久。一九三五年，由王淑明通过其同乡朱某的关系，在《时事新报》上办了一个副刊，叫做《每周文学》。

2. 与一些报刊发生联系，以便介绍"左联"的同人发表作品。这些报刊有《自由谈》（黎烈文编）、《文学》（傅东华编）、《太白》（陈望道编、夏征农作助手）、《申报月刊》（张梓生、黄幼雄编）、《新生》（杜重远编）、《世界知识》（胡愈之编）……等等。

3. 团结非"左联"的"进步作家"。我团结的有唐弢、曹聚仁、周木斋、陈子展等。郑振铎、傅东华等，也在团结之列，由周扬自己负责。

4. 到学校和个别工厂的"左联"基层小组或外围团体，组织一些读书会、讨论会。此事由组织部长负责，详情我记不得了。但一九三四年以后，基层小组已很涣散，此种活动不多。

5. 发展盟员——一九三五年因鲁迅先生表示不要发展，故停止。

6. 与鲁迅先生发生联系——此事从一九三四年下半年起，直到"左联"解散，都由我负责。

7. 一九三五年，根据鲁迅先生指示，搞了一个译书计划，周立波译《被开垦的处女地》，梅益译《钢铁是怎样炼成的》，林淡秋译《时间呀，前进！》，何家槐译《小说与民众》，徐懋庸译《斯大林传》，这些书都出版了。

8. 与东京的"左联"支部联系——这个支部是任白戈等搞的，办过《杂文》（后改为《质文》）等刊物。

9. 一九三五年秋，办过一个内部刊物《文艺群众》。只办了两期，因"左联"解散而停刊了。

四 关 露

关露（即胡楣）加入"左联"较早，是个女"诗人"。任白戈负责"左联"工作时，她是任白戈的交通。我负责"左联"工作时，她又作我的交通。

关露的交通工作，就是当我找周扬、周立波，还有何家槐等人见面的需要时，她替我去约定，周扬有找我见面需要时，也通过关露约我。我们见面的时间、地点，要由关露联系约定。

那时关露住在环龙路×号的一个小亭子间。她的穿着是很摩登的，但生活很困难，因为没有职业，写诗换不了多少稿费。据说，她的妹妹经济上对她有所帮助，但她有时连吃饭的钱也没有了。"左联"解散后，她的交通工作就停止了。

五 于 伶

我于一九三三年到上海，一九三四年春参加"左联"。

我那时年纪很轻（二十四岁），又是一个新人，参加"左联"又晚，而且不是党员，为什么参加常委工作呢？这是因为：（1）自从一九三三年丁玲等被捕以后，"左联"的一些老盟员消极了，不愿意参加组织活动，而我新进"左联"，比较积极，所以，后来参加了常委。（2）但主要的原因是，当时鲁迅同周扬他们的关系已经不好，周扬他们中已没有人可以同鲁迅谈话，而我在一九三三年下半年就与鲁迅认识（因我在《申报》副刊《自由谈》投稿的关系），已经通信，还见过面，比较谈得来，所以周扬他们让我参加"左联"常委，可以代表"左联"与鲁迅发生联系。

一九三五年春，田汉、阳翰笙、林伯修……等（他们都是在"文总"工作的）被捕，任白戈也有危险，到日本去了，由我担任常委的工作，常委中后来又增加了梅益。

"左联"是"文总"的一个支部，所以每次"左联"常委开会，一般总有一个"文总"的代表来参加指导。我记得代表"文总"参加"左联"常委的人，先后有于伶、周扬、胡乔木。

于伶来参加"左联"常委的期间，大概是我参加常委后（一九三四年秋）到田汉等被捕以后，不久就由周扬来参加了。

那时的环境开会很不容易，要防危险。开会地点，或者是找一个租界里外国人开的咖啡馆（下午咖啡顾客很少，我和鲁迅谈话，也是在咖啡馆）或者是找一个公园。开会的次数很少，于伶参加常委会议不过三四次。但也有一二次，他到我家里个别谈过话。那时我的地址是公开的，其他"左联"常委的址地却不对我公开，"文总"的代表，也不对我公开。此外，当时秘密工作条件下，有工作关系的人，除了谈工作外，彼此都不打听别人情况。因此，关于于伶——他当时叫做尤竞，我只知道他是搞戏剧的（有时在报导上看到他写的剧评），他懂俄文，听口音是南方人，其他一无所知，他当时是否党员，我也不知道。

除了上述的工作关系，我和于伶没有个人来往。

"左联"在一九三四年后，组织已处于半瘫痪状态，外地的支部，除日本东京的那个（任白戈在搞）外，都失去联系，上海的各学校的小组，也很多失去联系，许多盟员不知下落，盟费收不起来，机关刊物也很久没有出。当时"左联"常委开会，讨论的问题，不外乎几类：

1. 关于政治形势：主要是"文总"代表讲讲苏联的社会主义建设的胜利和中国红军反"围剿"的胜利及长征的情况，但都很简单。——于伶曾作过这种报告。

2. 关于整顿"左联"组织的问题，讨论过几次，想不出办法。后来才决定用恢复机关刊物的办法，先与盟员以刊物取得联系——一九三五年九月恢复机关志，名曰《文艺群众》。关于这个问题的讨论，于伶曾参加过。

3. 关于如何办机关志的讨论，——于伶没有参加。

4. 有一次曾经讨论一个翻译计划。——于伶没有参加。

5. 讨论对鲁迅、胡风的态度，——那时周扬他们要团结鲁迅，让我去同鲁迅联系。对胡风，认为鲁迅受了胡风的蒙蔽。有人曾主张把胡风开除出"左联"（这就是我一九三六年八月一日给鲁迅信中所说"实际解决"），但顾虑到鲁迅，没有作出决定。——这种讨论会，于伶也参加过。在于伶代表"文总"领导"左联"期间，他曾到我家个别谈话，主要是了解我同鲁迅谈话的结果。

常委的每次会议，时间都是很短的，只在一个钟头左右，因为环境不允许开得长。许多问题，其实是"文总"的代表说了算，没有展开民主讨论。

在"左联"人物中，同我接触最多的是何家槐、梅益、林淡秋、周立波。我和周扬，虽有两年多的关系，但见面机会也很少，于伶更少，关于于伶在一九三五年夏季以后的情况，我根本不知道了。

于伶的妻子王季愚，曾经翻译过高尔基的《在人间》一书，她把稿子交给几个书店，没有被接受，有的书店怕危险，有的书店则认为译得不好。后来，王季愚带了于伶的一封信来找我，要我设法帮助这本书出版。我把此稿送到艾思奇负责的读书生活出版社，该社接受了，几个月后出版了。这事的时间我已记不清，总是一九三五或一九三六年中的事。如果我介绍稿子，当在出版前的四、五个月或更前（那时出书最快总要在交稿后四、五个月）。这也是我和于伶的关系中的一件事。

1967年12月15日

（录自《徐懋庸回忆录》，人民文学出版社1982年7月第1版）

一个"知识界的乞丐"的自白

现在的情形也许已经大不相同，在十年以前，则读书人还是"人上人"，而且中学生在小学生之上，大学生又在中学生之上，阶级划然，在上者是可以骄下的。

我于十三岁的那一年，在小学里毕了业，因为家贫，不曾进中学读书，在家里帮父亲做些手工，闲时也借些书看。书的借处，是吾乡几个热心教育的小学教师所创办的图书馆，这图书馆设立已久，我在十岁的时候就开始从它借些《征东传》，《征西传》，《三国志》，《水浒》之类的章回小说看，到这时候，则已在借阅古代的诗文集子和新文学的书报了。看了这些书之后，我自己以为能够懂，所以也喜欢谈论。但在平时，谈论的对手是没有的，待到年终放寒假的时候，许多在外面中学里读书的旧同学回乡，我就高兴起来，以为可以跟他们谈谈了。

那一年正是泰戈尔得诺贝尔文学奖金的一年。有一位中学生的网篮里，便装着许多泰戈尔的作品的译本。我是也曾在《小说月报》上看过几篇介绍泰戈尔的文章和泰戈尔的作品的译文的。所以我就对着那位中学生谈起泰戈尔，问他对于泰戈尔的作品的意见如何。不料他听了我的问话之后，并不答复，反而白着眼问我道：

"泰戈尔？你知道泰戈尔是哪一国人么？"

"这是我知道的，他是印度人。"

"对了，印度人，但是你知道他叫什么名字么？"

我其时还不曾知道外国人的姓名的分别，以为"泰戈尔"就是泰戈尔的名字，所以说道：

"他的名字不是叫做泰戈尔么？"

"哼！不是的。他的名字是Rabindranth Tagore，是他的姓。他姓Tagore，Ta-go-re，泰戈尔就是Tagore的译音，但是Go译作戈是不对的。照英文应该念作ta-go-re，照这样看来可知中国的翻译是靠不住了。Tagore的作品，翻译的都是不对的，我们要欣赏他的作品，非读原本不可。"

被他这样一说，我完全气馁了，不敢再同他谈泰戈尔，我连泰戈尔的姓名都弄不清爽，"戈"字又念得不对，所读的作品又只是不可靠的译本，哪里配谈呢！听他的口气，他一定是读过Tagore的原本的，但看他的神气，似乎对我已很轻视，不屑跟我谈，即使请教他也徒然了。

我垂头丧气地离开他之后，第一次深深地感到家贫不能升学的悲哀。譬如那位中学生，在小学的时候本是和我同班的，而且成绩还在我之下，国文英文两项，和我尤其差得远。如今仅隔半年，只因为他在中学研究，我却在家自修，就反而远不如他了。若再隔两年三年，那不是要天差地远，我将愈加被看不起了么？

又隔了半年，我果然受到另一个中学生的更大的侮辱。

我对于十年前吾乡的一批小学教员，实在非常佩服，他们对于教育事业的忠实和努力，远非现在的办学者所能及。他们于创办图书馆，平民夜校，新剧团之外，每逢暑假，还办一个油印的刊物，供一般知识分子发表舆论，交换知识。这种刊物，对于吾乡的社会确曾发生很大的影响。有时候，那上面也登些意见不同互相论难的文字。当我十四岁的那一年，便因某一个问题和一位中学生论战了起来。论战到末了，是那一位中学生做了一篇嵌着许多英文使我看不懂的文字收场，那篇文章的结语是："你这知识界的乞丐，配说什么呢！"

对于"知识界的乞丐"这一个衔头，我在当时感到莫大的耻辱。但后来仔细一想，觉得这于我实很切合。我和那些中学生们，的确是有乞丐和大少爷之别的。大少爷之所以为大少爷，就是因为有现成的饭可吃，现成的衣服可穿，现成的教育可受。而乞丐，却是一无所有，种种都要向人们去求讨。象我这样，进不起学校的人，本来是不应该有知识的，即使有一点，也不过是苦苦讨得来的残羹冷饭罢了，怎么配跟大少爷们去瞎说山珍海味的滋味呢！

明白了自己实在是个乞丐之后，我的求知欲反而愈加强烈起来，因而我的求乞也更勤了。此后的三四年中，我真象一个饿得不论草根树皮都要吃下去的乞丐似的，把能够借到的一切书报，古的，新的，科学的，文学的，杂乱无章地看进去、看进去。另一方面，又怀着象想混进富家的厨房饱吃一顿的心愿，兀自寻觅着进学校的机会。

侥幸的是，民国十六年的秋季。上海办起了一个不化钱可以读书的劳动大学，我就如愿以偿的考进这学校的中学部了。

进了中学之后，我还是贪婪地乱读一切，于各种教科书之外，读得最多的是杂志。日本文学家厨川白村曾论"杂志学问"之非道：

> "日本的读者总想靠了新闻杂志得知识，求学问。我想，现代的日本人的对于学艺和知识，是怎样轻浮浅薄，冷淡，这就证明了。学艺者，何待再说，倘不是去听这一门的学者的讲义，或者细读相当的书籍，是决定得不到真的理解的。纵使将所谓'杂志学问'这一些薄薄的知识作为基址，张开逾量的嘴来也不过单招识者的嗤笑，因为有统一的系统底组织的头脑，靠着杂志和新闻是得不到的。"

这话当然是对的。我在中学的开初的一年多中，就是因为乱读杂志，把头脑弄得凌乱不堪，知识既没有系统，思想也找不到径路，所以愈读愈觉得迷惘，愈感到烦闷。幸而后来遇到了两个救星，我的头脑才在他们的指导之下组织化起来。

那两位救星，便是"数学"和"历史"。数学的训练使我具有组织的能力，历史的启示使我知道文化的流源。从此我对于种种学术和知识，方有一点真的理解。不过我对于历史的理解却是一本讲文艺思潮的书——本间久雄的《欧洲近代文艺思潮论》所促进的。我在《读书生活杂忆》一文中，记着这一回事：

> "化学上面说着有几种作为'触媒'（Cataiyst）的物质，在它的接触之下，它自身并不起变化，却能完成别的两种物质的化

合。《欧洲近代文艺思潮论》这书，对我也生了'触媒'的作用。我在读此书以前，也曾乱翻些哲学的，社会科学的专书或杂志论文，然而我不能理解，即使有自以为懂得了的，其实连一知半解也谈不上。直待读了本间久雄的这本著作之后，我才豁然贯通了哲学和社会科学上的许多问题。

"从《欧洲近代文艺思潮论》，我认识了社会进化的铁则，从《欧洲近代文艺思潮论》，我解悟了唯物辩证法的公式——这些道理，都是这本书中所不曾讲到的，但我却由此旁通了，所以我说这书是'触媒'，它影响了我，却并不使我更加倾向文艺，而使我的脑子跟哲学和社会科学的知识相化合。

"从此以后，我就系统地阅读了许多哲学和社会科学的著作，由此更进，我又注意到自然科学。在劳动大学的中等科的最后一年，我是专习理科的。"

但是因为注意的范围太广，就不能深入，所以我在各种学艺上都没有成就，至今还是一个不学无术的人，只能写些"杂文"，在文化界打杂而已。有些知道我的历史的人，说我已经由"知识界的乞丐"升做"文化界的短工"。但我以为这话是不对的。在知识上说，今日的我还是一个乞丐，因为我自己的感到不足如故，而求得也仍然不易也。

和我同样的"知识界的乞丐"，一定是很多的，但看近几年来的情形，从学校里正途出身的大少爷们，已不似先前那样的趾高气扬自以为了不起而任意侮辱学校以外的求知者了。文化界对于一般失学青年的教育，又颇加注意，读书的指导，于生活有用的学艺的通俗的介绍都很努力。这在我们这些乞丐，实在比侥幸进了学校还要好得多哩。

元人翁森，作《四时读书乐》诗，说尽大少爷们读书之乐，例如那《咏春天读书》的一首道：

山光照槛水绕廊，舞雩归咏春风香。
好鸟枝头亦朋友，落花水面皆文章。
蹉跎莫遗韶光老，人生惟有读书好！
读书之乐乐何如？绿满窗前草不除。

　　这种乐趣，当然不是我们做乞丐的所能领略的。但是我们时常也感到一种读书的乐趣：那是当书中所说的话使我们悟得了存在于我们现实生活里面的种种社会的和历史的真理，使我们对于将来的光明发生希望的时候。

（原载1935年6月10日《读书生活》第2卷第3期）

冷却了的悲痛

母　亲

母亲去世，已满一个月了。

近日想起，悲哀已象一块冷却的铁，虽然还压在心头，但失去灼痛的热度了。因此，能够沉重地、但冷静地想想她的命运。

小的孩子们没有见过祖母，要知道祖母是怎样的一个人。他们要知道的，主要是音容笑貌。但关于音容笑貌，我无法加以描写。遗憾的是，母亲并没有留下一张照相。但照相怎么能够传达母亲的形象呢？我的母亲是一个最普通的村妇，她的从二十六岁到四十六岁的二十年间的形容，对我是极具体的，但又极抽象。有谁注意过自己的母亲的美观的呢！对于儿女，母亲就只是母亲，只觉得她的崇高，只关心她的脸庞的消瘦或丰腴，愁苦或愉快的变化。

孩子们问我怎样爱母亲的，我也说不出。对于母亲，是不象对于别的人，可以爱可以不爱的，对于母亲的爱，不会依什么情况为转移而有所增减的。在无论什么情况下，母亲总是母亲。

我能够说的，只有母亲的痛苦。

生在贫家，嫁在贫家，物质生活的辛苦，是不必说了。精神上，从也被贫困刺激得性情粗暴的丈夫，是没有得到安慰的。至于儿女，夭亡的夭亡了，离散的离散了。在十二三年的战争期间，千难万难地养大了一个孙女，是她膝下唯一的承欢的人。但是，解放以后，先是我派了人要从她身边把她的孙女带走，这没有成，却反而突然被死神带走了……

解放以后，她的桑榆晚景，本来也不算坏。知道我没有在战争中死掉，还给她添了一大群的孙儿，这"福气"，就不小；我寄的钱，也够她和我的父亲温饱地度日的；经过改革的社会，对她也尊重起来了……还有什么不满足的呢？然而，她是不满足的，非常痛苦的，她是在痛苦中死去的。

她晚年的痛苦，是我所给她的。

我是她唯一可以指靠的儿子。指靠也算指靠到了，我供给了她的生活费用。但她所指望的，只是这么？她还有别的要求的。但是我，解放以后，一次也没有回去过；孙儿一大群，对她也不过是想象中的存在。"福气"不小，可是虚的。二十多年不见，她该有多少话想同我说说啊，但是，一直没有得到机会……

我要把他们接出来，她不愿意，说是过不来异乡的生活。她也知道同我们没有多的话可讲，而在家乡，可以同别的老太太们念念八仙佛（八个人一桌共同念佛），讲讲家常，热闹些。她叫我回去看看，我总是说，要去的，但终于没有去。我为什么不回去，原因很多，对她，却总是说工作忙。在她，以为我在欺骗，是不会的，但她总觉得莫名其妙。对我这个儿子，她养到我十二三岁以后，就开始莫名其妙了，一直到最后还是莫名其妙。这情形，在做母亲的，是一件无比痛苦的事；所以，她在瞑目以前的一年中，已经神经错乱了。

但是，据家信说，她在弥留之际，却极清醒地说了极达观的话，一句也没有责怪我。这是出于伟大的母爱的原谅，但也是出于伟大的母爱的坚忍！

我不但使她莫名其妙，而且使她对我有一种自卑感，这是我忏悔不尽的地方。

母亲赋予我生命。但这个生命，是在穷困的家庭和黑暗的社会中长大起来的，它象什么一株野生植物，营养的不足，使它畸形地发展，它没有色和香与周围的百卉竞艳，它只长出刺来保护自己——往往在它自身和它所植根的土地受到侵犯的时候，它的刺就紧张起来了。

因此，我在十二三岁的时候，就形成了一种怪僻的性格，这性格使得我连对于父母，也很少说话。父亲对这，是一味的责骂，母亲却只是用了茫然的眼光看我。她看我总是在读书，正正经经地用着功，以为我一定有道理，而这些道理是她所不能懂的。所以，在大大小小的事情上，她对我绝不表示意见，只以整个母亲的心，不得要领地探测着，无能为力地卫护着我！

例如，十四岁的时候，我闹起恋爱来了。我的家乡，是同族聚居的，我所爱的是本宗的姑娘。这是非法的，也不会有结果的。母亲知道了这事，有一天，背着人问我：

"人家在说你，你同××姑娘相好呢？……有这事么？……"

我没有做声。母亲等了好一会，叹了一口气，走开了。

一九二六年，闹大革命，我也追随了。第二年四月，国民党清党，在我们县里，要捕捉八个人，我也是其中之一。我逃到了上海，混进一个学校里半工半读地过日子。过了两年，案子冷下去了，我曾偷偷地回家去了一次。母亲见了我，细细的把当时警察去抓人，搜查的情况叙述了一番。她说："那时候，惊吓是不小的，我急得病了一场，不知道你在外面怎么样了。后来接到你的信，说是到了上海，才放了心。他们，那时尽要搜你的书，把一间破屋搜遍了。好在我先得了风声，藏过了，如今还在呢！……"说着后面的一句话的时候，她脸上露出骄傲的微笑。接着，她问了一句：

"你如今还在做那种事么？……"

我没有回答。我那时并没有做"那种事"，但是我不愿意讲"我不做了"，她其实不大明白我究竟做的是什么事。等了好一会，母亲只说了一句："以后要多多留心！"走开了。

一九三七年，抗日统一战线实现了。因为叔父去世，我带了妻和儿女回家去。看到了媳妇和儿孙，母亲是幸福极了，天天用我带去的钱请我们吃好的，我再三叫她省俭些，总不听。有一天，邻人对我说，母亲去向人家借钱。我问她，她说："有这回事的。你带来的钱用完了，我就暂时借着。你不用管。你走了以后，照样寄钱来，我苦一些，就还清了。你们在家里，总要吃得好一些的。"在这事情上，她固执得很！

有一天，她跟我商量："你是不是可以多卖一些书，积点钱，我们买几间房子？你们总得有几间房子住才好。我和你父亲，就在这间老屋住下去。"她说的"卖书",指的是我的投稿。

我劝她不要打这主意,说是因为我没有这么多的书卖。我没有讲出我不想回到故乡来住的话,但他们也猜着了,很有点伤心的样子。沉默了好一会,只说了一句:"对!你的主意是不会错的。"走开了。

当我要回上海的时候,有一晚,母亲以十几年来从未有过的命令口气对我说:"你,你也对媳妇去说,你们把晔子给我留在身边。我要她,我会养得她好好的……"她流下了眼泪。

我们遵了命,走了。这成了永别的开端,对于母亲,也对于我们的女儿。

我同母亲的关系,就是这样的。

现在想来,其他的一切,是还有可说的,而我在解放以后的不去看看母亲,实在是罪无可赦的事。我倘若回去一次,让她看看我和她的孙儿们,让她同我说说她在战争时期的她的苦难生活,让她听听我在战争时期的新奇经历,那在她,该是一种莫大的幸福,而她的晚年,就会过得很愉快的。在这世界上,我,到底是她最亲切的人啊!寄给她钱让她吃饱,这算什么呢?她是吃惯了苦的。能够见到我的面,能够在精神上占有我——至少一部分,在她,这才是幸福的真谛。但是我,剥夺了她的全部幸福!

在她看来,她这亲生亲养的儿子,她用了整个的心爱了一生的儿子,到底只变成了每月若干元的人民币,这是多么伤心的事啊!

然而,她到死也不忍责备我一句。也许,她的母爱的盲目性,使她真的相信我并没有什么过错吧。通过解放后的许多事实,她知道共产党是干什么的,而她的儿子也是共产党,这一点,也应该是她谅解我的理由。但她对我究竟是莫名其妙的,因之可以想象,她内心的矛盾,该是多么深刻,这是最痛苦,最痛苦的!

我的母亲的一生,就是这样茹苦含辛的一生!

我的不回家去,是有许多正当的理由可以解释的:第一,是工作的连续性和紧张性;第二,在解放初期,我怕因为有一个在乡下人看来是"官"的身份,会惹起许多的麻烦;第三,在去年,本来是有四个月的空闲时间,可以回家一趟的,但因不得不同一个本来他就是党员而后来自云又不代表党了的同志打些交道,不得抽身;第四,今年呢，初到新的工作岗位，自然又不好请假。

但是，母亲已经死了，这些理由，没有机会讲了，就是讲，也讲不清楚的；她会相信，但她不会理解。她是一个最普通的村妇！

我这些抱憾无穷的思想，是直到母亲死后才明确起来的。过去，从未细想过，只以为母亲还能活好多年，总有一天可以回去看看，不在乎迟早；这事对她的意义之重大，也未曾揣摩过。现在想明白了，但是已经无可奈何了！

就算我是全心全意在为人民服务吧，但对于人民——而且是最痛苦的劳动人民之一的母亲，给了我生命和全心的爱的母亲，却是这样的漠不关心；在我是轻而易举而在她却是最大的幸福的会面，也不让她如愿。

不受咒诅但我自己是应该检讨的！

只有一件事，我总算遂了她的心愿。前几年，她来信说要预造"寿坟"和"寿材"，征求我的意见。我稍稍考虑了一下，就同意了。我知道，这一件事再不让她满足，她就会死不瞑目了。

人的一生，只在这一件事上得到满足，是极可悲的了，但在我的母亲，这却算是生活在最后实现了它的意义。

这事，在我，是要从另一方面进行检讨的：迁就迷信——但我管不得许多了！

一九五七年六月十二日

晔　子

想母亲的时候，就不免联想到同母亲关系最密切的亡女晔子。

我的儿女很多，但由于战争的安排，死去了两个，一个至今生死不明，一个则因代我们抚养的同志同她难舍难分，不"归宗"了。正因为儿女多，又因为在阶级斗争中锻炼出来的感情的特殊性，所以这几个的命运，未曾深重地伤过心。独有对于晔子的死，因为情况特殊，又同母亲的命运相联，所以在接到噩耗时，曾经在房子里踱来踱去地踱了一整夜，母亲死后，想起来更悲哀。

晔子生于一九三三年，是我们的第一个孩子。她尚在母腹的时候，祖母和外祖母，都希望是个男孩，但她却以女儿身而出世了。为了对老人们的解譬，所以取名为"亦子"，后来她们倒也很喜欢，所以改为"晔子"。人子之心，就是常常这样讲究形式主义的。

为父母的来讲儿女的怎样可爱之处，往往是会使人失笑的。但晔子，一则，是在旧社会使我第一次成为父亲，二则，她的诞生与我开始参加革命的文化工作的年份相联系，三则，既不丑，也不笨，所以，我觉得她实在是所有儿女之中最"得人心"的一个。"得人心"，是我乡的一句土话，大概相当于北方人所说的"乖"，也包括上海人的"漂亮"的意思在内。

她长到四岁，抗日战争发生了，我去延安。后来，通过八路军和新四军的关系，晔子的母亲和两个弟弟，也去延安了，她却为祖母所留下。

我的父母那时都已年老，完全失去了劳动力，家里又没有一点财产。我离家后，曾经在汉口的新知书店，把《斯大林传》的版税陆续寄到我家里去，维持老幼三口的生活。武汉和我的家乡沦陷前，新知书店是可感地负责做了这事的。我在延安，也还能同家里互通报平安的信。

但是，武汉和家乡相继沦陷了。从此，音讯完全断绝，新知书店当然也无法寄款了。

此后的十一二年，我开初不知道他们怎样在生活，越到后来，则以为他们多半不在人间了。一九四五年从延安的《解放日报》上，知道我的家乡，虽是一个小小的村镇，却成为敌我拉锯的要点，争夺战激烈而频繁。在这种情况下，这三个人怎么能够活得下去呢！

但我还是一直挂念他们的，我也深知挂念情况不明的亲人的苦味。因此，我在战争时期中，对于每逢佳节就要想起母亲和爱人而欲哭不敢的青年女同志，总是同情地让她们哭个痛快，而反对别的同志的批评她们"家庭观念"太深。整年累月坚忍地斗争着，为思亲而哭几回，有什么可以批评的呢！

一九四九年五月，浙江解放了，我试着写信向家乡打听，不料接到了家书，而且是晔子的手笔。她说祖父母还健全。由这信所引起的心的激动，我是无法叙述的，那欣慰，因为与战争的胜利之感连在一起，所以特别的巨大，而那悲哀因为与广大人民和自己在战争中的苦难的回忆连在一起，所以也特别深重。

他们活着！而且，对我具体地只还是四岁的一个孩子，现在已经能写长长的信了，"亲爱的爸爸"，开头的这一句，是我生平第一次在文字上这样被称呼的；下面，写着她和祖父母十多年来的情况，写着祖父母知道我还活着的心情，特别是写着她自己的心情……

纸上没有泪痕，但我分明感到她写这信的时候是在哭的。在苦难里长成到十七岁的她，感情是已经非常深刻了的。

她说他们的活下来，是得了亲友们的帮助，她也因此能在高小读毕业。但人们的帮助到底是有限的，所以，有一年曾不得不跟人到上海，去做女佣，赚点工资寄回家去养活祖父母。

后来听人说，她是很懂事的孩子，从六七岁就逐渐学会了所有的家务，辛勤服侍着祖父母。为困苦所折磨的祖父母心情不好或者有时同外人发生一些纠纷时，她还要尽劝慰和排解之责。

她这十几岁的人，竟要负担这样沉重的体力的和精神的重荷！

因此，她的确是"得人心"的，亲友们，为了这孩子，乐意给我家更多的帮助。虽然，我家的那些亲友，也都是穷人。

她的信中还附了一张相片，看起来，她已经完全是一个劳动妇女的形象了。

工作使我不能回家去看看。隔了三个月，我才派人去先把她接出来，预备让她进中学。

但是，奇特的命运，却使她在临行前的两天，突然发了不知道是什么一种暴病——死了！

"命运"！在接到电报的那一天的晚上，我在房子里面踱来踱去，的确只是唯心主义地想着"命运"这个神秘的东西。我想这个孩子在这世界上的十七年的存在，完全是"命运"的有意的安排。我们乡间的人民，对于夭亡的儿女，总说他们是把父母骗了，只让空欢喜一场。晔子也是"命运"派来骗人的。她把祖母骗了十二三年，骗得她能够活下来。没有晔子，我的母亲是活不下来的。解放了，我的消息有了，"命运"知道没有她，我的母亲也活得下来了，所以立刻把晔子收了回去！

"命运"又残酷地骗了我！在我，要是晔子早就死了，那倒不会有多大悲哀的。但是，解放以后，偏偏让我知道她并没有死，偏偏让我知道她已经在千辛万苦中长成为一个好孩子，偏偏让我发生父女会面的期待，而就在这迫切的期待中，她突然消失了，一定要使我尝一次最大的悲痛！

但我的悲痛，主要地还不在于失去了一个女儿，使我心如刀割的，乃是想象到晔子临死时的超乎悲痛以上的那种心情。

十七年的茹苦含辛，对父母的存在几乎已经绝望，忽然得到了父亲的信息，忽然父亲又派人来接她，但又要离开十多年相依为命的祖父母了，快要见到父亲了，但是突然，既永远见不到父亲，又永远离开祖父母了……

这种心情，应该叫做什么？这种心情，谁能够忍受得了呢？真也只有死人才能忍受。

而我偏不能不去分担这种只有死人才能忍受的这种心情，我怎能不心如刀割，我怎能不神志昏迷地想到"命运"之类！

一九五七年六月

（原载1957年8月《人民文学》第8期）

去延安的过程

自从我写了那封被认为是攻击鲁迅的信而受到鲁迅公开驳斥后，周扬等片面批评我，而不检讨他们自己，我不服。因而一九三七年初，我下了决心，想找机会到延安去，向党中央汇报情况，请求指示，所以开始给生活书店译《列宁家书集》一书，准备以此书稿费作为安家之费和旅费。一方面参加徐步、张庚等编的《生活知识》的工作，此时我与原"左联"常委的人们已很少见面了。

一 在 武 汉

一九三七年八月十三日上海抗日战争发生后，徐步、张庚等决定把《生活知识》迁到武汉去，约我也去武汉。于是我于八月下旬回老家安置家眷，在老家等徐步他们到武汉后来信。八月底或九月初，徐步的信来了。同时接到久不见面的钟敬之的信，说原来新生命书局的那伙人散了，他失业在家（嵊县），生活困难，想做点抗日活动，又孤掌难鸣，很苦闷。他从张庚那里听说我已回老家，问我有什么打算。因此，我在送妻小到黄岩岳母家去时，路过嵊县钟家住了一晚，我告以先去武汉，找机会去延安的意图。他说想随我同行，我同意。于是把家眷送到黄岩后，折回嵊县，与钟一同经浙赣路、南浔路到九江，然后乘轮船到汉口，住在华商街的《生活知识》编辑部，和徐步、张庚、胡绳、彭子冈（女）一起。此时，石西民在负责管理汉口的"新知书店"，我向他领了《斯大林传》的版税。张庚不久就去延安了，我托他办我们去延安的关系。但久不见来信。

十一月间，钟敬之想到衡阳去看看他的姊夫钱祖恩（铁路工程师）。我因有个小姨子在桂林，所以同钟一起到衡阳，然后我到桂林玩了几天，再回衡阳，也住钟的姊夫家里。是时，国民党的航空委员会自青岛迁到衡阳，我们遇到了已在这个委员会工作的邢墨卿、张廷煦。我和钟敬之回汉口后，航空委员会不久也迁到汉口，我们又遇到了邢、张二人。

十二月间，李公朴自临汾来，为"民族革命大学"招生和聘请教师。在汉口的沈钧儒设宴欢迎李公朴和曾在上海救国会工作过的许多人，我也被邀去了。我知道了李公朴来武汉的目的，于是想，到延安去的关系不好找，不如先去山西，那里距延安近了，找机会容易。于是托石西民向李公朴去说，我与钟敬之愿去"民大"工作。李同意了。十二月底，我和钟敬之就乘"民大"的专车同大批学生及几个教员（秦威、欧阳红樱、于冲）北上。临行前几天，碰到张廷煦，知我们要去"民大"，他托我们把跟在他身边的侄子张韵春带去"民大"学习，我们同意了。"民大"派到武汉管理学生和教师的事务工作的，是梁延武，后来我知道他是阎锡山的妹婿。

二 在"民族革命大学"

我和钟敬之到临汾"民大"，是一九三七年底，不久就过年。我讲了一个多星期的课（《帝国主义》），病了一个多星期。一九三八年一月中旬，到洪洞县八路军总部去参观了一次，为期约一个星期。二月下旬，敌人攻占临汾，运城也危急，我们离运城去西安。

在临汾的时候，杜任之作为教育长，召集全体教员，宣布教育计划，我在这个会上同他见过面。我初次上课时，陪我去向学生介绍的是许育英。当时教员中有何思敬、施复亮、陈唯实、侯外庐、孙荪荃（女）、陈原、丁当、聂绀弩……等，陈原、丁当因同宿舍，所以比较熟些。

有一次，在去八路军总部参观以前，我在临汾街上遇见一个国民党军人，他招呼我，原来是曹聚仁的弟弟曹艺（我在上海时，在曹聚仁家见过几次，但没有多说话。听曹聚仁谈起，暗示曹艺是共产党员）。他对我说，他在国民党的一个汽车兵团当营长。他知我在"民大"，约我到他那个营去讲话，宣传抗日的道理。有一天，他用摩托车接我去对他的部队讲了一次话（地点好象叫做小韩村，离临汾数十里，请我吃了饭）。

我们去八路军总部参观，除我和钟敬之外，还有两个学生，一个是陈原的妹妹陈季瑜，一个是陈季瑜的朋友高萍，还有两个教员。我们到了洪洞马牧村，朱总司令接见了我们，请我们吃了一顿饭，同我们谈了话。我们参观了总部一些机关，日本俘虏，还参观了八路军随营学校，韦国清校长和张平凯政委向我们介绍了学校情况。

我和钟敬之到运城"民大"三分校后，我讲了几天课。三分校的主任是席竹虚，教员中有艾青、李又然。不久，丁玲的西北战地服务团到远城，我第一次见到丁玲。后来临汾失守，运城危急，我和钟敬之即离运城去西安；临走时，李又然也要跟我们走，我们同意了。

三　在　西　安

我和钟敬之、李又然于二月末到西安，住在一个旅馆里。到的次日，即到七贤庄八路军办事处去，林伯渠同志接见了我们。我们要求去延安工作，他同意了。但说，什么时候有去延安的车，还不一定，让我们去旅馆等通知。

在等车的日子里，有一天，我们在街上又遇到曹艺，他的部队已从临汾撤退到西安了。他问我的打算，我说打算到延安去参观，在等车。他请我们在饭馆吃了一顿饭，并问我住在什么旅馆。

我们天天到办事处去问车，总是说没有。有一天，在办事处遇见在上海曾认识的朱楚辛，谈起来，他说他的爱人傅子静也要去延安，到抗大学习，他也是来问车的。他就介绍傅子静和我们认识。

大约是三月四日，曹艺到我们住的旅馆说；汽车兵团的另一个营，三月六日要出一辆大卡车，送国民党西安的几个官员到延安去参加三八纪念的会，车上有空位，问我们愿不愿坐这辆车走。我到八路军西安办事处去请示，答复说可以，就给我和钟敬之、李又然开了介绍信，信是开给陕甘宁边区政府副主席张国焘的。我们将这消息告诉了朱楚辛、傅子静，他们也要同我们一起走。三月六日，汽车开到我们旅馆门口，有两个国民党官员已在，我们四人上了车，即去延安。我们同那两个官员都没有搭腔。三月六日晚车到洛川，我们四人住在一个旅馆，那两个官员不知住在何处。第二天早晨，车刚出洛川北门，就坏了。所以在洛川住了三天，司机打电话到西安，另派一辆车来，才继续前进，到了延安！

傅子静到了延安，即进抗大学习，一九三八年下半年，她被分配工作，不知到哪里去了。

我好象记得，去延安时给我们开车的一个司机，一九三八年下半年也到了抗大学习。我在抗大工作时，曾来看过我一次。

曹艺以后在何处，作什么，我至今不清楚。

一九六八年十二月二十日

（原收入《徐懋庸回忆录》，人民文学出版社1982年7月第1版）

回忆大革命时期新文化运动及国共合作情况

一、大革命时期下管的政治经济社会背景

上虞南乡是山区，西北乡是平原地区，整个上虞以封建势力占主要统治地位，地主对农民以土地剥削为主。在农村中乡绅乡士是代表地主的主要人物，这些人在民国以前读过书，他们之中有的受光绪洋务运动的影响，有的受太平天国的影响，也有的受五四运动的影响，因此多少有些民主革命思想。如当时上虞有两大绅士王佐、王清嘉，在农村办学校，表现较进步。特别是在下管，因识字的人多了，就容易接受进步思想，乃至共产主义思想。这些表现较好，在农村积极推行新文化的，当时大多是知识分子和小学教员。

在上虞来说，阶级矛盾的斗争比较缓和，尤其在下管地区。下管没有大的地主，中农占大多数，因此剥削关系不明显，一些中小地主主要是通过祭田形式来剥削农民；其次下管多数姓徐，一般来说大多是同族的叔叔、伯伯的关系，这样无形中也松懈了阶级矛盾的斗争；再说当时种田的农民阶级觉悟低，认识模糊，当然就不敢起来斗争。

下管十九都地区与下管镇的情况又有不同，十九都地区地主恶霸很多，从表面上看来，阶级矛盾不十分尖锐，其实地主对农民的剥削是很厉害的。如陈溪口大恶霸陈炳法，他采取拉拢一部分人去打击另一部分人的手法，进行残酷剥削。斗争关系一般表现对外地农民的剥削压迫较厉害，对本村的剥削压迫较缓和，这样就使一些农民对斗争

恶霸的认识模糊，忽视了恶霸地主的本质。

二、五四运动对我县及下管地区的影响

下管在五四运动的影响下，也同样开展了反帝反封建的新文化民主运动。积极分子徐用宾、徐镜渠为首，在下管召开群众大会，他们写了血书，宣传"抵制日货，提倡国货；不买日货，把日货烧毁"的爱国主张。其次他们还办了一个刊物——《管溪声》，主要内容提倡科学民主，白话文，反对迷信、八股文等等新文化思想。这些工作都是在五四运动的那年搞的，参加的都是一些小学教员和知识分子。

另外在五四新文化运动的影响下，在农村创办贫民夜校，向农民进行识字教育；组织一些剧团演文明戏、办图书馆，利用一些进步的古书以及新出的杂志，如《响导》、《新青年》、《少年报》……等书刊，向群众进行宣传。由于这些进步思想的传播，当时掀起了打菩萨、破迷信的运动。

在教育上，下管地区还做了一件很重要的工作。家奴是一直从明朝以后传下来的，这些人在经济上无援，在政治上毫无地位，处处受人欺凌。他们靠服侍人生存，碰到别人婚丧大事吹吹打打；每年春节到处拜岁，拿些年糕、粽子；平时以剃头为职业，他们比一般人的地位还要低得多，这些人也叫"惰民"，分居在下管西溪、夹坝两个村，这些人一直没有享受过政治、文化上的地位。但是五四新文化运动一来，解放了他们，准许他们读书，在政治文化上享受同等权利，同时也允许尼姑读书。总之，五四新文化运动对下管的青年影响是深刻的。

三、春晖中学创办讲习所对我县知识分子的影响

我十二岁高小毕业，因读不起初中，在十三岁那年经徐用宾介绍，当了小学教员。就在一九二三年暑期，白马湖春晖中学经亨颐校长创办了一个暑期讲习所。参加讲习会的大多是小学教员，余姚、肖山、绍兴等六七个县的小学教师也都来了。讲习会上邀请了许多知名人士来校讲演，如胡稚晖、黄炎培、刘大白、夏丏尊、沈定一、沈玄庐、

杨子华、郭肇堂、黎金堂等。这次讲演会对上虞的知识分子影响很大。演讲会上也开展了百家争鸣，开展学术上的交流、争论，所以学员们都把这些生动的讲演当作启蒙课。

一九二四年在上海以胡稚晖为首办了"国语专修学校"，下管徐用宾、徐镜渠曾在这个"国语学校"读了半年书。他们回来以后在上虞办了一个义务小学，义务小学实行义务教育，不久由胡愈之等发起办了《上虞声》的报纸，一起参加的还有叶作舟（当时是县立高小校长）。《上虞声》当时由上海印刷，来上虞发行。那时也常组织一些人去外地参观，开阔他们的眼界，这些对当时新文化运动的掀起起到了不小的推动作用。

《上虞声》后来变质了。本来是不登新闻消息的，只登载理论文章，到了一九二五年，《上虞声》改为三日刊，在百官印刷，主编是朱云楼，变为三日刊后，《上虞声》成了新闻报纸，因此在思想上反而比以前退了一步。我知道当时上虞只有这个刊物，通过它，宣传反帝反封建的道理。

四、成立国民党县党部、国共合作形成

一九二六年，我在前江明长小学教书，这年秋天叶天底、陈养山到我们学校住了好几天，他们向学校里的老师分别谈了话，不久就在前江发展了一批国民党员。当时在孙传芳的统治下，发展国民党员也是极其秘密的。我在叶天底的教育下，也参加了国民党。

叶天底同志对我影响很深，他当时送我《共产主义文艺论》、《社会科学》等进步书籍。在他们的工作影响下，前江明长小学极大部分教员参加了国民党，如冯敏才、刘超真等（这些人后来变质）。大约在这年十月，浙江夏超独立，上虞县国民党也随着公开了。这时召开了"国民党上虞县临时县党部"成立大会，人数不多约三四十人，叶天底、徐镜渠都参加了这次会议，会议开了两天，成立了县党部执行委员会，会后没几天，孙传芳从福建逃来浙江，把夏超又压了下去，这样国民党又转入地下。当时一方面过春节，一方面孙传芳的军队到处捉人，我们逃到了下管，叶天底、张子敬也逃到下管童郭，住在钱

之敬家里。这时又值周阴人的败兵过境，我们本来打算上大岚山，但由于他们没有在下管捉人，我们也就没有采取行动。

二七年三月间，北伐军打败了孙传芳，占领了浙江，这时国民党又公开起来了。上虞县正式成立了县党部，县党部设在原来的县议会的地方。县党部门口醒目地挂着两幅大标语："真革命的请进来，假革命的滚出去。"那时党部的分工是：张子敬为执行委员，叶天底任农工部长，徐用宾任组织部长，徐镜渠任宣传部长。宋崇文任青年部长，刘谱人任妇女部长，徐懋庸任组织部干事，钱念先、朱庆云为农工部干事。县党部主要的领导人是叶天底。

县党部内部存在着左、中、右三派，站在左派一面的以叶天底、钱念先、徐懋庸、徐镜渠、朱庆云为首；站在右派一面的以徐浩、刘谱人、刘超真为首；站在立场不坚定的中派的，主要代表是徐用宾。

县党部也存在着右倾主义思潮。具体表现在仍然使用原来的老县长，没有撤换，这说明了当时革命的不彻底性；另一方面当时反动头子刘介安被我们捉住，没有把他杀掉，而只把他关了一下；县党部下属的纠察队，有六十余条枪，在当时这是一支比较强的武装力量，然而这纠察队的队长由地主出身的夏幼生担任，因此这武装大权掌握在地主阶级手里，对革命当然是不利的。以上这几方面都是右的表现。这里应该肯定，纠察队也起过一定作用，特别是曾经支援过余姚盐民的斗争。县党部曾颁布了二五减租的政策，但来不及发动；也办过"农民干部训练班"，讲过三民主义，由于县党部时间不长，当时只搭了一个架子，在组织上没有多大发展。

五、"四·一二"政变以后，我县的革命活动情况

全国"四·一二"政变后，"四·一五"共产党员宣中华在杭州被杀。这股"清党"的风刮到上虞已是4月底了。这时县党部有不少人不见，只剩下叶天底、钱念先、徐懋庸少数几个人。当时因叶天底麻疯病发作去老家谢桥，不久，原来的反动县长把在狱中的刘介安放了出来，土豪劣绅地痞流氓乘机煽动引诱了一些农民进城包围了县党部。县党部关起了大门，向这些进城的人进行解释，但结果无效。他

们准备用火烧掉县党部,在这紧急关头,纠察队被迫开枪,打死一人。徐懋庸、钱念先两人逃出去找叶天底(当时是由朱庆云撑船去的),到天底家里,天底说:"叫同志们暂时去隐蔽一下。"当时我回到城里,听说徐镜渠去余姚国民党县党部任指导员、徐用宾在慈溪任国民党县党部指导员。这一切,我觉得很奇怪,后来碰到徐云士对我说:"虽然他们担任了国民党县党部的指导员,但他们掩护着共产党的。"不久我也去余姚隐蔽。那时余姚的郭静唐不是党员,楼适夷、竺青旦是中共党员,徐镜渠掩护了这些同志。浙江省的"清党"要算宁波最凶,"清党"委员杨兴勒杀了杨眉山,这事就很快影响到其他各县,形势紧张起来了,我又从余姚到了慈溪,在我离开余姚时,徐用宾关照我不要活动。在慈溪我接触了一个社会主义青年团的组织,不久钱念先也赶到慈溪来了,他要我编辑了一个《石榴》报刊。《石榴》象征赤色,又刚好在5月份,具体由徐懋庸、钱念先发起。《石榴》出过三期。后在经费上发生困难,就写信给上虞负责发行《石榴》刊的葛纪昌同志。在这信上讲到了经济、稿纸等问题。结果这信被反动派在邮局查获。信中提到的名字都实行了通缉。这样我就离开慈溪去上海。

叶天底同志被捕与这封信没有关系,由于他们在温州组织暴动,计划被破获而被捕的。这事是钱念先来上海,在四马路讲起的。写天底同志的材料,你们有一本书可作参考,书名叫《情书一束》,章衣萍著的,书中提到的主角谢启瑞,就是天底同志,这书是反映天底同志恋爱生活的。

看了徐镜渠所写的材料,有几方面意见:1. 当时他是否是共产党员,很不清楚;2. 他提到去余姚任国民党县党部指导员,是根据天底同志的指示去的,这是不会的,可能误会了;3. 他在材料中又提到,在情况紧急时,天底叫他退党,这个事情也是不会的。

邵水荣记录

于一九六二年二月九日

(原载1982年5月10日《党史资料通讯》第15期,中国共产党浙江上虞县党史资料征集小组出版)

徐懋庸年表

1910年   出生

徐懋庸，原名徐茂荣，1910年12月16日生于浙江省上虞县下管镇一个手工业工人家庭。生时还是"大清帝国"宣统二年，次年辛亥革命爆发。

1916年   6岁

1916年，徐懋庸进入本村的方山小学学习。

1919年   9岁

1919年，当徐在初小的最后一个学期将完时，中国发生了五四运动。五四运动很快影响到下管。一批小学教师在学校和社会上广泛地进行宣传。徐懋庸也拿着小旗，高喊"打倒日寇，抵制日货""打倒卖国贼"等口号，参加集会和游行，到商店去检查日货。

接踵而来的是新文化运动，"德先生""赛先生"等名词使徐懋庸感到非常新鲜，对胡适、陈独秀等人物的新的思想，徐懋庸非常感兴趣，这些人物也使徐懋庸非常崇拜。

新文化运动在下管蓬勃开展起来，具体内容包括：破除迷信、普及教育、提倡白话文、办舆论刊物以介绍新思潮和抨击社会的不良现象、自办图书馆等。徐懋庸积极参加了这些活动。他参与了平民夜校的教材和自办刊物《管溪声》的印刷工作，分发《管溪声》的工作，并负责管理图书馆的书报等等。

1919年秋季，徐懋庸升入高小。在三年的高小里，徐懋庸国文成绩一直较突出，得到了老师的赞赏。

1922年   12岁

1922年，徐懋庸读完了高小。在高小毕业考试时，老师出了一个作文题，叫做《说犬》。徐懋庸用文言文写了1000多字，把人们蓄犬与国家养兵并论，不但得到了老师的100分，还受到了参加毕业典礼的许多来宾的赞赏，这些来宾中包括徐用宾和徐叔侃两个人。这两人对徐懋庸以后的生活道路有很大的关系，产生了很大的影响。

高小毕业后，徐懋庸怀着升学的幻想，叔父和徐用宾、徐叔侃两位老师也劝他的父亲让其升学。但终因家里实在出不起学费而辍学了。在学校快要秋季开学的时候，徐叔侃来到了徐懋庸家，说他在离下管三十里的章镇一所小学里当教师，愿意把徐懋庸带去，由他自己教他读书，每月只要徐懋庸父亲出3元钱的饭费。徐懋庸的父亲看到老师如此热心，却不过情面，同意他随老师去了。

在章镇过了三个月，到了10月间，下管演社戏，徐懋庸跟同老师回去看戏。看完戏，徐懋庸的父亲不让徐懋庸再跟老师去章镇了，他认为这终非长久之计，所以坚决地把徐懋庸留在了家中。此后徐懋庸跟着父亲去做生意。他带了一本《唐诗三百首》在身边。上山之后，每天与父亲分作两路，他挑着十多面纱筛沿门叫卖。休息时，便拿出随身带的唐诗来看。

1923年   13岁

1923年，旧历年初五过后，经徐用宾介绍徐懋庸在鹿溪小学当教员。从此，年仅十三岁的徐懋庸开始了他的为期四年的小学教员生涯（先后在鹿溪小学、坤麓小学和民强小学）。

上虞县有一个美丽的白马湖，湖畔有一个春晖中学。春晖中学的教员中，有不少当时在全国有名的人物，如夏丏尊、丰子恺等等。这一年夏季，春晖中学校长经亨颐在学校组织了一个暑期讲学会，听讲的有从上虞和浙江其他一些县来的知识分子，共300余人。徐懋庸被徐用宾带着也去参加了。这是徐懋庸第一次进入了一个崭新的世界。在这里，他见到了吴稚晖、黄炎培、沈玄庐、黎锦熙、刘大白等名流。讲学的内容五花八门，观点也是百家争鸣。政治问题方面，有讲无政府主义的，有讲共产主义的，有讲三民主义的，还有的讲教育救国。这次讲学会，使徐懋庸进一步受到爱国主义教育。除了接受一些新名词外，还形成了一个模糊的概念：觉得中国太弱，社会太黑暗，需要革命或改良。自此，徐懋庸的视野开始跳出下管社会，初步接触到整个中国的许多问题。

1925 年   15 岁

1925 年，上虞的一批小学教师，组织了一个叫做"青年协进社"的团体，主要宗旨是改良教育，促进社会。徐用宾是其中的领导成员。徐懋庸加入了"青年协进社"，并为这个组织办的一个不定期刊物《上虞声》撰稿。

由于参加"青年协进社"的活动，徐懋庸的政治倾向日益明确起来，虽然那时还不过是反帝反封建的民主主义性质，却为后来接受共产主义思想打下了基础。也就在那时，徐懋庸便有了做一个进步作家的决心。

1926 年   16 岁

1926 年春，共产党人叶天底和程仰山来上虞进行活动。他们同民强小学的教员们谈了话，发展了包括徐懋庸在内的四个国民党员。

徐懋庸从叶天底的谈话中简单地知道了国共合作，唤起工农，打倒列强，除军阀，打倒土豪劣绅，实行三民主义等。徐懋庸最终决定了走革命的道路。

10 月，北伐军打到福建，原浙江省长夏超宣布起义，向孙传芳反目而响应国民革命军。于是浙江的共产党人和国民党人从地下转到公开。在叶天底的领导下，在上虞县城开了一次国民党员大会，徐懋庸参加了这次大会，并被指定作记录。会开了三天，最后组织了县党部。

不久，孙传芳回师浙江，进攻夏超，夏超战败，夏本人阵亡，浙江又陷入军阀统治之下，国民党又转入地下。在上虞，由于刘介菴为首的土豪劣绅告密。于是，叶天底、徐用宾、徐镜如和徐懋庸跑到离下管八里远的山乡童郭村隐蔽。在童郭，叶天底对徐懋庸等谈了不少革命工作的问题，着重指出发动农民的重要性。

1927年　　　　　　　　　　　　　　　　　　17岁

1927年初，北伐军打到杭州，浙江各地革命势力又纷纷抬头。上虞国民党县党部也重新公开活动了。徐懋庸在宣传部工作，负责编辑党报《南针报》。

在这个县党部领导之下的上虞县革命运动，只进行了两个月左右，蒋介石在上海发动"四·一二"反革命政变后，上虞的革命运动也就随之被镇压下去了。

在这两个月中，徐懋庸除了编《南针报》，并进行其他一些活动外，还读了《共产党宣言》、《共产主义运动中的"左"派幼稚病》等马列的著作。陈独秀所著《共产主义ABC》，布哈林所著《唯物史观》及长江书店出版的《社会科学讲义》等等也都在其阅读之列。除此之外，中国共产党的刊物《响导》和《中国青年》，徐懋庸更是想尽一切办法找来阅读。读后，徐懋庸经常根据所读的心得，到知识分子训练班去演讲。

上海"四·一二"反革命政变的消息，很快就传到上虞，中共浙江省委书记宣中华和其他一些领导人被杀害了。上虞的反动势力也纠集了起来，进攻县党部，县党部工作人员分头撤退。徐懋庸先到余姚，后到慈溪，根据叶天底的指示，编辑地下刊物《石榴》报。印刷由在余姚的徐镜如负责。印好以后，由钱念先、葛纪昌等在上虞秘密散发。

《石榴》出了三四期。由于徐懋庸和葛纪昌通信，谈有关上虞的情况和约稿的问题，而这通信中有一封信被国民党反动派在上虞邮局查获，徐懋庸与其他七个人被浙江国民党反动派省党部通缉。徐懋庸逃往上海。暂在一个堂兄家里栖身。

10月，上海办了一个免费的学校，叫做劳动大学。徐懋庸化名"余致力"，考入了这个大学的中学部。

1928 年　　　　　　　　　　　　　　　　**18 岁**

徐懋庸进"劳大"以后，解决了三年中的基本生活问题。

他决心利用这个学习机会，努力汲取知识。在认真地对待每一门课的同时，学外文是他学习的重点。三年中，徐懋庸学习法文、世界语、日文。法文学习的结果，超过了课程所规定的水平；日文则已能阅读和翻译日文出版的一些马克思主义书籍。

在课外阅读方面，徐懋庸主要涉猎于社会科学和文学方面。大量地阅读了鲁迅先生的文章，其中包括后来收在《而已集》中，揭露国民党反动派的反革命罪行的杂文，这些杂文，对徐懋庸影响颇深。鲁迅先生编的其他刊物、鲁迅出的书，介绍苏联文艺理论、作品的文章，及鲁迅先生与"创造社"等争论的文章，都强烈地吸引了徐懋庸，使他进一步加深了对鲁迅先生的崇拜和敬爱。

在"劳大"期间，他与韦秉三、钟敬之等同学相好，其中尤以与钟敬之的关系最为密切。

1930 年　　　　　　　　　　　　　　　　**20 岁**

1930 年上半年，徐懋庸在"劳中"修完了最后一个学期。旋由同学陈淑卿介绍到临海回浦中学做中学教员。临海回浦中学的校长是陆翰文。

临海的环境比较落后，消息闭塞，徐懋庸在讲课的同时，常宣讲一些民主革命的道理和思想，受到学生的欢迎，陆翰文则认为徐懋庸很有危险性，曾婉转地警告过他，两人分歧越来越大。

"九·一八"事变和上海淞沪抗战，回浦中学毫无反应。本来做中学教员就是临时打算的徐懋庸，看到回浦环境如此窒息，便打定主意离开这里。

1932 年　　　　　　　　　　　　　　　　**22 岁**

1932 年，徐懋庸利用课余时间开始翻译法国罗曼·罗兰所著的《托尔斯泰传》。下半年，徐懋庸又从一本日文杂志上译了一篇介绍印度爱国女诗人奈都夫人的文章，试寄《东方杂志》，被采用了。徐懋庸觉得去上海是有希望的。年终，徐懋庸向陆翰文提出辞职。

夏，暑假期间，徐懋庸同临海女子高小的女学生刘蕴文结婚。

1933年　　　　　　　　　　　　　　　　　　　**23岁**

1933年春，徐懋庸带了在回浦中学翻译的《托尔斯泰传》的稿本，一个人到了上海。这是他第二次进入上海。

到上海后，徐懋庸暂住表弟丁镜心家中，并托他把《托尔斯泰传》的稿子向几家书店接洽。最后，华通书局接受了，预付了60元的版税。

在丁镜心家期间，徐懋庸又从法文翻译了高尔基的一篇小说《秋夜》，寄给了胡愈之，希望在《东方杂志》发表。胡愈之回信说，这篇小说已有人译出发表了，约徐去他家中一谈。

谈话后，胡愈之很热心地介绍徐懋庸到新创办的生活书店译书。徐懋庸开始译日本山川均著的《社会主义讲话》。

生活书店是黄炎培领导的中华职业教育社办的，由邹韬奋主持。1933年，邹韬奋在政治上倾向共产党，生活书店进行改组，由胡愈之协助，办成一个进步的书店。徐懋庸所译的《社会主义讲话》和另一本讲唯物史观的书是生活书店最早出版的两本马克思主义书籍。

《社会主义讲话》译成出版后，生活书店筹备出版一套《生活小丛书》，徐懋庸为这套小丛书写了一本叫做《犹太人》的小册子。又因"劳大"中学部同学钟敬之的关系，徐懋庸紧接着又为新生命书店《大众文库》撰写了《法国革命史》、《罗斯福》、《甘地》和《印度革命史》等书。

夏天，由于被《申报》副刊《自由谈》上何家干（鲁迅的笔名）的一篇文章所触动，徐懋庸写了两篇短文寄给《自由谈》编辑部。几天后，《自由谈》刊出了那两篇文章。编者黎烈文在寄稿费时，写信给徐懋庸，说这样的文章很需要，约他撰稿。从此，徐懋庸成了《自由谈》的经常撰稿者。

8月，徐懋庸在上海金神父路花园坊103号三楼安了家，开始了他的写作生涯。

11月间，徐懋庸译的法国作家罗曼·罗兰的《托尔斯泰传》出版，徐懋庸寄了一本给鲁迅，并提出其中两个用拉丁字拼音的日本人名的汉字写法。鲁迅先生收到徐懋庸的信和书后，当夜即作复，并对徐懋庸没有问及的人名，也做了指示。两天之后，鲁迅先生又给徐懋庸两信，更正了他上一封信中答复的一个错误，还指出了徐懋庸译文上的一个错误。鲁迅先生这种对青年的热情及办事认真的精神使徐懋庸非常感动。这是徐懋庸第一次同鲁迅先生的通信。

1933年初，徐懋庸通过钟敬之的关系，与当时在"左联"工作的任白戈相识。

1934年   24岁

1934年新年1月6日，黎烈文邀请《自由谈》的十来个撰稿者聚餐。被邀者有鲁迅、郁达夫、曹聚仁、陈刁展、唐弢、周木斋、林语堂等，也有徐懋庸。这是徐懋庸第一次同鲁迅先生见面。

春，徐懋庸由任白戈介绍加入"左翼作家联盟"，编在理论研究小组，组长是周钢鸣，同组的有杨潮（羊枣）、夏征农、魏猛克等。当时"左联"的宣传部长是任白戈。此后，徐懋庸便一面做"左联"的工作，一面译书，写文章。1934年，曾辑选了一批文章编过一本《不惊人集》，但被国民党图书杂志审查委员会卡住不准出版，稿子也没有退回。这个集子后在1937年由一家"千秋出版社"出版了。徐懋庸自己是在1968年"文化大革命"中才从一份小报中知道这件事，其生前一直未能看到这本书。《不惊人集》被扣后，曹聚仁出面选了17篇文章，编辑了《懋庸小品文选》，由上海天马书店1935年7月出版。

另外，徐懋庸翻译了苏联作家拉甫莱涅夫著的小说《伊特勒共和国》，从1934年9月开始在《世界知识》半月刊上连载，到1935年5月载完后，由生活书店出单行本，共20万字。同年，徐懋庸还翻译了旧俄作家梭罗古勃的小说《小鬼》，30万字，在《世界文库》上面连载后，出了单行本。

同年，徐懋庸为"左联"编辑《新语林》。徐懋庸就此事请示鲁迅先生，鲁迅先生先是不赞成他去编这个刊物的，及至徐懋庸编起来之后，鲁迅先生则又大力支持并多所指示。

秋天，徐懋庸终于卸去《新语林》编辑职务后不久，被选为"左联"常委。

经过《新语林》的一段工作，徐懋庸同鲁迅先生建立了良好的关系，来往密切。自1934年下半年起，直到1936年春"左联"解散，徐懋庸一直代表"左联"常委会同鲁迅先生联系。

1935年   25岁

1935年春，田汉、阳翰笙等被国民党反动派逮捕后，由任白戈主持"左联"工作。夏天，任白戈去日本，徐懋庸接任，负责"左联"日常工作。

秋，根据鲁迅先生的建议，"左联"常委会讨论制定了一个译书计划：由周立波译《被开垦的处女地》，梅益译《钢铁是怎样炼成的》，林淡秋译《时间呵，前进！》，何家槐译《小说与民众》，徐懋庸当时已经翻译了《小鬼》的大部，后来又计划翻译巴比塞的《斯大林传》。

年内，徐懋庸的《打杂集》由上海生活书店出版。鲁迅先生给《打杂集》作了序，序文对徐懋庸的这个集子作了"和现在切帖，而且生动、泼辣，有益，而且也能移人情"的评价。

这一年中，徐懋庸还编写了《萧伯纳》一书，由上海开明书店出版。

在刊物方面，徐懋庸和曹聚仁出面办过《芒种》，自己出面办过《希望》，都办得时间不长便停刊了。后又同王淑明同在《时事新报》上办了一个副刊《每周文学》。

9月，徐懋庸承担了"左联"机关一个内部刊物《文艺群众》的编辑工作，只办了两期，因"左联"的解散而停办。

1936年   26岁

1935年12月12日鲁迅先生给徐懋庸一封信，信上谈到了萧三从莫斯科写来的那封关于"左联"解散问题的信，说信已到周扬那里，徐不久会看到。不久，徐懋庸即看到此信，从此时起，在"左联"解散问题上，徐懋庸代表"左联"常委会先后四次向鲁迅先生汇报，请示。

第一次，鲁迅先生不赞成解散"左联"。他说："'左翼作家'虽说是无产阶级，实际上幼稚得很，同资产阶级作家去讲统一战线，弄得不好，不但不能把他们统过来，反而会被他们统过去。"徐懋庸把鲁迅先生的意见向"左联"常委会汇报，经过讨论，认为：在一个群众团体里面秘密存在另一个群众团体，就会造成宗派主义，而且会使"左联"具有第二党的性质。于是，徐懋庸带着常委会的意见又去找鲁迅先生。

第二次，鲁迅先生同意了解散"左联"的意见，但主张解散时发表一个宣言。

第三次，徐懋庸带着"文总"决定"左联"不单独发表宣言，以后由"文总"发表一个总的宣言的意见去见鲁迅先生。这次，鲁迅先生的答复很简单："那也好。"

第四次，过了几天，徐懋庸又去见鲁迅先生，把"文总"决定"文总"也不发表宣言的意见对鲁迅先生讲了。鲁迅先生听后，"脸色一沉，一言不发"。徐懋庸觉得很窘，遂告辞而归。这是徐懋庸同鲁迅先生的最后一次见面，时间是1936年2月18日。

在这之后，关于"两个口号"的论争开始。徐懋庸作为赞同"国防文学"口号的一员加入了论争。

在此同时成立的"中国文艺家协会"中，徐懋庸被选为理事。

8月1日，徐懋庸即离上海之际，对文艺界的纷争有感于怀，遂提笔给鲁迅先生一信，尽述了自己对一些事和人的看法。

之后，鲁迅先生公开了徐懋庸给他的信，并做长文《答徐懋庸并关于抗日统一战线问题》。

鲁迅先生的《答徐懋庸并关于抗日统一战线问题》发表后，徐懋庸感到震惊，便草《还答鲁迅先生》一文，发表于《今代文艺》上面。

对于此文，鲁迅先生没有再回答。

之后，徐懋庸译著《小鬼》出版后，寄了一本给鲁迅先生，鲁迅先生收到信后，在日记中记了一笔。

10月19日，徐懋庸突然得到一个电话，说鲁迅先生逝世了。他非常悲痛，送去一幅挽联：

> 敌乎友乎？余惟自问。
>
> 知我罪我，公已无言。

鲁迅先生的遗体在殡仪馆时，徐懋庸去瞻仰凭吊；送葬时，徐懋庸也参加了行列。

此一年中，除《小鬼》出版外，还由上海光明书局出版了徐懋庸的文艺理论著作《街头文谈》（5月）。9月，上海大陆书店出版了徐懋庸所译法国作家巴比塞的《从一个人看一个新世界》。此书原名《斯大林传》，译出后，为避免国民党反动派的刁难和阻挠，便以原著副标题为书名。

1937年 27岁

1937年。年初，徐懋庸决定去延安。于是，一面译《列宁家书集》，准备以此作为安家费和旅费，一面参加徐步、张庚编的《生活知识》的工作。

8月13日，上海抗日战争爆发。徐步、张庚决定将《生活知识》迁到武汉。徐懋庸同钟敬之一起到武汉，住在《生活知识》编辑部，仍在找机会去延安。

年底，李公朴自临汾来武汉，为"民族革命大学"招生和聘请教师。徐懋庸便到了山西临汾"民族革命大学"。在这里，徐懋庸讲了一个星期的课，内容是"帝国主义"。

年内，上海生活书店出版了徐懋庸所著《文艺思潮小史》，翻译的《列宁家书集》。徐懋庸从1936年陆续在《大众生活》上发表的通俗文艺论文也被集为《怎样从事文艺修养》，由上海三江书店出版。

1938年 28岁

1月中旬，徐懋庸、钟敬之等到山西洪洞县八路军总部参观。

2月下旬，日军攻占临汾，运城危急，徐懋庸与钟敬之、李又然等离运城去西安。

在西安，徐懋庸等去七贤庄八路军办事处向林伯渠同志提出去延安的要求。

3月，徐懋庸到了延安，先住"西北旅社"，后到"陕甘宁边区文化界抗敌协会"。

4月，徐懋庸应延安《新中华报》负责人向仲华之约，撰写了《民间艺术形式的采用》一文，刊于1938年4月12日《新中华报》副刊《边区文化》第四期上。此文发表后两三天，在陕北公学举行开学典礼的饭桌上，毛主席就这篇文章对徐懋庸做了赞许和鼓励。

5月下旬，徐懋庸写信给毛主席，请求接见，谈上海问题。信里简单地讲了"两个口号"论争的过程，希望得到毛主席的指示。第二天，得到毛主席复信，表示愿意一谈，但目前较忙，要过几天相约。又过了一天，毛主席的两个秘书和培元和华民来找徐懋庸，一般地了解了一下"左联"的情况。5月23日，下午三点钟左右，华民把徐懋庸带到延安北门内凤凰山麓毛主席的窑洞里谈话。徐懋庸先简单谈了自己的履历，然后把"左联"的情况，"左联"解散的过程，"两个口号"的论争，徐懋庸给鲁迅先生的信及鲁迅先生答徐懋庸的长文，还有事后上海的舆论等详细地谈了一下，并表示了来延安要弄清是非的决心。毛主席听完之后，做了指示。最后，毛主席问徐懋庸是否党员。徐懋庸向毛主席诉说了自己在大革命时期就开始追求党一直到今天，但一直不得机会，表示决心跟着党走。毛主席说："既要革命，有条件还是入党的好，你也不是没有入党的可能的。"并要徐懋庸到抗大去工作，在工作中解决入党问题。

关于"左联"问题，徐懋庸还向中央组织部部长陈云和李富春两同志谈过，所谈内容同和毛主席谈的内容大体一致，不过最后强调了入党的要求。陈云、李富春两同志表示可以考虑。李富春同志说，入党问题，除徐懋庸自己提出外，他将通知"抗大"政治部考虑。

8月，徐懋庸在"抗大"编译科被批准加入中国共产党，候补期半年，入党介绍人是艾思奇和张庚两位同志。

10月，徐懋庸的前妻刘蕴文由内侄陪同，带着两个儿子，通过八路军和新四军的办事处到了延安。

这年9月，毛主席约了十来个人，在他的窑洞里开哲学座谈会，每周一次。参加的人有许光达、陈伯钧、郭化若、肖劲光、肖克、何思敬、艾思奇、任白戈、徐懋庸等。

徐懋庸到"抗大"后，开始在三大队当教员，讲政治经济学。11月间，任三大队政治主任教员。

在"抗大"编译科工作期间，徐懋庸参加了杨松主持编写的一本《社会科学概论》的编写工作。徐懋庸写了"帝国主义"一章。其他执笔者还有王思华、王学文、柯伯年等同志。

在"抗大"时，徐懋庸还与何干之等同编了《社会科学基础教程》。

此外，在这一年里，徐懋庸担任了鲁迅艺术学院的课程；参加了郭化若主持的时事研究小组。

1939年   **29岁**

7月，"抗大"总校与陕北公学一起上前方。徐懋庸将新生一子送给瓦窑堡的一个居民，与妻子刘蕴文随"抗大"三大队一齐上前方。

10月，"抗大"总校到达晋察冀的灵寿县暂住。徐懋庸被调到总校政治教育科任哲学主任教员。

1940年   **30岁**

2月，徐懋庸随"抗大"总校到达晋东南，驻山西省武乡县蟠龙镇。这期间，徐懋庸到北方局党校讲过政治经济学，并编写了一本哲学教材。

1941年   **31岁**

1941年初，"抗大"总校驻邢台浆水镇。下半年，成立研究室，徐懋庸任研究室主任。

这年，徐懋庸还应"太行区文化界救国联合会"之邀去参加了一些会议，并被约为《华北文艺》（"文联"刊物）撰稿。《论艺术与政治的关系》是徐懋庸在敌后写的第一篇文艺论文。

1941年"抗大"建校六周年纪念之际，徐懋庸受校政治部委托，写了一篇《抗大简史》。

1942年   **32岁**

1942年初，"抗大"总校附设陆军中学，任白戈任校长。徐懋庸继任白戈任"抗大"政治文化教育科长。

1月，八路军一二九师政治部和中共太北区党委联合邀请太行区文化界百余人举行了一个大规模的座谈会，会址是涉县赤岸（当时一二九师司令部驻地），徐懋庸被邀请参加了这个会议，并作了发言。

年初，因敌人"扫荡"残酷，中央命令送老弱病残和孕妇回延安，徐妻刘蕴文带女儿亦回延安。不久以后，八路军总部通知徐懋庸说，刘蕴文在过封锁线时被敌人俘虏，已经牺牲了。

年底，徐懋庸与王韦结婚。

1943年   33岁

1943年，"抗大"总校回陕甘宁，徐懋庸被北方局留下，任太行文联主任。

3月，徐懋庸主持召开了文联扩大会议。

太行文联刊物《华北文化》由徐懋庸主编。并为之撰写了《文联一九四二年的工作总结和一九四三年的工作计划——在文联扩大的执委会上的报告》、《太行山区文化界歪风一斑》、《纪念五四——纪念鲁迅》、《科学的人生观》、《反共就是反人民》及《释鲁迅〈拿来主义〉》等文章。

5、6月间，毛主席的《在延安文艺座谈会上的讲话》在《新华日报》华北版发表。太行文联于下半年发动了一个向当地农民学习的运动。徐懋庸为此写了《写作要请工农兵作顾问》一文，在《华北文化》革新三卷上发表。

年内，徐懋庸先后在华北书店出版了鲁迅《阿Q正传》注释本和鲁迅《理水》注释本。这是他为了使敌后人民了解鲁迅，学习鲁迅，准备系统地注释一批鲁迅作品的计划的开始。

这年的秋冬季节，在文联所驻下温村的拥军爱民运动中，徐懋庸组织村里群众自己演戏，办起农民业余剧团，大受群众欢迎，徐懋庸本人也曾上台同农民们一起演过戏。在文艺为工农兵服务的方向上，做了一些有意义的探索。后因工作调动，而没有能做下去。为此，徐懋庸若干年后在他的回忆录中，表示了一种深深的遗憾。

1944年   34岁

3月，徐懋庸调到北方局党校参加整风。5月调回延安。

夏，徐懋庸进中央党校三部。不久，转中央党校二部。

在学校期间，徐懋庸参加了整风、学习和劳动。

1945 年　　　　　　　　　　　　　　　　　　　　　**35 岁**

1945年，日本帝国主义战败投降。延安干部分批前往前方工作。徐懋庸于10月离开延安中央党校，11月到承德，分配到冀热辽军区政治部宣传部任宣传科长。

1946 年　　　　　　　　　　　　　　　　　　　　　**36 岁**

3、4月间，徐懋庸被调到热河省文联任文联主任。

在热河工作期间，徐懋庸根据承德市知识分子的状况，借鉴太行文联时组织农民群众演戏的经验，用业余文艺研究班的形式，吸收承德市的青年知识分子参加，开展群众性文艺活动，参加的有二三百人。

省文联刊物《热潮》由徐懋庸主编，主要发动群众写些短小、生动、活泼、切实地反映自己生活和思想的文章。徐懋庸自己也经常写些通俗的文章如《蒋介石的新任务》等刊在上面。

下半年，国民党反动派进攻承德，我军准备撤退。徐懋庸组织了一个大型的演出《白毛女》的文工团，到农村巡回演出，先行撤离承德。

秋，徐懋庸带领文工团辗转到了热河赤峰。中共冀热辽分局将原冀察热辽建国学院、赤峰中学、赤峰师范以及徐懋庸带领的《白毛女》文工团，统一合并为建国学院，任命徐懋庸为院长。

建国学院组建工作刚刚完成，旋即接到紧急通知，敌军进攻赤峰。在队伍未及组织，后勤也来不及准备的情况下，学院向林西方面转移。

10月20日，经过艰苦的行军，队伍终于到达林西，并马上在林西进行招生、上课。

1947 年　　　　　　　　　　　　　　　　　　　　　**37 岁**

1947年。建国学院在林西住了半年。3月到6月期间，在林西地区进行了土地改革运动。

6月6日，我军反攻，解放赤峰。冀察热辽分局决定：将原建国学院改为行政学院，与鲁迅艺术学院和蒙古自治学院合并成立"冀察热辽联合大学"，由分局宣传部长赵毅敏兼任校长，徐懋庸任教育长。

9月，徐懋庸率领原建国学院的师生，组成一个土改工作团到建平县三区进行土地改革工作。

1948 年   38 岁

2月，徐懋庸带领原班人马，加上赤峰赤西两县的一批干部，到两县搞土地改革。6月底结束，7月在赤峰休整。

7月，"冀察热辽联合大学"正式成立。赵毅敏任校长，徐懋庸任副校长，杜星垣任教育长。

10月，我军解放锦州后，"联大"于1月初迁往锦州。其时，蒙古自治学院留下，另成立教育学院。学校改名为"冀热辽联合大学"，改由东北局领导，徐懋庸任校长。

徐懋庸在"联大"讲的《辩证法解释》，1949年1月26日由"冀热辽联合大学"出单行本。另外所讲"研究方法与工作方法"也由联大出了单行本。

1949 年   39 岁

1949年。徐懋庸在"联大"校长任内，奉四野林彪、罗荣桓之命带联大干部到北京，招收平津大中学生，加以训练，组成第四野战军南下工作团第三分团，徐懋庸任政治委员，杜星垣任副政委。

9月中旬，训练任务结束，全体干部和团员2000余人到汉口由四野政治部分配工作。徐懋庸调出四野，任武汉大学秘书长。

徐懋庸在校期间所讲《严肃与活泼》，载冀热辽联合大学校刊《学习》1949年1月号。

1950 年   40 岁

徐懋庸任武汉大学秘书长，并在武大中文系讲授《文艺学》，在人民大学讲授马列主义课。

此外，还给《长江日报》、《长江文艺》等刊物撰写了一些政论性文章及写作漫谈、工作情况参考一类的文章。

1951 年   41 岁

1951年，徐懋庸被任命为中南军政委员会文教委员，并兼任中南军政委员会文化部副部长。

年内除继续在武大、人大授课外，还到武汉市和中南的一些单位去讲课，继续为《长江日报》、《长江文艺》等刊物撰稿。

同年，徐懋庸著《鲁迅——伟大的思想家与伟大的革命家》、《〈实践论〉——"知己知彼百战百胜"论》、《亚洲的民族解放运动》等书均由中南人民出版社出版。

1952年   42岁

徐懋庸任武汉大学副校长。

5月，徐懋庸兼任中南行政委员会教育部副部长。

入城以后，徐懋庸除了担负繁重的行政工作之外，他的精力主要放在宣传、讲解马克思主义和毛泽东思想上。这一年里，徐懋庸在中南人民出版社先后出版了《〈矛盾论〉在思想改造工作中的运用》、《马克思列宁主义和毛泽东思想的简单介绍》、《工人阶级与共产党》等书。

1953年   43岁

10月，徐懋庸调中共中南局宣传部任学习室主任。

年内，徐撰写了《马克思主义是人类思想的总汇》、《悼念斯大林，努力学习斯大林的革命学说》等文。

1954年   44岁

1954年，中南局撤销。徐懋庸调中央第五中级党校任政治经济学教研室主任。

1955年   45岁

1955年，徐懋庸撰写了《学习鲁迅的革命精神》等文章。

1956年   46岁

1956年11月，徐懋庸撰写了《想到〈活捉〉》一文（署名弗先），向《人民日报》投稿。12月又为《人民日报》撰写了《对百家争鸣的逆风》（署名回春）、《大国主义和大国》（署名弗先）。均先后被《人民日报》刊载，并应《人民日报》副总编林淡秋之约经常为《人民日报》八版撰稿。

1957年   47 岁

1957年。徐懋庸调至北京中国科学院哲学社会科学部哲学研究所做研究工作。

春天，徐懋庸继续为《人民日报》撰写杂文。先后有七八家报刊相约撰稿。数月内，约撰写了数十万字的杂文、漫笔。曾编为《打杂新集》，准备由北京出版社出版，后因反右运动扩大化，徐懋庸被错划为右派，这个集子中途夭折，未能出版。

1958年   48 岁

1958年春，徐懋庸被划为右派。

1959年   49 岁

1959年。在哲学研究所搞《哲学资料汇编》时，取曹操杀杨修一案，拟鲁迅先生《故事新编》之法，写成历史小说《鸡肋》。二十余年后，《当代》予以发表，并被《小说选刊》、《小说月报》相继转载。

1962年   52 岁

1962年。徐懋庸到哲学所现代西方哲学组，直至1966年。

徐懋庸同段薇杰合译了法国加罗蒂著的《人的哲学——马克思主义与存在主义——》、《人的远景——存在主义、天主教思想、马克思主义》；与陆达成合译了《共产党人哲学家的任务》；自己译了萨特的《辩证理性批判》。上述书籍均由商务印书馆在60年代初期出版。

1966年   56 岁

7月，徐懋庸被定为"黑帮分子"，关进了"牛棚"，直至1970年。

这期间徐懋庸写了8万字的自传（已遗失）和一些古体诗词。其中几首诗词1979年被刊于《诗刊》、《战地》。

1972 年   62 岁

1972 年，徐懋庸开始写他的《回忆录》。《回忆录》从他出生写起，一直写到解放前夕，共 12 章，到 1974 年，因各种情况的干扰，没能将《回忆录》写完。这 12 章回忆录已由《新文学史料》连载，并于 1982 年 7 月由人民文学出版社出版了单行本。在这些岁月里，徐懋庸还写了一些古体诗词。

1976 年   66 岁

1976 年"四人帮"被粉碎。徐懋庸应鲁迅博物馆之约，计划三个月内全部做完鲁迅致徐懋庸书信的注释工作，到 12 月底，已注完八篇。

1977 年   67 岁

1 月初，徐懋庸病体突然恶化，住进南京海军医院。

2 月 7 日晨九时，终因身心交瘁而与世长辞。终年 67 岁。

1978 年

1978 年，中国社会科学院党委做出改正 1958 年错划徐懋庸右派决定的决定。

1979 年

1979 年 4 月 12 日，中国社会科学院在八宝山革命公墓礼堂，为徐懋庸举行了追悼会。悼词说"他艰苦奋斗，忘我工作"、"襟怀坦白，敢于讲出自己的观点"，"是我们党的好党员，好干部"。

文学活动自述

我在文学方面的失败

——为文学社《我与文学》特辑作

想一想称为世界三圣的释迦，基督，苏格拉第的一生，那里就发见奇特的一致。这三个人，是没有一个有自己执笔所写的东西遗给后世的。而这些人遗留后世的所谓说教，和我们现今之所谓说教者也不同，他们似乎不过对了自己邻近所发生的事件呀，或者与人的质问等类，说些随时随地的意见罢了，并不组织地将那大哲学发表出来。日常茶饭的谈话，即是他们留给我们的大说教。

倘说是暗合罢，那现象却太特殊。这十分使人反省，我们的生活是怎样象做戏，尤其是我们的以文笔为生活的大部分的人们。

上面所引的一篇短文，是日本有岛武郎所作，题目是《以生命写成的文章》。这短文，对于我，曾作了"当头棒喝"。我从十二三岁开始，本来是志在文学的，由于一个教师的影响，最初是做古诗，学骈文，吟风弄月，雕章琢句地有三四年，直到一九二六年，有一个不相识的人送我一本《苏俄文艺论战》，读了之后，才知道所谓文学，原来还有这样那样的许多问题。

那个送我《苏俄文艺论战》的人，在翌年春天就和我相识了，而且还约我在一起做事。那时候他所做的，是为大众的事。我对于他的思想和行动，非常佩服。自己的对于文学的见解，也在他的指导之下改进了不少，从此开始我就想做个"新文学家"。

过了不久，那个人所领导着的事情是失败了，我离开他到上海进一个学校读书，又过了不久，那个人是死在敌人的子弹下面了。在他死后，几个友人托我替他写一篇详细的传记，他们知道我是"文学家"，堪当此任，我自己也是很愿意做这事情的。

他的历史是一个伟大的悲剧，在我，是很好的一篇小说的题材，于是我热心地开始写述，朋友们供给我的材料很多，我自己又曾与他十分接近，所留的印象极深，所以在动笔之初，自信一定是写得好的。然而，结果却完全出乎意外，我写稿十余次，没有一次不使我的朋友们失望，他们说我总不能表现出那个人的真正的精神。

这对于我，是非常的打击，我仔细自察，是哪一句不好呢？是哪一个形容词不妥呢？在结构上有什么毛病呢？看见了破绽，改了又改，然而到底还是一篇失败的作品。

于是，我把我的失败的原因归于才力的不够，而就断了做文学家之念了。

直至一九二九年，《壁下译丛》出版，我从中读到有岛氏的短文，这才恍然大悟了。我的失败，原来是由于生活的空虚，自己的生活空虚的人，对于他人的充实的生活，也是不能深刻地认识的，既无深刻的认识，当然不能深刻地表现。我对于那个人的思想行动，虽然了解一二，但因自己不曾象他那样的思想行动，故所了解的不过是皮相，那么如何能够用我的文字来表现他的生命呢？

世间最伟大的人将生命献给人类社会，并不执笔写文章。认识他人的生命之伟大而将这表现于自己的文章中者，已在其次，而也必须自己有相当伟大的心，相当充实的生活。倘若游离了生活，把文章或他种艺术当作孤立的东西来制作，那是必至成为"雕虫小技"的。

自从有了这种觉悟之后，我对于文学就更其疏远了，我的努力，完全转到实际生活的充实上——然而，我又当自白，直至今日，我的生活反而更加空虚。其原因则不必在此说起。

从去年开始，我因为烦闷，没有别的排遣法，常常写些短文，但我的短文毫无艺术意味，所以并不是文学。虽然也在《文学》这杂志上发表过一二篇，其实是不相称的，如今《文学》的编者以《我与文学》一题征文，我只能老实地说出我在文学方面的失败经过如上。

（录自《街头文谈》，上海光明书局1936年5月初版）

"人民大众向文学要求什么？"

这是胡风先生所出的题目。胡风先生自己就在《文学丛报》第三期上，答复着这问题，他以为人民大众所要求的现阶段的文学，是"民族革命战争的大众文学"。

"民族革命战争的大众文学"的现实生活的基础，据胡风先生所指出，是这样的：

第一，在失去了的土地上面，民族革命战争广泛地存在，继续地奋起；

第二，在一切救亡运动解放运动里面，抗敌战争——民族革命战争底运动是一个共同的最高的要求；

第三，人民大众的热情，希望，努力在酝酿着一个神怪（当是"圣"字）的全民族革命战争底实现，那战争能够团结和动员一切不愿做亡国奴的不愿做汉奸的人民大众；

第四，从太平天国运动到"一·二八"战争的一切伟大的反帝运动，只有从民族革命战争的观点才能够取得真实的评价。……胡风先生所分析的这四项原则，大体上是不错的。但是，我们觉得他这分析欠明确，欠具体。"民族革命战争"，诚如胡风先生所说，是从太平天国运动以来就被大众所要求所发动着的运动，但由于现实的演变，各阶段的"民族革命战争"有各阶段的特殊的意义和方式，所以太平天国运动与辛亥革命不同，辛亥革命与一九二七年的革命不同，一九二七年的革命又与"一·二八"战争不同，到了现阶段，"民族革命战争"固然还是"民族革命战争"，但我们决不可忽略了目前的特殊的现实所赋予这战争的特殊的意义。这特殊的现实，就是××帝国主义的灭亡中国步骤的加紧，因此，这特殊的意义，是抗×的民族革命战争的全民统一战线的组织。但是，我们在胡风先生的全文里，没有看到这样的指示，而且，在他的分析里，只对于"失去了的土地"上的战争，予以"民族革命战争"的名称，他并不认识"民族革命战争"，即在未失的土地上面，亦早已发生着或正在发动着。倘把"民族革命战争"只认作是"失去了的土地"上的战争，那简直完全取消了现阶段的全国性的民族革命运动的意义。因此，他所说的"民族革命战争"一语使我们觉得笼统，空洞，而他所提出的"民族革命战争的大众文学"这文学上的新口号，也变成笼统和空洞了。

实际上，关于现阶段的中国大众所需要的文学，早已有人根据政治情势以及文化界一致的倾向，提出"国防文学"的口号，而且已经为大众所认识，所拥护。但在胡风先生的论文里，对于这个口号片言只语也不曾提起，犹如他虽然说了"团结一切……"之类的话，却绝对不提"统一战线"这已经普遍应用的口号一样。胡风先生是注意口号，自己提出着口号的人，那么为什么对于已有的号召同一运动的口号，不予批评，甚至只字不提的呢？"国防文学"这口号，在胡风先生看来，是不是正确的呢？倘是正确的，为什么胡风先生要另提新口号呢？倘若胡风先生以为确有另提新口号之必要，那么定然因为"国防文学"这口号有点缺点，胡风先生就应该予以批评。不予批评而另提关于同一运动的新口号，这在胡风先生，是不是故意标新立异，要混淆大众的视听，分化整个新文艺运动的路线呢？

不论胡风先生的本意如何，现在他既已提出了新口号，使中国现阶段的现实文艺运动有了两个口号，那么，我们就把这两个口号——"国防文学"和"民族革命战争的大众文学"——来比较一下子吧。

在前面我们已经说过，胡风先生所说的"民族革命战争"这一句话，笼统，空洞，不足以表示目前的现实，不足以对太平天国运动之类的战争表示分别。但当××帝国主义实行破坏我们的国防，并吞我们的疆土的时候，我们的民族革命战争所应取的主要的战争，乃是国防战争。所以我们需要一个国防政府，所以，我们的文化工作，需要发挥国防作用，那么，文学之应为"国防文学"，也是当然的事实了。

但是我们曾听有些人在私下议论，以为"国防"两字，本来含有不良的意义，容易被虚伪的民族主义者利用而发生相反的作用。不错，目前是连"友邦"政府也在喊着"国防"的口号的。但是，对于这一层，我们却不必顾虑。因为，正确的理论告诉我们，"一句话只是一句话"，这就是说，在一句话的本身上，是一无所有的。许多口号，只在被实践的时候，才有价值。不同的实践会使同一句口号分出种种不同的价值。"革命"，"社会主义"等等的伟大的名词，都被与时代背驰者妄用过，然而至今根本无损于它的在正确的实践之下所具的真实的意义。关于"国防"这个名词，巴比塞在《从一个人看一个新世界》上这样解释着道：

> "……国防是一种神圣的义务。许多伟大的名词，都被在资本主义的厨房里加油加酱的乱用过。所以，倘不给这些名词第一次的下一个真正的定义，那是没有道理的。国防这名词，当它表示野心侵略，'你得让我'的意义的时候，当它表示破坏和自杀，当它表示民族侵略的第一阶段的时候，那是可恨的，但是，当它表示进步的阶段，表示把大众提拔出奴隶状态的时候，当它表示痛恨那些侵略国家的时候——国防是比生命还应该重视的东西。"

况且在目前的中国，那些不抵抗的，放弃国防的，妥协投降的汉奸，是决不敢来利用"国防"这个名词的，因为假如利用了这名词，他们就毫无方法掩饰他们的卖国行为。假如怕被利用的话，"民族革命战争"这口号，同样可以被利用。况且"国防文学"现在已经得到广大的群众的理解和拥护，在事实上已经成了一个最广泛的动员文学上的一切民众革命力量的中心口号了。

于内容之外，还有技术上的比较。一个要号召广大的群众的口号，必需简短显豁。"民族革命战争的大众文学"这一名词，由十一个汉字所组成，这实在是很不宜用于口号的。

所以，我以为现阶段的中国民族革命战争文学运动，应该是"国防文学"运动。

（原载 1936 年 6 月 10 日《光明》第一卷第一期）

一九三六年八月一日致鲁迅信

鲁迅先生：

贵恙已痊愈否？念念。自先生一病，加以文艺界的纠纷，我就无缘再亲聆教诲，思之常觉怆然！

我现因生活困难，身体衰弱，不得不离开上海，拟往乡间编译一点卖现钱的书后，再来沪上。趁此机会，暂作上海"文坛"的局外人，仔细想想一切问题，也许会更明白些的罢。

在目前，我总觉得先生最近半年来的言行，是无意地助长着恶劣的倾向的。以胡风的性情之诈，以黄源的行为之谄，先生都没有细察，永远被他们据为私有，眩惑群众，若偶像然，于是从他们的野心出发的分离运动，遂一发而不可收拾矣。胡风他们的行动，显然是出于私心的，极端的宗派运动，他们的理论，前后矛盾，错误百出。即如"民族革命战争的大众文学"这口号，起初原是胡风提出来用以和"国防文学"对立的，后来说一个是总的，一个是附属的，后来又说一个是左翼文学发展到现阶段的口号，如此摇摇荡荡，即先生亦不能替他们圆其说。对于他们的言行，打击本极易，但徒以有先生作着他们的盾牌，人谁不爱先生，所以在实际解决和文字斗争上都感到绝大的困难。

我很知道先生的本意。先生是唯恐参加统一战线的左翼战友，放弃原来的立场，而看到胡风们在样子上尚左得可爱；所以赞同了他们的。但我要告诉先生，这是先生对于现在的基本的政策没有了解之故。现在的统一战线——中国的和全世界的都一样——固然是以普洛为主体的，但其成为主体，并不由于它的名义，它的特殊地位和历史，而是由于它的把握现实的正确和斗争能力的巨大。所以在客观上，普洛之为主体，是当然的。但在主观上，普洛不应该挂起明显的徽章，不以工作，只以特殊的资格去要求领导权，以至吓跑别的阶层的战友。所以，在目前的时候，到联合战线中提出左翼的口号来，是错误的，是危害联合战线的。所以先生最近所发表的《病中答客问》，既说明"民族革命战争的大众文学"是普洛文学到现在的一发展，又说这应该作为统一战线的总口号，这是不对的。

再说参加"文艺家协会"的"战友"，未必个个右倾堕落，如先生所疑虑者；况集合在先生的左右的"战友"，既然包括巴金和黄源之流，难道先生以为凡参加"文艺家协会"的人们，竟个个不如巴金和黄源么？我从报章杂志上，知道法西两国"安那其"之反动，破坏联合战线，无异于托派，中国的"安那其"的行为，则更卑劣。黄源是一个根本没有思想，只靠捧名流为生的东西。从前他奔走于傅郑门下之时，一副谄佞之相，固不异于今日之对先生效忠致敬。先生可与此辈为伍，而不屑与多数人合作，此理我实不解。

我觉得不看事而只看人，是最近半年来先生的错误的根由。先生的看人又看得不准。譬如，我个人，诚然是有许多缺点的，但先生却把我写字糊涂这一层当作大缺点，我觉得实在好笑。（我为什么故意要把"丘韵铎"三字，写成像"郑振铎"的样子呢？难道郑振铎是先生所喜欢的人么？）为此小故，遽拒一个人于千里之外，我实以为不对。

我今天就要离沪，行色匆匆，不能多写了，也许已经写得太多。以上所说，并非存心攻击先生，实在很希望先生仔细想一想各种事情。

拙译《斯大林传》快要出版，出版后当寄奉一册，此书甚望先生细看一下，对原意和译文，均望批评。敬颂痊安。

懋庸上。八月一日。

（原载 1936 年 8 月 15 日《作家》第 1 卷第 5 号）

还答鲁迅先生

因为贫和病，回到偏僻的乡间闲居了多时，每日只看一份和出版的日子已隔四五天的《申报》，别的读物，则一点也找不到。因此，看到8月16日登在《申报》上的《作家》的广告，已是20日，至于看到一个朋友寄来的那登着鲁迅先生的《答徐懋庸并关于抗日统一战线问题》这一万言长文的《作家》的时候，则又隔了五六天了。

看完了鲁迅先生的"万言长文"，心里很踌躇了一会，本来觉得也可以默尔而息。但又觉得这一回鲁迅先生实在是"信口胡说，含血喷人，横暴恣肆，达于极点"。倘不辩明几句，倒显得我是"唾面自乾"了。所以，终于决定要还答几句。

我是8月1日下午离开上海的，这日的前夜，收拾行李既毕，坐着想想上海文艺界的种种现状，很有点感慨；同时也想到了鲁迅先生。本来我是早想写封信给他谈谈统一战线问题的，早些日子总是因为忙于他事，写不成，于是这夜就匆匆的写好，次日早晨寄出——这就是鲁迅先生公布在《作家》上而作了答复的。

这信完全是我个人负责，而且是只对鲁迅先生个人负责的一封私信，并不如鲁迅先生所武断那样，是我准备请他发表的"作品"，更不是什么"有计划的""他们""向没有加入'文艺家协会'的人们的新的挑战"。鲁迅先生这回完全是"诬枉"。未得发信人的同意，而公布其私信，藉以引起多人的恶感而相威胁，这种"恶劣"的"拳经"的出手，在鲁迅先生好象是第一回。

我的寄私信给鲁迅先生，并不是无端的事。一则，我和先生是曾经有过互通私信的因缘的；二则，这回的一点主要的意见，是我要和先生讨论未便公开为文的讨论，所以只得在私信中对他说。

但到了现在，鲁迅先生既已断定我为一个"卑劣的青年"，那么对于我的私信，自然也没有直接回复的情谊。这一层，我倒并不以为是意外的事情，我记得鲁迅先生《白莽遗诗序》里说到，白莽这青年倘不早死，鲁迅先生会不会终于跟他闹翻呢，这连先生自己也说不定。这话分明地说明着鲁迅先生的性格。我在文艺界抗日统一战线问题发生以前，虽也曾蒙先生相当的青眼相看，但我既然活到现在，还没有象白莽那样的死掉，那么为了对于一个问题的意见稍有不合，就会被先生公开判为卑劣，施以打击，乃是必至的事情。这真是"倘使当时身便死，一生真伪有谁知"呵！我是只差在半年前不死掉，所以终于在鲁迅先生这块试金石之前显出卑劣来了。不过，这对于先生，显然向来十分敬爱，却并没有一味要博取他的好感的意思，所以，在意见不同的时候，我不愿意与先生苟同，要进言的时候，我就直率地进言，因为进言逆耳而碰壁，那我就摸摸顽皮，忍一忍痛，不介意的。

这回使我非常惊异的是，第一，鲁迅先生竟有那样的魄力，把许多不应公开发表的言语公开发表出来。因替胡风辩护而把左联里面的人事尽情暴露，同时也证实了我和左联的关系，这种魄力，是唯鲁迅先生所独有的。但与"告密"自然不同。我就是因为没有这种魄力，所以问题涉及了左联之类时，就只敢写私信讨论。即如关于胡风的破坏统一战线的行为的"诈"，我虽然知道许多确凿的事实，但因这些事实也不会使尽人皆知，所以也不在公开的文章说起。鲁迅先生不知道这些事实，或者知道而情形不同，就以为"纵使徐懋庸之流用尽心机，也无法抹杀"胡风的拥护统一战线的"业绩"了。但是，鲁迅先生假如对于这些事实，也有"姑妄听之"的愿意，我仍可在私信中奉告的，至于公开地在杂志上乱说，却要请原谅，我始终没有这种魄力。

其次，使我惊异的，是鲁迅先生的这回的"糊涂得可观"。"一人做事一人当"，是极通常的情理。是我写的私信，无论"恶劣"到怎样，只是我一个人的事，但是鲁迅先生却要株连、诬及我以外的"他们"。这"他们"是哪些人呢？连我自己也不知道这信该叫什么人来共同负责。即在别的事情上，我也只是一个简简单单的人罢了。自己署名的事情，是自己个人负责的。偶与什么团体发生关系，也只是因为赞同其原则，而作为一个简单的工作者。比如"文艺家协会"罢，虽然我是会员，后来也被选为理事，却尽力甚少。发起人并不是我邀集的，章程并不是我起草的。成立以前我既然没有决定一件事，自从当了理事之后，又因两次离沪，只参与过首次理事会，至今丝毫没有做过什么事情。这样的迹近怠工，我正自觉歉然，不料鲁迅先生竟会无端指我握着什么"领导权"，在"包办"着什么。我不知道他是从什么地方看出来的。关于这一层，先生可以去问问茅盾先生。

　　我所惊异的第三点，是鲁迅先生这回"罗织入罪，戏弄威权"的"横暴"之甚。我这回的罪名，本来至多不过是"教训鲁迅罪"。及"攻击鲁迅的朋友巴金，胡风，黄源罪"罢了。但是，鲁迅先生却把田汉、周起应等的行为，《社会日报》的文字，一起拉扯出来，搁在我的头上，一则曰：什么"覆车之鬼""附徐懋庸的肉身而出现"，再则曰："徐懋庸正是一个喊喊嚓嚓的作者，和小报是有关系了。"好象我和田、周是一系，《社会日报》的文字全是我做的。我和田、周的关系，这里不说。至于小报，的确有两个我跟它们发生过关系，一是《世界神报》，我曾自愿地做过一个月的社评，一是《时代日报》，由于估计上的错误，我曾做过两个礼拜的《漫话》（都不是什么"喊喊嚓嚓"的文坛消息），后来一定不愿意做了，就被该报天天攻击。这都是去年的事了。至于《社会日报》，除了应曹聚仁先生之命，做过一两篇所谓"星期论文"之外，我可与之绝无关系。鲁迅先生借此来打击我，真是所谓"含血喷人"！还有呢，我不过说到黄源的"谄"，鲁迅先生却诬我是攻击《译文》，我不过说跟胡风他们本来可以在同一原则上，邀集有关系方面，评定双方的倾向的曲直、而"实际解决"文艺界的纠纷，鲁迅先生却诬我是要把胡风他们"充军""杀头"。还有呢，鲁迅先生说我是什么"奴隶总管""倚势"，"骄横""横暴恣肆"，"以鸣鞭为唯一业绩"，"抓到一面旗子，就自以为出人头地"……我的那封私信的寥寥千余言，难道竟包含着这许多罪状么？还有呢，鲁迅先生又怀疑我是"敌人所派遣"——呜呼，在这样的罪状下面，倒是我该先被鲁迅先生这面"充军""杀头"了！

现在头既未杀，且再来说几件事实吧。

上面已经声明过，我写给鲁迅先生的那信只是一封私信，因为是私信，所以拉扯了许多人，信口雌黄了一通，只是等于私人的闲谈。身非阮嗣宗，"口不臧否人物"的美德的确缺如，私下褒贬别人的事，是常有的。即如鲁迅先生在私人谈话和私信中，也常用简单的评语，议论他人一样。鲁迅先生公开他和景宋先生的《两地书》时，曾把其中的许多人名改掉，声明曰："此无他，或则怕别人见于我们的信里，于他有些不便，或者单为自己，省得又是什么'听候开审'之类的麻烦而已"，这一条例，对于我这样的人似乎并不适用。我的私信中拉扯到胡风、巴金、黄源诸位，经鲁迅先生一公开，使诸位知道我在背后作这样的私议，在我是不免有点惶恐的，但也没有什么大的不安，因为那些本是我心中所有的话，只是本不打算公开告人的而已。不过我在这里承认："中国的安那其的行为，则更卑劣"一语，实在说得太笼统，这是应该向别的许多并不卑劣的安那其主义者道歉的。

我和巴金、胡风二位，虽也识面，也说过话，却并无私交，说不上"私人的恩怨"，所以也并非"私敌"。我和黄源则是很熟的相识，有一时候，也曾忝居他的"兄阶级"的朋友之列。关于他的"诮"状，我是有许多事实可说的，但这却是毫无公开的必要。至于我在给鲁迅先生的信中攻击到他，则因他有一件和统一战线相关的"卑劣"的事，使我时常不满。原来"文艺家协会"的发起，最初本有黄源在内的。我曾亲自听他说，他从傅东华、沈起予那里接受了一张发起人的名单，上面有二三十个人的姓名，有许多要待他去接洽，不料隔不多时，不知为了什么，手掌"文协"发起人的名单的他，忽而变成"文协"的积极的破坏者了（后来我听说这是他和巴金商议的结果，因此，我对于巴金也有点莫名其妙）。此公的反覆乖张，于此可见。其时他还有宣达鲁迅对于沈起予的不满（为了周文的《山坡上》的问题），并因此退还为《译文》特约的沈起予的译稿的事（见沈起予登在《每周文学》上的《麻烦账》），这才真是所谓"以鸣鞭为业绩"啊！

关于两个口号的问题，现在是鲁迅先生出来承认有一个是他所提的了，而且还是经过和几个人商议过的，"可惜的就只是没有邀请徐懋庸们来参加议讨"。自然，象鲁迅先生所夸示的那种巨头会议，我怎么配"参加议讨"呢！不过，我倒并不觊觎这种荣耀，我一向是只要是同一营的人，不管是谁发起的事，拣我认为正当的就做的。若是巨头们的决议，而我有所怀疑时，我也是要质疑的。鲁迅先生决定了一个口号，叫胡风先生作文提出来。但我并不知道胡风就是"鲁府"的"奴隶总管"，况且连鲁迅先生也承认胡风所做的文章"解释的不清楚也是事实"，那么，事后我向胡风提些质疑，总也算不得是什么十恶不赦的大罪罢。关于这问题，我只做过两篇文章，都发表在《光明》上，都写得心平气和，绝未"轻易诬陷别人为'内奸'"，为"反革命"，为"托派"，以至为"汉奸"，然而鲁迅先生偏要诬枉我有此事实，因而"轻易"判定我是"宗派的""格杀革命的民族的力量"，以至有"敌人所派遣"的嫌疑。所谓"信口胡说，含血喷人，横暴恣肆，达于极点"者，岂不是先生自己的这种行为么？

再说些关于"宗派主义"的"行帮"话罢。第二次"文协"发起时，有人曾请鲁迅、巴金、胡风、黄源等诸多人共同做发起人，但是除了鲁迅先生有一个回信之外，余人都置之不理。后来发起人曾又去函征求他们做基本会员，他们又置之不理。直到后来，他们才自成一"帮"以"文艺工作者"的团体而出现了。试问在这样的事实上，到底谁是"宗派"的，谁是"行帮"的？

但鲁迅先生已分明说着，他之所以不加入"文艺家协会"，是因为这里面有徐懋庸式的青年在内的缘故。好了，现在徐懋庸已经被鲁迅先生公开地判为"恶劣"，怀疑为"敌人所派遣"，并且咬实了与左联的关系，事实上已不能再做什么事情了，我就趁此"奉"鲁先生的"谕"而退出"文协"罢。我希望鲁迅先生在公布手谕，谁当逐出，谁当加入，然后自己也去加入，使"文协"无一"徐懋庸式的青年"而成为健全的抗×统一战线组织罢。先生的加入与否，我看并非"却非重要的事"。

最后我只想再说一说鲁迅先生的言行"助长恶劣的倾向的问题"。这问题，是要看胡风他们的半年来的倾向的评价而定的。倘若他们的倾向实在是"恶劣"的，那么鲁迅先生的"助长"之迹，从这回的信中也可以看得出来；倘是良好的呢，那么鲁迅先生当然也是"助长"良好的倾向的了。

鲁迅先生这回企图通过我的身上打击大批的青年，在他的特别出奇的"拳经"之下，我的受伤当然是很重了。我要长久的躺倒来，内省一下，自己的罪孽是否实在那样深重？并且也要仔细看看鲁迅先生所说的大批"徐懋庸式的青年们"（我虽然不知他到底指定是谁们，但想来总不外是"文艺家协会"中的分子），是否跟我一样的"卑劣"？为鲁迅先生的"威严"计，我是宁愿发现一切真是如他所说的那样的。不过如果真的那样，则足见两间之正气，一贯的真理，实为鲁迅先生独占得太多，而青年们分有得太少，这在鲁迅先生当然是光荣的，但对于中国，恐怕也是"不但毫无用处，而且还有害处的"罢！

（原载1936年8月26日《今代文艺》第一卷第三期）

我所受于鲁迅的影响

一

我初次知道鲁迅，是在自己十三岁的那一年，老师徐叔侃先生对我讲授文学知识时极推崇地说到了这个伟大名字。翌年，我开始读《呐喊》、《现代小说译丛》、《现代日本小说集》等书；《苦闷的象征》出版后，叔侃先生又立刻介绍给我，并为仔细分析此书译文的句法，自此我就热烈地爱上了鲁迅。从文艺兴趣上说，成了鲁迅迷；从思想立场上说，成了"鲁迅派"；凡是鲁迅的作品，或著或译，只要是印行了的，我每字都读过。一九三四年以后，因"左联"的工作，又时与鲁迅晤谈、通信，直接受到他的教诲。

因此，我所受于鲁迅的影响，是非常之广而深的，首先最重要的当然要算是鲁迅使我走上共产主义的道路，此外在工作作风、生活态度方面，我有意无意的学习鲁迅之处也很多。虽由于自己根基的浅薄，至今未能学习到鲁迅的伟大处的千百分之一，甚至有些鲁迅的长处，被我学得了却变成缺点，但我的学习鲁迅，实已将近二十年了。

要一一叙述我所受于鲁迅的各种影响，是不可能的，而且也许对于一般青年同志，并没有什么意义。但我想从中抽出两件事来谈一谈，因为它们似乎比较有些意思。

二

我因为家庭贫穷，受教育的时间很短，所以知识浅薄，工作能力很低。初涉社会时，胆量极小，不大敢做事，唯恐被人嗤笑。事实上也常常被人嗤笑。但在读了《热风》之后，我的这种态度就改变了，因为在那里面鲁迅这样说着：

> "愿中国青年都摆脱冷气，只是向上走，不必听自暴自弃者流的话。能做事的做事，能发声的发声。有一分热，发一分光，就令萤火一般，也可以在黑暗里发一点光，不必等候炬火。
>
> 此后如竟没有炬火，我便是唯一的光。倘若有了炬火，出了太阳，我们自然心悦诚服的消失，不但毫无不平，而且还要随着赞美这炬火或太阳；因为他照了人类，连我都在内。"

自此在工作上我就胆大起来，比较勇于任事了。只要是于社会有益的、应该做、必须做的事，倘没有旁人做，或旁人做得还不够，则虽明知自己力量不足，也还是勉力去做，以冀多少有点助益，而且由此求自己的进步。举一个具体事实来说罢，我虽然学了几种外国文，但没有一种是精通的，本来不配做翻译工作，而我在一九三三年以后之所以竟译了许多书者，就是根据上述的信念。例如关于巴比塞的《斯大林传》，我在读了原本之后，觉得这是一本极有益于青年的好书，希望有精通法文的高手把它译出，但等了几个月，看到竟没有人翻译的时候，我就自己来动手，虽然明知道自己的力量差得远。后来的事实证明，这一工作，虽然不能不包含许多缺点，但到底是增长了一九三六年以后的中国许多青年的兴奋和知识的。鲁迅的这一影响，对我是完全有利的，我想对于一切青年尤其是革命青年，也是极有益的。革命青年在工作中应该有勇气；凡是应该做而自己能做的，就好好的做；能做而做不好的，就边学边做，在工作中求进步；必须做，而完全不能做的，就从头学起。一点一滴地做，但又须以远大自期；不要理会不负责任的冷笑和暗箭，但必须接受善意的批评；不要怕挫折，但也宜谨慎，不得鲁莽。

三

几千年来私有财产社会的最大恶果之一，不仅是人心的险恶，而且是人心的虚伪，因为一蒙上虚伪，就使人看不出险恶之为险恶，而老实一点的人，就要因误信虚伪为真实而吃无穷的大亏。我在参加社会生活之初，是一个书呆子，所以总是上虚伪者的大当。有时受了欺侮还莫明其来由，即使明白一点来由了，还不愿意相信旧社会人心真是如此之坏。但在一九二六年，我得到鲁迅的启示了，他在《纪念刘和珍君》一文中悲愤而严肃地宣言：

"我向来是不惮以最坏的恶意来推测中国人的。"

这是可怕的真理，但只有十七岁的我，已因自己的经验不能不相信这是真理了。从此我的看人的态度就改变过来，而且渐渐的炼就了对于虚伪的敏感。

因而同时又练习起对虚伪的战法来，而这也是学鲁迅的，他曾说道：

"我自己也知道，在中国，我的笔要算较为尖刻的，说话有时也不留情面。但我又知道人们怎样地用了公理正义的美名，正人君子的徽号，温良敦厚的假脸，流言公论的武器，吞吐曲折的文字，行私利己，使无刀无笔的弱者不得喘息。倘使我没有这笔，也就是被欺侮到赴诉无门的一个；我觉悟了，所以要常用，尤其是用于使麒麟皮下露出马脚。"（《我还不能"带住"》）

从此我也学习尖刻的用笔，不留情面的说话，而这居然很有效。虽然由于学问经验的不逮，看人的真切、战术的正确，远远不如鲁迅，所以在对虚伪的斗争中，不能常胜，但至少弄成两败俱伤，虚伪者的一面，也很难获得全胜的。

然而，鲁迅的这一影响，对我并不是完全有利的，因为上述的看法和战法，对旧社会的旧人物虽然完全适用，但施之革命队伍里的同志们，却极不相宜。可是我，由于在对付旧社会时用惯了那一套，所以在参加革命队伍后，对个别同志的缺点，往往估计得过于严重，而斗争的方式，就失之于过于"尖锐"，结果于人于己，两无益处。抗战以后，经过多次的事实的教训，这才逐渐的觉悟到：既然是革命同志，那末他基本上总是革命的，决不该仍以"最坏的恶意"去推测他们；倘若他们有些缺点，则当予以善意的批评，决不应出之以"尖锐攻击"。

我极为我自己的这种觉悟而欣慰，因为这证明着中国的社会已经有很大的进步，革命的人们到底与旧人物不同。所以近几年来，我的灵魂日趋于柔和，不象先前似的粗暴了。

可是我还不想完全忘掉鲁迅的教训，也不想完全丢开鲁迅的战法，而且还要练习得更好些，因为在今日，革命的敌人尚多，在革命营垒的内部，个别的坏蛋分子的隐藏，也未必能免。敌人固不必说，就是对于以革命的仁义道德为假面、为武器，行私利己，破坏革命的某些坏分子，警惕也仍应加严，"尖锐"也仍有必要——这是斯大林同志也屡次告诫过的。

但愿有一天，鲁迅所说的可怕的真理完全不成其为真理——鲁迅的战法完全不合时宜了，则世界才真正光明了罢！因此，我是鲁迅的学生，但我要为推翻鲁迅的某些真理而奋斗！

一九四一年为纪念鲁迅逝世五周年而作

（原载1941年10月19日《新华日报》华北版）

《不惊人集》前记

　　去年六月，因为知道妻的分娩期近，我从上海回到乡间去。乡间，又是夏日，本来太多闲暇，专心期待孩子的诞生，她复一天天地捱延着，似乎已经畏见这人世之余。于是我感到十分无聊。为消遣这无聊起见，于昼寝之余，我常常把一份申报从头至尾，每一个字都读完，其中的自由谈，则每日总要读到十来遍。

　　有一天，也是读着自由谈，我忽然想到，这样的短文章，也许我也写得出罢？想罢就动手，立刻成了两篇。既然写了，就试着寄到自由谈去，但并不希望定被录用。在文坛上，我从不曾露过名，又没有人介绍，我倒是料想黎烈文先生未必会瞧一瞧这两篇东西的。

　　隔了七八天，这两篇短文，居然接连地登出来了，在我，这是非常欢喜的。我记得那次的欢喜，比后来孩子落地时所感到的还要大。后者是意中的，前者，则完全"出乎意表之外"。在意外的欢喜中，我又写了一篇，又寄去，后来又登出来了，于是又一篇……这样的，我便在自由谈上常常投稿。我所在的乡间离上海有相当的远，我的稿子寄到申报馆需三四天，申报出版后寄到我处，也需同样的时日。所以，每次写了一篇文章，寄出之后，我便开始期待七八天后的申报。从此我增多了一种事情和一种希望，渐渐地不觉得无聊了。

　　我的第一篇短文在自由谈上发表的一天，是六月十八日，过二十二天，到七月十日，我的女孩就诞生了。这两件事连在一起，我觉得很有点意思。这个孩子，是我婚后第一次的收获，而我的投稿，也以那一次为第一次。随着孩子的生长，我的短文也愈写愈多。二者之间，似乎有些因缘，而且对于我的生活，都有很大的影响。

我向来不大注意他人的儿童，所以并不知道儿童有怎样可爱，自从自己有了孩子之后，这才明白世间的父母为什么情愿为儿童而牺牲的道理。而且，我也和世间的父母一样，发生一种偏心，总觉得自己的孩子特别可爱，比他人的孩子好。但对于文章，则并不如此。我读过的文章还算多，能够近于客观地判别文章的优劣，看自己所写的，则常常愧不如人。当写得愈多的时候，愈感到自己之不长进。所以虽然常有阿私所好的友人劝我编集印行，我总是惶恐地辞谢。我觉得我的文章并无较久地存留的价值。仅在报纸上一度糟蹋点篇幅，已经是过分的了。

不料，最近有千秋出版社主人竟来说，愿意印行我的散文集。我照例辞谢一番，结果却终于应允下来。现在编排已竣，已在这里写前记了。

世上有许多人是患在无自知之明。我是有自知之明的，然而仍然意志薄弱地做出这样的事来，这可见一个人是虽有自知之明也还不够的。例如我，第一，是抵抗不了朋友们的怂恿，还有，第二，生活上的需要，也常常使我胆大。这一回，我之决心编这集子，大半其实是为了我的孩子。自她给我做了女儿之后，我从不曾替她庆祝过一次，我常常觉得歉然，现在她快要满一岁了，总得为了她请几个朋友吃一次茶点，热闹热闹。那么，做一件无论怎样的事，弄一点钱，是必要的了。同时，我和文字发生因缘，也快满一年了，藉此也好一并作个纪念。

倘若命运这东西是有的，那么它一定是残酷的，它非照预定的计划支配一个人的生活不可。我的命运，似乎总要叫我做文人。我生在一个没有人识字的家庭里，但到十三四岁的时候，便大有做文人之意，喜欢在本县的刊物上写点短评，郁郁乎的有好几年，其间曾经闯过几回祸。直到十八岁的那一年，几乎因一封信送了命，逃到上海，进一个学校读书。在这学校里，我悟得文人之无用，便立志要做些切实的事情，从此几乎绝对不写文章有五六年，先前的郁郁乎的态度，也改掉了不少。然而，是那命运罢，它使我在去年又写起文章来，同时它又使我失去了一种职业。于是我不得不又成为文人，在最近一年中，我简直完全靠文章来养活我自己和我的妻女。

纵然这样，我现在还要挣扎，总不愿永远做文人下去。其实，我即使想做，也是做不下去的。我写文章的态度先是不好，只因为心里常觉气闷，就写一点东西来疏通一下，写出了，就算了，我决不管文章的好坏。草稿既成，自己也不再看，马上寄出去。凡是收过我的稿子的编辑先生，一定是对着我的原稿皱过眉的，因为那实在太糊涂。我说出这事来，并不是自夸"一挥而就"的聪明，乃是告白我的态度的粗疏。这样地写出来的文章，形式当然是不会完美，而且无进步之望的。

至于我的思想，则因年轻之故，常不免浮躁凌厉。有时也隔靴搔痒地批评时事，有时也蜉蝣撼树地唐突名流，自以为很多孩子气。但是有许多没有见过的面的人，看了我的文章，却猜我是个老人，这实在很好笑的。我有时也瞎七瞎八谈谈文艺，有一回，竟至和一位批评家冲突了起来，动了几次所谓"笔战"，但我马上退却了，按照谁做最后一篇文章谁就胜利的规矩，我让那个批评家奏了凯旋。事后我还写信给某先生，请他判断我的意见的是非。我的文章中虽多肯定的语气，但只是写的时候是这样，其实我并不是师心自用的。法国 Moutai-gno 以散文批评一切，而对于自己，也说 quesais-ie？（我懂得什么？）这态度是我所服膺的。

今人常把"杂感家""小品文作家"作为不含好意的名词而轻薄写短文的人。倘若没有充实的生活，健全的意识，正直的态度，单是贪图容易专写短文聊以自娱或赖以生存的人们，实在也应该被轻薄。而现在的文人，是极易流于这一类的，我也怕自己会流于这一类。所以尚想挣扎，我不愿继续做卖文为活的"文人"。

我现在编集起来的短文，大部分是自由谈上发表过的，余者则曾散见于《涛声》、《社会与教育》、《中学生》、《申报月刊》、《文学》等刊物，有许多因为我自己不喜欢而删掉了。附录的"草巷随笔"，则是前五六年中仅有的作品。

编好之后，想不出一个书名，偶而记得了"语不惊人死不休"的句子，对于文人的苦心，颇觉悲悯。因为自己不拟做这样的文人，所以随便用了"不惊人集"四字。照例是想出就算，不管它的好坏了。

（原载 1934 年 6 月 20 日《人间世》第 6 期）

《芒种》编者的话

目前办了起来的这个小刊物，是在半年多前早有过消息的。

去年七八两月中，我编过四期叫做《新语林》的半月刊，后来因为发行这刊物的书店对于稿费不负责任，使我觉得对不起作者，我就辞职了。辞后不久，《社会日报》上登出一个消息，说我将继《新语林》而编辑《芒种》半月刊。

举出了刊物的名称而说我将要编辑，这个消息似乎是很可信的了，谁知在那时候，这其实是不确实的。但也并非《社会日报》凭空造谣，只是别的一些事情的误传罢了。

我辞去《新语林》的编辑之后，接着加入了生活书店的一个半月刊的编辑委员会。其时那个半月刊方在筹备，名称未定，大家分头拟想，我也想了几个，但都不好，最后是决定采用了陈望道先生所拟的"太白"。这《太白》半月刊现在已经出到十一期了。在《太白》定名的次日，我忽然想起《律历志》上的二十四气的名目，觉得其中的"惊蛰"和"芒种"等几个颇可作刊物名之用。后与曹聚仁先生谈起，他也以为很好，而且特爱"芒种"这一个。但《太白》既已定名为"太白"，这个好名称可白想了，我们当时颇有一点怅惜之意，而实未想到真要办起一个《芒种》半月刊来。

《社会日报》的误传，大概是根据曹先生的关于这事的闲谈的。

直到最近，群众杂志公司要办一个刊物，请我和曹先生合编；我稍稍考虑了一下，就答应了，并且和曹先生商定，乘机就把"芒种"

两字用了出来。

我的考虑的经过是这样的：一则，这两年虽说是杂志年，杂志已经办得很多，但是我看到人们发表文字的地方还是嫌少，我们也来办一个，给大家多一点说话的机会，这事未始不好。二则，现在的刊物除了一些低级趣味的，多取庄重严肃的态度，每逢世上的卑污之辈，辄不屑与之周旋，如《西游记》中的二郎神，当孙悟空变作淫鸟时，就不肯跟它斗法。但我以为淫鸟终不能听其逍遥自在，你的不屑，在它竟会看成不敢而自鸣得意的。所以在该斗法而又非取某种态度不可的时候，我们自己实在不必硬搭固定的架子。因此，我想另办一种态度比较放纵的刊物起来，让大家可以不必矜持，随便说话，也还有点意思。

曹先生的想头，也和我的相同，所以我们就把这个刊物办了起来。由此可知，我们的动机实在是并不堂皇的，不过我们也并不想真个自轻自贱。至于《芒种》这个名称，我们虽很爱它，却并不用以表示希望收获丰富之意。在这不是水灾便是旱灾的年头——今年也许会降临虫灾罢！——我们知道丰收定是无望的，况且丰收也会成灾呢！但我们毕竟都是之子，农民的习性未除，所以不问收获如何，在应该耕耘的季节，总是要耕耘耕耘的。

动机如是之平凡，收获又未可逆料，这个小刊物，对于社会，当然不会有什么伟大的贡献，所以它的本身也不会有什么光辉的前途。但我们不管这些，只想合我们的朋友们老老实实地做到那里就那里罢了。

（原载1935年3月5日《芒种》半月刊创刊号）

我也得带说几句

林语堂在暨南大学讲演《作文与做人》时，也曾骂到我的，大意和骂曹先生的差不多，但多了一层，说他曾经提拔我，替我介绍文章，所以我后来对他的不敬实为不该。

我也曾写了一封信质问林语堂，当然，他也含含糊糊地否认了，他既然否认，我就一笑拉倒。待到五十七期《论语》出版，看到他给自己所记的讲稿时，我不禁感到一些悲悯，悲悯林先生年来竭力提倡的语录体竟告破产，他连自己的"语"——"我的话"罢——也"录"不明白。倒是并非语录体派的洪子先生给如实地记下来了。

我和林语堂见过五次面。第一次之后的四次，是和曹先生同时的，那第一次，则在开明书店的请客席上。那时我们还不曾相识，当主人替我们介绍时，林先生装作吃惊地说："徐先生，世上真有你这样一个人的么？哈哈！我总以为徐懋庸是个假名，你骗了我半年了。"我在大庭广众之间，是素来不会多讲话的，听了他的"幽默"之谈，只笑了一笑，交换了两三句话就算了。

此后，是《人间世》办了起来，林先生约我撰稿，他不知道我的住处，把约稿的信寄到开明书店转给我。

此后，我便替《人间世》写了几篇稿。但是待到大众语问题发生，林语堂取了反对的态度之后，我就同他绝交了。

经过是这样的简单。所谓借钱、请托谋事等等，完全是他的热昏之谈。大概他自以为有钱有势，就把我辈想象作乞怜林府的穷光蛋，用以自娱罢了。这是近于意淫一种心理现象。

至于提拔一层，倘说《人间世》的发给各作家的约稿书统统是含有提拔的作用的，那么我也不否认，而且在此叩谢林大人的鸿恩。

我质问林语堂的信，不留底稿，不能在此发表了，好在没有多少话，意思与上文所说的差不多。现在只将他的回信附录于后。

此信勿发表

懋庸先生：暨大演讲，全与吾兄无关，恐是道路传闻，张大其辞耳。此讲专欲矫正文人恶习，先生必与我同情，文人有恶习，至若断章取义，说我骂甲骂乙，则此篇得罪人不少矣。譬如吾说名士派不剃头，不能说是骂鲁迅，名士派不扣钮扣，不能说吾是骂邵洵美，文人好相轻，不能说我是骂我自己。吾辈不幸而为文人，所处境遇，何一令人乐观！然不能令人乐观，亦文人自己做得来也。文人骂政客植党，而自己植党，然则中国交我救，我果救得来乎？中国实在应该亡。譬如上回因周作人作两首打油诗而引起普罗之狺狺之声，然则周作人消沉宜乎不宜乎？先生亦曾表示不满。至于先生个人，弟即不肚里雪亮，如来函所云，亦决无恶意或误会。吾近来脸皮甚厚，人家骂我，我皆不理，我做我的事，说我的话，此一服定心丸药也。

语堂廿四年正月六日

上面所录文字标点符号悉如原信毫无改动，以存得袁中郎真传之语录体尺牍之真相。头上注着"此信勿发表"，而我终于发表者，一则表示我始终不愿听从这位曾经提拔我的林恩公的话，二则使得这林大人的真相显露得更明白些。

（原载1935年3月5日《芒种》半月刊创刊号）

《伊特勒共和国》前记（节录）

一、从影片《傀儡》说起

去年秋间，当我开始翻译这本《伊特勒共和国》的时候，恰逢上海大戏院公映一部叫做《傀儡》（Marionettes）的苏联影片。这影片是暴露现代国际政治的机构的。其故事的梗概如左：

"布弗利亚国境与苏联毗连，系一帝制小国，幼主无能，朝政由首相代摄，年来因受不景气之激荡，内乱频仍，而强邻苏联复有乘机越境之谋，此事影响世界政局甚大。众乃决意废幼主，拥王族后裔杜王子归国执政，王子有酒癖，方遨游巴黎，结识舞女米，朝夕出入于歌台舞榭，度其骄奢淫逸之生活。闻讯大喜，忻然接受此请。偕其随从理发匠苏乘飞机归国。途中因酒发呕吐，偶一不慎，堕入海中。理发匠见而大惊，急呼停机，奈机声甚大，司机一无所闻，直驶布京。

抵布京，理发匠苏既为欢迎者误认为王子，强挟入宫行加冕礼。一时笑话百出，然而大臣皆以国事为重，不稍暇顾，理发匠遂得一尝宫闱生活。未几王子杜亦平安抵京。

闻王已登极，不得已乃自称理发匠，投宫中审视。见苏大怒，然苏已加冕，遂亦无可如何。

布国内政殊腐败，服官者惟知享乐搜刮而已。偶因电讯之误，盛传革命爆发，全国饱受虚惊，然未几谣风即告烟消云散。

王子恋人舞女米，旋亦来布京访谒，适王外出检阅，未遇。及归，则赫然理发匠也。惊而四觅，获王子，始悉原委。然是时也，理发匠已获全国民众之拥戴，此侥幸得来之金龙宝座，遂得安然保持矣。"

——录上海大戏院说明书

当时有许多影评家，批评理发匠做国王这事，不近情理，有失真实。但我以为那国王既然不过是做傀儡，那么不论王子也好，理发匠也好，反正是系在别人手中提着的线上的，只要能够顺着提线动作就算胜任了。所以虽是理发匠来当，实在没有什么不近情理之处的。不过上海大戏院的说明书的末段的话有点错误，那理发匠所以能够"安然保持"其"侥幸得来之金龙宝座"，决不是由于"已获全国民众之拥戴"，而是由于获得提线人之信任，因为他做傀儡却做得很好。

我在这里说起《傀儡》，乃是因为它和《伊特勒共和国》这本小说颇多相似之处，在内容上和技巧上。《伊特勒共和国》的故事，大略是这样的：

"欧品登将军，是璐地利王国最杰出的人物，国王很信任他，所以派他做伊特勒共和国远征队的司令。这远征队，名为帮助伊国反抗东方的甫经革命的亚索尔帝国，实则想攫取伊国的富源，因为伊国产石油很富。

欧品登到了伊国之后，偶然发现亚索尔王朝的一个废王子，他就利用这位王子发动政变，将伊国大总统赶走，实行复辟。这个新王，自然是愿意替欧品登做傀儡的，但是新王下面的首相却颇有手段，和王后串通，跟欧品登斗法。欧品登没奈何，便重新把大总统找来，叫他弑了新王，再握政权，然而亚索尔的军队和伊国的劳动者联合起来发动革命，攻入首都来了。结果，欧品登将军完全失败，只好率着舰队，回到璐国去了。

伊国复辟时期的那位首相，原来是一个在海边泗水乞钱的小瘪三，那王后，则本是璐国的一个舞女。"

《傀儡》以国际政治的黑幕为题材，《伊特勒共和国》也是。《傀儡》中有理发匠做国王的奇闻，《伊特勒共和国》中有小瘪三做宰相，舞女做王后的喜剧。《傀儡》中的许多傀儡，结果因自相吵闹，为提线人所不喜，一齐打碎。《伊特勒共和国》中的大总统和王子，也是先后被欧品登将军利用了之后，同样灭亡。

还有，这一部影片和这一本小说中的各个人物，都被暴露得丑态百出，十分可笑。初看似嫌过于夸张，细想才知并不失真。

这本是俄国的讽刺艺术的特色，是莱蒙托夫（Lormontoff）和果戈理（Gogol）以来一脉相传的特色。莱蒙托夫咏地主的名句道：

> "全头埋在领襟中，上衣长到踵，眼光阴郁，声音高噪，两颊髭蒙茸。"

这样的地主，去年也出现在一部叫做《循环》的苏联影片中，给我们看到，实在十分可笑。在果戈理的作品中，地主也是被描写得很可笑的。但他们所引起的这笑，并非徒助消化的笑，乃是一种力量。日本文学家片上伸曾论及这一层道：

> "凡可笑者，不足惧。至少在可笑者之前，并无慑伏的必要了。凡笑者，立于那成为笑的对象的可笑者之上，凡可笑者，便见得渺小无聊。一被果戈理所描写，地主也失其怖人之力，一被果戈理所描写，而官僚也将其愚昧暴露了。笑，使农奴制度和官僚政治的幻影消灭了。笑，是破坏；笑，是否定的力。"

虽是同样使人发笑，而《傀儡》异于《王先生》，《伊特勒共和国》异于《官场现形记》。这不但由于表现的手段之高下，主要的还是由于制作的动机的不同。《王先生》等的滑稽和讽刺徒以给个人开玩笑或中伤个人为目的，别无何种艺术和社会的意义，当然不能成为一种艺术作品了。

拉甫莱涅夫的各种作品，每富于传奇的色彩，这《伊特勒共和国》的故事的波澜，亦被写得诡谲奇幻，往往出人意表。但事实并非完全出于虚构，其中蕴藏着近代史的史料。譬如那几个假国名，都可以考证出来：所谓伊特勒，乃是乔治亚（Georgia），瑠地利实为英国，亚索尔则是俄国。曾有善于穿凿的读者对我说，看了其中的描写，他疑心瑠地利是指日本，亚索尔是指中国，伊特勒是指"满洲国"。然而，实际上都不是的。

二、作者传记（略）

三、翻译的经过

我翻译这本小说，是为了世界知识社的需要。我这译文，从《世界知识》的创刊号登起，一直登到十二期，刚满一卷，恰好完毕。发表了三四章之后，由于原著的好处，就得到许多佳评和对于译者的鼓励。原来，曹靖华先生的《第四十一》的译本，是早已替原作者预约了无数的热心的读者的。

我们根据的本子，是 Mmes N.Troullnava-lgnateff 和 G. de perdiguier 的法译本，原译文是登在三一四至三二八期的 VU 上面的。

说起由法文重译这事，我就不免感到一种不安。去年某杂志的"文学论坛"上，有一位先生论翻译的种种，也曾说到重译。他以为重译是不妨的，可是倘以法文程度尚有问题的人来重译意大利作品，那是不对的。

我不大懂得翻译的道理。照我的呆想，倘是外国文程度不够的人，根本就不配翻译，自然也不配重译了。假如是英文程度有问题的人，去译意大利作品，一定也是不会对的。又假如同是法文程度尚有问题的人，译意大利固然不对，但若去译英吉利或德意志也未必见得会对的罢。但是那位先生单单说法文程度尚有问题的人不配重译意大利，这实在令人有些费解了。

不幸的是，我就是个法文程度尚有问题而也偶尔重译些别的国家的作品的人。这回的《伊特勒共和国》，又从法文重译，那么又一定是十分不对的了，虽然这回所译的是俄罗斯，不是意大利。

照理，我这样的人，最好是开头就不动手翻译。然而，看看国内，万无一失的译手，似乎并不多，而这不多的几位又似乎非常之忙，不能尽量翻译出大家要看的东西来。要是我辈不来动手，那么一般读者岂非连"烂苹果"也不能吃到，究竟不知苹果是什么滋味了么？因此，我想我辈也还是来译，但为分别起见，此后的译本上应各各注明，此是名手的名译本，此是拙手的拙译本，招牌分明，任人选买，庶不致误。今年有人主张叫做"翻译年"，这一着是要紧的。

我的这译本，就得声明是拙译本。我的拙译，也有两个心愿：第一，是要尽自己所能地译得忠实。第二，译文要使读者读得懂。第一点总因法文程度尚有问题之故，明知难得做到八分，第二点却敢自信是做到了的。但有一点最深遗憾的是，书中两个小瘪三谈话的口吻，我都不能像样地译出，在现在的译文中，他们也在文绉绉地说话了。这事情，又使我想起了大众语问题。

感谢胡愈之先生的好意，他曾根据原译本替我大略校对过一下，使这拙译本减少了许多错误。在这单行本付印之前，自己又说详细校改了一番。但是错误之处一定还多，此后如承读者诸君随时赐教，实最欢迎。

书中的插画，是 Basile Sohoukhaieff 所作，他也是苏联的一位大艺术家。

1935年3月1日

（原载1935年3月20日《芒种》半月刊第2期）

《打杂集》自记

　　我的第一个杂文集子《不惊人集》被一家出版家要去，迄今快要两年了，可是总不见出版。出版家的意思我猜不透，我自己是既因疏懒，又因并不看重自己的作品，一直没有去问问。所以这个集子到底能不能出版，连作者的我也不知道了。

　　不想如今却又到了编排第二个集子的时期。前回的结集，是为了纪念我的女儿的满岁，这回却并不是纪念我的儿子的满月，虽然我的儿子恰巧是在这集子开编的1月之前诞生。我现在的一点微意，只在乎给憎恶杂文的大方家们看看：又有杂文集出世了！

　　现在倘有人说某人是"杂文家"，那一定含着轻蔑之意，所以有的人是不愿接受这个名称的，但是我愿意；而且，我愿意连着这名称，把它所含的轻蔑也接受下来。我在两年以前，就表明我只是个文化界的打杂者，直到现在还没有专门的行业，那么一向所做的当然是杂文；杂文做得多的人倘是"杂文家"，那么我当然也是"杂文家"；"杂文家"如果应该被轻蔑，那么我当然也是应该被轻蔑的。

　　我觉悟这一切，所以直直白白，名这回的集子曰：《打杂集》。

　　"打杂"在吾乡的土话里叫做"打短"，"打杂者"则叫"短工"。《阿Q正传》里的阿Q和小D，便是这类的人们。我们看看阿Q的生活罢：

　　　　阿Q没有家，住在未庄的土谷祠里；也没有固定的职业，只给人家做短工，割麦便割麦，春米便春米，撑船便撑船。工作略长久时，他也或住在临时主人的家里，但一完就走了。所以，人们忙碌的时候，也还记起阿Q来，然而记起的是做工，并不是"行状"；一闲空，连阿Q都早忘却，更不必说"行状"了。（《阿Q正传》第二章）

这样的阿Q，岂非就是"杂文家"的影子么？"杂文家"虽然也被人称做"家"，但那决不能跟"小说家"，"批评家"之类的"家"相提并论，也不过是"土谷祠"而已。人们忙碌的时候被记起，一闲空便被忘却，这也是"杂文家"的情况。阿Q没有人记得"行状"，"杂文家"不能置身文学史，这又是相同的。

象阿Q这类的人，假如喊出"劳工神圣"的口号，以为自己的工作也很高尚，那是要给人们笑死的罢，但是他们所做的，却种种是于未庄人有益的工作，所以未庄省他不来，而且还需要一个跟他一样的小D。被人们所轻蔑的人倒是于社会有用的人，这本不算一件反常的事。

我之所以不管人们的轻蔑，自顾做我的"杂文"，就是因为相信在现在这个时代中，"杂文"对于社会，实在很有点用处。但要做到于社会有用，虽是"打杂"，却也得有真本事；割麦，春米，撑船等事，都不是随便做得来的。我的"打杂"的本领，恐怕只赶得上那"又瘦又乏"的小D，比阿Q还差得远。然而，不论是阿Q或小D，我以为较之赵太爷，赵秀才，假洋鬼子等等人们，实在要高尚得多，有用得多。

至于那些只能做杂文来骂倒杂文的大方家们，在我看来，只是赵太爷府中的奴才本家赵司晨，赵白眼之流罢了，只要给他们一声"呸"！就够的。

我做过短工的人家，确也不少。这集子里所收的杂文，便是从《自由谈》、《人间世》、《申报月刊》、《中学生》、《社会月报》、《新语林》、《太白》、《文学》、《新生》这九种刊物上剪下来的。所谈的问题真可以算杂，就是文体，也因刊物的性质各异，为了适合起见而常常变易。譬如编在最后的一部分文章，便因为是替《新生》做的，所以表现着务求通俗的努力。

我的思想却是一贯的，所以《人间世》要我做"闲适"的文章，我就做不出。《人间世》办起的时候，林语堂先生寄给我的约稿信中，原说是因为嫌《论语》的范围太狭，所以要另办一个较为宽广的小品文杂志，我以为这是好的，就答应撰稿，不过我写的是我自己的意思。谁知我的意思竟轶出了《人间世》的范围，那编者便常常给了"太革命了""太那个了"等等的批语而删削我的稿件中的文句。对于我的文稿实行删削，是由《人间世》的编辑人非法地开始的。这种态度很使我不快，于是我就懒得给他们帮忙了。

这两三年来，我就是因为笔下的这些杂文，得到许多人的爱惜，同时也惹起许多人的厌恨。这种结果使我知道我的杂文于换取微末的稿费之外，也还有别种代价，我因此感到安慰；再看那爱我者正是我之所爱，恨我者亦正是我之所恨，这安慰就愈大。虽然爱我的大抵是跟我一样的无拳无勇的不幸的青年，而恨我者却有力量足使我受伤致死，但我仍然感到莫大的慰安。

日本有岛武郎曾说他是因为寂寞而创作，他说：

　　　　"在我的周围，习惯与传说，时间与空闲，筑了十重二十重的墙，有时候觉得几乎要气闭了。但是从那威严而且高大的墙的隙间，时时望见惊心动魄般的生活或自然，忽隐忽现。得见这个的时候的惊喜，与不看见这个了的时候的寂寞，与分明的觉到这看不见了东西决不能再在自己面前出现了的时候的寂寞呵！在这时候，能够将这看不见了的东西确实的还我，确实的纯粹的还我者，除艺术之外再没有别的了。"

我的动手写作，常常也因为感到寂寞。我的寂寞，是明明知道在威严而高大的墙外就有着新的生活新的自然而不得见、不得近的寂寞。因此我要打毁这墙，然而我没有巨大的撞槌（Bilier），我只能对着我的面前的墙咚咚地掷些石子，使它起一些麻点而已。

关于这本杂文集子，本来还有许多话可说，但是我要"带住"了，省下时间，预备再去做别的杂文。这话虽然预告了我的将来仍然没有伟大作品，但是什么是叫做伟大作品呢！倘若在包围着我们的墙壁上去画些山水花卉或者人物故事，以抒性灵，或以寄托理想，算是创作，可算伟大，那么我情愿谢谢罢！

1935年4月3日徐懋庸记于上海。

（原载1935年5月5日《芒种》半月刊第6期）

《街头文谈》小引

　　《街头文谈》，本是我用了"力生"这笔名在《新生周刊》上按期发表的通俗文艺讲话。当这发表到第十一篇的时候，《新生》便在"妨碍邦交"的罪名之下被禁止了，我的写好的文谈还有两篇不曾登出。隔了数月，《生活知识》创刊，要我投稿，我便寄了那两篇存稿去，但抹掉了"街头文谈"这总称，因为我本是不打算再写下去的。不料《生活知识》的编者，仍给加上原来的总称，而且要我陆续写下去，也是每期一篇。情不可却，于是我只好重新动手，但是不满十篇，终因忙于他事而停止了。

　　这回编印单行本，却加了不少"街头文谈"之外的文艺论文进去。因为我觉得，我的别的论文，也是"街头"的讲话。街头讲话的特色，是通俗，自然同时或者免不了浅薄。我的文章的通俗程度，曾经一个工人和店员所组织的文艺团体的评判，是在柳湜和陶行知——两先生的中间。至于浅薄的程度，则使一种叫做《新人周刊》的起了这样的怀疑"徐懋庸也懂得文艺么？"

　　我自己也知道，不是一出世就懂得文艺的。直到现在也还在学习中，而且要学习到死的；目前敢说已经懂得，斗胆，实在没有。《街头文谈》只是我在学习中的笔记，虽然浅薄，却也曾获得不少的爱读者，因为它还通俗。这是证明着通俗的文艺理论，是怎样的为大众所需要！

　　末尾所附的几篇译文，都是我自己所译，因为每篇都和"文谈"

中的文章有些关系，所以也编了进去。我相信读者读了这些译文，一定比读我的文章更有味，更有益。

徐懋庸一九三六年五月六日

（录自《街头文谈》。上海光明书局1936年5月初版）

《太白》的停刊

　　《太白》半月刊决定自动停刊了。我对于这事似乎想说几句话，然而要说出来的时候却觉得有点为难。

　　所以为难者，由于我曾经挂过这刊物的编辑委员的衔头。编辑委员这名词，因为带着委员两个字，有的人们便把它和官衔同样看待，据有些人看来，竟连将特约撰稿员也是一个了不起的衔头。最近的《星火周刊》上面，便有人以为做一个短命的期刊的编辑，藉此取得特约撰稿员的资格，乃是文坛登龙术之一，而加以讥笑。这也许是真的罢，但似乎又并不可笑，因为《星火周刊》的编辑苏汶、韩侍桁、杨邨人等也做过而且正在做着编辑。由此推想起来，《星火周刊》上所说的请人做一篇序文便是拜老头子的话一定也是真的，我们还可知道苏汶便是老头子之一，因为他也曾经替人做过序。

　　然而，这些真情，我在未读《星火周刊》之前竟毫不知道。"第三种人"和"小资产阶级革命文学家"的花样真有出人意外者。

　　回头来说，我自从有了一个"《太白》半月刊编辑委员"的衔头之后，却不曾使用过，在我所往来的人群里，这样的衔头是并无丝毫用处的。一定要说它曾经给我什么好处，那只有叨拢过陈望道先生的几顿饭而已。到了今天，它反而限制了我的说话的自由。我想说说这一年来的《太白》，然而不知该怎样说才好。站在单纯的读者的立场说呢，我毕竟挂过编辑委员的名义；当做编辑委员而发言呢，我实在不曾尽过一点编辑的责任。看来只好随便说几句了。

230

　　《太白》办起的时候，正是中国出版界的困难时期的开头。那时候编辑委员会虽曾有过较远的志向，较大的计划，然而后来大抵不能实现。但在陈望道先生独力奋斗之下，这刊物在这困难的一年中，毕竟还成就了许多可贵的工作。手头字的采用和推行的便是其一。其二则是编成了"小品文与漫画"这特辑，将小品文和漫画的综合的知识提供给读者。

　　《太白》的主要的任务，当然是转移《论语》和《人间世》所造成的颓废的个人主义的小品文作风，使之成为积极的、科学的、为大众的。辛克莱在《美国文艺界的怪状》一书中说：

　　　　"我们的象牙塔艺术家为着我们而描写他的卧房，在其中畅用他的焦橘黄色和天青色和草绿色交映在绣花睡衣。他说：'在满布着鬈曲枫树的房中之睡榻上挂有一幅象冰绡雾縠制成的帐幕，映着低垂的象霜一样洁白的窗帘，而在这帐幕之下有许多文雅而美丽的女人曾眠睡过了，……很冷静的在冬季的白色幽寂气象中。'对于这些可爱的词句，让我们自费城犹太人幸福协进社的社长鹿宾诺博士（Dr. J. N.Rubinow）于一八二五年十二月十五日在《考察杂志》中所发表的一篇文字中撷取一段做比较吧：'在费城工人们的住宅原来并不是一个住宅，但不过是二个或三个房子分租于工人们，而其中完全没有一个体面人家所必需的设备，因为房子中没有私人用的洗浴或厕所的家私，并且很通常的没有分开自用的水管呢。'"（引用陈恩成的译文）

　　照样地，将这一年来的《太白》的内容跟《论语》、《人间世》的内容做个比较，也可以看出一种显明的对照。但在这一点上，《太白》的公开地给人看到的成绩，是还不够好的。许多很好的文章，虽然通过了陈望道先生和排字工人之手，最后仍不能与读者相见——这事实是我所深知的。

　　因此，我若站在编辑委员的立场来说从旁看到这编辑的经过，我要说《太白》的实际的编辑者，是尽了最善的努力的。但若站在不明白出版界的环境的读者的立场，则对于这一年来的《太白》，实在不能说出十分满意的话。据说在某一时期，《太白》的销数是跌落过的，那原因恐怕就在于读者的不满。由此可知这一年环境对于文化事业的直接和间接的影响是如何的大了。

对于刊物的短命，是颇有人在讥讪的，《太白》刚出满一年，而不得不自动停刊，照《星火》社的论调说来，又只是替十一个人取得特约撰述员的资格罢了。也许还有些人会据此证明，"方巾气"的小品文的自然的败亡，而庆贺袁中郎派的最后的胜利——但是我相信《太白》的光明。是不至于完全被这些人所制造的黑暗掩蔽的。

（原载1935年10月5日《芒种》半月刊第2卷第1期）

《怎样从事文艺修养》前记

　　我没有进过高中或大学的文科，至今能有"沧海一粟"的文艺知识者，那完全是自学得来的，因这原故，我在开头，只是乱读作品和短篇的论评，没有阅读讲义似的"文学概论"的机会。到了后来，看到这类东西了，却又不爱它，嫌它"板板六十四"，枯燥平庸，因此爱读的还是理论家们为单一的问题而作的短篇论文，那里面往往有独到的意见，能引我入胜。韩侍桁先生辑译的《日本文艺论集》，鲁迅先生的《壁下译丛》，这两书中的论文，就是这一类，七八年前，它们曾给我很大的影响。近年以来，则是高尔基的《文学论》，成了我的最大的恩物。通常在每个文艺杂志中间，我所首先找看的，总是翻译的论文。

　　法国有一个评论家，叫做 Alain，他能用轻松的散文，评论一切问题，在法国甚被读者欢迎，许多杂志上都有"亚兰谈话"（Propos d' Alain）这一栏，如《新法兰西杂志》（Lanonvellerevne francaise）等。三年以前，胡愈之先生把他的散文介绍给我，我就常读他的东西。一九三四年，他出了一本《文艺论集》（Propos de lifferatura），我读了也很喜欢。虽然他的观点我不能完全同意，但那文笔是很活泼，可以取法的。

　　我自己的写作起通俗文艺论文来，可以说是爱读上述那些文章的结果。

　　但在我之先，用通俗的文笔写文学论文的，已有夏征农先生，他在一九三四年初，在"申报流动图书馆"的读书指导部中工作，负责答复关于文学的问题，因为问者大抵是初学的青年，所以他的答案非做得通俗不可，又因问者所出的题目，大抵是很具体的，所以他的指导也十分切实。他后来把那时的答案编成一册，题曰《文学问答集》。这就是我的通俗的文学讲话之前的珠玉。

夏先生的作法很合我的意思，但我起初却并没有效颦的念头。倒是《新生周刊》的编者艾寒松先生，有一回劝诱我，说我可以写些这样的文章给《新生》的读者看看，我随口答应了，便一礼拜一次的试写起"街头文谈"来。

《新生》因"妨碍邦交"而被禁止之后，我的谈文的"街头"就移到《生活知识》上面去，但不久就停止了，原因是自己没有空。后来把这些文字和别的一些旧文凑起来，合成一本书，用的仍是"街头文谈"这题目——因为许多读者是很爱这个题目的。

但我的文谈实在只是些浅薄的常谈，只因《新生》的读者多半是自学的青年，所以原谅了它的浅薄，而爱好了它的浅近，谬加赞许，这就使我不知藏拙，后来在《大众生活》上，就又用了"林矛"这笔名，写起"文艺修养"来。

《大众生活》也和《新生》一样，遭了禁止——这回的理由我不知道是什么——我的"文艺修养"自然也象"街头文谈"那样的中断了。先后只登了十二篇。比《新生》上登过的"街头文谈"是多了一篇了，但这并非表示着《大众生活》的寿命比《新生》长，因为"街头文谈"是《新生》办到中途时登起的，"文艺修养"则是和《大众生活》一同开始的。

想起这些事情来，是感慨无穷的。近年的中国人，感到末劫的迫近，所以求生的希望愈切，但求生者反易速死，为生存的斗争真是苦矣。刊物也一样，如《生活》、《新生》、《大众生活》、《永生》，……之类，都办不长久，倒是不死不活的许多，却能不死不活地长存，然而，不死不活者总有一天也要死掉，即在现在亦实已等于无生。斗争者虽易灭亡，但只要继起者不绝，斗争总有胜利的一天，自由的"新生"，是可期待的。

对于《大众生活》的灭亡，我要留个纪念，所以决心把"文艺修养"编成一本书，除了已经发表的十二篇之外，又新写了九篇，并加三篇附录。附录的最后一篇，是叶籁士先生所译的加里宁的谈话，承叶先生许我编入，这是很可感谢的。加氏虽不是文学家，但他的指示，对于初学的青年一定很有益，我相信。

当我写最后几篇的时候，中国的青年忽然失去了鲁迅先生，这实在是一个莫大的损失。鲁迅先生的价值有多方面，即在文艺的修养上，他也是一个最好的模范，他的学习方法，他的创作态度，是最正确，最上乘的。他并且时常对青年们指导修养的途径。三年以前，我曾写信问他研究文艺理论，应以读什么书入手，他回信道：

> "我是不研究理论的，所以应看什么书，不能切要的说。据我的私见，首先是改看历史，日文的《世界史教程》（共六本已出五本）我看了一点，才知道所谓英国、美国，犹如中国之王孝籁而带兵的国度，比年轻时明白了。其次是看唯物论，日本最新的有永田广志的《唯物辩证法讲话》（白杨社版，一元三角）；《史的唯物论》（テウガ社版，三本，每本一元或八角）。文学史我说不出什么来，其实是 G. Brandes 的《十九世界文学的主要潮流》虽是人道主义的立场，却还很可看的，日本的《春秋文库》中有译本，已出六本（每本八角）（一）《移民文学》一本，（二）《独逸の浪漫派》一本，（四）《英国：于ケル自然主义》，（六）《青春独逸派》各二本、第（三）（五）都未出。至于理论，今年有一本《写实主义论》（懋庸案：这就是现在出版的《海上述林》中的一部分。）系由编译而成，是很好的，闻已排好，但恐此刻不敢出版了。所见的日文书，新近只有《社会主义的レアリズムの问题》一本，而缺字太多，看起来很吃力。

> 中国的书，乱骂唯物之类的固然看不得，自己不懂而乱赞的也看不得，所以我以为最好先看一点基本书，庶不致为不负责任的论客所误。"

鲁迅先生的指导是如何恳切，从上文可以看出来。我那时正读历史，所以对于他的话更感兴味，而且更相信它的正确。我现在把这一段话抄在这里，当作对于"文艺修养"的读者的一种转赠的礼物，想是受者所乐意的罢。

当《文艺修养》陆续在《大众生活》上发表的时候，我曾接到许多读者的来信，指正错误的也有，贡献新意的也有，都使我获益不浅，我现在就在这里一总表示谢意。

一九三六年十一月徐懋庸记

（录自《怎样从事文艺修养》。上海三江书店
1936年12月15日初版）

巴比塞著《斯大林传》译者前记*

　　三年以前，我曾把日人山川均的《社会主义讲话》一书译成中文；这是一本通俗的大众读物，内容包含社会主义的起源和派别，科学的社会主义理论和实际，社会进化小史和现代社会问题的解剖：凡属社会主义的理论的体系的诸点，可说应有尽有，解释也相当详明。译本印行以后，我陆续接到许多读者的来信，都说这书有一缺点，就是叙述社会主义在苏联的实现的一章，过于简略。因此我曾在我的译本的《再版前记》中发下一愿，要另外编译一本关于苏联的建设的书，补此缺陷。

　　这个愿心，虚悬了两三年，直到现在，才由《从一个人看一个新世界》这书的译成而了还。

　　把《从一个人看一个新世界》这书单单当作《社会主义讲话》的续编，是大大地降低了它的价值的，要说是续编，那么它该是 Marx，Lenine，Staline 们的著作的续编。但我在这里，只是要说明，我译这本书的第一个动机，的确是为了要了还那个愿心，而我所看到的可以作为《社会主义讲话》的续编的作品，实在没有比这一部更好的了。

　　我译这书的第二个动机，是纪念它的著者巴比塞的逝世。去年八月三十一日这个日子，是和今年六月十八日这个高布基瞑目的日子，同样地使全世界的文学青年和劳苦大众痛悼的。巴比塞的死耗传来的

---

　　*　该书于 1937 年 9 月 20 日由上海大陆书社初版。

时候，正是我读完这书之后不久，由于这书，我更加崇敬巴比塞的伟大，因而更加哀悼巴比塞的死亡，但同时也更加相信巴比塞的不朽。去年九月，我就想开始迻译这书，不料人事蹉跎，直到今年六月底方才译成，总计零零碎碎的工作时间，不下三个月。待得这个译本出版，已快是巴比塞的周年祭的时候了。

巴比塞的最伟大的著作，本是《火线下》，这是他亲历了一九一四——一七年的屠杀和破坏之后，暴露帝国主义的战争的罪恶的诉状；同样，《从一个人看一个新世界》，是他目击了苏联的建设之后，歌咏这新世界的成长的史诗。巴比塞在苏联的时候，见着这人人充分发展着自己的才能的无榨取的社会的突飞猛进，时常狂喜得象一个小孩子一样。在极度的欢喜中写成的这《从一个人看一个新世界》，是和当年在极度的痛苦中写成的《火线下》同样伟大，同样宝贵的。法国的批评家 Aragon 曾说：

> 在每个工人运动的推动之下，产生了许多伟大的作品。法兰西战线上的反叛和一九一七年的俄国革命，在法国，对我们提供了巴比塞的《火线下》。在大战时期写了《火线下》，在一九三五年写了《斯大林》的，是这个在将来一定会被叫做'每个决定命运的时代的作家'的作家的伟大。

《斯大林》就是《从一个人看一个新世界》这书的正题。粗看这正题，好象此书是替一个英雄作的列传，然而不然，巴比塞的用意，乃是要从这一个"投身于一桩大陆的事业的人"的一生的研究上，引导我们"插足于新的历史"，使我们"走上新的道路"，使我们"到达人类的圣经所不曾发表过的种种境界"，并且使我们具体地看到一个"不但是一时代的——并且是万世的最大的问题"的解决，那问题就是："有史以来就那样受着苦难的人类，前途将究如何呢？人类所能希望的幸福的分量和世界上的正义的分量，究竟将到什么程度呢？全球之上，二十万万人的希望，究竟是怎样的呢？"

显宜德（Isidor Schneider）对于这书，有很中肯的解释和批评，他说：

　　巴比塞把他的《斯大林》加上了《从一个人看一个新世界》的副题，这副题就是这本书的线索。斯大林和革命所创造的新世界的关系上面最可理解；他的所以被选为传记题材，就因为这一新世界，正是如巴比塞所说的，能从这样的一个人看出来的原故。

显宜德又说：

　　在国际主义者看来，所谓领袖，是并不被视为一个异常的人物，而是被重视着，被研究着，当为革命原理之一个异常的实践者。他的事业之所以被记录下来，被人诵读，是因为它照出了一个人能如何成功地运用他个人的生活之经验和精力以利于革命的目的，同时它又照出了他的训练意志和决心是如何加强了而完成了革命的经验，意志和决心之一般过程。也就因此，巴比塞这一国际主义者，这一伟大小说家，虽则写了关于他的领导者的传记，却并不企图拟作一部小说，归根结蒂，他只很偶然地提到了斯大林曾结过婚，有三个亲生子，以及曾收养若干殉难同志的遗孤的话。

最后，他又说：

　　这本书是生动的，充满着精力的。它的生动力是这样丰富，几乎使人难于相信这是一个垂死的人所能写得出来的。巴比塞在他自己的工作中，强调着革命家对于人生精力的整个运用。他是直到他的致命的病症爆发的时候，一向在工作着的。……假如他多活几个月的话，他的这本书定然会更完备些，更健全些，更圆满些。许多括号内的文字，一定是更可完整地运用到书本中去。但是即使遭遇了死的不幸，他所留下来的这一遗著，仍然是一部崇高美丽的书。作者的表现能力，或理解能力，把许多从前所不很明白的事都说得很明白了。有许多的段落，写得这样有力，这样涵深，大约是一定要迭次地被引用着的吧。……

的确，这里面有着很多的要被永远引用的"格言"。所以，这实在是本实用的教科书，它处处用实例指教着一个社会主义的斗士在种种不同的环境中应该怎样思索，怎样说话，怎样行动——怎样合乎革命的辩证法地思索，说话，行动。尤其对于目前需要参加伟大的斗争而缺乏斗争经验的中国人，这是一本最有益的教科书。我在翻译本书的中间，看到了上海文坛的一种重大的纠纷，深觉本书的第七章，那讲到特罗次基派的基本倾向的一章，那论自我批判与分离运动的区别的一章，对于有些刚愎自用的前进的文艺家们，实可作当头棒喝。第十章中所论的世界反战反法西斯的统一战线的情形，也是我们现在最要紧的参考资料。

这书的内容实在太丰富了。它可以说是"俄国社会主义者的生活史"，"俄国社会主义运动史"，"十月革命史"，"苏联内战史"，"苏联党争史"，"第一次五年计划成功史"，"第二次五年计划概述"，"世界现世论"……的合编。加以文笔的生动，理论的精深，材料的新颖而罕见，这书，诚如Aragon所说："不仅是一本书，而是一幅图画，一种武器。"

我的法文程度本来不够，直接译此名著，实在是一种冒险；加以巴比塞的文章特别多变，使我愈觉为难。幸而一个Vynyan Holland氏的英译本可以比照，获助良多。但英译本所根据的原本，似乎和我所根据的原本不同，所以内容有两三处小异。我的译文，是完全依照我所根据的原本的，英译本的异处，我不在正文中译出证明，只在这里记一记：

……

（一）中译本《引言》第二页第十三行"……它有着这样一个头儿脑儿"一句后面，英译本上还有这样一句：

> 而且，在这个国家里，要是街上的石头也会说话，那么它们会得说出：斯大林。

（二）中译本第五十九页第十二行起这一整段，在英译本上完全不同，那是这样的：

社会民主党遭受了对基恩塔尔大会的强烈的反动（也在物理学的意味上），并且日益公然变成了东拼西凑的，无所不包的党，因此，自然也包含了反革命分子。到了后来，"社会民主主义者"勒诺台尔（Renandel）还企图在法国得到一个决定：凡参加齐美华尔德和基恩塔尔会议者，必永远剥夺其一切代表的权利。

（三）中译本一一〇页第十行"至于那个已在这种组织里面的大陆因此感到怎样的欢喜"句的"欢喜"下面，英译本上有这样一句形容的子句：

庞大的国家地域与人民大众的渐次协调化，显明地而且纯粹地归结于整个人类世界之协调的结果。

（四）中译本二九七页第三行"我们必须在这一个真实上联合起来"句后面，英译本上还有这样一句：

不然只有站在它的反对方面。

英译本的翻译法，相当自由，许多在原本是很曲折的句子，在此大抵变成很平直；我呢，只把若干意义实在太不明显的地方，照英译稍稍改动，其余完全照原本直译。英译者又很多忌讳，原书评论各国人事时，颇多言重之处，英译或者把语气减轻，或者径自删去，这在第十章中特多；我呢，除了在第五章中，把讲到中国的一段，自动代以许多××，聊表遵守中国现行法律的微意之外，其余也全照原本的样子翻译。只有分章的方法，我是完全依照英译本的，因为比较清楚，所以原本只有八章的，我的译本却有十一章了。

因为是直译的，有许多地方就不能做到通俗，但这实在是没有办法的事情。原著者是个文艺家，而且是个STYListe，他的这部著作虽不是小说，却依旧是用了文艺家的笔写出的，所以很多文艺意味。译文倘若勉求通俗，把文句一律改成简短质直，那必至大大地损害它的文艺价值。又做到忠实，又要做到通俗的两全的本领，我还没有，现在实只好如此了。但将来若有必要，我打算另外编一个通俗的本子。

　　此书虽竭一人之力译成，但随时帮助我的朋友，实在不少。在出版上，赖友人之力更多。译文的第一章在《知识》半月刊发表后，许多读者也给我很大的鼓励。对于一切益友，我在这里总致一个革命的敬礼！

　　　　　　　　　　　　　一九三六年七月二十日徐懋庸，上海。

　　　　　　（原载1937年1月1日《读书月刊》第1卷第1期）

《文艺思潮小史》前记

这一本小册子，不能算是一种著作，只是好几种文学史和文艺思潮史的内容撮述，尤以弗理契《欧洲文学发达史》、柯根《世界文学史纲》等几种为主要的根据——这两种，也是中国仅有的较详的物观世界文学史，为青年们所必须一读的。

为什么有撮述的必要呢？（一）则许多书卷帙太大，内容太繁，非自学的青年在短时间所能读完，并且倘没有一些预备的知识，读了也难完全了解；（二）则原有各书，所叙的时代，大抵不完全，如《欧洲文艺发达史》，从中世纪说起，而忽略了古代，《世界文学史纲》则叙述现代处很是简略，尤其是苏联的文艺思想，普通的文艺史上都还不曾说到；（三）则原有各书虽有独到之见，但也各有错误的观点，初学的青年，往往难以辨别。

为补救上述的三种困难计，一本简明的，包括各时代的，采原有各书之长而舍其所短的小册子，我以为是不可少的。

因此，当《青年自学丛书》的编者向我征稿时，我就认定了这一工作。

着手之后，我又想到普通的世界文艺思潮史都不涉及中国的一部分，这也是一种缺陷，因此最后又自撰《中国文艺思潮的演变》一章，说明五四以来直到目前的中国新文艺思想的发展。这可以说是本书的一个特点。

读者诸君，要知道文艺思潮史和文学史，单读这一本书是不够的。

本书的任务，只是做向导诸君进读别的大书的引线而已。

但在这小册子的本身中，缺点一定很多，我希望读者随时指教，使我有改进的机会。

徐懋庸一九三六年十一月，上海。

（原载1937年1月16日《世界知识》第5卷第10号）

《阿Q正传》注释者声明

一、鲁迅的作品的价值，在中国的知识界，已尽人皆知，二十余年来，饱受了欢迎与赞扬。然而，由于含义的深刻，取材的精微，作风的独特，语汇的丰富，常使许多学识和经验较浅的青年，只能止于感性的欣赏，不易近于理性的悟解；常听人说："鲁迅先生的作品真是好，但实在难懂！"这是不足怪的，鲁迅自己，也曾说过，不到三十岁的人们，不容易完全了解他的作品。但这是很可惜的，倘若许多的青年读者，对于这一代革命文艺家的名著，竟不能更多领会的话。

二、我对鲁迅的作品，也只能浅尝，未有高度的了悟，但因爱好特深，读得较久较熟，又得了马列主义和其他一些知识的帮助，所以，在与许多青年同志讨论的时候，有些见解，往往被认为对鲁迅的读者可能有帮助。前年冬，抗大的一个同志，曾提议道："把你对这些作品的意见，写出来发表吧。"于是我开始想到了注释的办法；但那时没有决心做。今年，因为重新参加工作了，许多朋友，又以此相劝诱，认为对研究鲁迅的运动不为无益。那么，我就试试看吧。

三、从《阿Q正传》做起，是因为它的读者最多，而且内容最丰富的原故。此后的计划是，想从《呐喊》里面选《孔乙己》、《明天》、《药》，《彷徨》里面选《祝福》、《肥皂》、《伤逝》、《离婚》，还从《故事新编》里面选《铸剑》、《理水》、《采薇》、《出关》等篇，或者，更推而广之，选些论文来注释，因为鲁迅的论文，也颇有费解之处的。但以上只是暂拟的计划，将来也许会因自己的主意或读者的提议而略有变动的。在此附带声明一句：我非常欢迎对我的注释计划，多多给予意见。

四、这回的注释，是关于作品中所包含的思想的阐发，不涉及个别文字的意义，因为字义的解决，在读者是比较容易的。据我研究的结果，鲁迅的小说里面的形象化了的思想，都在他的论文，杂感之中提出着，发挥着的。由此证明了过去陈西滢的称赞鲁迅的小说，而抹杀他的杂感，真是毫无理由。鲁迅的思想是成为完整的，体系的，而且只有一个体系，在论文杂感中所直说的与在小说中所表现的，完全一样。因此，要阐明他的小说中的思想，最好就用他自己的论说。我就是打算这样做的。但现在手头所有的鲁迅的论说，只是一本《鲁迅的论文选集》，没有《热风》、以至《且介亭文集》的各个集子，所以许多的材料，无以征引，这是很苦的。在此又附带声明一句：希望读者能寄给我鲁迅的书，或借，或售，或赠，或交换，我都是欢迎的。

五、据我的研究，鲁迅的思想体系，与马列主义是完全一致的，（早年的个别论点除外）：因此，在我的注释中所描写的许多社会现象，现在也还是存在的；因此，我的注释中，有时常常联系目前的现实，甚至想借鲁迅以整风，但我希望这不至于变成风马牛的胡扯。然而，希望是希望，错误总难免除的，这只好依赖读者的帮助了。因此，最后又附带声明一句，请读者看了我的注释以后多多的给予批评和指示。

一九四三年四月一日徐懋庸

（录自徐懋庸注释鲁迅著《阿Q正传》。
华北书店1943年7月初版）

《鲁迅——伟大的思想家与伟大的革命家》前记

近几年来，我根据马克思列宁主义和毛泽东思想的观点，研究鲁迅，随时有一点心得，写了几篇文章。现在把这些文章编成一个小册子，并根据毛主席的结论题名为《鲁迅——伟大的思想家与伟大的革命家》——这是因为，我在这些文章里，只论到鲁迅的思想家和革命家的方面，而还没有涉及他的文学家的方面。

此外，我把一九四一年为晋冀鲁豫边区的《新华日报》所写的《我所受于鲁迅的影响》一文和三年前所作《鲁迅论中国小资产阶级知识分子》的笔记，作为附录，也编在一起。正当毛主席号召各种知识分子进行思想改造的时候，我想，把鲁迅关于小资产阶级知识分子的正确、深刻而又有形象性的意见，集中起一部分（我所摘记的是不完全的），供知识分子参考，应该是会有好处的。

徐懋庸　一九五一年十一月

（录自《鲁迅——伟大的思想家与伟大的革命家》，
中南人民出版社1951年12月初版）

《马克思列宁主义和毛泽东思想的
简单介绍》作者的声明

　　今年一年，我在学习以及宣传马克思列宁主义和毛泽东思想的过程中，写了几篇文章，作了几次讲演。现在把这些文章和讲演录汇集起来，编成册子，就是这本《马克思列宁主义和毛泽东思想的简单介绍》，以供同志们的参考。

　　其中的《〈实践论〉——知己知彼百战百胜论》，曾经单独印行，后面还附了一篇《鲁迅关于革命的战略策略的思想》。这回，因为所附的一篇，已另行编入《鲁迅——伟大的思想家与伟大的革命家》一书，而原书的第一版已经卖完，所以连《〈实践论〉——知己知彼百战百胜论》也不单独重版，就合并在这个册子里面了。

　　《什么是列宁主义》和《列宁主义的理论》两篇，是在武汉市机关干部马克思列宁主义夜间学校讲授时的提纲。其他各篇，都在《长江日报》发表过。《什么是毛泽东思想》一篇，此次编入时曾略加补充。

　　关于马克思列宁主义和毛泽东思想，我明年还要更努力地学习，也要更努力地宣传。我希望读到这个册子的同志们，给我批评，使我能够有进步。

徐懋庸　一九五一年十二月六日

（录自《马克思列宁主义和毛泽东思想的简单介绍》，

中南人民出版社1952年1月初版）

《工人阶级与共产党》作者的声明

一、这篇《工人阶级与共产党》，是我在武汉大学整党学习中讲共产党员八个条件的第一条《中国共产党是中国工人阶级的政党》的记录。讲的时候，因时间限制，只讲到一般的工人阶级的特点，而没有详细分析中国的工人阶级和中国的工人运动，也没有讲到本题所应包括的其他许多问题。这份讲稿，虽然不够全面，但有些同志听了觉得还能解决若干基本的问题；正因为所触及的是基本的问题，所以也就有助于了解其他的问题。因此，我就把这一部分交中南人民出版社单独印行。

二、我讲这一部分时，主要的根据，是《共产党宣言》中的观点。《共产党宣言》这一经典著作，在初学马克思列宁主义的同志读起来，可能会觉得很困难。武汉大学有些同志，在听了我这讲演之后，再去读《共产党宣言》，就觉得比较容易懂了。因此，我将这篇讲义所根据的《共产党宣言》的文句，附记在后面。

三、有许多同志，因为马克思和恩格斯是非无产阶级出身的知识分子，所以把马克思主义的学说，看作是知识分子替工人阶级创造出来的东西，而不承认这是工人阶级本身的东西。这种怀疑可能是相当普遍的。为此，我想引一段毛泽东同志在《实践论》中所说的话，以消释这个怀疑：

　　无产阶级对于资本主义社会的认识，在其实践的初期——破坏机器和自发斗争时期，他们还只在感性认识的阶段，只认识资本主义各个现象的片面及其外部的联系。这时，他们还是一个所谓"自在的阶级"。但是到了他们实践的第二个时期——有意识有组织的经济斗争和政治斗争的时期，由于实践，由于长期斗争的经验，经过马克思、恩格斯用科学的方法把这种种经验总结起来，产生了马克思主义的理论，用以教育无产阶级，这样就使无产阶级理解了资本主义社会的本质，理解了社会阶级的剥削关系，理解了无产阶级的历史任务，这时他们就变成了一个"自为的阶级"（人民出版社版《毛泽东选集》第一卷二八七——二八八页）。

由此可知，马克思主义的理论，本来就是工人阶级长期斗争的经验的总结，这个总结工作，虽然是资产阶级出身的知识分子做的，但是他们之所以能做出这样的总结，只是因为他们已经是脱离了资产阶级而参加到工人阶级队伍、站在工人阶级立场的知识分子了。所以，马克思主义的理论，究竟是属于工人阶级本身的东西。这是无可怀疑的。

徐懋庸　一九五二年一月十六日

（录自《工人阶级与共产党》，中南人民出版社1952年3月初版）

我的杂文的过去和现在
——《打杂新集》自序

一

由于北京出版社的提示，检点从去年十二月起到现在为止，半年来所写的杂文，竟有四五十篇了，决定编成一个集子，叫它做《打杂新集》，因为二十年前曾编印过一本《打杂集》的缘故。

二十年前那本《打杂集》的成因，是偶然的。一九三三年，我还没有发生充当一个著作者的愿望的时候，每天看看《申报》，读读上面的副刊《自由谈》，有一天，忽然以为，自己也可以写写其中的一类短文，就写了一篇，寄去了；隔了几天，竟被登了出来，于是就继续写，写得很多。后来编成一本《不惊人集》，但被国民党的检查机关禁止印出，连稿本也无影无踪了。一九三五年，又编了一个《打杂集》，这回总算被准许印行了，可是经检查官老爷们动了一些手术；问鲁迅先生，说还是让它出版，见见世面吧，好在面目大体还在的，"也给中国的著作界丰富一点"，他还给作了一篇序，将我的杂文与唐太宗的诗"夫子何为者……"相比，说后者不及前者的"和现在的切贴，而且生动，泼剌，有益，而且也能够移人情"。

但就在当时，我心里也有数：鲁迅先生的话，不过是给我指示一个努力的方向，并非评的已有的成就。至于当时已有的成就，虽然现在手头没有那集子，无从检查，但想起来，是要脸红的，因为我记得，那时自己的见识和思想，远比现在贫乏和浅薄，写的时候，往往只有一点点意思，却敷衍成篇的。

然而，鲁迅先生给开出了一个方向之后，我却反而不写杂文了。主要的原因，是抗日战争发生，就到敌后抗日根据地，干别的一些行当去，虽然那也是打杂；这样的一直过了二十年。

到了去年，《人民日报》改版，在八版上又出现了杂文。我在汉口，读着读着，有一天忽然又发生了一个想头：现在的杂文，似乎我也可以写一点。于是寄了一篇去，用的是假名，也没有告诉他们通讯地址。这一篇就是《想到活捉》。过了几天，居然也见报了。我很佩服《人民日报》编辑部看稿的认真，对新生力量的注意，因为他们是不知道我是个旧人员的。但是，后来他们为了发稿费，查起来了，我也只好献出正身去。于是，他们就鼓励我写下去，我也就把积压了二十年的一些意思陆续形诸笔墨。由于在一个时期内，老作家们忽然很多休假了，《人民日报》的八版就抓我填空子，三、四两月，发表我的东西至二十一篇之多。他们说，这是"空城计"，用我一个龙套来伪装藏着若干大军。因此，署的是好多个假名。

这以后，给别的刊物也写了一些。

二十年前后，两次的开始，都是偶然的，两次都一发而不可收。但真所谓偶然之中有必然，这里面就有必然性。这必然性，在于：一，社会是需要杂文这东西的；二，我是只能写写杂文的。因此，我发生了一种复杂的心情：对于我的杂文尚能适合社会的某种需要一节，我感到酸辛的快乐；但对于我自己只能写写杂文这一节，又感到快乐的酸辛！

二十年来社会变化很大，而鲁迅先生又不在了，这也是快乐而酸辛的！

二

但是，这一回，我写着写着，忽然苦闷起来了。因为看到了一些客观的情况，又因为写作中的一些困难，我觉得杂文似乎面临了一个新的危机。于是，将所感的写了一篇"小品文的新危机"，发表在四月十一日的《人民日报》上，提出了七大矛盾，并说这些矛盾如不正

251

确解决，小品文就会消亡。《人民日报》八版的编者，要大家来讨论这问题。《人民日报》和《文艺报》的编辑部还先后召开了座谈会，我都参加了。参加讨论的文章和座谈会发言的内容，我不去详说它，总之也是百家争鸣，许多意见都很好。值得特别一提的是一位范舟同志，他认为我所提出的七大矛盾是"根本无法解决的"，而且因为"即使是专家，也不能保证不出差错"，所以主张"小品文不该继续存在"，"必然是……消亡"；他还用讽刺的口吻，说我对小品文的希望是"梦拾黄金"，坚决反对带讽刺的小品文。

文章和座谈会上的发言，有些对我的批评都是和风细雨。但有些朋友当面的忠告，却比较尖锐，有的说我是"无的放矢"，因为现在并无取缔"匕首"和"投枪"式的小品文的法律，小品文并无消亡的危机，而且近年倒是繁荣起来了；有的朋友，则说我"无病呻吟"；有的还说我那篇"新危机"是"站在人民以外"的讲话。

朋友们的善意值得感谢，我也应该进行检讨。但我以为，我所说的那些矛盾（或者叫做问题），是存在的。至于"危机"两字，却是援引自鲁迅先生，而没有把原意说全。鲁迅先生说："我所谓危机，也如医学上的所谓'极期'（Krisis）一般，是生和死的分歧，能一直得到死亡，也能由此至于恢复。"所以，我本来应该说，现在的许多矛盾如果解决得好，今后的小品文会得繁荣，或更繁荣起来；否则就会消亡——自行消亡或被迫消亡。只说了消亡，是片面的。

至于"无病呻吟"说，则有点冤枉：我的呻吟，确实是因为有病。这需要用事实来说明。

我发表于《人民日报》的第一篇东西《想到活捉》，是有感于一个同志的惨死，写出来的。刊出以后，就有两位作者合作，在《人民日报》上提出批评：第一，他们把我的在某些条件下可以演出"活捉"的主张，归入了鬼戏"一律可演"的一类；其次，他们认为阎婆惜和张文远之间的爱情是"可耻的，罪恶的，说不上比死更坚强"。大概因为宋江是农民革命领袖，阎婆惜不爱这样的人，就已错误，何况"还一定非要把宋江置之死地不可"。他们又说"昆曲'活捉'，是与《水浒》原著的精神有抵触的"。对于这样的批评，我觉得有些不满足的地方，曾经写了一篇答辩，但因为这小问题不值得引起"争鸣"，所以没有发表，——现在编入附录里。

由此可知，我的第一篇小品文的一露头的结果，就使我考虑到写法上的困难。但是，这还是小事，而那第二篇，用"回春"这笔名发表的《对于百家争鸣的逆风》，却真是面临了消亡的危机。

在那一篇里面，我讲了一些普通的道理之后，顺便轻轻地刮了一个八级高干的烂疮的几个细胞。我的本意只希望他自己感觉到一点，以后警惕警惕，对于他自己，对于事业，会有好处。所以不提名姓，也不露机关。但是，那文章一发表，大祸就临到许多人的头上了。

首先是祸延文章里所说的那个组织科学讨论会的教研室。那位八级干部，命令教研室的人们说："回春的文章，是诽谤我的。但那个会是你们组织的，所以你们有责任集体写信给《人民日报》，声明不是事实，并且斥责回春。否则，你们就会犯自由主义的错误。"教研室紧张了好几天，向所有到会的人调查的结果，终于觉得无法执行这命令，因为回春所写，是事实，而且还不是丑事的全部，怎么好说诽谤，有什么可以斥责的。

于是，八级高干大怒了，在一个教学干部会议上，发表演说，痛斥了回春的"诽谤"，"无聊"和"反党情绪"一顿。然而最后又说是根据"宽大政策"，不予查究了。但结果，人们倒纷纷查究起回春是谁来了。在这样的形势下，我恐怕人们误猜好人，就挺身自首，说："回春就是我，不劳查究，听候法办！"

接着，是祸延《人民日报》。那八级高干，责成一位九级高干，亲自起草致《人民日报》的信稿，大意是：回春就是徐懋庸，是一个坏人，他的文章中所说，不是事实，仍然是为了反什么的捏造，《人民日报》登他的文章，有损党报威信，此后不许登他的文章……云云；又一次召集了教研室的人们，要大家签名。但是，在会议上，大家拒绝了签名，因为要对事实和党性负责。最后是，由校长办公室的名义，另写了一封信给《人民日报》；听说，那语气，却缓和得多了——我不知道《人民日报》接到这信没有？

我要请教我的朋友们，对于这样的情形，我能够不感到"危机"么？我是"无病呻吟"么？有的朋友又说，高级干部的事情，一般人是看不到全面的，所以可以批评，但不易批评。这话也极对。但是，我又要请教：那位高级干部，单以处理回春的小品文这件事而论，难道还有什么伟大的真理，为我们一般人所认识不到的在里面么？

倘若做了结论，那位高级干部的所为，完全或基本上合乎真理，而揭露他的人是"站在人民以外"，那么，我就声明：我甘愿自己的小品文甚至连同其他，自行消亡，不待取缔，以证明我决不愿意"站在人民以外"。

自然，我也知道，那位高级干部的所为，在社会主义社会里，是仅有的事。但正因为仅有，所以很突出；很突出，所以不能使人熟视无睹；不能无睹，所以不能不感到憎恶而批评之。又正因为是仅有的，所以扫除了这一小点点儿的阴暗，社会主义社会就会更加光明。容忍这阴暗，而以扫除者为"站在人民以外"，那么，小品文的危机，也实在只有"一直得到死亡"的一途，而且关系所及，不仅仅是小品文的问题。

然而，仅有论也不对了。在《文艺报》编辑部召开的座谈会上，因为起初有些同志也认为并无危机，所以我把这一桩公案也讲了一下，接着，别的同志，也举出了类似的事情，竟有好多起。

对于这类事情的是非，我现在还在等待着结论。

三

但看情形，小品文消亡的危机，似乎已经过去了，我自己还在写着，发表着，也是证明。那么，留下的问题，是怎么写得好些。

这问题，我是没有把握的。我现在的所作，比起二十年前的来，似乎有些进步，因为现在的意思比较多些；但我自己总不能满意。我曾给自己规定，文章中要"有点儿生活，有点儿思想，还有点儿艺术，也可以有点儿科学，而且，还应当有点儿自己的风格"。但说来容易做来难，因为各方面的修养都不够。特别在"有点儿生活"的问题上，因为自己近年生活圈子小，孤陋寡闻，所以取材所及，只限于少数亲炙亲历的人事，这自然还由于心胸的狭隘。但另一方面，我也不惜把自己作题材，剥剥自己的皮，以示我自己并非真理的占有者。我的灵魂，也确实存在着许多阴暗面，我有时自己将它暴露出来，也许倒是对于进步有益的。

此外还有一个我自己意识到的缺点，是一二千字的文章里常用引文。这原因，我在《文艺报》召开的座谈会上坦白过，"有三个意思——两个坏心肠，一个好心肠。第一个坏心肠是偷懒，因为用自己的话说很费劲；第二个坏心肠是要吓唬吓唬别人，因为某些不常见的意思用自己的话说，别人会说你是标新立异，一引证权威言论，大家就不说什么了；一个好心肠，是马克思的话，孔子的话，一般青年不懂，引用来一说明，可以帮助青年理解"。但坏心肠总是不该有的，好心肠则未必能够正确做到。所以从今以后，我想至少要少用引文。

总而言之，我要在各方面努力学习，以求渐渐的有所进步。

《人民日报》文艺部的同志是可感的，他们一方面给我鼓励，另一方面也及时给我批评。他们还毫无保留地把读者的指摘转给我看，使我有检讨自己的根据；所以，对这类读者，我是更感谢的。另一类读者也值得感谢，他们给我鼓励，例如《一副对联》发表以后，就有好几位老辈和青年，来信赞同我的意见，并写了那副对联寄赠，其中特别使我感奋的是一位志愿军的干部。

社会主义的社会是幸福的，这幸福，不在于生活已经怎样美满，而在于任何人真能做到"有一分热，发一分光"，即所谓各尽所能。我的劳动，只限于写写杂文，在自己是应该惭愧的，但社会并不以为轻贱，这实在是对全体劳动者的鼓励！而劳动者的各尽所能，一定会促进生活的美满。

四

这集子，把近半年来所写文章的大部分编进去了。编排的方法，是不分类，也不按照写作的时序，而大体根据发表的先后。

最后，我将这个反映着我自己的灵魂光明面和阴暗面的集子，特别献给一位非常关心我的老朋友！

一九五七年五月十三日

（原载1957年《人民文学》第7期）

萨特尔著《辩证理性批判》译者前言

　　《方法问题》是萨特尔的《辩证理性批判》第一卷的第一部分。《辩证理性批判》全书卷帙浩繁，一时不能全部译成，经征得商务印书馆同意，决定把这一卷分三册陆续出版。

　　萨特尔（Jeau-Paul Sartre）是现代法国资产阶级的哲学家、剧作家、小说家和政论家。他的著作在资本主义国家和一部分社会主义国家的知识分子中都有相当的影响。1960年《辩证理性批判》第一卷出版后，在西方哲学界尤其引起注意，报刊上先后发表的对此书的介绍、阐述、批判的文章很多。为了了解资产阶级哲学界的动向，我们决定把它译述出来，供有关方面参考。我们对于这本书的批判意见准备等到全部译成后在第三分册后记中发表，这里只简略地介绍一下萨特尔的经历和他的哲学思想。

　　萨特尔于1905年6月21日生于巴黎；他的父亲是一个海员，早死；由他的母亲抚养长大。1925年入师范学院学习；1929年毕业，以考试列第一名获得教授资格。他在师范学院学习的时期，读了马克思的《资本论》和《德意志意识形态》，对资本主义社会的对抗性阶级矛盾有所了解，这使他对资产阶级的乐观的人道主义和一元论的唯心主义发生怀疑。后来，他到柏林研究德国的现代哲学，受了胡塞尔和海德格尔的影响，开始形成了他的无神论的存在主义的哲学思想。他初期的哲学论文有《自我的超越性》（1937）、《想象力》（1938）等。同时还写了第一本反映着存在主义思想的小说《作呕》（1938年）。

1939年第二次世界大战爆发后，萨特尔应征入伍，1940年为德军所俘，后来逃出。在俘虏生活中，他继续从事写作，先后写成戏剧《苍蝇》（1942）和哲学著作《存在和虚无》（1943年），并开始写长篇小说《自由之路》（1945—1949，已完成三部，尚未完）。萨特尔从德军中逃出后，即参加反纳粹的抵抗运动。大战结束后，除了继续写哲学论文、小说、戏剧以外，还写了许多政治评论。1945年他创办《现代》月刊，自任编辑，常常发表他的哲学的和政治的观点。

萨特尔的存在主义哲学是一种很复杂的混合物，它的基本路线是主观唯心主义。他自己在《存在主义是一种人道主义》一书中说，他的存在主义是一种无神论的存在主义，与雅斯贝尔斯和马塞尔等基督教的存在主义有区别，但两派都承认"存在先于本质"，都以主观性为其出发点。

我们知道，哲学的根本问题是思维与存在的关系的问题，是二者之中哪一个是第一性的问题，还有思维能否反映存在的问题，在这个问题上，萨特尔把我们所说的客观存在叫做"自在"，而把思维叫做"自为"。他以消灭二元论为名，反对把自在的存在和自为的存在相对地划分为两个区域，而主张"自在"与"自为"的综合的统一的"总体的存在"。在这个综合中，自为离不开自在，同时自在也与自为不可分解地联系着。用他的话说来，"无化者—被无化者"和"被无化者—无化者"、"赋予意义者—被赋予意义者"和"被赋予意义者—赋予意义者"、"反映者—被反映者"和"被反映者—反映者"——总而言之，"主体的—客体的东西"和"客体的—主体的东西"是不可分割地由一个综合的联系而联合起来的；但是这个联系不是别的，正是自为—意识—主体本身，而自在只是从使它获得意义的自为那里才得到存在的。萨特尔的这种观点，其实同列宁所批判过的阿万那留斯的"原则同格"说毫无二致，不过同义异词地复述了主观唯心主义而已。

萨特尔的这种存在主义哲学，反映着第二次世界大战以后阶级斗争新形势之下的一部分资产阶级知识分子的思想意识。他们一方面害怕帝国主义重新发动战争，一方面更害怕国际无产阶级的革命斗争，因而陷于彷徨、苦闷，觉得这个世界处处是对他们的威胁；这个世界是一片混沌，没有客观真理，没有他们可以遵循的普遍原则。于是他们只好自行其是，全凭个人的主观来创造自己的人生，成败无法预计，行动就是一切，死亡就是人生的总结。

值得我们注意的是，萨特尔的哲学在1957年以后表现了一种特别的倾向，他竟然表示他的存在主义同马克思主义是"接近"的，并且承认马克思主义是现代唯一不可超越的哲学，还说他原则上完全同意历史唯物主义，如此等等；与此同时，他也同马克思主义阵营中的修正主义者一样，说马克思主义现在已经"停滞"了，"僵化"了，成为"教条主义"了，需要设法使它"再生"。他的《辩证理性批判》的第一卷，就是主张经过"批判"，把存在主义思想"补充"到马克思主义里面去，而使马克思主义"再生"的一种尝试。萨特尔就是这样与马克思主义阵营中的修正主义者此唱彼和的。由此可见，借马克思主义的外衣贩卖资产阶级的观点，是目前时代中并非偶然的一种阶级斗争形式。

萨特尔在《辩证理性批判》一书中所讲的是所谓"历史哲学"。他在"历史唯物主义"的名义下，从个人的"实践"出发，来解释历史的发展和描绘历史的过程。他认为历史只是个人的主观的实践的总汇，而辩证法则只是人在创造他自己时把它创造出来而它又回头来创造人的那种东西。辩证法只存在于"社会世界"中，如果把辩证法搬到自然界，那只是生拉硬栽；而他的所谓"社会世界"，由于它是个人的实践的集合体，所以也没有客观的普遍规律；只有通过个人的主观性，"社会世界"和"历史"才是可知的。他说马克思主义的辩证理性没有给它自己提供根据，于是他就来给它提供根据，而这个根据无非就是个人的主观性而已。

《辩证理性批判》出版后两三年来，在外国哲学界所引起的反应，大体可以分作三类：一类是企图从马克思主义的立场对此书进行不同程度的批判和肯定的；一类是站在资产阶级的立场加以吹嘘的；又一类是站在资产阶级的立场加以批判的。为此，我们选译了几篇各类的批判文章，作为附录，供读者一并参考。

此外还有五篇论文，在我国已经译出，而没有收入本书附录的，我们把题目写在这里，以便读者查阅：

1.《辩证理性批判》（法国 M·杜弗莱纳）

2.《从〈有与无〉到〈辩证理性批判〉》（法国 P·雅非）

3.《萨特尔的〈辩证理性批判〉》（日本田岛节夫）

——以上三篇均载《现代外国资产阶级哲学资料》，1961年第9期。

4.《萨特尔的〈辩证理性批判〉》（美国 E·莫若特-塞）

——载同上刊物，1962年第5期。

5.《辩证理性的无稽之谈》（法国 R·吕以埃）

——载《哲学译丛》，1962年第1—2期。

我们译述萨特尔《辩证理性批判》一书，是为我国的哲学研究者提供一份反面材料，它可以帮助我们了解在当前阶级斗争形势下，资产阶级哲学向马克思主义哲学进攻的一种新的战术，也可以使我们了解现代修正主义哲学与资产阶级哲学的亲属关系。

《辩证理性批判》一书中有许多借自黑格尔、海德格尔、胡塞尔等唯心主义哲学家的词汇，更多是萨特尔自创的新词。这些词汇有不少在国内还是没有固定的译法。附录的各篇论文，因出于好几个译者之手，而这些译者的见解并不一致，所以往往有同一个词而译法不同之处，例如萨特尔的另一部著作《L' Êetro et lonéant》，有的译作《存在和虚无》，有的则译作《有与无》，也有的译作《存在与无》，各有理由，一时未能一致。我们现在没有强求统一，也不敢说《方法问题》中的译法就是最合适的，希望国内研究哲学的同志，对这些不同的译法比较研究，提出意见，以便今后能渐趋一致。至于《方法问题》和附录的论文的译文中其他的错误和缺点，也欢迎提出批评、指正。

徐懋庸　一九六三年六月

（录自《辩证理性批判》第1分册，商务印书馆1963年12月初版）

研究评论文章选辑

徐懋庸作《打杂集》序

鲁 迅

　　我觉得中国有时是极爱平等的国度。有什么稍稍显得特出，就有人拿了长刀来削平它。以人而论，孙桂云是赛跑的好手，一过上海，不知怎的就萎靡不振，待到到得日本，不能跑了；阮玲玉算是比较的有成绩的明星，但"人言可畏"，到底非一口气吃下三瓶安眠药不可。自然，也有例外，是捧了起来。但这捧了起来，却不过为了接着捧得粉碎。大约还有人记得"美人鱼"罢，简直捧得令观者发生肉麻之感，连看见姓名也会觉得有些滑稽。契诃夫说过："被昏蛋所称赞，不如战死在他手里。"真是伤心而且悟道之言。但中国又是极爱中庸的国度，所以极端的昏蛋是没有的，他不和你来战，所以决不会爽爽快快的战死，如果受不住，只好自己吃安眠药片。

　　在所谓文坛上当然也不会有什么两样：翻译较多的时候，就有人来削翻译，说它害了创作；近一两年，作短文的较多了，就有人来削"杂文"，说这是作者的堕落的表现，因为既非诗歌小说，又非戏剧，所以不入文艺之林，他还一片婆心，劝人学学托尔斯泰，做《战争与和平》似的伟大的创作去。这一流论客，在礼仪上，别人当然不该说他是"昏蛋"的。批评家吗？他谦虚得很，自己不承认。攻击杂文的文字虽然也只能说是杂文，但他又决不是杂文作家，因为他不相信自己也相率堕落。如果恭维他为诗歌小说戏剧之类的伟大的创作者，那么，恭维者之为"昏蛋"也无疑了。归根结底，不是东西而已。不是东西之谈也要算是"人言"，这就使弱者觉得倒是安眠药片较为可爱的缘故。不过这并非战死。问是有人要问的：给谁害死的呢？种种议论的结果，凶手有三位：曰，万恶的社会；曰，本人自己；曰，安眠药片。完了。

我们试去查一通美国的"文学概论"或中国什么大学的讲义，的确，总不能发见一种叫作Tsa-wen的东西。这真要使有志于成为伟大的文学家的青年，见杂文而心灰意懒：原来这并不是爬进高尚的文学楼台去的梯子。托尔斯泰将要动笔时，是否查了美国的"文学概论"或中国的什么大学的讲义之后，明白了小说是文学的正宗，这才决心来做《战争与和平》似的伟大的创作的呢？我不知道。但我知道中国的这几年的杂文作者，他的作文，却没有一个想到"文学概论"的规定，或者希图文学史上的位置的，他以为非这样写不可，他就这样写，因为他只知道这样的写起来，于大家有益。农夫耕田，泥匠打墙，他只为了米麦可吃，房屋可住，自己也因此有益之事得一点不亏心的糊口之资，历史上有没有"乡下人列传"或"泥水匠列传"，他向来就并没有想到。如果他只想着成什么所谓气候，他就先进大学，再出外洋，三做教授或大官，四变居士或隐逸去了。历史上很尊隐逸，《居士传》不是还有专书吗，多少上算呀，嘻！

但是，杂文这东西，我却恐怕要侵入高尚的文学楼台去的。小说和戏曲，中国向来是看作邪宗的，但一经西洋的"文学概论"列为正宗，我们也就奉之为宝贝，《红楼梦》《西厢记》之类，在文学史上竟和《诗经》《离骚》并列了。杂文中之一体的随笔，因为有人说它近于英国的Essay，有些人也就顿首再拜，不敢轻薄。寓言和演说，好象是卑微的东西，但伊索和契开罗，不是坐在希腊罗马文学史上吗？杂文发展起来，倘不赶紧削，大约也未必没有扰乱文苑的危险。以古例今，很可能的，真不是一个好消息。但这一段话，我是和不是东西之流开开玩笑的，要使他爬耳搔腮，热剌剌的觉得他的世界有些灰色。前进的杂文作者，倒决不计算着这些。

其实，近一两年来，杂文集的出版，数量并不及诗歌，更其赶不上小说，慨叹于杂文的泛滥，还是一种胡说八道。只是作杂文的人比先前多几个，却是真的，虽然多几个，在四万万人口里面，算得什么，却就要谁来疾首蹙额？中国也真有一班人在恐怕中国有一点生气；用比喻说：此之谓"虎伥"。

这本集子的作者先前有一本《不惊人集》，我只见过一篇自序；书呢，不知道那里去了。这一回我希望一定能够出版，也给中国的著作界丰富一点。我不管这本书能否入于文艺之林，但我要背出一首诗来比一比："夫子何为者？栖栖一代中。地犹郰氏邑，宅即鲁王宫。叹凤嗟身否，伤麟怨道穷。今看两楹奠，犹与梦时同。"这是《唐诗三百首》里的第一首，是"文学概论"诗歌门里的所谓"诗"。但和我们不相干，那里能够及得这些杂文的和现在切帖，而且生动，泼刺，有益，而且也能移人情。能移人情，对不起得很，就不免要搅乱你们的文苑，至少，是将不是东西之流的唾向杂文的许多唾沫，一脚就踏得无踪无影了，只剩下一张满是油汗兼雪花膏的嘴脸。

这嘴脸当然还可以唠叨，说那一首"夫子何为者"并非好诗，并且时代也过去了。但是，文学正宗的招牌呢？"文艺的永久性"呢？

我是爱读杂文的一个人，而且知道爱读杂文还不只我一个，因为它"言之有物"。我还更乐于杂文的开展，日见其斑烂。第一是使中国的著作界热闹，活泼；第二是使不是东西之流缩头；第三，是使所谓"为艺术而艺术"的作品，在相形之下，立刻显出不死不活相。我所以极高兴为这本集子作序，并且借此发表意见，愿我们的杂文作家，勿为虎伥所迷，以为"人言可畏"，用最末的稿费买安眠药片去。

　　　　一八三五年三月三十一日鲁迅记于上海之卓面书斋。

（原载1935年5月5日《芒种》第6期）

《懋庸小品文选》序

曹聚仁

　　我来替《懋庸小品文选》在头上瞎说几句，那是最适当的；小D替阿Q做外传，比鲁迅或者做得更正确些。

　　我们这一群人，大都是住在土谷祠里的；土谷祠里也有舆论，不过和赵太爷府上的舆论，一向不相一致。赵太爷指点那客厅上的红木桌椅，说是未庄上唯一富丽堂皇的摆设；他要抽水烟，就躺在太师椅，多么舒服。我们就笑他客厅里没有条凳，抽水烟何如坐在墙壁角捉虱子。赵太爷想女人，偷偷摸摸勾搭上来，要假斯文说猫儿不吃荤；我们就主张壁挺地跪在吴妈面前，说："我要和你困觉，"宁可吃秀才的大竹杠。赵太爷把一斤重的红烛留着拜佛，要叫地保取门幕去看看；我们把唯一的毡帽送给地保，算作酒钱的抵押。大概赵太爷和我们处在两个极端。他所赞成的便是我们所反对，他的幸乐便是我们的苦痛；当赵太爷记起我们时，便是他需要我们的血汗的时候。

　　然而未庄上没有我们，那就万事不行，即赵太爷也会异议，所谓"管他妈的，倒底非请你帮忙不可"也。一当闲空，未庄人早都把我们忘却，赵太爷更不待说。可是将来有太史公其人者出，他要写一篇打杂者传，到土谷祠来搜寻史料将如之何呢？小D曰："是余之责任也夫，是余之责任也夫！"我还是把阿Q的文献整齐编次一番罢！

　　仿班固《汉书·叙传》体例，作《懋庸小品文选》序。

（录自《懋庸小品文选》，上海天马书店1935年2月出版）

评徐懋庸作《打杂集》

力 博

看完了《打杂集》，觉得有几句要说的话。

在自序上，作者说到了他写作的动机：

> "我的动手写作，常常也因为感到寂寞，我的寂寞，是明明知道在威严而高大的墙外就有着新的生活和新的自然，而不得见，不得近的寂寞。因此我要打毁这墙，然而我没有巨大的撞槌，我只能对着我的面前的墙咚咚地掷些石子，使它起一些麻点而已。"

作者是热烈的追求光明的人，正因为热烈，才感到墙外的寂寞吧。然而在这里也表现了作者深自菲薄的情绪，不仅在这里，在书的许多处所，也常常流露着无力的秋思，对于这样一个有力的杂文作者，这种深自菲薄的情绪，这秋思，是很不相称的。为什么会这样？我想，一则是因为作者有一点契诃夫式的性格，其次是作者对于自己还缺乏有力的自觉和确信。

短小精干的杂文应当是而且实在是战斗之际的轻骑，它可以来去如风，左冲右突，捍卫自己的壕沟，冲乱敌人的阵线，年来的杂文，的确多少实现了。《打杂集》时作者，要算是这种杂文的一个能手。不是有无数的编者和读者渴望他的文章吗？不是在《打杂集》还没有出现之先，老早就有"攻徐专著"的文章问世吗？这一切都是他有了深厚的社会效益的表现。而他自己还没有力的自觉和确信，这实在是一种不应有的心理矛盾。

　　杂文的作者，不应当妄自菲薄，更不应当无意中受了轻视杂文的人们的影响。我十分同意鲁迅先生的意见，鄙薄杂文的人，只是那些"显出不死不活相"的"为艺术而艺术"的人们。看着他们的空想的思想内容，在形式上循规蹈矩的玩弄一些老套的花样，自以为得了文学的青睐，其实不过是没落艺术的一个可怜的流派，进步的人们是用不着顾到他们的唠叨的。进步的伟大的人们，照例不大为形式所拘。约翰·多斯、拍西斯的形式多么新奇，安德列·纪德自己认为是小说的作品根本就少，然而没有人敢说："他们的东西不算文学。"西班牙的新人奥巴蒂甚至于创造了街头短剧的文学，而且用他的诗作了革命的 Poster，这在"精神贵族"们看来简直是缪斯的堕落吧。然而这个堕落却适合多数人的要求，得到了多数人的爱护！在马德里的大街上，千千万万的民众，高呼奥巴蒂万岁，这实在妒杀了九十八年代的精致的遗老。然而有什么法，时势如此，民气如此。

　　这本《打杂集》，包含了作者四十八篇杂文，有学术短论，社会批评，人物小记，有抒情的散文，更有论战的尖兵，这一切，作者都以"活泼的生机，自然的姿色"的文体出之。

　　这是启蒙的事业，也是前卫的工作。

　　"努力再写吧！"我们要求作者，"使我们的著作界再丰富一点，而且，给我们更多带些胜利的确信的欢声。"

（原载 1935 年 7 月 28 日《时事新报》）

评《打杂集》

张 庚

废名先生《关于派别》一文中，说诗跟散文的分别，在于前者"不隔"，而后者"隔"。此话似乎不可一概而论，有些个散文作者让自己与读者保持一个相当的距离，如知堂先生，这可说是一种个人风格。也有另一些散文作家，却喜欢把自己跟自己的读者结合得极亲密；他果然做到了，而他的文章却并不因这种亲密而失去了散文的体制。

《打杂集》的作者，就是这样一位散文作者，连这本正在谈起的书，他一共写了两本散文集。那作风差不多一开始就是取一种直抒己见的态度，直到现在仍旧是这样。

他在谈起一位区女先生的文章时，曾说过这样一句话："他的文章常常做得太难懂了；弯弯曲曲，有意使人走'八阵图'似的。"这恰恰反证出他自己写文章的态度。读了这本集子，我们不难想象，当一个题目写在纸上预备发表意见之时，作者不大高兴□辞抛句掩映闪烁的来说，却把那意见照自己所想的说出来，说完就算数，也没有什么弦外余音。

依过去散文的成例想起来，这些东西，一定是索然寡味的，然而不尽然。前面我们说过，他有一种亲密之感从文章中散发出来，就是这个给他的文章加添了风味。他极坦白地表现自己，极同情地写出某些事和人，而极憎恶地写另一些事和人。他在一篇文字中的感情是从极快的传染力达读者身上去的——这就是我说的亲密之感。

在这集子中，对于读者最亲切的，莫如他那写自己的一部份文字，

如《我的失败》、《可为而不可为》、《失去的机会》——作者也象
大多数从事文艺的人一样，是农民出身的知识分子。但他与人稍有不
同的，就是如实地把自己的生活剖白出来，一面让人看，一面带讥嘲
的，或者说带苦笑的从旁解说。就是在这种自我蔑视的解说上，作者
深深打动了每个读者的心。

> "我也和许多人一样，从社会制度的破绽之处，勉强觅着饭吃。"

这句话虽然是他忠直的说明自己，但是许多与他生活差不多的人
看了能够不感动么？这是事实，是一种知识分子的无情的自我批判。
在我们读到高尔基的初期尤其是过渡期的作品时，往往觉得字里
行间充满了一个青年人的自我批判的成份。有时候，简直就感到通篇
只是一番自己人格的剖析、估价，自己和自己在争论自己人格的价值。
在一个大时代的前夜，知识分子爱估价自己，大约是普通事实，而那
价格涨落常常相差极远。《打杂集》的作者却把这些事用不假托的散
文写了出来，比之小说、诗等等，又加一层亲切之感。在《我的失败》
中，他感慨地说："在今日，我是把一个故事写成一篇小说这事，看
成杰作了。但在两年以前，决不如此。我和同时代的许多青年一样，
自从六年以前受了一次洗礼之后，也不把生命看着是个人所有，我把
一种事业许给自己，这事业的伟大，是任何伟大的小说所不及的。虽
然在六年以前，我找到一个可以写成一篇好小说的题材，但在前几年
中，我怎么愿意把心力用于写小说，我是将另一种伟大的事业许给自
己的呵。"

其结果呢，他有了妻，想给他加以"创造"，然而不幸，妻有了
孩子。"小孩的诞生，使妻的意识范围在时时缩小。她的心目中只剩
了小孩，别的一切都不顾了。"这显然已经一败涂地，然而不，还有：

> "当我牺牲了自己的前途，想创造妻却又失败之后，对于儿
> 女的教养，是毫无自信了。当我估量自己所剩余的力量，觉得还
> 可以写小说，而又屡被妻子所阻碍的时候，我不禁悲愤了。"

一个志向远大的人，落得连写小说都不成，这是一个知识分子的现代悲哀，然而也可以说是自找的，不，"自群"的讽刺。

最后，他又说了一句："然而，也许，这种种的失败，和妻女都不相干，倒是我自己无力之故。"这也成了"言提其耳"的严格批评了。在这一代的作者中，虽是描写自己的作者，却也不是纯个人感伤的了。他们苦闷是不能讳言，但那苦闷之来，并非因其不懂得社会，而个人受了"压迫"，倒是因为太懂得它。看一件事发生，就洞若观火的看出社会的原因来，"看出来"本是好事，看出后自量无能为力，这就成了苦闷的来源。《打杂集》中，作者就清楚地表现了这种情形，屡屡地说着自己的苟活，屡屡看不起自己的"职业"。

但在这走投无路的情况中，作者却有另一种风趣——在《秋风偶感》一文里，他说出了失业之苦，并告诉人，在他的小亭子间中，"也到了想在上海找工作做的三个男女"，而他无法可想。

"为了把头脑弄清醒些，独自出了昏闷的亭子间，在马路上踱着，继续盘算，无意中看到一处，堂口的垃圾桶，忽然想起了古时希腊的哲学家迭奥琴尼的故事，这个古怪的哲学家，是没有家屋的，他每天栖身之所只是一只桶。"

这好象是幽默，在逼得无可奈何之时，用点幽默来松松气似的。然而不然。在下面他继续写着：

"'一只桶'我因而想到了倘若上海的垃圾桶可以住人，那么，我的三个乡亲的住处不是有了办法么？然而，这到底也是不可能的。垃圾桶是容纳垃圾的，人们呢，倘不住房子，就只好困马路了。可是天气已经秋凉，困马路也不行了。"

自己揭穿了幻想之为幻想，为无法时的解嘲，更使人深一层的感到一种滑稽的悲哀。这到底和金圣叹临刑前所云："杀头至痛也，籍没至惨也，圣叹以无意中得之，大奇！"是不同的两种效果。

然而，作者的文笔仍是朴直一流。虽说朴直，却也有朴直的可爱处。他那篇《记莉莉·珂贝》，也就是用这种文笔写出来的，其中不仅描出了一位年青的外国女作家，还描出了自己，使人有那么多的真实感。然而这种笔墨，有时却会失败：比方《故乡一人》可以说是一个极动人的故事。如果写成一篇小说，那真是再好也没有了，但就现下写成的形式看，却感到松散，没有色彩。

前面提过，作者是主张文章不"弯曲"的，但我觉得，朴直固不坏，如果在必要时能加以艺术的强调，岂不也很好？虽说作者声明说他的"短文毫无艺术意味，所以，并不是文学"，这我们只能看做一种声明，因为他到底是期望着要写小说的。

还有一层，"弯曲"有时确乎难懂，但在"直率"这态度下，难以表示意见时，"弯曲"岂不也是一好法了？这是个人感想，已与徐先生文章无关了。

（原载1935年8月27日天津《大公报》副刊《小公园》）

《中国现代文学史》评徐懋庸的杂文*

　　"左联"时期，茅盾、郁达夫、陈望道、阿英（钱杏邨）等作家，也都在从事小说创作或文艺批评的同时，运用杂文的形式进行了战斗。尤其值得注意的是，在鲁迅的影响下，青年作者大量涌现，各各以杂文为武器，或则抨击政治的黑暗，或则揭露社会的矛盾，或者针砭时事，或则漫谈文艺，内容广泛，风格各殊，然而莫不短小精悍，锋利有力，表现了虎虎的生气。徐懋庸（1910—1977）写了《不惊人集》、《打杂集》等，批评时事，泼剌有力，写来从容自如，不事雕砌，鲁迅为他的《打杂集》撰写序文，在文坛有较大影响。唐弢的《推背集》、《海天集》等杂文，揭发时弊、抗争现实，时复带着散文笔调，含有抒情气氛，在艺术风格上受有鲁迅的影响。徐诗荃得到鲁迅的帮助，变换多种笔名，在《申报》副刊《自由谈》发表不少反抗束缚、批评时政的短评，题材广泛，笔致娴熟。此外如聂绀弩的酣畅淋漓，周木斋的严谨缜密，柯灵的潇洒清丽，各具特点，自成一格。王任叔（巴人）著有《常识以下》，夏征农著有《野火集》，都是于小说、评论之余兼写杂文的作家。还有陈子展的考证，孔另境的随笔，也为读者所欢迎。这些文章的出现，正如鲁迅所说："第一是使中国

---

　　* 题目为本资料编者加。

的著作界热闹，活泼；第二是使不是东西之流缩头；第三是使所谓'为艺术而艺术'的作品，在相形之下，立刻显出不死不活相。"❶

（录自唐弢主编《中国现代文学史》第二册第十一章第四节，人民文学出版社1979年11月出版，第267—268页）

---

❶ 《且介亭杂文二集·徐懋庸作〈打杂集〉序》。

初谈"余致力"（徐懋庸）

曹聚仁

　　在三十年代，我在上海教书时期，有一位好朋友，叫"余致力"。这不是他的本名。一九二七年秋天，国共分裂了，东南各省，县市级党部工作人员，从斗争中脱逃出来的，只好飘泊到上海来，那时，上海依然有法租界和公共租界存在。恰巧，国民党元老派大多是无政府派巨头，如吴稚晖、易培基、蔡元培，他们创办了一所政治性大学，叫劳动大学，所有学生，食、宿、学三者完全免费，恰好网罗了这批五湖四海的英雄，余兄即是其中之一。他是让一位开玩笑的朋友，节取了"总理遗嘱"开头那三个字去报了名，虽然在七千多考生中，及了格，就在这把政治伞下暂时歇脚了（我记得劳大校长王景岐先生，也是无政府主义派，后来任驻波兰大使，在日内瓦病逝）。

　　那批气吞牛斗的年轻好汉，一边是安那其主义的诱导，一边是共产主义的鼓励，校内的斗争，立即表面化。余兄在校读书时，凭他一个人，就赶走了六个国文教师，直到第七位教师来了，他实在不想赶了，才勉强教下去。他们的国文教师在黑板上写了十多种参考书目，他就在当天晚上，写了七十多种参考书目送了上去，就这样吓退了那几位教师。其实，有几位教师，连做他的学生还不够格呢！他才气纵横，笔下很快，新的旧的都来得，英文法文都不错，他的译笔流畅通达，和李青崖兄相伯仲。他懒得可以，却又勤奋得可以。他很少有钱的时候，有了钱也很少有机会留得住。

　　余兄是共产党早期带着浪漫主义色彩的重要干部之一。他和我相识，正在他走出劳动大学之后，在上海文坛以写稿为生活。那时，他的乡友樊仲云先生编辑《社会与教育》，他也帮帮忙，写了许多稿子。我记得樊先生住在花园坊103号，余兄夫妇住106号二楼，和我贴邻相处。彼此一见如故，谈得很投机。那时，我以教书为生，写稿只是业余工作。我们有时可以在阳台上谈个通夜。后来，住在我三楼的朋友搬走了，他们一家就搬到我的楼上来了。他的稿费收入，实在冷热无定，交的房租也是全无准期。反正是朋友，一切都不在乎的。直到抗战前夕，他们离开上海，回到乡间去了，我们就很少有见面机会了。

总之，我和余兄已经可以无话不谈，也算朋友一场了。有一时期，鲁迅先生写给他的信，都是由我代转的。

我和余致力兄建立了深切的友谊。在他的心目中我是一个进步的同路人，可以助他们一臂之力的。我呢，只要是真正的朋友，一切都无所谓，正如鲁迅先生所说的"甘为孺子牛"也。我们两人还有一种共同的嗜好，便是看绍兴戏（不是越剧），成为吴昌顺、小凤彩迷。鲁迅先生对余兄的才华十分看重，有一段时期，相当接近。余兄先后刊行了《不惊人集》和《打杂集》，都为鲁迅所称许。在小品文盛行时期，其面对现实，富有战斗性的，我们称之为"杂文"和林语堂先生所提倡的"闲适小品"相对立。余兄可说是杂文作家中的一支健笔。

鲁迅先生在《打杂集》序文中说了如次的话："我知道中国的这几年的杂文作者，他的作文，却没有一个想到'文学概论'的规定，或者希图文学史上的位置的，他以为非这样写不可，他就这样写，因为他只知道这样的写起来，于大家有益。……但是，杂文这东西，我却恐怕要侵入高尚的文学楼台去的。小说和戏曲，中国向来是看作邪宗的，但一经西洋的'文学概论'引为正宗，我们也就奉之为宝贝，《红楼梦》《西厢记》之类，在文学史上竟和《诗经》《离骚》并列了。杂文中之一体的随笔，因为有人说它近于英国的 Essay，有些人也就顿首再拜，不敢轻薄。寓言和演说，好象是卑微的东西，但伊索和契开罗，不是坐在希腊罗马文学史上吗？"他指出杂文是匕首，一种战斗的工具，"和现在切贴，而且生动，泼辣，有益，能移人情"。余兄呢，正是善于运用匕首的小伙子。有一回，鲁迅先生曾经对他说："在争辩的当儿不可放手，必须韧性，坚持到底。"这正是鲁迅的杀手铜……

我并不是一个上海"文坛"中的什么角色，只是一个旁观者。在当时，我自以为是一个洁身自好，远离是非圈的人。因此，在某一种情况下，还可以做点调处的工作。我的四弟，一直说我是站在边上看热闹，不肯跳到水潭去的闲人。究竟是得是失，也难说得很。

我和余致力兄，同住在花园坊一〇七号，先后三年，彼此相知很深，算得上管鲍之交。他是有所信仰的人，他的信仰，一直是马列主义。我是理性主义者，是一个要选择或种信仰的人，却也不反对朋友们信仰他自己的或种主义，至少，我也理解马列主义的政治趋向。我教青年学生读书，把种种学说、主张介绍给他们看，让他们自己去选择；在教室里，我从来不介绍我自己的主张，也不坚持我自己的主张。余兄说："你这样是不行的，你必须完成一个思想体系，引导青年们去走！"结果，我既不曾说服了他，他也不曾说服过我，各人走各人的，相处得很好。

至于余兄的浪漫气氛，对于我这个从理学空气中成长的人，实在是不容易理解的。在别人眼中，可能把我算作道学气味顶重的人，我自己却觉得事事粘手，想做而不敢做，总缺乏一种热力。这样，就显得余兄是敢作敢为勇往直前的汉子。这是一种浪漫主义的革命气氛，正是我所缺少的。余兄和我住在一起的日子，他已经有了三个孩子，并没有固定职业，只是靠译作为生。我那时的生活包袱很轻，而且有稳定的教授职位，每月有固定的收入。可是，他什么都不管，要做就放手做去。我呢，瞻前顾后，什么都不曾做成。在人生的程途中，就有曹礼吾、余致力和我这样不同的三种典型，彼此却可以成为好友，而且非常知己，世间往往或者本来是会如此的。可是，我和礼吾可以成为好友，我和余兄也可以成为好友，而礼吾和余兄，并不曾成为好友，世间往往又会有如此的一相，也似乎难于勉强的。兜了一个圈子转来，礼吾的妻舅魏猛克，和我也相熟，交谊却不那么深，而猛克和余兄的交谊却很不错。后来许多猛克的朋友，倒成为余兄的朋友。佛法说因缘，许多事只能付之于"缘份"一语了。在这个社会大变动的油锅中，我仿佛是一块顽石，在油锅里打了多少筋斗，还是一个遇事没有决心的人。当然，许多朋友，变成了油条儿，有过又香又脆的一页。到头来，究竟谁是管宁，谁是华歆？只有付之后人去评论了！

我说过，我之为人，只要我乐意，我是"俯首甘为孺子牛"的。余兄时常利用我和新闻界的关系，把他任务中所要透露出去的消息在报刊上刊出的。譬如说，他和妻子回到浙东家乡去了，我替他发了消息，说他到青岛去了；不管他的动机如何，我都替他做得妥妥当当。不过，在组织上支付他以重要任务，他决不会和我来谈商的，我也决不会多插一句话。即如一九三六年，他写给鲁迅先生那封关于抗日统一战线问题的信，信中的话那么刻毒，以至于"为亲者所痛心，而为仇者所快"，事前并没对我提过一个字。他们和鲁迅闹到那么不可收拾的程度，也不曾和我谈过什么（鲁迅先生那时对我有过误会，以为我在事先总有点知道的，后来，才知道和我毫不相干，真的毫不知情的）。后来，那两封信公开了，我才对余兄提出了异议，他只对我摊开了双手，表示他个人是没有办法的。后来，鲁迅先生逝世了，余兄并没到殡仪馆去过。那副一直没挂出的挽联，还是我替他带去的，记得下联是："知我罪我，公已无言！"

余致力是谁？便是三十年代写杂文的徐懋庸兄。

（原载1980年5月《文教资料简报》总第101期，南京师范学院学报编辑部中文系资料室出版。又见曹聚仁著《我与我的世界》404页，标题为"余致力"，人民文学出版社1983年3月第1版）

徐懋庸和他的《打杂集》

倪墨炎

徐懋庸是三十年代来到左翼文坛的。他擅长杂文。在中国现代散文史上，是应该有他的一席之地的。

大概文坛确是"多事"之地吧。自从跨进文坛以后，耿直而近于固执的徐懋庸，开始了他坎坷的一生。

在那个年头，杂文是很受冷落的，"杂文家"简直成了奚落人的称呼。反动派当然很讨厌尖锐而触着他们痛处的杂文；资产阶级文人在提倡闲适清淡、玲珑剔透的小摆设式的"小品文"，他们是反对带刺的杂文的；就是在左翼文艺队伍中，不少人也认为"伟大的作品"只能产生于小说、戏剧、诗歌，而不可能产生于杂文。当时有些报刊上讨论"中国为什么没有伟大的作品"，几乎没有人能看到鲁迅杂文的伟大。难怪在有些报刊上，即使是鲁迅的杂文，有时也只能处于补白的地位。

就是在杂文的这样的恶运面前，徐懋庸却爱杂文。他爱读杂文，爱写杂文，爱鼓吹杂文。他说："现在倘有人说某人是'杂文家'，那一定含着轻蔑之意，所以有的人是不愿接受这个名称的，但是我愿意；而且，我愿意连着这名称，把它所含的轻蔑也接受下来。""我之所以不管人们轻蔑，自愿做我的'杂文'，就是因为相信在现在这个时代中，'杂文'对于社会实在很有点用处。"（《〈打杂集〉作者自记》）他对于杂文的态度是耿直而近于固执的。

徐懋庸翻过不少古书，又通外文，能搞翻译，因而他的杂文，常常旁征博引，读来令人有浑厚之感。他思路敏捷，落笔快速，因而针对时弊，常常十分及时。他从1932年下半年开始在《自由谈》上写杂文起，一年间就有了几十篇，在朋友的怂恿下，他编了第一本杂文集《不惊人集》。他说："编好之后，想不出一个书名，偶而记得了'语不惊人死不休'的句子，对于文人的苦心，颇觉悲悯。因为自己不拟做这样的文人，所以随便用了'不惊人集'四字。照例是想出就算，不管它的好坏了。"（《〈不惊人集〉前记》）这似乎说明这本杂文集的名称是信手拈来的，但也寓意着他的杂文决非粗滥之作，并以不断的精益求精自勉。

《不惊人集》交给书店，搁了两年，还没有出书，他的第二本杂文集却已编好了。这就是《打杂集》。他在该书的《作者自记》中说："我在两年以前，就表明我只是个文化界的打杂者，直到现在还没有专门的行业，那么一晌所做的当然是杂文；杂文做得多的人倘是'杂文家'，那么我当然也是'杂文家'；'杂文家'如果应该轻蔑，那么我当然也是应该被轻蔑的。我觉悟这一切，所以直直白白，名这回的集子曰：《打杂集》。"

《打杂集》收他在1933—1934年间的杂文48篇，内容实在杂得可以，然而在驳杂中，也透露了那个社会的动向，那时文坛的脉搏，以及作者对这一切的慧眼只见。譬如，反动派在杭州筹办"时轮金刚法会"，有人指责这是"提倡迷信，于国民思想怎样有害"，作者认为这种肤泛之论"可以说是不识时务"，因为，"阔人们何尝真个迷信因果报应，倘若迷信这些，他们的行为还要两样"。这就尖锐而深刻地指出了反动派的"胜会"是另有所图的（《关于时轮金刚法会》）。又如，有一篇《四川的神奇》，文章的开头是说："久闻四川是神奇的世界，那里的人民过年过得特别快，从同一纪元算起，在同一时期内，别地方的人们方到二十四年，四川人至少已到四十多年了。"这就吸引了读者很想知道这种"神奇"。读下去才知道，作者是要说，四川军阀征粮征税，有的地方已预征到了二十多年以后，有的预征四十多年，甚至有预征七八十年的。这就具体而微地揭露了反动派的残酷刮掠。当时文坛争论的翻译问题、大众语问题、翻印古书问题，作者都有独到之见。但作者的立论，也有偏颇之处，如引征金圣叹的"极微论"，以与论语派的写"苍蝇之微"相呼应；如为周作人的打油诗辩护。这在当时都受到人们的非议。不过，《打杂集》总的说来倾向是好的，它就是这样一本瑜多于瑕的杂文集。

徐懋庸编好《打杂集》，把它交给了鲁迅。鲁迅把它介绍给生活书店，并写了一篇序。鲁迅在序言中赞扬"这些杂文的和现在切贴，而且生动，泼辣，有益，而且也能移人情"。鲁迅还说："我是爱读杂文的一个人，而且知道爱读杂文还不只我一个，因为它'言之有物'。我还更乐于杂文的开展，日见其斑斓。第一是使中国的著作界热闹，活泼；第二是使不是东西之流缩头；第三，是使所谓'为艺术而艺术'的作品，在相形之下，立刻显出不死不活相。我所以极高兴为这本集子作序，并且借此发表意见。"这对徐懋庸的钟情于杂文，当然是极大的鼓舞。

徐懋庸是勤奋的。1935年他又出版了《街头文谈》。他还写过《法国革命史》、《文艺思潮小史》、《社会主义讲话》等小册子。他编过两种以发表杂文为主的刊物。他还翻译了《斯大林传》等多种读物。他积极参加左翼文艺运动，当了左联的干部。二十七八岁的徐懋庸，打杂的劲头真足，打杂的面也真广，其打杂之杂，真比他的杂文还要杂。

就在他担任左联干部的时候，左联内部发生了"两个口号"的争论。在这场争论中，他几乎弄到两面都受指责的地步。这是他人生的第一个坎坷吧。但这位戆直的青年，终于以自己的行动证明了他是革命者。1938年，他来到了革命圣地延安。不久，他加入了中国共产党。以后，他在晋冀鲁豫、冀热辽、冀察热辽等地从事党的文化教育工作。解放战争期间，他是第四野战军南下工作团三分团政委。新中国成立后，他历任中南军政委员会教育部副部长、文化部副部长、武汉大学副校长等职。在这漫长的十几年里，他主要在做文教方面的具体工作，为党培养干部作出了一定的成绩。但他仍然不间断地在报刊上写些杂文，到文坛上做些打杂的工作。1951年，他出版了一本书《鲁迅——伟大的思想家与伟大的革命家》，就是收集他从1941年至1951年所写的关于鲁迅的七篇文章而成的。在这些文章中，他谈自己所受于鲁迅的影响，深情地怀念着鲁迅对他的教诲，鼓励人们学习鲁迅的革命精神。在这些文章中，也有一些珍贵的鲁迅的传记材料。

1957年，在党的"百花齐放，百家争鸣"的方针的鼓舞下，徐懋庸又拿起了他的打杂之笔。短短一个时期内，他在《人民日报》第八版、《人民文学》、《文艺报》等地方，写出了一批杂文。他的杂文，仍然是那样的旁征博引，知识渊博，读了使人有浑厚之感；仍然是那样的思路敏捷，措词尖锐，敢于说真话，敢于提出问题；仍然是那样的落笔快速，产品丰富。然而，耿直难免粗疏，固执往往偏狭。他的杂文中也不无可议之处，也仍然是瑜瑕互见、瑜多于瑕的情况。不料，他却为这些杂文挨了棍子。而棍子之最烈者，是姚文元。他竟对徐懋庸的杂文，一论二论三论四论而至于八论，恣意歪曲，无限上纲，非把徐懋庸置于死地不可。从此，徐懋庸被剥夺了在文坛上打杂的权利，人们再也读不到他的浑厚而明快的杂文了。

在"四人帮"的十年浩劫中，徐懋庸也不能幸免。"四人帮"粉碎后，他还来不及享受胜利的欢悦，在遗憾和委屈中，永辞了曾经愿意为之打杂却给他带来无数坎坷的人世！

徐懋庸的杂文是值得一读的，不仅是《打杂集》。如果把他一生的杂文，经过挑选，编排成集，那不但可以感到一些时代的脉搏，而且也可以见到一颗耿耿于人民、耿耿于革命的心在热烈地跳动吧。……

（原载1980年6月《书林》第3期）

使用

徐懋庸注《阿Q正传》

姜德明

鲁迅逝世的时候，徐懋庸手书挽联，献于先生的灵前。联曰："敌乎友乎余惟自问，知我罪我公已无言。"因为"两个口号"的争论，徐懋庸曾经打上门去，致使一些人对他很反感，认为这挽联也是并不服输的表示。其实凭心而论，抛开争论的是非，挽联的内容还看不出有什么恶意。

1938年，徐懋庸投身延安，以革命实践回答了他并不是革命阵营中的闲人。他常常想着鲁迅先生，证据之一是他想有系统地注释鲁迅的著作，首先完成的便是《阿Q正传》。此事发端于他与许多青年同志时时讨论鲁迅的作品。"前年冬（按指1941年冬），抗大的一个同志，曾提议道：'把你对这些作品的意见，写出来发表吧。'于是我开始想到注释的办法；但那时没有决心做。今年，因为重新参加文化工作了，许多朋友，又以此相劝诱，认为对研究鲁迅的运动不为无益。那么，我就试试看吧。"（写于1943年4月1日，见《阿Q正传》一书中的《注释者的声明》）

这本《阿Q正传》注释本，于1943年7月由华北书店出版。由于当时条件的艰苦，纸用土纸，有黄有白，甚至夹有粉红和绿色的。印书的纸张五颜六色，堪称解放区版本中的珍品。这在世界出版史上也许是少见的吧。全书六十六页，共有注释四十六条，主要是题解，所以有不少论述和发挥，篇幅不算小。

徐懋庸认为阿Q尽管有缺点，还是肯定了他的"参加革命"；同时也指出："阿Q表现出他的封建的顽固守旧思想，反对革新，拥护旧礼教，俨然是一个'国粹'保存家；他不知道，这种思想，其实是不利于象他一类的人的，因为这只会巩固封建统治，阻碍人民的解放。但因为阿Q中了封建统治阶级的愚民思想的毒很深，所以不自觉地成了封建统治的拥护者。这说明着封建愚民思想之毒的中人之深，而中了愚民思想之毒的被压迫者是如何的可悲！"（见注释十四条）

　　《阿Q正传》问世以来，论者纷纭，但出专集注释的，徐懋庸可算是第一家。近年又有李何林同志的注本问世。但是，徐本诞生在解放区，还紧密地结合了当时的形势，自有特色。如注释第十五条原文："这种不抵抗主义，这种挨打以后'倒似乎完结了一件事，反而觉得轻松些'的感觉，这种'忘却'的法宝，是存在于许多中国人的思想意识里面的。远的不说，只说自从'九·一八'事变以来，中国统治阶级中间的许多人，不也是用阿Q的妙法对付了日本帝国主义的侵略和打击的么！就是抗战以来，也还有许多这样的人：敌人一来就逃跑，或者挨了敌人的打马上就轻松地忘记了痛苦，却找共产党、八路军去闹磨擦，正象阿Q的挨了'假洋鬼子'的打以后去欺侮小尼姑；而且，还时时刻刻想投降敌人。"这种注释联系实际，又近于杂文笔法，显然是新的尝试。徐懋庸说："据我所见，鲁迅在作品中所描写的许多社会现象，现在也还是存在的；因此，我的注释中，有时常常联系到目前的现实，甚至想借鲁迅以整风，但我希望这不至于变成风马牛的胡扯。"注者的用心是完全可以理解的。

　　注完《阿Q正传》以后，徐懋庸还计划从《呐喊》里再选注《孔乙己》、《明天》、《药》；从《彷徨》里选注《祝福》、《肥皂》、《伤逝》、《离婚》；从《故事新编》里选注《铸剑》、《理水》、《采薇》、《出关》等。此外，他还要注释鲁迅的杂文。至于这些是否都完成了，有没有印成书就不得而知了。

　　　　　　　　　　　　（原载1980年12月《书林》第6期）

283

《徐懋庸杂文集》序

任白戈

　　我有幸被徐懋庸同志目为知己的后死者。在《徐懋庸杂文集》即将出版的时候，怀着十分怀念的心情，把我心中早就想说的一些关于懋庸的话倾吐出来，也算是了却我的一桩心事。我作为懋庸的老战友，将他的作品作一些介绍，实在是一种义不容辞的责任。我相信，这会有助于读者对懋庸的杂文的理解。

一

　　我和徐懋庸相识于一九三三年。当时我在"左联"工作，他已在文坛崭露头角，以他犀利的笔锋写了许多凌厉的杂文。我们交往较多。一九三四年初，我介绍他加入"左联"，他以公开的身分为"左联"做了许多有益的工作。一九三五年春，当文总的负责人田汉、阳翰笙等被捕以后，"左联"的组织一时涣散，他继续积极努力地工作；我则通过他与鲁迅先生的联系，间接得到鲁迅先生的教益。当我离开上海到日本东京去后，他接替了我在"左联"所担负的工作，同时保持同我的通讯联系。虽然远隔重洋，联系诸多不便，仍然使我得以较为及时地了解到上海"左联"的工作情况，有助于推动日本东京"左联"在留学生中的左翼文化活动。
　　懋庸在上海联系鲁迅，我在东京联系郭沫若，在他们两人团结的基础上，广泛地团结了国内外广大的爱国作家站到抗日民族统一战线上来，文艺界的革命形势是很好的。后来发生了"国防文学"与"民族革命战争的大众文学"两个口号的论争。懋庸凭着鲁迅先生对他的爱护和信任，急不择言地给鲁迅先生写了一封信，陈述了自己对某些事和某些人的看法，包括一些不够正确的看法，冒犯了鲁迅先生；加上鲁迅先生对他那封信的由来有所误会，他受到了鲁迅先生的严厉批评。有些人认为他从此一蹶不振了，但事实并非如此，他并不因此气馁，仍然发愤读书，刻苦学习，努力提高自己，继续写作，继续战斗。

抗日战争爆发后，我和徐懋庸先后到了延安。一九三八年，我们同在抗大工作，次年一同随抗大总校深入敌后太行山区。从一九三八年到一九四二年，有四年多的时间里，我们朝夕相处，知无不言，我对他有了进一步的了解。他为人爽直，善于思索，爱对工作提出自己的看法和意见；话不一定顺耳，但仔细听取，会有好处；有的时候，见解有独到处，并且敢于讲出别人不敢讲的话。他积极主动，勇于负责，有较高的工作效率，成为我在这段时间搞政治教育工作的得力助手。抗日战争胜利之后，我们分手了，人居两地，天各一方，音讯不通。然而，我们仍然怀念，从不忘记。

反右派斗争中，他被错划为右派。消息传来，我感到震惊，感到痛心。这是他一生中大不幸的开端，从此他的处境非常困难。到林彪、"四人帮"横行的年代里，他受到了严重的凌辱、折磨和创伤。虽然粉碎"四人帮"后，他重振革命精神，努力锻炼身体，胸襟开阔，对祖国对自己的前途非常乐观，终于还是未能免于过早逝世。言念及此，百感交集。懋庸的逝世，使我党失去了一个富有才华的忠诚干部，使文艺界失去了一位英勇善战的闯将，痛哉惜哉！

二

懋庸的杂文，师承于鲁迅。他热爱鲁迅的作品，学习鲁迅的文章，特别是学习鲁迅的杂文，学得很好，很出色，连鲁迅先生杂文的气魄、风格、笔调，他都学得很象，使一些人读了，误以为是鲁迅的作品。如一九三四年新年，《申报》副刊编辑黎烈文邀请鲁迅、郁达夫、曹聚仁、陈子展、林语堂和徐懋庸吃饭，席间林语堂对鲁迅说："周先生又用了新的笔名吧？"（因为鲁迅常常变换笔名）鲁迅问："何以见得？"林答："我看新近有个徐懋庸的名字也是你。"鲁迅哈哈大笑，指着徐说："这回你可没有猜对，徐懋庸的正身就在这里！"

懋庸很崇敬鲁迅，以鲁迅为师，鲁迅对他很爱护，很器重，并且用心培养。当懋庸开始编《新语林》的时候，鲁迅劝他不要当编辑，以便腾出时间来多读点书。及至徐当了编辑以后，鲁迅又大力支持，并对他多所指教。鲁迅对懋庸说过这样一段话："有不少'左翼'作家，只'左'而很少'作'，是空头文学家，而你每年至少译一本书，而且文章写得不少。"这显然是对懋庸的一种赞许。

鲁迅对懋庸的爱护也是无微不至的。当他知道懋庸正患着消化不良时，亲自到药房买过一瓶蓖麻子油送他，说"服了这个，泻一泻就好了，这是起物理作用的药物，没有副作用的"。甚至他的孩子病了，鲁迅都曾亲自给开药方。

鲁迅在"五四"时期开创的杂文，经过三十年代、五十年代、六十年代上半期，到八十年代的现在，一直在继承，在发展；这条线一直没有断。而懋庸在三十年代、五十年代两个杂文兴盛时期，都表现了他的不平凡，对杂文的继承和发展作出了突出的贡献。

在三十年代，懋庸跟鲁迅站在一条战线上，追随鲁迅写杂文。写杂文，鲁迅的成就是很大的，作用是不可估量的。但鲁迅不只是一个人，不是匹马单枪，孤军奋斗，他有学生，有战友，而懋庸就是其中的一个。大家团结在鲁迅周围，把杂文当作匕首投枪，组成一条战线，造成一种声势，形成一股力量，共同向黑暗势力战斗。

五十年代中期，懋庸鉴于现实生活中存在的一些问题，有感于一个共产党员的责任，他重振旗鼓，又写了许多杂文。他贯彻党的双百方针，直抒胸臆，装点文坛，犹如异军突起。在那"不平凡的春天"，打开《人民日报》，署名"回春"、"弗先"等的杂文，是何等的引人注目，曾引起过多大的反响啊！他写的《小品文的新危机》和《关于杂文的通讯》等文章，为杂文的存在大喊大叫地争地位。他勤奋写作，几个月之内就写了一百多篇，三十多万字的东西，为克服现实中的缺点错误，为杂文的生存和发展，为文坛的百花齐放，耗费了自己多少心血。万分可惜的是，他因此被历史的逆流所淹没，我们从此读不到他那尖锐泼辣的文章了，我们付出了代价。这代价，对于一个民族，一个国家、一个政党来说，本来是不应该支付的；而对于懋庸来说，则更是十分沉重的！

三

懋庸的杂文，继承发扬了鲁迅的战斗精神。

鲁迅说：文学是战斗的。"在风沙扑面，虎狼成群的时候"，不需要抚摸翡翠戒指，玩弄琥珀扇坠，而需要战斗，需要"锋利而切实"、"能和读者一同杀出一条存在的血路"来的杂文。

鲁迅的杂文是打击敌人的武器，是解剖社会的钢刀，是唤起人民进军的战鼓。

三十年代，懋庸学习鲁迅杂文不求形似，但求学实质，真正学到了鲁迅杂文的战斗精神。他跟鲁迅一样，首先把斗争的矛头对准代表地主资产阶级联合专政的国民党。例如《神奇的四川》，揭露了封建军阀的横征暴敛；《收复失地的措词》，反对了国民党的不抗日。诸如国民党的反动、腐败和黑暗，他都有所揭露，都进行了讽刺。

他跟鲁迅一样，也对社会上的乌七八糟的现象进行了猛烈的抨击。凡是社会上不合理的现象，包括思想、道德、作风，不管是封建阶级的、资产阶级的、帝国主义殖民主义者的，外部的、内部的，大的、小的，有形的、无形的，统统都在他的杂文的扫荡之列。

他揭露时弊不留情面，批判社会一语中的，讽刺错误严肃热烈。

自然，他仍跟鲁迅一样，也歌颂友谊，赞美正义，张扬真理。

懋庸五十年代写的杂文，发扬了三十年代的战斗精神。他对官僚主义、教条主义、宗派主义、特权思想、不民主的作风、不尊重科学的蛮干行为进行了尖锐的批评和猛烈的抨击。这是他杂文的精神之所在。

懋庸曾写过《教条主义和修正主义》的论文（未发表），从理论上阐述了教条主义的产生、表现、危害以及克服的办法。他又写《过了时的纪念》，批判执迷于过时理论教条的错误。用今天的话来说，就是反对思想僵化，反对照搬本本，把经典著作的理论看成僵死的教条，不研究新情况新问题，不总结新经验，不结合实际，认为凡是上了书的，凡是大人物说过了的就永远正确，一成不变。他说，实践证明，这是要误党误国的。

官僚主义，是懋庸杂文的主要批评对象。他用生动的语言，通俗的事例，勾勒了形形色色的官僚主义者的形象。有我就有真理、老虎屁股摸不得的官僚主义者，有"装腔作势、冷淡刻薄的官僚主义者"，有心肠很好、不会办事、效率低微的"诚诚恳恳的官僚主义者"……如此等等。不管哪一种官僚主义，都对党的事业起着腐蚀破坏的作用，对社会对人民极为有害。揭露它，批评它，并向官僚主义者大喝一声，令其猛省，是每一个关心国家大事、热爱党的事业、心里装着人民痛痒的文学家责无旁贷的任务。

《不要怕民主》、《不要怕不民主》两篇文章，包含了辩证法。懋庸认为，对政党，对为官为宦者，对执法掌权的人来说，要主动给人民以社会主义民主，更不要怕人民要民主、有民主。人民有权，人民敢讲话，我们的事业才能兴旺发达；人民都当阿斗，万马齐喑，任凭官僚主义者的主宰和摆布，国家必定衰败。另一方面，对人民群众来说，则不要怕当权者不民主，要敢于同官僚主义者作斗争。他说："官僚主义者既然还有……，不会自行消亡的"，言外之意，只有斗争才能克服官僚主义，使它消亡。这两篇东西，经过十年浩劫，今天重新读它，顿觉意义倍增。如果五十年代的历史逆流，只是一个小小的漩涡，一个短暂的插曲，它阻挡不了杂文家的批评，那有多好啊！从完成社会主义改造之时起，就充分发扬社会主义民主，让杂文家知无不言，畅所欲言，那么，党的事业、人民的事业，可以断言，就决不会惨遭十年浩劫；我们的社会主义现代化建设，定然已经进行得相当可观；我国社会生产力的发展，定然比现在快得多，我国人民的生活，无疑地会比今天更好得多。

四

懋庸的杂文，有其独特的风格。用一句话来说明，可谓文如其人。他的艰苦生活和斗争历程所形成的思想、气质、品格、作风，就是他的杂文的源泉。

懋庸出生于浙江绍兴府的上虞县，那是一个人才辈出、文人喜好舞文弄墨的地方。他从小就喜爱文学，学习写文章。但家里很穷，父亲是个做筅筛的手工工人，没有力量供他上进，所以高小毕业后，就去当小学教员。大革命时期，他参加了北伐战争的宣传活动，编辑过小报。蒋介石叛变革命后，白色恐怖遍于城乡，他不得不逃亡上海，进半工半读的劳动大学附中读书。读四年毕业后，他已能用法文译书，在上海开始了文化生活。他翻译了法国罗曼·罗兰著的《托尔斯泰传》，还译了巴比塞著的《斯大林传》及其他文学作品。他又自学日语，翻译了日本山川均的《社会主义讲话》及其他书籍。同时，他学习鲁迅的文章，开始写了一些杂文。从此，他步入了上海的文坛，在我国现代革命文学史的篇章中，占有了耀目的一页。

懋庸出身贫寒，他生长在人民群众之中，与人民同甘苦，所以他的文章总是站在人民的立场。他的杂文受到广大读者的称赞，主要原因是它具有鲜明的人民性。

懋庸对于党的事业忠心耿耿，对于马列主义坚定不移，对于共产主义坚信不渝，对于社会主义新中国无限热爱。他坚持真理，反对错误。为了维护党的利益，他敢于冒风险，与错误开展斗争；为了洗刷掉沾染在党的肌肤上的污垢，保持她的纯洁性，即使明知会受到来自背后的打击，他也在所不惜，心甘情愿。

懋庸一生勤奋好学，博览群书，不倦地写作，著译不少，总计达数百万字之多。他的杂文，反映出他知识丰富，涉及面广，无论政治、历史、哲学、经济、文学、艺术、民情、风俗，是中是外，于古于今，他都涉及到了，无所不谈。这是他艰苦奋斗一生，给我们留下的宝贵遗产，值得我们千珍万惜，努力学习。

懋庸有较好的马列主义哲学基础，常运用辩证法于杂文。他常常从哲学入手，分析矛盾，紧紧抓住事物的实质和关键，不在次要问题上浪费笔墨。如《质的规定性》、《真理归于谁家》两篇文章揭露和批评官僚主义，是从哲学，而不是从政治的角度着笔的，他解剖了它的实质和危害；文字严谨，深入浅出，富于艺术魅力。

不足之处是，懋庸对辩证法还不甚精通，思想方法带有片面性。世上的一切事物本是一分为二的。金无足赤，人无完人。懋庸严于解剖自己是优点，但他要求别人、要求党都应当是十全十美的，则未免失之主观。他并不是认为我们的社会主义事业、我们的工作、我们的同志没有成绩、没有优点，但他却认为这些成绩和优点是理所当然的，用不着提到它；只有缺点错误，才是值得和必须郑重提出、严加批评和力求改正的。所以，他在批评同志、评价工作的时候，就往往对缺点错误讲得过多，而对成绩优点讲得过少，或者是只讲缺点错误，而不讲成绩优点。因此，虽然他的批评是出于内心的挚爱，是善意的，可是别人不一定感受得到，甚至常常引起别人的误解、反感和不满。这一点，可以说是他的一个致命的弱点。

一九七三年到一九七六年这段时间，我在北京两次住阜外医院治病，懋庸曾多次来看过我。初次见面，他向我倾述了阔别二十八年的种种情景。他非常感慨地说："老任，我一生最大的悲哀，就是失去了党籍。不过，你是最了解我的，事实上我仍然是按一个共产党员的标准来要求自己的。虽然林彪、'四人帮'给我吃了那么多年的苦头，我能够向前看。我的决心是好好学习提高，迎头赶上，把我现在的工作做好，并且准备为党为人民多多做些工作。"他还把他当时进行的工作和将来的计划说给我听，表现出对社会主义事业的极端负责和满腔热情。又有一次，他真挚而又过谦地对我说："虽然我在各方面都不如你，但我毕竟比你年轻四岁，我的身体比你好，看起来瘦骨嶙嶙，却没有你那样严重的冠心病，我一定能比你多活若干年，可以比你为党做更多一些的事情，这一点，我自信是强过你的地方。"每想起这一番知心话，每想起懋庸想为党多做贡献的炽热愿望和急切心情，我心里十分难过，激动不已。

懋庸最后一次看望我，临走前说，我要到南京我儿子那里去"休养"一段时间，回来再来看你。谁知这一次的诀别竟成了永别，不久我就听到了他在南京病逝的噩耗。懋庸竟会先我而死，这是我万万想不到的。我为失去他而悲痛万分。我仰天长叹，黯然沉思：象懋庸那样坚强的人，那样有理想有才华的人，不应该过早地离去，他应该活着，为新长征，为实现他对社会主义事业的种种计划和宿愿而活着。要是今天他还活着，且不说在中国和欧洲古典哲学方面，在外国文学翻译介绍方面——这是他当时正在做的工作，他将有著述贡献于学术界和文艺界，单就杂文领域来说，他必定会重新拿起笔来，继续写出许多情文并茂的新的篇章。

《徐懋庸杂文集》即将由三联书店出版，这将是对他的最好的纪念。我们广大读者，特别是年青一代，将从他的遗文中受到教育，受到鼓舞，从而更好地为"四化"建设出力。

徐懋庸同志将随着他的遗文的永存，永远活在人们的心中。

一九八〇年十月三十日于成都

（原载1980年12月17日《人民日报》，又载《读书》杂志1981年1月号）

《中国现代散文史稿》评
徐懋庸杂文[*]

林 非

　　徐懋庸（1908—1977）❶有《不惊人集》（1937年出版）和《打杂集》（1935年出版），从记述生活片断，到谈论中外掌故，大都用质朴的文字娓娓而谈，多少抒发了自己对黑暗社会的不满与愤懑，他"相信在现在这个时代中，'杂文'对于社会实在很有点用处"（《打杂集·作者自记》）。他的杂文确实是尽了自己对时代的责任，不过他涉及的社会面较为狭小，观察力也不够犀利。他那种流畅而又隽永的文风，在杂文创作中却是别具一格的，给当时繁茂的杂文创作园地又增添了新的异彩，因而鲁迅在为他的《打杂集》作序时，"更乐观于杂文的开展，日见其斑斓"（《徐懋庸作〈打杂集〉序》），并不是没有理由的。他的《街头文谈》（1936年出版），是通俗性的文艺论丛，颇为当时业余写作者所爱好。

（录自《中国现代散文史稿》，中国社会科学出版社1981年4月第1版）

----

　*　题目为本资料编者所加。
　❶　徐懋庸生于1910年。——编者

徐懋庸及其作品
——《徐懋庸选集》序

任白戈

　　徐懋庸同志逝世快四年了，我一直怀念着他。每当我回忆到过去同他相处的情景，他的音容笑貌，历历如在目前，不禁百感交集，悲从中来。

　　我和懋庸相识是在一九三三年，同他一起共事工作有两个时期：一个时期是一九三四年至一九三七年，同他在"左联"一道工作。共事一年多以后，我虽然到了日本，还是和他联系，共同为反对国民党的反革命文化围剿、发展左翼文化和文艺而并肩战斗。一个时期是从一九三八年至一九四二年，我们一同在抗大工作，并且朝夕相处的时间很多。特别一九三九年到了敌后那段时间，我们两人相处一室，甘苦与共，无话不谈，彼此了解更深。他对人坦率直言，少有顾虑。对我，无论在工作上，思想上和生活作风上，有意见就直截了当提出，但并无强加于我的意思，对一些我不拟采纳的意见，一经解释清楚，他能欣然放弃己见，所以我欢迎他的直言。许多事情往往是他出主意，我下决心，有人曾把他和我之间的关系，比成房玄龄和杜如晦的关系，称之为"房谋杜断"。可惜到一九四二年后，我们只在延安见过几次面了，一九四五年我们就人居两地，天各一方，绝少见面了。直到一九七二年冬，我在北京阜外医院治病时期，他来看我，才重新会面，畅谈阔别后的情形。我们彼此还交换了未来的志趣，互相砥砺，犹如当年。懋庸瘦骨嶙峋，但精神矍铄，思想活泼，眉宇之间仍然充满革命乐观主义的浩气。他同他的夫人王韦第一次来医院看过我之后，归去即写了七律诗四首：

> 相忘江湖三十春，白头重见意犹亲。
> 红销香断残枝在，共向东皇颂圣仁。
>
> 早向红旗托死生，暮年那复计枯荣。
> 浮沉沧海寻常事，岂有英雄恋太平。
>
> 黄浦飞舟月破浪，太行跃马并冲锋。
> 何堪旧梦填胸臆，抖擞精神再立功。
>
> 卢前王后不争锋，杜断房谋共济功。
> 算我优先唯一事，嶙峋瘦骨却禁风。

从这四首诗中，可以看出他同我的友情之深。他曾经自信身体比我好，可以比我多活几年，比我多做许多工作，我也深信不疑。谁知，在一九七七年二月十二日，我突然接到他的幼子克洪从南京发来关于他不幸去世的噩耗。我悲痛不已，难以自抑。但除了发唁电，写慰问信，劝慰他的家属节哀自重以外，我还能为他做些什么呢？！

如何对懋庸的为人作出恰如其分的评价，这是死者，死者的亲友以及其他关怀懋庸的人们最大的希望。我一直盼望这一天的到来。这一天终于到来了。一九七八年十二月，党对懋庸一九五七年被错划为右派的问题作了改正，恢复了他的政治名誉和光荣的共产党员的称号；一九七九年四月十二日又为他在八宝山革命公墓礼堂召开了追悼会。令人遗憾的是，这一切的一切，他都已经不知道了！

懋庸的死，使我们党失去了一位很有才华的英勇战士，使中国文艺界失去了一员出奇智胜的老将。这是党的事业的损失，也是社会主义现代化建设的损失。但他还留下不少宝贵的著作，留下了营养丰富的精神食粮，人们将永远怀念他。现在为他出版选集，就是有力的证明。

懋庸的为人和他的文章是一致的。可以说是文如其人。要了解他的文章，首先要了解他的为人。

懋庸的一生，是革命的一生，是坚持真理的一生，是艰苦奋斗的一生。

第一次国内革命战争时期的懋庸同志，年仅十五六岁，就参加了县里的革命工作，负责编辑党领导下的《南针报》。大革命失败后，他又编辑和发行《石榴报》，被国民党反动派下令通缉。他在上海参加了党所领导的中国左翼作家联盟。他写鲁迅式的杂文反对国民党。他翻译《斯大林传》和一些文艺、文化著作，介绍进步文艺，传播马列主义。他办刊物，为左翼文艺争取前进的阵地。他做"左联"的实际工作，保卫无产阶级革命文艺的核心堡垒。他热情积极，忠实可靠，努力工作，对革命做出了可贵的贡献。在二十多年的新民主义革命事业中，他始终坚持真理，追求光明，怀着共产主义必胜的坚强信念，与黑暗斗争，英勇顽强，不怕牺牲。

新中国成立后，他坚持真理，揭露错误，不管顺境逆境，这一原则立场始终不变。一九五七年，他坚持双百方针，挥笔写杂文，揭露现实生活中的阴暗面，批评人与人之间的不正常关系。他仗义执言，无所畏惧。在被划为右派后也不灰心，不消极，而是反省自己的缺点错误，继续追求真理，决不因此停步不前。"文化大革命"中，不管对他的压力有多么大，也不管对他的肉体摧残有多么严重，他坚持真理，立场不变，实事求是，有一说一有二说二，不看风使舵，不诿过于人，不怕打击，不畏权势，从不把"四人帮"看在眼里。

懋庸一生勤奋好学，思想锐敏，才华出众。他出身寒微，自幼好学，成绩很好。小学毕业后，因家贫辍学，即随父到山村贩卖和修理纱筛，白天劳动，晚上回到店里，不顾疲劳，勤奋读书。他常向村里有书的人借读书籍，曾被人讥笑为"知识界的乞丐"，后来他曾在题为《一个知识界的乞丐》一文中，描述了他的强烈的求知欲以及勤奋自学以积累知识的艰苦过程，使读者深受感动。"四·一二"反革命政变后，他逃亡上海，考进勤工俭学不花钱可以读到书的劳动大学中学部。三年中学生生活，使他学会了法语、日语，英语书籍也可以阅读。延安时期他又自学俄文。因此，他阅读的古今中外书籍很多，积累了多方面的知识，他善于思考，凡书中所涉及的问题，他都要沉思默想、寻根究底，以求甚解。经过长期的刻苦学习和自学，懋庸竟以中学生的学历，达到能写旧体诗词，能写各式各样的文章。由于他掌握了几门外语，所以他能以流畅的译笔翻译外国小说和哲学著作。后来，他在抗大讲授哲学和政治经济学，深受学员的欢迎。

特别值得提到的是，懋庸在三十年代就专心致志地读了不少马列主义的著作，学会运用辩证唯物主义这个锐利武器，他的思想得到了飞跃的提高，文思更为敏捷，写作率高。一九三九年，他为瓦窑堡我方县政府写了一篇控诉斥责国民党县长的罪状的布告，在半天之内一挥而就。一九四一年抗大五周年校庆，他受命赶写一篇抗大的校史，也很好地如期完成任务，而在写作杂文方面，则更加显出了他的才华，文章精练泼辣，锋利有力，一针见血，使人读了很痛快，获益不少。他一九五七年写的杂文，依然保持了三十年代的风格，而且更加尖锐深刻了。如《过了时的纪念》、《小品文的新危机》、《不要怕不民主》、《对"何谓干预生活"的补充》等等，对我国现实生活中的教条主义、官僚主义及其他弊端，作了严厉的揭露和批评，同时也抱着急切的希望。这是因为他对党、对社会主义爱得深切，所以对阻碍党和社会主义事业前进的绊脚石——思想僵化，脱离人民，不求进步，抵制革新等不良的思想行为深恶痛绝。如果本着闻过则喜、言者无罪的精神来看待这些杂文，应该说，懋庸写的基本上都是好文章，对事业，对工作颇有裨益。惜乎有的人不喜，有的人发怒，有的人怪罪，终于使懋庸在反右派的政治运动中受到了批判和打击。

懋庸一生热爱鲁迅，坚持学习鲁迅，颂扬鲁迅。远在少年时期，他就接受小学老师的影响，爱读鲁迅的书，几年之内，几乎读尽鲁迅当时出版的著作。他崇拜鲁迅，而且是越读越崇拜。他第一次和鲁迅通信是在一九三三年九月，他向鲁迅请教关于译文的事情。一九三四年，他担任"左联"工作后，每当与鲁迅会面的时候，总要向鲁迅请示汇报工作，得到鲁迅的栽培。他学习鲁迅的风格写杂文，无论思想、内容和形式，都颇似鲁迅，以致当时有人认为，"徐懋庸"又是鲁迅的笔名。

一九三三年九月到一九三六年五月，鲁迅给懋庸写了五十余封信，还为他的杂文集《打杂集》写了一篇赞赏和鼓励他的序言。鲁迅对懋庸是很关心爱护的，懋庸对鲁迅也是非常热爱和敬仰的。就在一九三六年的八月初旬，懋庸为"国防文学"与"民族革命战争的大众文学"两个口号争论的问题，冒冒失失地给鲁迅写了一封很不适当的信，激怒了鲁迅，遭到了鲁迅的斥责。但是他对于鲁迅的信念不变。当鲁迅逝世的消息传到他耳中时，犹如晴空霹雳，他感到震惊，悲痛，无所措手足。他怀着非常复杂的不可言状的心情给为鲁迅治丧的殡仪馆送去一副挽联：

> 敌乎友乎？余惟自问，
> 知我罪我，公已无言。

以后，当许广平先生编《鲁迅书简》征集信稿时，他把鲁迅给他的信全部交出。他总希望鲁迅的遗文遗简能够全部搜集出版。

一九四三年，他在敌后太行山上还写了纪念鲁迅的文章。一九五二年，他出版了《鲁迅——伟大的思想家与伟大的革命家》小册子，回忆他所受的鲁迅的影响。论述鲁迅的革命道路，鲁迅杂文的策略思想，鲁迅思想与毛泽东思想的关系，开辟了他对鲁迅的深入研究的广阔领域。

七十年代，他还以实事求是的精神，注释了鲁迅给他的书信，他认为书信中谈到的有些事情只有他才明白，说得清楚，他有责任帮助对鲁迅的这批信得到正确的解释。

从懋庸一生对鲁迅的学习热爱、敬仰和鲁迅对他的爱护、培养、教育、影响以及他们之间的关系来看，应该说懋庸堪称是鲁迅的一名有出息的学生，即使鲁迅不知道懋庸是始终不渝地热爱他和敬仰他。

懋庸一生对人对事都十分认真，对人严，对他自己亦严。有些只看过他的一些文章或只对他有点印象的人，还会以为他是一个尖酸刻薄、冷酷无情的人。其实他对朋友和同志很热情，很诚恳，开诚布公，推心置腹。他爱提意见，认为"共产党员应当严格要求自己。工作有成绩是应该的，优点不用说，缺点错误是不应当有的，要及时揭露出来加以改正"。"优点不用说"，对工作，对别人，不一定对，但揭露缺点，要求改正缺点，是对的。他自己就是比较乐于解剖自己，暴露自己的一个人。如他在《第三种人的体会》中就说："我已经说过，有一种怕民主的人，有一种怕不民主的人，但实际上，还有第三种人，他既怕民主、又怕不民主；两面怕。我自己就是两面怕过的人，深知其中底细的。"在《打杂新集》自序中说："我也不惜把自己作题材，剥剥自己的皮，以示我自己并非真理的占有者。我的灵魂，也确实存在着许多阴暗面，我有时自己将它暴露出来，也许倒是对于进步有益的。"我同他在抗大共事期间，他曾这样评论我和他自己，说我这个人看人总是先看优点，多看优点，甚至只看优点，而他自己，则总是先看人的缺点，多看人的缺点，甚至只看到别人的缺点。说到文章，他说我的文章稳稳当当，平淡无奇，而他的文章是锋芒毕露、"杀偏锋"。此类的解剖自己、讲自己缺点的话还有。我对懋庸的认识是，他这个人不是尖酸，而是尖锐；他尖锐而不刻薄；不是无情，而是有情，象是个保温瓶，外面冷，热在心里。惜乎懋庸这种性格特征，不大为人所了解。

这本选集，包括从一九三三年到一九七二年四十年间所写的各个时期的杂文，和其他作品，大多选自《不惊人集》、《打杂集》、《街头文谈》和五七年所写的《打杂新集》。还有在上海时期的未收入集子的文章和在解放区的著作。还有《文艺思潮小史》、《鲁迅——伟大的思想家与伟大的革命家》等专著。还有历史故事。有些是发表过的，有些是未发表过的。《打杂新集》是五七年的杂文，已经编成集子未出版的。其中，各种体裁都有，但主要是杂文。懋庸的文章反映了他的思想、气质、品格、作风，鲁迅在给他写的《打杂集》的序言中曾经说，"《唐诗三百首》里的第一首……那里能够及得这些杂文的和现在的切贴，而且生动，泼辣，有益，而且也能够移人情。"而他自己在《不惊人集》的前记中却说："至于我的思想，则因年轻之故，常不免浮躁凌厉。有时也隔靴搔痒地批评时事，有时也蚍蜉撼树地唐突名流，自以为很多孩子气。""今人常把'杂感家''小品文作家'作为不含好意的名词而轻薄写短文的人。倘若没有充实的生活，健全的意识，正直的态度，单是贪图容易专写短文聊以自娱或赖以生存的人们，实在也应该被轻薄。"这是他在三十年代二十四岁时对他所写杂文的自我评论和要求。经过抗日战争、解放战争两个时期的敌后生活，他的生活更充实了，意识更健全了，思想的境界扩大了，表达的能力也增强了，他的文章到了五十年代又向前进了一步，比过去成熟老练。特别在一九五七年，他又写了大量的杂文，突出地发挥了杂文的战斗作用。这是他贡献的一个方面。在他的一生中，更多的时间和精力是放在党的教育事业方面。从一九三八年到一九五七年初将近二十年的时间里，他先后在抗大、北方局党校、冀察热辽联大、武汉大学任教和担负领导职务，对培养党的干部和革命事业的接班人的工作，付出了辛勤艰巨的劳动。假如懋庸今天还活着，他一定会在中国和欧洲古典哲学的研究方面，在外国古典哲学和文学、特别是在萨特尔的哲学和文学的翻译方面，一句话，在哲学、文学、教育的研究、著述、翻译等方面，对于我们建设高度民主高度文明的社会主义现代化强国的伟大事业，作出更多的贡献。

我们的社会主义事业正在日益发展，我们的文学艺术正在日益繁荣，懋庸的著作将永远流传在人间，懋庸的精神不死！

一九八〇年十二月五日

（原载《文艺报》1981 年 7 月 22 日第 14 期）

一本很珍贵的回忆录

——谈谈《徐懋庸回忆录》

牛 汉

　　"四人帮"垮台后不久,文艺界就传说,徐懋庸同志生前写了一本回忆录,并且说,这本回忆录作者是写给他的子女们看的,是决不外传的。凭着历史的经验与某种敏感,以及运用逻辑的推测,大家料想到其中一定有不少珍贵的属于第一手的史料。但当时似乎没有谁确实地看过这本令人翘盼不已的回忆录,这就更激发了人们的兴趣与好奇心。

　　徐懋庸能写一手泼泼辣辣的杂文,这是大家都知道的。他从来不是文艺界的重镇,更没有写过什么扛鼎之作,这也是众所周知的事。但是三十年代他确曾与鲁迅有过并非泛泛之交的关系(鲁迅写给徐懋庸的信就有五十多封),两个口号的论争掀起来之后,徐懋庸成为一个有争议的闻人。现在久经沧海的他写出了一本回忆录,不论从历史的责任感来看,不论就他本人的个性来说(我于1949年春与徐懋庸同志有过接触),沉沉地压在他心头的事情,他能忍着不写吗?

　　1978年的下半年,《新文学史料》还在筹创中,我们就想到了徐懋庸同志这本回忆录,无论如何应当想方设法亲眼看看它。经过一番周折,探得了徐懋庸同志家的地址,于是编辑组的同志几次去走访徐的夫人王韦同志,恳切希望她能让我们看看,"决不外传"。王韦同志担心回忆录一旦刊出可能会引起文艺界的争论。老实说,我们当时也不是没有顾虑的。后来,过了至少有一年的时间,王韦同志再三考虑之后，才同意在《新文学史料》上发表。她和我们的想法是一致的，认为这本回忆录，对于研究现代文学史是有重要的价值，决不是为了一个人的辩诬。如若是为了后者，作者才写这本回忆录，当然不足为训。

徐懋庸的回忆录并没有写完，更不是最后的定稿。如果他本人有幸活到今天，一定会作一些必要的修订与补充，这是毫无问题的。现在只能原样印出来，而且也不应当作任何改动，是非曲折，读者自会作出符合历史的判断。

这本回忆录，对大家所关注的问题，作者都作了具体的记述，坦率地倾吐出他当年真实的思想活动，以及承受了各方面的指责与误解，在他的内心引起的种种苦恼和矛盾。我个人认为，《徐懋庸回忆录》的出版，对于了解他本人的坎坷经历、一生的抱负和成就，对于研究我国现代文学史，无疑地都有着重要的历史价值。

（原载1982年12月8日《文学书窗》第8期）

先 睹 为 快

——读《徐懋庸杂文集》札记

张大明

　　孔乙己偷书，人所不齿；徐懋庸被称为"知识界的乞丐"，人以为荣。人非生而知之，乞知识，求学问，有什么不好呢？

　　徐懋庸出身贫寒。小时候，帮助父亲沿门叫卖纱筛，他随身带着书，一有空隙就读几句；自己买不起书，村里谁有，他就去借来读。"我真象一个饿得不论草根树皮都要吃下去的乞丐似的，把能够借到的一切书报，古的，新的，科学的，文学的，杂乱无章地看进去，看进去。另一方面，又怀着象想混进富家的厨房饱吃一顿的心愿，兀自寻觅着进学校的机会。"（《一个"知识界的乞丐"的自白》）苍天不负有心人。他读了小学就能教小学，读了初中亦能教中学，而且还受欢迎。不仅如此，他日后的发展更令人惊叹。他仅止读过初中，但他成为很有成就的杂文家；他能顺畅地翻译法文，日文、俄文也粗知一点；他古文很好，旧体诗词写得漂亮；在延安抗大，他教政治经济学和哲学；解放后，他在大学，后又在哲学研究所当研究员，研究西方哲学。

　　他有天才吗？也许是的。但天才的知识和才能也并不是从娘胎里带来的，而是靠后天一点一滴地积累。勤学多思，是徐懋庸的格言。他一生爱学习，手不释卷，什么书都读。他到同事或亲戚家串门、作客，常常不跟主人寒暄，不参与聊天，而是去浏览别人书架上的书，见到自己没有看过的，就抽出来，独自静静地读，旁若无人。因此，他具有广博的知识，古今中外，文史哲经，似乎都知道；写起文章来，要啥有啥，如探囊取物一般的容易。他更注重多思。光学不思，脑子让别人跑马，于己并无益处，或仅只充当储物的仓库，杂乱无章地堆了一屋，但究竟有哪些东西，它们的规格、性能、用途怎样，却不了了。只有经过自己的思考、过滤，弄懂它，掌握精神实质，化为自己的思想，才能取精用宏，随手拈得来，用得上。在任何情况下，他都保持独立思考。一九七四年，我以"批林批孔"的时髦观点看《红楼梦》；当我带着这个问题，偷偷地去请教他时，他断然否定那样曲解《红楼梦》。他说，《红楼梦》写的是统治阶级不能照旧统治下去了，被统治阶级不能照旧活下去了的矛盾运动，而非什么批孔评儒。他教我读马列的基本原著，在宏观世界和微观世界的结合上来研究所有的经典作品，才不会迷失方向。

徐懋庸一生坎坷，常处逆境。一九三六年一封信，鲁迅与之绝交，同志们对他也不满；五十年代，先是在大学不顺心，后是被打成右派；十年浩劫中，他以三十年代就"反"鲁迅、鼓吹"右倾机会主义"的、"卖国投降"的"国防文学"口号，再加"反党反社会主义"的右派的罪名，被作为牛鬼蛇神，强行专政。但是，关也好，斗也好，打也好，他对党和人民的坚定信念不变，共产主义的理想之光不灭，他坚强地活下来了，而且能吃能睡，照旧不斗就读书，就写作。生命不息，学习不止。

这个"知识乞丐"的成才之路，是发人深省的。

由鲁迅在"五四"时期开创的杂文，三十年代达到一个高峰。峰顶是鲁迅，次高峰是茅盾和瞿秋白，刚刚涉足文坛的徐懋庸、唐弢、聂绀弩、周木斋、柯灵等簇拥着峰巅。徐懋庸学习鲁迅写杂文，不求形似，着重学习其精神。跟鲁迅一样，他也写得很杂。他曾说："我是一个靠在杂志上投稿过生活的人，虽然我的稿子很杂乱，有时写篇'速写'，有时写篇'短论'，有时写篇'书报批评'，有时也从外国报上翻译几篇文章，我是一个'文化界的打杂者'。"（《高尔基和香菱》，《怎样从事文艺修养》第二页）在上海时期，他出了两本杂文：《不惊人集》和《打杂集》。《打杂集》由鲁迅写序。鲁迅认为，这些杂文"和现在切贴，而且生动，泼辣，有益"，能移人情。

徐懋庸的杂文具有强烈的战斗性。他眼界宽阔，知识丰富，以整个社会为描写对象。他针砭时弊，揭露黑暗，挤脓疮，挑遮羞布，也赞扬正义，歌颂善良，向往光明。闪烁着真理之光，富于论辩性。徐懋庸杂文朴素自然，从容不迫。抨击敌人，并不声嘶力竭地叫喊，而是象修养很深的歌唱家一样，即或在高音区，也婉转自如，底气很足；与人辩证，并不肝火旺，而是充分说理，自己觉得对，就坚持到底，对谁也不服输；那些随笔和抒情散文，则文情并茂，熠熠生辉，文辞不雕琢，但相当美。徐懋庸杂文的哲学味道很浓。揭露矛盾，分析矛盾，讲辩证法。比方说，他有篇杂文叫《墨索里尼劝农》，就敢于肯定法西斯头子墨索里尼立身行事中的可取之点。这是要有眼力和胆识的！在一个主要是做坏事的历史罪人的行状中，发掘出一星半点好的、对的事情，非独具慧眼不可；看准了，在举世唾骂、人人喊打的空气之中，出来实事求是地肯定一句半句，更需要胆量。这胆量来于对矛盾运动的认识，来于对唯物辩证法思想的掌握。他在一九五七年写的杂文更尖锐、深刻，充满辩证法。他给官僚主义者画像，他阐述教条主义的危害，他讲《不要怕民主》和《不要怕不民主》的辩证关系，他回答《真理归于谁家》的提问，都从政治着眼，哲学入手，高屋建瓴，轻快裕如。虽说表面上有点咄咄逼人，但内心燃烧着革命热情，对党的热爱、对社会主义的坚定不移、对同志的诚恳，洋溢在字里行间。深刻性来于政治思想的成熟和马列主义理论水平的提高，尖锐性出于对侵蚀党的肌体的病菌的愤激。哲学成份增加了文章的深度。这些杂文，讲哲学，但不掉书袋，不枯燥、沉闷，它先以气势取胜，再由逻辑之严密、理论之无懈可击，令人慑服。它不同于谈桌子之类的哲学论文，也不同于说橱窗的美学论文，而依然是文学，是鲁迅开创的杂文在社会主义时期的发展。讲现代文学史，谈三十年代的杂文，不能不说徐懋庸与鲁迅的并肩作战。鲁迅和他的战友、学生，造成一条战线，以杂文为武器，在粉碎国民党的反革命文化围剿中，做出了卓越的贡献。讲当代文学，谈五十年代杂文的又一次兴旺，徐懋庸总该第一个被提到。如果说，官僚主义、教条主义该批评，蒙在党和社会主义身上的尘埃该清除，那么，徐懋庸的那些杂文就该存在；如果说这些毛病和尘埃现在都还有，那么，徐懋庸的那些杂文就具有生命力。

尖锐泼辣的讽刺文学还是需要的!

徐懋庸还用杂文的笔法,写了不少谈文艺的短篇论文。收成集子的有《街头文谈》、《怎样从事文艺修养》、《文艺思潮小史》。这些文章文笔轻松活泼,有独到的见解,引人入胜。它们生动有趣,浅显易懂,但道理很深。因为写得生动有趣,人们就爱读,想读,一上手就把人吸引住,非一口气读完不愿丢下;因为浅显易懂,就不难领会精神实质,一经领会,再用自己的脑子一思索,又才觉得道理很深,需要再学习,三思而后才能悟。这些文艺短论,随意落笔,侃侃而谈,无拘无束,每一篇突出一个中心思想,合起来构成一个体系。它不象大学教授的高头讲章,板着面孔,从概念到概念,演绎推理,综合归纳,叫初学者望而生畏,只得在它门前却步,不敢升堂入室。但它又不象那些假通俗化大众化之名,让青年上当受骗,慢性自杀,不死也拖成孱弱之躯的江湖货。它是吸收了中外古今关于文学的知识,先融会贯通,变成了自己所拥有的学问,然后再针对青年的实际,根据社会需要,设譬比喻,从社会现象、生活常识入手,从人人熟悉的经典著作入手,用浅近的语言,象摆龙门阵一样说出来,将历史规律、某种原理寓籍其中。他在《高尔基和香菱》的题目下,拟和想当文学家的弟弟谈话,十分自然地说明一个简单真理:迈入文学堂奥的第一步,必须有充实的生活和深刻的思想。真理本来就简单明了,加上作者讲得生动、具体、形象,因而它就容易被接受、被理解。不过,人在生活之中,未必就看见了生活,就认识了生活。这就要锻炼自己看的能力,学会观察生活。"但是,看是不容易的。"这是故弄玄虚、危言耸听吗? 不! 他接着说,"眼睛虽然人人都有,但是每双眼睛未必都是健全的;有的近视,有的远视,有的还有色盲"。即使眼睛健全,也未必能够看得正确,因为看要靠思想的帮助。要构成一个见解,思想的任务比眼睛的任务重大,因为眼睛只能看到事物的外部状态,思想却能探究事物的前因后果和左右的关系。不过,这思想,必须正确,世界观必须进步。具备这些条件后,在看的时候,还要冷静,排除外部世界光怪陆离的干扰,抓住实质。他说:"冷静,才能看得真;冷静,才能看得深。我们站在街头,多的是看的机会,男男女女,高的矮的,老的小的,肥的瘦的,看出他们的丑恶和美丽,快乐和悲哀,饱足和饥饿，凶暴和慈悲，屈从和反抗，昏睡和觉醒……我们还要从他们的过去的历史，现在的生活，看出他们将来的命运，我们还要在他们本身以外看出决定他们思想和行为的自然环境和社会环境。"（《看的能力》》还有一层作者没有说到。我们不能笼统地看，要抓住事物的特征。只有特征才能把一事物和他事物区别开。福楼拜教莫泊桑，要学会用几句话勾勒出一匹马的特点，而不要和过去看到过的五十匹马相混。沈从文的《废邮存底》也讲过这种道理。徐懋庸的文艺短论大都写得这样轻松有趣。他做到了通俗化大众化，但没有丝毫降低质量，而是普及和提高相结合。社会需要这种有研究，具有真知灼见，科学性、知识性和趣味性相统一的读物。架子很大，内瓤空虚，或者观点陈旧、四平八稳、毫无创见的巨著，有时并没有这种小东西对人有启发。何其芳的《诗歌欣赏》，蔡仪的《文学知识》，朱光潜的《美学书简》，皆为巴掌大的小书，但谁能小看它们的价值？国内又有几本书超过它们？因读者对象不同，作者情况、目的任务不同，应该说，体系完备、理论深奥的宏篇巨制和精巧细致、生动有趣、普及与提高结合得好的小品，二者都不可或缺。它们可以互为补充，满足多种人的需求。人们高兴远足颐和园，去领略她那气魄之宏伟、雕梁画栋之辉煌和说不尽的韵致，但人们也乐意就地在近几年修建的街头园林小品内小憩，那藤萝花径，小巧玲珑，也别有一番情趣，同样赏心悦目，并不因其小，就缺乏引人流连忘返的魅力。

徐懋庸的回忆录为社会为研究现代文学史的人提供了不少珍贵的史料，比如，他和鲁迅的关系（附带说一句，这种关系是辩证的。首先是鲁迅教育和培养了徐懋庸，引导徐懋庸走上了革命文学的道路。一九三六年徐懋庸对鲁迅态度不好，颟顸粗暴，鲁迅也有不对之处。徐懋庸尊敬鲁迅，热爱鲁迅，为宣传鲁迅做了许多工作。在战争频繁、物质条件极端困难的根据地，他出版了鲁迅小说《理水》和《阿Q正传》的注释，不无精辟见解。解放初，他出版小册子《鲁迅——伟大的思想家与伟大的革命家》，其中，归纳了鲁迅的战略战术思想，尤以将鲁迅思想和毛泽东思想作比较研究，说中国人民革命的胜利也是鲁迅思想的胜利的提法特别新颖。他扩大了鲁迅研究的领域。一九五七年，他维护鲁迅杂文的战斗传统，并由此交厄运。他在停止呼吸前数日的病榻上，还在注释鲁迅书简，且有研究鲁迅的大计划。我们纵观历史，横看时事，对徐懋庸和鲁迅关系上的人品、思想、短处和弱点，才有全面的认识），毛泽东同志关于一九三六年革命文艺界内部两个口号论争的谈话，关于太行文联及热河行军，等等，弥补了空白，解决了疑难，实属稀有。除此之外，《下管社会》一章最具特色。它通过对一个人所出生的地方直朴无华的叙述，让人认识了一个时代一个社会。这里的山川地貌，出产资源，地理沿革，村镇建制，交通运输，经济贸易，人口发展，历代先贤，当今名士，饮食起居，风俗习惯，阶级关系，宗教信仰，革命态势，都在作者的笔下得到一定的反映。这是祖国面貌的有机组成部分，是近现代史的在某一角落的表现形态。它谈历史，说地理，而不枯燥；它有细节，充满感情，又不失真。写地方史，编县志，为人物立传，都离不开这类回忆录所提供的材料和线索。读这类回忆录，我们不仅认识了一个人，重要的是通过这个人，粗知了一点养育这个人的地域情况和历史、社会面貌。徐懋庸曾翻译过巴比塞的《斯大林传》，原题大概叫做"从一个人看世界"。小老百姓不能跟伟大人物相提并论，但就实质而言，无疑有相通的地方；从写得真实、具有概括力的一般人的回忆录，亦能窥见世界某些畛域的情状。沈从文的《从文自传》与徐懋庸的回忆录写法不一样，他是把他的故乡湘西作为一个形象来塑造的。读完《从文自传》，好象湘西就站在我们面前：它不但轮廓清楚，线条分明，连匀称的呼吸都可感知；它粗野的背后是淳朴；它象未被污染的河流，未经砍伐的森林，保留了较多的原始状态。如果说艾芜的散文《漂泊杂记》、《山中牧歌》也可以当自传来读的话，我们除了得知作者不平凡的经历外，还领略了从北温带到亚热带的自然界的旖旎风光，结识了从刀耕火种的原始社会到商业发达的资本主义社会的朋友，欣赏了异国情调；如果说萧红的散文《商市街》和《桥》也可以当她的自传来读的话，那么，我们除了同情这个女性的不幸遭遇而外，我们更形象地看到了日寇铁蹄对祖国山河的践踏，看到了亡国奴隶的痛苦挣扎。上举各例说明，回忆录也好，自传也好，其意义都大于它们本身。因为我们不仅从中知道了作者的人生经历、成长道路，更由此而获得比这多得多的知识。它启发我们思索、联想，去扩大认识领域，去遨游陌生的世界。

　　徐懋庸杂文的文风和他的人品是一致的。他一生坚持真理，襟怀坦白，敢作敢为，他的杂文也就战斗性强，对假、恶、丑的揭露、批判、讽刺，态度鲜明，绝不含糊吞吐，对自己的解剖也不留情面；他一生好学，孜孜以求，涉猎知识的面广，在哲学上的钻研又深，因而，他写杂文可以自由挥洒，什么都谈，朴实无奇，意味深长；他一生关心社会，眼光锐敏，勤于思索，革命责任感强，因而，他的杂文新颖，独到，深刻，富于生命力，具有开创性。当然，智者千虑必有一失，由于他气盛，自负，唯我独革，也有些杂文有片面性，有些看法不够全面，不够冷静。

　　人非圣贤，孰能无过？对《徐懋庸杂文集》，我是以先睹为快。

一九八二年九月二十四日

（《徐懋庸杂文集》，三联书店1983年2月第一版）

（载1983年4月10日《读书》第4期）

《徐懋庸选集》编后记

王　韦

　　一九七七年二月七日，早七点多钟，我俯身对垂危的懋庸说："我今后所有的业余时间都帮助你整理材料。""好！"闭着双眼的懋庸非常清晰地答应我，他的声音已非常微弱，但我领会得到他满意我对他的诺言，并且在他已是用了最强音在答应我了。就是这个"好"的声音响在我的耳际，浮在我的脑中，印在我的心上，鞭策我同悲哀作斗争。我当时所说"整理材料"并不包括选编他的文集。感谢党组织，不仅解决了他最希望解决的两大问题：为他恢复了政治名誉，恢复了党籍，还给了我机会和时间，把他从三十年代到七十年代所写的杂文和文艺随笔等搜集起来，并从中选出部分，编成这部《徐懋庸选集》。

　　懋庸一九一〇年出生于浙江省上虞县下管西堂一个贫苦手工业工人家庭。幼年在族办小学读书。一九二一年高小毕业后，因家贫不能继续上学，随父亲到山区贩卖和修理纱筛，闲时经常借些书来读，刻苦自修，因而被一些人给戴上了"知识界的乞丐"的衔头。他在《一个"知识界的乞丐"的自白》一文中写道："我在当时感到莫大的耻辱。但后来仔细一想，觉得这于我实很切合。""我的求知欲反而愈加强烈起来，因而我的求乞也更勤了。此后的三四年中，我真象一个饿得不论草根树皮都要吃下去的乞丐似的，把能够借到的一切书报，古的、新的、科学的、文学的，杂乱无章地看进去、看进去。另一方面，又怀着象想混进富家的厨房饱吃一顿的心愿，兀自寻觅着进学校的机会。"一九二六年，懋庸参加了大革命，在共产党领导下的上虞县国民党党部宣传部当干事，负责编辑党报《南针报》。"四·一二"反革命政变后，懋庸坚持编辑散发地下进步刊物《石榴报》，被国民党反动派通缉，逃亡上海，考进不花钱即可读书的劳动大学中学部。一九三〇年结束学习，到浙江临海中学教书。一九三二年开始翻译法国罗曼·罗兰的《托尔斯泰传》。一九三三年，他带着这部译稿进入上海文坛。

在三十年代，他写了大量的杂文和随笔等。后来编成集子的有《不惊人集》、《懋庸小品文选》、《打杂集》。他还翻译了《小鬼》、《斯大林传》、《伊特勒共和国》、《列宁家书集》等外国著作。

全国解放后，在五十年代中期，懋庸又以奔放的热情写了许多杂文，曾由北京出版社选编成《打杂新集》。后因他被错划为右派，未能出版。

六十年代，懋庸在逆境中，写下了两百多首古体诗词，并译了若干哲学论著，写了一些哲学小品。

在大动荡的七十年代里，懋庸并没有放下他的笔，写下了仿《故事新编》体的六篇历史故事，并为有关单位做了一些鲁迅书信的注释工作，一九七七年二月七日上午九时，在他弥留之际，我接受了他最后的遗稿《回忆录》和《对一条电讯的意见》。

懋庸是热爱生活、忠实于生活的，他有一股不断追求真理的勇气，在"文化大革命"中最险恶的环境下，他经受住了严峻的考验，坚持真理而不移、不摇、不屈。他敏锐地观察着那千变万化的现实；现实有时使他狂喜，有时使他惊叹，有时又使他愤怒，却从来不曾使他悲观、失望和放弃对人生的体验。一九六七年一月，他身在"牛棚"，经常遭受毒打和人身侮辱，而他却在《玉连环》这首词中写道："……且学浑沌，将诸窍泥封草盖。只留将双眼，看他后事，如何分解？"这就是懋庸的性格。

"语云：'勤笔免思'，余则以为勤笔'助思'也。要之，在乎勤笔耳。是为序。"这是懋庸为自己手稿《随笔》第一册（一九五七年一月至三月）所作的题词。我想：懋庸的一生，确乎可以说是勤笔、勤思的一生吧。

在抗日战争、解放战争的戎马生涯中，懋庸三十年代的文稿已全部散失。"文化大革命"中又被反复抄家,连解放后的文稿也一无所存了。如何来编选他的文集,确是一个难题。

一九七九年春天,中国社会科学院哲学研究所退还了一些文件,其中有一九五七年原哲学社会科学部编的当时作为批判材料用的《徐懋庸言论摘要》两本;懋庸一九五七年写的《随笔》手稿两册。这些为我提供了懋庸一九五七年撰写的文章编目和部分杂文手稿。

一九七九年七月,我开始查找三十年代到七十年代刊登过懋庸文章的《申报》、《新中华报》、《人民日报》、《文汇报》、《文学》、《新语林》、《芒种》、《希望》、《华北文艺》、《华北文化》、《人民文学》、《长江文艺》等四十多种报纸杂志。并找到了《打杂集》、《不惊人集》、《懋庸小品文选》、《街头文谈》、《文艺思潮小史》等集子。

懋庸在太行山时,曾经为《华北文化》、《华北文艺》撰写过不少东西,这次费了很大力气,经很多热心的同志帮助,才在北京图书馆新善本书库找到四本《华北文艺》和若干《华北文化》,算是找到了几篇。

此外,过去所出集子,与他文章有关的别人的文章,作为附录收入的,这次基本上不收了,他本人写的与类似文章有关的文章也就基本上不收了。

选编这个文集,我得到中国社会科学院文学研究所汪蔚林、李宗英等同志的指导和支持;得到北京图书馆朱光煊、焦树安同志的很多帮助;特别是张大明同志,自始至终参加了选编、校勘等具体的编辑工作;四川人民出版社帮助我们出版这部选集,使它得到与广大读者见面的机会,在此一并致谢。

一九八〇年六月

资料目录索引

徐懋庸著译系年

小学教师的责任
原载1926年12月27日，1927年1月3日《上虞声》❶三日刊，署名徐懋庸（以下凡不另行注明者，均系署徐懋庸）。

奈都夫人
原载1933年2月1日《东方杂志》❷30卷3号。

巴金到台州
原载1933年2月25日　上海《社会与教育》❸5卷13期。

菲律宾独立问题
原载1933年3月1日《前途》❹1卷3号，署杨灵译。

记萧伯纳
原载1933年3月1日《前途》1卷3号，署徐懋庸译。

知识分子及其同路人
原载1933年4月1日《前途》1卷4号。

五月纪念与民族运动
原载1933年5月1日《前途》1卷5号。

红汉华斯加（中篇小说　苏联高尔基作）
原载1933年《社会与教育》6卷1至5

❶ 《上虞声》，1920年或1921年创办，由胡愈之主编，在上海出版，上虞发行，刊物内容反帝反封建，不属营业性质，大批寄给上虞小学教师、进步青年阅读。1925年改为三日刊，在上虞百官印刷，由朱云楼主编，1928年停刊。

❷ 《东方杂志》，光绪三十年（1904年）正月二十五日创刊，宣统元年（1909年）二月二十五日起，编辑者阳湖、孟森。1933年7月1日起，编辑者李圣吾，商务印书馆发行。

❸ 《社会与教育》（周刊）1930年11月创刊，编辑兼发行《社会与教育》社，上海新生命书局出版。

❹ 《前途》，1933年2月15日创刊，编辑《前途》杂志社，上海新生命书局出版。

期。署徐懋庸译。

《艺术论》质疑
原载 1933 年 6 月 29 日《申报·自由谈》❶，后收入《徐懋庸杂文集》（三联书店）、《徐懋庸选集》（四川人民出版社）。

青年的心
原载 1933 年 6 月 30 日《申报·自由谈》。

苟全性命法
原载 1933 年 7 月 9 日《申报·自由谈》，后收入《徐懋庸杂文集》、《徐懋庸选集》。

说穷途
原载 1933 年 7 月 22 日《申报·自由谈》，后收入《徐懋庸杂文集》、《徐懋庸选集》。

读经一得
原载 1933 年 7 月 23 日《申报·自由谈》，

后收入《徐懋庸杂文集》。

女主人与小犬
原载 1933 年 7 月 27 日《申报·自由谈》，后收入《徐懋庸杂文集》、《徐懋庸选集》。

见得多
原载 1933 年 8 月 3 日《申报·自由谈》，初收入《不惊人集》（1937 年千秋出版社），后收入《徐懋庸杂文集》、《徐懋庸选集》。

欢迎巴比塞调查团
原载 1933 年 8 月 6 日《申报·自由谈》

"揣"
原载 1933 年 8 月 8 日《申报·自由谈》，初收入《不惊人集》，后收入《徐懋庸杂文集》、《徐懋庸选集》。

"汪达尔人"辨
原载 1933 年 8 月 13 日《申报·自由谈》，后收入《徐懋庸杂文集》。

论说文范
原载 1933 年 8 月 15 日《申报·自由谈》，后收入《徐懋庸杂文集》、《徐懋庸选集》。

说战争（Sctt Nearing 著）
原载 1933 年 8 月 19 日《社会与教育》6 卷 13 期，署徐懋庸译。

---

❶ 《申报》，1872 年 4 月 30 日（清同治十一年三月二十三日）创刊，由英商美查创办，蒋芷湘主笔。光绪三十二年（1906 年），英商归国，以 7.5 万元售给华人席裕福（子佩），1912 年由史量才接办。《申报·自由谈》，1911 年（宣统三年）8 月 24 日创刊，由王钝根、陈蝶仙（笔名天虚生我）、周瘦鹃等编辑。1932 年 12 月史量才改组了《自由谈》的编辑部，更换主编，聘请黎烈文任主编。由于受到内外压力，1934 年 5 月 9 日，黎烈文辞职，由张梓生、吴景松等接编。

论凑趣

原载1933年9月4日《申报·自由谈》，
初收入《不惊人集》，后收入《徐懋
庸杂文集》、《徐懋庸选集》。

"泼臭料"

原载1933年9月7日《申报·自由谈》，
初收入《不惊人集》，后收入《徐懋
庸杂文集》、《徐懋庸选集》。

"我所见的世界"

原载1933年9月13日《申报·自由谈》，
初收入《不惊人集》、《懋庸小品文
选》，后收入《徐懋庸杂文集》、《徐
懋庸选集》。

希特拉与雍正帝

原载1933年9月14日《申报·自由谈》，
后收入《徐懋庸杂文集》、《徐懋庸
选集》。

钟敬之译《苏俄底文学》小引

1933年10月3日撰写，收入1933年9
月15日《苏俄底文学》，后收入《徐
懋庸选集》。

《怒吼吧，中国》幕前

原载1933年9月19日《申报·自由谈》，
后收入《徐懋庸杂文集》。

杂谈《小鬼》

原载1933年9月20日《申报·自由谈》，

初收入《不惊人集》，后收《徐懋庸
杂文集》、《徐懋庸选集》。

给妇女读的书

原载1933年9月21日《申报·自由谈》，
初收《不惊人集》、《懋庸小品文选》，
后收《徐懋庸杂文集》、《徐懋庸选集》。

生命差

初收《不惊人集》。

卢那卡尔斯基的话

原载1933年9月23日《申报·自由谈》，
后收《徐懋庸杂文集》。

羊和猫

原载1933年9月25日《申报·自由谈》，
初收《不惊人集》、《懋庸小品文选》，
后收《徐懋庸选集》。

打杂者造成的文化

原载1933年9月28日《申报·自由谈》，
初收《不惊人集》、《懋庸小品文选》，
后收《徐懋庸杂文集》、《徐懋庸选集》。

我们将何以自处

原载1933年9月30日《社会与教育》
6卷18期。

种族的亲善（Alfred Fouille作）

原载1933年9月30日《社会与教育》
6卷18期，署致立译。

蛇与Sphinx
原载1933年10月1日《申报·自由谈》，初收《不惊人集》，后收《徐懋庸杂文集》、《徐懋庸选集》。

南行
原载1933年10月3日《申报·自由谈》，初收《不惊人集》，后收《徐懋庸杂文集》、《徐懋庸选集》。

赏月
原载1933年10月5日《申报·自由谈》，署致立。初收《不惊人集》、《懋庸小品文选》，后收《徐懋庸选集》。

人之所以异于禽兽者
原载1933年10月7日《申报·自由谈》，署致立。

十月革命与文学
原载1933年10月10日《申报·自由谈》，署余扬灵。

读《房龙地理》杂感之一
原载1933年10月14日《申报·自由谈》，署余扬灵，初收《不惊人集》，后收《徐懋庸杂文集》、《徐懋庸选集》、《中国现代散文选》第4卷（中国社会科学院文学研究所现代文学研究室编、人民文学出版社1982年出版）。

忍辱与耐痛
原载于1933年10月18日《申报·自由谈》，署致立。

一点异议
原载于1933年10月20日《申报·自由谈》，署致立。初收《不惊人集》，后收《徐懋庸杂文集》、《徐懋庸选集》。

Ta·boo之再生
原载1933年10月24日《申报·自由谈》，署致立。

不可触的
原载1933年10月25日《申报·自由谈》，署致立。初收《不惊人集》、《懋庸小品文选》，后收《徐懋庸选集》。

观绍兴戏有感
原载1933年10月31日《申报·自由谈》，署扬灵。初收《不惊人集》，后收《徐懋庸杂文集》、《徐懋庸选集》。

我的失败
原载1933年11月1日《文学》❶1卷6期。初收《不惊人集》，后收《徐懋庸选集》、《中国现代散文选》第4卷（中国社会科学院文学研究所现代文学研究室编、人民文学出版社1982年出版）。

---

❶ 《文学》，1933年7月1日创刊，1937年8月1日9卷2号出版后抗战全面爆发，《文学》紧缩篇幅改为32开本，同年11月10日出至9卷20号后停刊，共出52期。傅东华编辑，上海生活书店出版。

又是一点是非
原载1933年11月4日《申报·自由谈》，署致立。初收《不惊人集》，后收《徐懋庸杂文集》、《徐懋庸选集》。

犹太人
原载1933年11月9日《申报·自由谈》。

光荣的下场
原载1933年11月10日《申报·自由谈》，署致立。初收《懋庸小品文选》，后收《徐懋庸杂文集》、《徐懋庸选集》。

商定的世界文豪
原载1933年11月13日《申报·自由谈》，署致立。初收《不惊人集》、《懋庸小品文选》，后收《徐懋庸杂文集》、《徐懋庸选集》。

真和假
原载于1933年11月18日《申报·自由谈》，初收《不惊人集》，后收《徐懋庸杂文集》、《徐懋庸选集》。

关于《现实的认识》
原载于1933年10月27、28日《申报·自由谈》。初收《不惊人集》，后收《徐懋庸杂文集》、《徐懋庸选集》。

谛尔西的缝工（短篇小说 德国 格莱塞作）
原载1933年12月1日《文学》1卷6号，署徐懋庸译。

不求倾听的漫谭
原载1933年12月2、9、16、23日《社会与教育》7卷1、2、3、4期，署致立。

中国的几种文艺杂志
原载1933年12月2日《社会与教育》7卷1期，署余扬灵。

"泽及牲畜"
原载1933年12月3日《申报·自由谈》。初收《不惊人集》、《懋庸小品文选》，后收《徐懋庸杂文集》、《徐懋庸选集》。

黑人问题
原载1933年12月6日《申报·自由谈》，初收《不惊人集》、《懋庸小品文选》，后收《徐懋庸杂文集》、《徐懋庸选集》。

复侍桁先生
原载1933年12月14日《申报·自由谈》。初收《不惊人集》，后收《徐懋庸杂文集》、《徐懋庸选集》。

读《颜氏家训》
原载1933年12月24日《申报·自由谈》，初收《不惊人集》，后收《徐懋庸杂文集》、《徐懋庸选集》。

旧事新感
原载1933年12月27日《申报·自由谈》，初收《懋庸小品文选》，后收《徐懋庸杂文集》、《徐懋庸选集》。

过年

原载 1933 年 12 月 31 日《申报·自由谈》，署余扬灵。初收《不惊人集》、《懋庸小品文选》，后收《徐懋庸杂文集》、《徐懋庸选集》。

元旦漫笔

原载 1934 年 1 月 1 日《申报·自由谈》，初收《不惊人集》，后收《徐懋庸杂文集》、《徐懋庸选集》。

上帝的心

原载 1934 年 1 月 6 日《申报·自由谈》，初收《不惊人集》，后收《徐懋庸杂文集》、《徐懋庸选集》。

影响

原载 1934 年 1 月 6 日《申报·自由谈》，署余扬灵，初收《不惊人集》，后收《徐懋庸杂文集》、《徐懋庸选集》。

关于"因革"

原载 1934 年 1 月 7 日《申报·自由谈》，后收《徐懋庸杂文集》、《徐懋庸选集》。

家的放弃

原载 1934 年 1 月 10 日《申报·自由谈》，初收《不惊人集》、《懋庸小品文选》，后收《徐懋庸杂文集》、《徐懋庸选集》。

谈变

原载 1934 年 1 月 13 日《申报·自由谈》，署余扬灵，初收《不惊人集》、《懋

庸小品文选》，后收《徐懋庸杂文集》、《徐懋庸选集》。

笑

原载 1934 年 1 月 15 日《申报·自由谈》，初收《不惊人集》，后收《徐懋庸杂文集》、《徐懋庸选集》。

危机与奋斗

原载 1934 年 1 月 15 日《申报·自由谈》。

砂糖与宝物

原载 1934 年 1 月 16 日《申报·自由谈》，署致立。初收《懋庸小品文选》，后收《徐懋庸杂文集》、《徐懋庸选集》。

"直译之故"

原载 1934 年 1 月 18 日《申报·自由谈》，署余扬灵，初收《不惊人集》、《懋庸小品文选》，后收《徐懋庸杂文集》、《徐懋庸选集》。

新闻选注

原载 1934 年 1 月 18 日《申报·自由谈》，署晔子。

"商业竞卖"与"名士才情"

原载 1934 年 1 月 20 日《申报·自由谈》，初收《不惊人集》，后收《徐懋庸杂文集》、《徐懋庸选集》。

谈皇帝

原载 1934 年 1 月 21 日《申报·自由谈》，

署致立。后收《徐懋庸杂文集》、《徐懋庸选集》。

谈脸
原载1934年1月24日《申报·自由谈》，署哗子。

"一二八"的纪念
原载1934年1月28日《申报·自由谈》，署哗子。

现代人物志——罗斯福
原载1934年1月《中学生》❶41号。

培根的《新机关》（世界思想名著提要）
原载1934年1月《中学生》41号。

金鱼
原载1934年2月4日《申报·自由谈》，署余扬灵，初收《不惊人集》、《懋庸小品文选》，后收《徐懋庸杂文集》、《徐懋庸选集》。

讨债的儿子
原载1934年2月5日《申报·自由谈》，初收《不惊人集》，后收《徐懋庸杂文集》、《徐懋庸选集》。

说小品文
原载1934年2月9日《申报·自由谈》，

署哗子。初收改《不惊人集》，后收《徐懋庸杂文集》、《徐懋庸选集》。

镜子
原载1934年2月15日《申报月刊》❷，收入《不惊人集》、《徐懋庸杂文集》、《徐懋庸选集》。

参观德国影展印象记
原载1934年2月17日《新生周刊》❸ 1卷2期，初收《打杂集》。后收《徐懋庸杂文集》、《徐懋庸选集》。

预言
原载1934年2月20日《申报·自由谈》，初收《不惊人集》，后收《徐懋庸杂文集》、《徐懋庸选集》。

说打
原载1934年2月23日《申报·自由谈》，初收《不惊人集》，后收《徐懋庸杂文集》、《徐懋庸选集》。

玛丽·马奇纳夫的日记（一）（二）（三）（四）（Stepen Leacock作）
原载1934年2月26、27、28日，3月1日《申报·自由谈》，署哗子译。

---

❶ 《中学生》，1930年1月创刊，编辑人夏丏尊等，上海开明书店发行。

❷ 《申报月刊》，1932年7月15日创刊，编辑人俞颂华、凌其翰、黄幼雄，上海开明书店出版。

❸ 《新生周刊》1934年2月10日创刊，编辑杜重远，上海《新生周刊》社出版。

可为而不可为

原载1934年2月《中学生》42号。初收《打杂集》，后收《徐懋庸杂文集》、《徐懋庸选集》。

不知其味

原载1934年3月1日《申报·自由谈》，署敦庞，初收《不惊人集》，后收《徐懋庸杂文集》、《徐懋庸选集》。

疲倦的泥水匠（短篇小说　意大利A·Lorid作）

原载1934年3月1日《文学》2卷3号，署徐懋庸译。

杂谈幽默

原载1934年3月5日《申报·自由谈》，初收《不惊人集》、《街头文谈》，后收《徐懋庸杂文集》、《徐懋庸选集》。

冷水文学

原载1934年3月16日《申报·自由谈》，初收《不惊人集》，后收《徐懋庸杂文集》、《徐懋庸选集》。

谈谈人头祭灵

原载1934年3月19日《申报·自由谈》，署余扬灵。初收《不惊人集》，后收《徐懋庸杂文集》、《徐懋庸选集》。

读《文学》的"翻译专号"后

原载1934年3月24日《申报·自由谈》，署余扬灵。收入《徐懋庸选集》。

达尔文的《物种原始》（世界思想名著提要）

原载1934年3月《中学生》43号。

故乡一人

原载1934年4月1日《文学》2卷4号，初收《打杂集》，后收《徐懋庸杂文集》、《徐懋庸选集》、《中国现代散文选》第4卷（中国社会科学院文学研究所现代文学研究室编、人民文学出版社1982年出版）。

两种春天

原载1934年4月1日《文学》2卷4号，初收《打杂集》，后收《徐懋庸杂文集》、《徐懋庸选集》、《散文选》第2册（北京大学、北京师范大学、北京师院中文系主编，1979年10月上海教育出版社出版）、《中国现代散文选》第4卷，（中国社会科学院文学研究所现代文学研究室编、人民文学出版社1982年出版）。

怎样超越危机

原载1934年4月3日《申报·自由谈》。收入《徐懋庸杂文集》、《徐懋庸选集》。

金圣叹的极微论

原载1934年4月5日《人间世》[1]1期。

---

[1] 《人间世》（小品文半月刊），1934年4月5日创刊，主编林语堂，编辑徐许、陶亢德，上海良友图书印刷有限公司出版。

初收《打杂集》，后收《徐懋庸杂文集》、《徐懋庸选集》。

游杭杂感

原载1934年4月12、13日《申报·自由谈》，初收《不惊人集》，后收《徐懋庸选集》。

摩登之破坏

原载1934年4月17日《申报·自由谈》，初收《不惊人集》，后收《徐懋庸杂文集》、《徐懋庸选集》。

谈体育

原载1934年4月19日《申报·自由谈》，署敦庞。

小说与随笔

原载1934年4月24日《申报·自由谈》，初收《不惊人集》，后收《徐懋庸选集》。

无理想的结婚

原载1934年3月《中学生》43号。初收《不惊人集》，后收《徐懋庸选集》。

摩登文章

原载1934年4月20日《人世间》2期，收入《徐懋庸杂文集》、《徐懋庸选集》。

草巷随笔

初收《不惊人集》，后收《徐懋庸杂文集》、《徐懋庸选集》、《中国现代散文选》第4卷（中国社会科学院文学研究所现代文学研究室编、人民文学出版社1982年出版）。

暧昧的语言

初收《打杂集》，后收《徐懋庸杂文集》、《徐懋庸选集》。

美学与生活

原载1934年4月28日《申报·自由谈》，初收《打杂集》、《街头文谈》，后收《徐懋庸选集》。

说《水浒》上

原载1934年4月28日《新生周刊》1卷12期，署扬灵。

中国目前为什么没有伟大的作品产生

原载1934年5月1日《春光》❶1卷3号。

托孤（短篇小说 法国 左拉著）

原载1934年5月1日《春光》1卷3号，署徐懋庸译。

关于时轮金刚法会

原载1934年5月5日《人间世》3期。初收《打杂集》、《人间随笔》，后收《徐懋庸杂文集》、《徐懋庸选集》。

卖论

原载1934年5月5日《人间世》3期，初

---

❶ 《春光》，1934年3月1日创刊，编辑庄启东、陈君冶，上海春光书店出版。

收《打杂集》、《人间随笔》，后收
《徐懋庸杂文集》、《徐懋庸选集》。

不要纪念吧
原载1934年5月《中学生》45号。初
收《打杂集》，后收《徐懋庸杂文集》。

仇敌（Bandcliaire著）
原载1934年5月5日《申报·自由谈》，
署扬灵译。

说《水浒》下
原载1934年5月5日《新生周刊》1卷
13期。署扬灵。

关于《极微论》
原载1934年5月16日《申报·自由谈》，
初收《打杂集》，后收《徐懋庸杂文
集》、《徐懋庸选集》。

收复失地的措辞
原载1934年5月20日《中华日报·动
向》❶，后收《徐懋庸杂文集》、《徐
懋庸选集》。

苍蝇之灭亡
原载1934年5月20日《人间世》5期。
初收《打杂集》、《人间随笔》，后
收《徐懋庸杂文集》、《徐懋庸选集》。

各尽所能
原载1934年6月2日《申报·自由谈》，
初收《打杂集》，后收《徐懋庸杂文
集》、《徐懋庸选集》。

病
原载1934年6月5日《人间世》5期。
初收《打杂集》、《人间随笔》，后
收《徐懋庸杂文集》、《徐懋庸选集》。

另一提议
原载1934年6月8日《申报·自由谈》，
初收《打杂集》，后收《徐懋庸选集》。

"读书人"
原载1934年6月12日《申报·自由谈》。

桥头三阿爹们的言论
原载1934年6月15日《社会月报》❷1
卷1期。初收《打杂集》，后收《徐懋
庸杂文集》、《徐懋庸选集》、《现
代杂文选》（杨晋豪编、1936年上海
北新书局印行）。

关于文言文
原载1934年6月15日《申报·自由谈》。
初收《《打杂集》，后收《徐懋庸选
集》、《徐懋庸杂文集》。

❶《中华日报》，1932年4月11日创刊。

❷《社会月报》，1934年6月15日创刊，
上海社会出版社出版。

五年计划的故事
原载1934年6月16日《新生周刊》1
卷19期，署扬灵。

完人
原载1934年6月20日《人间世》6期。
初收《人间随笔》，后收《徐懋庸杂
文集》、《徐懋庸选集》。

《不惊人集》前记
原载1934年6月20日《人间世》6期、
1934年7月20日《新语林》2期。初收
《不惊人集》、《打杂集》，后收《徐
懋庸选集》。

失去的机会
原载1934年6月《中学生》46号。初
收《打杂集》，后收《徐懋庸杂文集》、
《徐懋庸选集》。

旧约全书及新约全书（世界思想名著
提要）
原载1934年6月《中学生》46号。

桂英爸（一—八）
原载1934年6月15日—6月23日《申
报·自由谈》，署晔子。

从文言文的毒害谈到《文言》
原载1934年6月30日《新生周刊》1
卷21期，署扬灵。

关于金圣叹批改的《水浒》（上）（下）

原载1934年7月4日、7月5日《申
报·自由谈》，署余扬灵。收入《徐
懋庸杂文集》、《徐懋庸选集》。

警句
原载1934年7月5日《人间世》。初收
《打杂集》、《人间随笔》，后收《徐
懋庸选集》、《徐懋庸杂文集》。

答耳耶先生
原载1934年7月12日《申报·自由谈》，
署余扬灵。收入《徐懋庸杂文集》。

两本讨论青年问题的书
原载1934年7月14日《新生周刊》1
卷23期，署扬灵。

凶恶的小月亮（短篇小说　法国　巴
比塞作）
原载1934年7月15日《申报月刊》3
卷7号，署徐懋庸译。

改读历史
原载1934年7月15日《申报月刊》
3卷7号。后收《徐懋庸杂文集》、《徐
懋庸选集》。

三卷一号《文学》杂评
原载1934年7月16日《大晚报·火
炬》❶。

---

❶　《大晚报》，1932年2月12日创刊，
创办人张竹平，主笔曾虚白。

七月十四
原载1934年7月18日《申报·自由谈》，署致立。初收《打杂集》，后收《徐懋庸杂文集》、《徐懋庸选集》。

徐懋庸启事
原载1934年7月20日《新语林》❶5期。

关于玩物丧志
原载1934年7月23日《申报·自由谈》，署敦庞。

桐城派祖师作文不通
原载1934年7月24日《申报·自由谈》，署敦庞。

道德与文章的矛盾
原载1934年7月25日《申报·自由谈》，署敦庞。

帮闲的山人
原载1934年7月25日《申报·自由谈》，署敦庞。

传名术
原载1934年7月26日《申报·自由谈》，署敦庞。

清代文坛掌故杂录（五则）
初收《打杂集》，后收《徐懋庸杂文

---

❶ 《新语林》半月刊，1934年7月5日创刊，主编徐懋庸，上海光华书局出版。

集》、《徐懋庸选集》。

谈灾荒
原载1934年7月28日《新生周刊》1卷25期。署扬灵。

不同于吴稚晖先生的两点意见
原载1934年8月4日《申报·自由谈》，初收《打杂集》、《徐懋庸杂文集》、《徐懋庸选集》。

以暴易暴
原载1934年8月15日《社会月报》1卷3期。

再谈翻印古书
原载1934年8月15日《社会月报》1卷3期。初收《打杂集》。

高尔基的意见
原载1934年8月22日《申报·自由谈》，收入《打杂集》。

关于翻译——读《文学》三、五两月的专号后
初收《打杂集》，后收《徐懋庸杂文集》、《徐懋庸选集》。

大处入手
初收《打杂集》、《小品文与漫画》（陈望道编）、《街头文谈》，后收《徐懋庸杂文集》、《徐懋庸选集》。

记莉莉·珂贝
初收入《打杂集》，后收《徐懋庸选集》。

世界史纲
原载 1934 年 9 月 1 日《新生周刊》1
卷 30 期，署扬灵。

"少数"与"特殊"
原载 1934 年 9 月 6 日《申报·自由谈》，
署致立，初收《打杂集》，后收《徐
懋庸杂文集》、《徐懋庸选集》。

请看客观环境
原载 1934 年 9 月 11 日《申报·自由谈》，
初收《打杂集》，后收《徐懋庸杂文
集》、《徐懋庸选集》。

刘半农的隔膜
初收《打杂集》，后收《徐懋庸杂文
集》、《徐懋庸选集》。

"驾云梯取月"——致陶亢德先生信
原载 1934 年 9 月 15 日《社会月报》1
卷 4 期。初收《打杂集》，后收《徐懋
庸杂文集》、《徐懋庸选集》。

关于周作人先生
原载 1934 年 9 月 15 日《社会月报》1
卷 4 期。初收《打杂集》，后收《徐懋
庸选集》。

墨索里尼劝农
原载 1934 年 9 月 15 日《申报月刊》3
卷 9 期。收《打杂集》。

答施蛰存先生
原载 1934 年 9 月 15 日《大晚报·火炬》，
收入《徐懋庸杂文集》、《徐懋庸选集》。

要办一个这样的杂志——作为对于
《太白》编辑委员会的建议
原载 1934 年 9 月 20 日《太白》❶第 1 卷
创刊号。初收《打杂集》，后收《徐
懋庸杂文集》、《徐懋庸选集》。

大众语简化
原载 1934 年 9 月 25 日《新中华》❷
2 卷 18 期。

一个笑话的写法
原载 1934 年 10 月 5 日《太白》1 卷 2 期，
初收《打杂集》，后收《徐懋庸杂文
集》、《徐懋庸选集》。

秋之歌（诗　法国　Baudelaire 作）
原载 1934 年 10 月 15 日《社会月报》
第 1 卷第 5 期，署徐懋庸译。

题《新诗歌》2 卷 3 期后
原载 1934 年 10 月 31 日《大晚报·火
炬》，收入《徐懋庸杂文集》。

---

❶ 《太白》，1934 年 9 月 20 日创刊，编
辑人陈望道，上海生活书店出版。
❷ 《新中华》，1933 年 1 月 10 日创刊，
编辑《新中华》杂志社，代表人周宪文、钱歌
川、倪文宙。中华有限公司出版。

两个问题

原载 1934 年 11 月 10 日《读书生活》❶ 1 卷创刊号。后收《徐懋庸杂文集》、《徐懋庸选集》。

我的唱歌

原载 1934 年 11 月 15 日《社会月报》1 卷 6 期。初收《打杂集》，后收《徐懋庸杂文集》、《徐懋庸选集》。

画与诗的世界

原载 1934 年 11 月 16 日《大晚报·火炬》，后收《徐懋庸选集》。

"为谁而写作"

原载 1934 年 11 月 20 日《太白》1 卷 5 期，初收《打杂集》、《街头文谈》，后收《徐懋庸杂文集》。

我的心境上的秋天

初收《打杂集》，后收《徐懋庸选集》、《徐懋庸杂文集》。

友谊与正义

初收《打杂集》，后收《徐懋庸杂文集》、《徐懋庸选集》。

在我们的时代

初收《打杂集》，后收《徐懋庸杂文

---

❶ 《读书生活》（半月刊），1934 年 10 月 11 日创刊，李公朴主编，上海杂志公司发行。

集》、《徐懋庸选集》。

英雄崇拜

初收《打杂集》，后收《徐懋庸杂文集》、《徐懋庸选集》。

秋风偶感

初收《打杂集》，后收《徐懋庸杂文集》、《徐懋庸选集》、《散文选》第二册，（北京大学、北京师范大学中文系等主编，上海教育出版社 1979 年出版）。

参观德国影展印象记

初收《打杂集》，后收《徐懋庸选集》、《徐懋庸杂文集》。

帕拉图与孔子

初收《打杂集》，后收《徐懋庸杂文集》、《徐懋庸选集》。

神奇的四川

原载 1935 年 1 月 20 日《太白》1 卷 9 期，初收《打杂集》，后收《徐懋庸选集》、《徐懋庸杂文集》、《散文选》第 2 册（北京大学、北京师大中文系等主编，上海教育出版社 1979 年出版）；《中国现代散文选》第 4 卷（中国社会科学院文学研究所现代文学研究室编、人民文学出版社 1982 年出版）。

《妇人与社会》（名著提要）

原载 1935 年 2 月 20 日《太白》1 卷 11 期。

《芒种》编者的话
原载1935年3月5日《芒种》❶创刊号。后收《徐懋庸选集》。

我也得带说几句
原载1935年3月5日《芒种》创刊号。

哭的约翰和笑的约翰（短篇小说 法国 巴比塞作）
原载1935年3月15日《世界文学》❷1卷2期，署徐懋庸译。

扪烛乱谈——儿名命提记
原载1935年3月20日《芒种》2期。收《徐懋庸选集》、《徐懋庸杂文集》。

《江亢虎文存》
原载1935年3月20日《太白》2卷1期，后收《徐懋庸选集》。

《伊特勒共和国》前记
1935年3月1日撰写，原载1935年3月20日《芒种》2期。

谈科学小品
原载1935年3月20日《芒种》2期，初收《街头文谈》，后收《徐懋庸选集》、《徐懋庸杂文集》。

两种力——文艺思潮史话
原载1935年3月25日《读书生活》1卷10期。

谈傀儡戏
原载1935年4月1日《漫画漫话》❸创刊号。

读书生活杂忆（一、二）
原载1935年4、5月《中学生》54号、55号。

扪烛乱谈——到底只能做杂文
原载1935年4月5日《芒种》3期。后收《徐懋庸杂文集》、《徐懋庸选集》。

开始
原载1935年4月13日《新生周刊》2卷12期，署力生。初收《街头文谈》，后收《徐懋庸选集》、《徐懋庸杂文集》。

王尔德（法国 A·纪德作）
原载1935年4月16日《译文》❹2卷2期，署徐懋庸译。收入《街头文谈》附录三。

❶ 《芒种》半月刊，1935年3月5日创刊，主编徐懋庸、曹聚仁，上海北新书局出版。
❷ 《世界文学》，1934年10月1日创刊，主编伍蠡甫，发行人徐毓源。上海黎明书局出版。

❸ 《漫画漫话》，1935年4月1日创刊，编辑人李辉英、凌波，发行人黄世钧、凌波。上海《漫画漫话》杂志社出版。
❹ 《译文》，1934年9月16日创刊，1937年6月16日停刊，编辑人黄源，发行人徐伯昕，发行所上海生活书店。

看的能力

原载 1935 年 4 月 20 日《新生周刊》2 卷 13 期，署力生。初收《街头文谈》，后收《徐懋庸杂文集》、《徐懋庸选集》。

心理描写

原载 1935 年 4 月 20 日《芒种》4 期，初收《街头文谈》，后收《徐懋庸杂文集》、《徐懋庸选集》。

感的能力

原载 1935 年 4 月 27 日《新生周刊》2 卷 14 期，署力生，初收《街头文谈》，后收《徐懋庸杂文集》、《徐懋庸选集》。

描写的能力

原载 1935 年 5 月 4 日《新生周刊》2 卷 15 期，署力生。初收《街头文谈》，后收《徐懋庸杂文集》、《徐懋庸选集》。

感旧

原载 1935 年 5 月 5 日《芒种》5 期。后收《徐懋庸杂文集》、《徐懋庸选集》。

看画有感

原载 1935 年 5 月 5 日《太白》2 卷 4 期，后收《徐懋庸选集》。

《打杂集》题记（原题作者自记）

原载 1935 年 5 月 5 日《芒种》6 期。初收《打杂集》，后收《徐懋庸杂文集》、《徐懋庸选集》。

现实

原载 1935 年 5 月 11 日《新生周刊》2 卷 16 期，署力生。初收《街头文谈》，后收《徐懋庸杂文集》、《徐懋庸选集》。

水牛（短篇小说　罗马尼亚　累尔吉斯作）

载于 1935 年 5 月 16 日《世界知识》❶ 2 卷 5 期。署徐懋庸译。

心理描写与现实主义（苏联 Koussinov 作）

收入《街头文谈》附录一，署徐懋庸译。

随笔三则（法国　A·纪德作）

原载 1935 年 5 月 16 日《译文》第 2 卷第 3 期，署徐懋庸译。后收入《街头文谈》附录二。

"笑"之社会的性质与幽默艺术（日本　长谷川如是闲作）

收入《街头文谈》附录四，署徐懋庸译。

现实的观察

原载 1935 年 5 月 18 日《新生周刊》2 卷 17 期，署力生。初收《街头文谈》，后收《徐懋庸杂文集》、《徐懋庸选集》。

风景描写

原载 1935 年 5 月 25 日《新生周刊》2

---

❶《世界知识》，1934 年 9 月 16 日创刊，上海生活书店发行，编辑人毕云程。

卷18期。初收《街头文谈》,后收《徐
懋庸杂文集》、《徐懋庸选集》。

一个"知识界的乞丐"的自白
原载1935年6月10日《读书生活》2
卷3期。初收《街头文谈》,后收《徐
懋庸选集》、《徐懋庸杂文集》。

《小鬼》的第二十六章(长篇小说 俄
国 F·soguob)
原载1935年6月15日《世界文学》1
卷5期,署徐懋庸译。

典型人物的描写
原载1935年6月15日《新生周刊》2
卷21期,署力生。初收《街头文谈》,
后收《徐懋庸杂文集》、《徐懋庸选集》。

一个希腊兵士的日记(短篇小说 希
腊 理佐布罗斯著)
载1935年6月16日《世界知识》2
卷7号,署徐懋庸译。

闻《娜拉》将公演有感
原载1935年6月29日《时事新报》❶。

看了《娜拉》之后
原载1935年6月30日《时事新报·

青光》。

我的秋思
原载1935年7月30日《时事新报·
青光》。

今日杂感
原载1935年8月1日《时事新报·青
光》。

《孟夏草木长》
原载1935年7月1日《文学》5卷1号,
署扬。

饭
载1935年7月15日《创作》❷创刊
号1卷1期。后收《徐懋庸选集》。

文艺自由的代价
载1935年8月1日《文学》5卷2号,
署扬。后收《徐懋庸杂文集》、《徐
懋庸选集》。

关于"纯文学"
原载1935年8月12日《申报·自由谈》。

为艺术的艺术与为人生的艺术
原载1935年8月13日《申报·自由谈》,
后收《徐懋庸杂文集》。

---

❶《时事新报》,1907年12月9日(光
绪三十三年十二月九日)狄葆丰创办,它的前
身是《时事报》。1911年5月18日起,改名
《时事新报》,由汪治平任经理。副刊《青光》,
1921年12月4日创刊。

---

❷《创作》,1935年7月15日创刊,编
辑李辉英、汪淼,上海薰风出版社出版。

哀陈君冶

原载1935年8月20日《芒种》9、10期合刊。后收《徐懋庸选集》。

一个少妇的遗嘱（短篇小说　法国左拉作）

原载1935年9月15日《世界文学》1卷6期。署徐懋庸译。

补订《文艺自由的代价》

原载于1935年10月1日《文学》5卷4号，署扬。后收《徐懋庸杂文集》、《徐懋庸选集》。

《太白》的停刊

原载1935年10月5日《芒种》2卷1期，后收《徐懋庸选集》。

关于"莫拿丽萨"

原载1935年10月5日《生活知识》❶ 1卷1期，署力生。初收《街头文谈》，后收《徐懋庸杂文集》、《徐懋庸选集》。

"作家的主观与社会的客观"

原载1935年10月20日《生活知识》1卷2期，署力生。初收《街头文谈》，后收《徐懋庸杂文集》、《徐懋庸选集》。

大众文学跟纯文学的区别——为文学百题作

原载1935年10月30日《通俗文化》❷ 半月刊2卷8号。初收《街头文谈》，后收《徐懋庸杂文集》、《徐懋庸选集》。

"世界上还有人类的时候……"

原载1935年11月1日《文学》5卷5号，署扬。后收《徐懋庸杂文集》、《徐懋庸选集》。

文学作品中的语言问题

原载1935年11月15日《通俗文化》2卷9号。初收《街头文谈》，后收《徐懋庸杂文集》、《徐懋庸选集》。

高尔基和香菱

原载1935年11月16日《大众生活》❸ 创刊号，署林矛，后收《怎样从事文艺修养》。

讽刺艺术

原载1935年11月20日《生活知识》1卷4期，署力生。后收《怎样从事文艺修养》。

几首诗的比较

原载1935年11月23日《大众生活》1卷2期，署林矛。后收《怎样从事文艺

---

❶ 《生活知识》半月刊，1935年10月1日创刊，编辑人沙千里、徐步。上海《生活知识》社出版。

❷ 《通俗文化》（半月刊），1935年1月创刊，主编支道绥，上海《通俗文化》社出版。

❸ 《大众生活》，1935年11月16日创刊，编辑韬奋，上海《大众生活》社出版。

修养》。

创作的态度
原载1935年11月30日《通俗文化》2卷10号，署力生。初收《街头文谈》，后收《徐懋庸杂文集》、《徐懋庸选集》。

一种基本的觉悟
原载1935年11月30日大众生活》1卷3期，署林矛。后收《怎样从事文艺修养》。

偶然做成与拼命去做
原载于1935年12月7日《大众生活》1卷4期，署林矛。后收《怎样从事文艺修养》。

李杜文章
原载1935年12月14日《大众生活》1卷5期，署林矛。后收《怎样从事文艺修养》。

现在的聪明人
原载1935年12月15日《杂文（质文）》❶月刊4号，后收《徐懋庸杂文集》。

通俗化问题
原载1935年12月20日《生活知识》1卷6期，署力生。初收《街头文谈》，

通俗文的写法
原载1935年12月20日《《生活知识》1卷6期，署力生。初收《街头文谈》，后收《徐懋庸杂文集》、《徐懋庸选集》。

文艺和社会科学
原载1935年12月21日《大众生活》1卷6期，署林矛。后收《怎样从事文艺修养》。

文艺和自然科学
原载1935年12月28日《大众生活》1卷7期，署林矛。后收《怎样从事文艺修养》。

论大众语
初收《街头文谈》，后收《徐懋庸杂文集》、《徐懋庸选集》。

再谈心理描写
初收《街头文谈》，后收《徐懋庸杂文集》、《徐懋庸选集》。

对于农村文艺写作的几点意见
初收《街头文谈》，后收《徐懋庸杂文集》、《徐懋庸选集》。

非常时内文艺研究工作大纲——为《大众生活》"寒假期内研究工作"特辑作
初收《街头文谈》，后收《徐懋庸杂文集》、《徐懋庸选集》。

---

❶ 《杂文（质文）》，1935年5月15日创刊，编辑杜宣，从第4期起改为《质文》，编辑勃生，上海群众杂志公司出版。

332

元旦挨打记（上）
原载1936年1月1日《大晚报·火炬》。

元旦打车夫记
原载1936年1月1日《时事新报·青光》。

元旦挨打记（下）
原载1936年1月3日《大晚报·火炬》。

文艺和哲学
原载1936年1月11日《大众生活》1卷9期，署林矛。后收《怎样从事文艺修养》。

《什么是"一种基本的觉悟"？》的附记
原载1936年1月18日《时事新报》副刊《每周文学》❶第18期，署名林矛。

文艺和一般艺术
原载1936年1月18日《大众生活》1卷10期，署林矛。后收《怎样从事文艺修养》。

《炼狱》读后感二点
原载1936年1月20日《生活知识》1卷8期，署力生。后收《徐懋庸杂文集》。

❶ 《时事新报》副刊《每周文学》，1935年9月15日创刊，1936年6月2日停刊，《每周文学》社编辑，徐懋庸、王淑明主编。

文学遗产
原载1936年1月25日《大众生活》1卷11期，署林矛。后收《怎样从事文艺修养》。

找寻影响
原载1936年2月8日《大众生活》1卷13期，署林矛。后收《怎样从事文艺修养》。

《身边文学》和《世界文学》
原载1936年2月15日《大众生活》1卷14期，署林矛。后收《怎样从事文艺修养》。

国防戏剧之敌——汉奸戏剧
原载1936年2月20日《生活知识》1卷10期，署力生。

文艺界的统一国防战线
原载1936年3月20日《生活知识》第1卷第11期，署力生，后收《"两个口号"论争资料选编》，1982年3月人民文学出版社出版。

中国文艺之前途
原载1936年5月1日《生活知识》2卷1期，收入《街头文谈》。

《中国文艺之前途》的原文
原载1936年5月1日《生活知识》2卷1期。

对于中国文艺衰亡论的一点说明
原载1936年5月1日《文学》6卷5号。
初收入《街头文谈》，后收《徐懋庸
杂文集》、《徐懋庸选集》。

我在文学方面的失败
初收《街头文谈》。后收入《徐懋庸
选集》。

《街头文谈》小引
1936年5月6日撰写。初收《街头文
谈》。后收《徐懋庸杂文集》、《徐
懋庸选集》。

火焰（小说）
原载1936年6月5日《文学界》❶1
卷1期。

文艺家的人格修养
收入《怎样从事文艺修养》。

怎样研究文艺理论
收入《怎样从事文艺修养》。

怎样理解诗
收入《怎样从事文艺修养》。

怎样理解戏剧
收入《怎样从事文艺修养》。

怎样理解小品文
收入《怎样从事文艺修养》。

怎样理解小说
收入《怎样从事文艺修养》。

怎样理解文艺批评
收入《怎样从事文艺修养》。

怎样理解文学史
收入《怎样从事文艺修养》。

怎样理解文艺思潮史
收入《怎样从事文艺修养》。

报告文学论（Pieremerin作）
原载1936年6月5日《文学界》1卷
1期，署徐懋庸译。后收《怎样从事文
艺修养》。

"人民大众向文学要求什么？"
原载1936年6月10日《光明》❷第1卷
创刊号。后收《徐懋庸杂文集》。

被一张明信片引起的杂感
原载1936年7月1日《文学》7卷1号，
后收《徐懋庸回忆录》、《徐懋庸选集》。

我们的唁词——高尔基逝世纪念特辑
原载1936年7月10日《文学界》1卷2期。

---

❶ 《文学界》，1936年6月5日创刊，
主编周渊，《文学界》月刊社出版。

❷ 《光明》，1936年6月10号创刊，编
辑人洪深、沈起予，上海生活书店发行。

理论以外的事实——致耳耶先生的公开信

原载 1936 年 7 月 25 日《光明》1 卷 4 号，后收《徐懋庸杂文集》。

高尔基的新的人道主义

原载 1936 年 8 月 1 日《文学》7 卷 2 号，后收《怎样从事文艺修养》、《徐懋庸杂文集》、《徐懋庸选集》。

致鲁迅信

1936 年 8 月 1 日作。1936 年 8 月 15 日《作家》❶1 卷 5 号鲁迅著《答徐懋庸并关于抗日统一战线问题》文前刊出。后收《徐懋庸选集》。

献策

载 1936 年 8 月 20 日《今代文艺》❷1 卷 2 期。后收入《徐懋庸选集》。

还答鲁迅先生

原载 1936 年 8 月 26 日《今代文艺》1 卷 3 期。后收《徐懋庸选集》。

一封真的想请发表的私信

原载 1936 年 9 月 1 日《社会日报》❸，后收《鲁迅研究资料》第 12 集，天津人民出版社 1983 年 5 月出版。

评朱光潜的三比主义

原载 1936 年 9 月 15 日《通俗文化》半月刊 4 卷 5 号，署力生。

关于小报的种种

原载 1936 年 9 月 20 日《社会日报》。

《斯大林传》译者前记

1936 年 7 月 20 日撰写。原载 1937 年 1 月 1 日《读书月刊》1 卷 1 期。后收入《徐懋庸选集》。

答巴金之答（上）（下）

原载 1936 年 9 月 20 日、21 日《立报·言林》❶。

随想

原载 1936 年 10 月 1 日《立报·言林》。后载 1936 年《好文章》第 2 期。

送终

原载 1936 年 10 月 5 日《生活知识》2 卷 10 期。

我的希望

原载 1936 年 10 月《今代文艺》1 卷 3 期。

鲁迅先生又有一比

原载 1936 年 10 月 30 日《通俗文化》4

---

❶《作家》，1936 年 4 月 15 日创刊，编辑人孟十还，发行人袁玉麟。

❷《今代文艺》，1936 年 7 月 20 日创刊，编辑人侯枫、王萍草，金容，《今代文艺》社出版，今代书店发行。

---

❸《社会日报》，1932 年 2 月 21 日创刊，编辑者，上海《社会日报》编辑部，上海《社会日报》发行部发行。

❹《立报·言林》，1935 年 9 月 20 日创刊。

卷8号。后收入《徐懋庸杂文集》。

知我，罪我，公已无言
原载1936年10月30日《通俗文化》4
卷8号。1936年11月25日《光明》第
1卷第12号。后收入《徐懋庸杂文集》。

气死乎，逼死乎？
原载1936年11月14日《立报·言林》。

小品文的新趋
原载1936年11月15日《通俗文化》4
卷9号。

论战的新趋向
原载1936年11月20日《大晚报·火
炬》，署慕容。

关于《从一个人看一个新世界》——答
白里先生
原载1936年11月25日《读书生活》5
卷2期。

《怎样从事文艺修养》前记
1936年11月撰写《怎样从事文艺修
养》，1936年由上海三江书店出版。

内容、主题、处理方法
原载1936年12月10日《新知识》❶半

月刊1卷1期，署力生。

不能一口气读完的书
原载1936年12月25日《立报·言林》。

肉身活埋和精神活埋
原载1936年《妇女生活》❷卷1期。后
收入《徐懋庸杂文集》。

一个女英雄（短篇小说　苏联　高尔
基作）
原载1936年10月10日《好文章》❸
创刊号，署徐懋庸译。

随想
原载1936年11月10日《好文章》第
2期。

决定文艺思潮的力量
1936年撰。收入《文艺思潮小史》。1937
年1月16日由上海生活书店出版。

上古和中世纪的文艺思潮
1936年撰，收入《文艺思潮小史》。

文艺复兴
1936年撰，收入《文艺思潮小史》。

---

❶《新知识》(半月刊)1936年12月10日
创刊，编辑王达夫、吕骥、徐懋庸、张庚、钱
绍华，上海《新知识》社出版。

❷《妇女生活》，1935年7月1日创刊，
编辑沈兹九，上海杂志公司出版。
❸《好文章》，1935年10月10日创刊，
《好文章》编委会编辑，千秋出版社出版。

古典主义
1936年撰，收入《文艺思潮小史》。

从古典主义到浪漫主义
1936年撰，收入《文艺思潮小史》。

从浪漫主义到现实主义
1936年撰，收入《文艺思潮小史》。

所谓"世纪末"的文艺思潮
1936年撰，收入《文艺思潮小史》。

二十世纪的种种倾向
1936年撰，收入《文艺思潮小史》。

新现实主义
1936年撰，收入《文艺思潮小史》。

中国文艺思潮的演变
1936年撰，收入《文艺思潮小史》。

关于《黑暗的势力》
原载上海业余剧人协会第三次公演特刊，1937年1月出版，后收《徐懋庸选集》。

不够英雄
原载1937年1月2日《立报·言林》。

赛金花论
原载1937年1月10日《新知识》1卷2期、1937年2月1日《文摘》1卷2期。

诗的韵律章节和修辞
原载1937年1月10日《新知识》1卷2期，署力生。

捣鬼之失
原载1937年1月13日《立报·言林》。

《文艺思潮小史》前记
1936年11月撰写，原载1937年1月16日《世界知识》5卷10号。初收《文艺思潮小史》，后收《徐懋庸选集》。

阿比西尼亚
原载1937年1月22日《立报·言林》。

读书杂忆
原载1937年2月1日《读书》❶半月刊1卷1期，收入《徐懋庸选集》。

读书杂记
原载1937年2月16日《读书》半月刊1卷2期。后收《徐懋庸选集》。

拉狄克论
原载1937年2月20日《新学识》1卷2期。

"文明"的滥施
原载1937年3月10日《希望》❷半月

---

❶《读书》半月刊，1937年2月1日创刊，主编陈子展，读书生活出版社出版。

❷《希望》，(半月刊)，1937年3月10日创刊，编辑人徐懋庸、王叔明，上海图书杂志公司出版，共出三期。

刊创刊号，后收《徐懋庸选集》。

紧要启事
原载1937年3月10日《希望》半月刊创刊号。

鲁迅的杂文
初收《鲁迅研究》（夏征农编，上海生活书店1937年6月出版），后收《珍贵的纪念》、《徐懋庸杂文集》、《徐懋庸选集》。

沈钧儒论
原载1937年8月5日《新学识》❶2卷1期。

民间艺术形式的采用
原载1938年4月20日《新中华报》❷副刊《边区文化》4期。

"五四"之怀
原载1941年4月30日《新华日报》华北版❸《新华增刊》。

---

❶ 《新学识》，1937年2月5日创刊，编辑人徐步，生活书店发行。
❷ 《新中华报》，原《红色中华报》，1931年12月11日创刊，1931年1月29号改《新中华报》，至1938年12月25日停刊，1941年5月15日改为《解放日报》；原为陕甘宁边区机关报，1939年2月7日改为中共中央机关报。
❸ 《新华日报》华北版，1939年1月1日创刊，1943年10月1日改为《新华日报》太行版。

陕甘宁边区施政纲领之初步研究
原载1941年6月23日《新华日报》华北版《增刊》。

论艺术与政治的关系
原载于1941年7月1日《华北文艺》❹第1卷第3期。后收《徐懋庸杂文集》、《徐懋庸选集》。

论体验生活
原载1941年8月15日、8月23日《新华日报》华北版《新华增刊》19、20期。

学习鲁迅的战略策略
原载1941年10月1日《华北文艺》第1卷第6期。

我所受于鲁迅的影响
原载1941年10月19日《新华日报》华北版。初收《鲁迅——伟大的思想家与伟大的革命家》（中南人民出版社），后收《徐懋庸选集》、《徐懋庸杂文集》。

论灵感
原载1942年1月25日《华北文化》❺1

---

❹ 《华北文艺》月刊，1941年5月创刊，同年10月终刊，共出版6期，《华北文艺》社编辑，蒋弼主编，华北新华书店出版。
❺ 《华北文化》，综合性刊物，1942年1月25日创刊，出至第2卷第3期改刊，共9期，编辑《华北文化》社，张秀中、陈默君主编。1943年4月改出革新号，32开小本，内容亦渐趋通俗。出至1944年2月25日停刊，共16期（内合刊两期），编辑《华北文化》社，徐懋庸、林火主编。

卷1期。后收《徐懋庸杂文集》、《徐懋庸选集》。

怎样作笔记
原载1942年8月19日《新华日报》华北版。

一个实行孔夫子主义的学校
原载《抗大（简史）动态》（解放社印刷厂印刷）。

论"正统"
原载1943年《华北文化》，署宋修。后收《徐懋庸杂文集》、《徐懋庸选集》。

文联一九四二年的工作总结及一九四三年的工作计划——在文联扩大的执委会上的报告
原载1943年3月15日《华北文化》第2卷第3期。

我在儿童时代所见的债主
原载1943年4月《青年与儿童》❶5卷6期。

科学的人生观（一）
原载1943年5月25日《华北文化》革新1期，署平仲。

---

❶ 《青年与儿童》，青年与儿童的综合性读物，1940年创刊，1944年终刊，孟夐、郑笃、杨俊等编辑，华北新华书店出版。

科学的人生观（二）
原载1943年6月10日《华北文化》革新2期，署平仲。

科学的人生观（三）
原载1943年6月25日《华北文化》革新3期，署平仲。

纪念"五四"——纪念鲁迅
原载1943年6月10日《华北文化》革新2期，后收《徐懋庸杂文集》、《徐懋庸选集》。

太行区文艺界歪风一斑
原载1943年7月10日《华北文化》革新4期。后收《徐懋庸杂文集》、《徐懋庸选集》。

人定胜天
原载1943年8月25日《华北文化》革新6期，署宋修。后收《徐懋庸杂文集》。

历史上中国人民的厄运
原载1943年9月10日《华北文化》革新2卷1期。

从反国特斗争中所看到的农村知识分子问题
原载1943年9月25日《华北文化》革新2卷2期，署平仲。

释鲁迅杂文《拿来主义》
原载1943年11月10日《华北文化》革

新2卷3期。后收《徐懋庸选集》。

研究国共力量对比的中心问题
原载1943年11月25日《华北文化》革
新2卷6期，署宋修。后收《徐懋庸选集》。

反共就是反人民
原载1944年1月1日《华北文化》革
新3卷1、2期合刊，署宋修。

**写作者要请工农兵做顾问——向《华北
文化》的投稿者提议**
原载1944年1月10日《华北文化》革
新3卷3期。后收《徐懋庸杂文集》、
《徐懋庸选集》。

记老百姓的谈话
原载1944年1月《青年与儿童》6卷
3期。

由服务大众得到力量
原载1944年11月22日《解放日报》❶。
后收《徐懋庸杂文集》、《徐懋庸选集》。

释鲁迅《忽然想到》
原载1946年6月1日《热潮》❷1卷1
期，后收《徐懋庸选集》。

中国国际地位的升降
原载1946年6月1日《热潮》1卷1期，
署平仲，后收《徐懋庸选集》。

蒋介石的新任务
原载1946年6月16日《热潮》1卷2期，
后收《徐懋庸选集》。

面子
原载1946年6月16日《热潮》1卷2期，
署平仲，后收《徐懋庸杂文集》、《徐
懋庸选集》。

地主的财产是怎样得来的
载1946年6月16日《热潮》1卷2期。

民主的好处
原载于1946年6月16日《热潮》1卷
2期，署平仲，后收《徐懋庸杂文集》。

辩证法解释
原载1948年12月冀察热辽联大《学习》。

鲁迅关于革命的战略策略的思想
1948年10月11日撰写。原载1948
年10月27日《群众日报》❸。后收《鲁
迅——伟大的思想家与伟大的革命
家》、《徐懋庸杂文集》、《徐懋庸
选集》。

❶《解放日报》，原《新中华报》，1941年
6月16日创刊，1947年3月27日停刊。
❷《热潮》半月刊，1946年6月创刊，
主编徐懋庸、方纪（承德热潮社）。

❸《群众日报》（冀察热辽），1945年
9月22日创刊，1950年1月2日改名《每日新
闻》，主编李锐。

鲁迅的革命道路
原载1948年12月19日《群众日报》，
1949年10月22日《长江日报》❶。后
收《鲁迅——伟大的思想家与伟大的
革命家》、《徐懋庸选集》。

工作方法（冀察热辽联大干部会上的
讲话）
原载1949年1月冀察热辽联大《学
习》。

严肃与活泼
原载1949年1月16日冀察热辽联大
《学习》。后收《徐懋庸杂文集》、
《徐懋庸选集》。

中国人民的胜利也就是鲁迅精神的胜
利
原载1949年10月19日《长江日报》，
后收《鲁迅——伟大的思想家与伟大
的革命家》、《徐懋庸杂文集》。

新年献辞
原载1950年1月1日《长江日报》。

一切工作要注意思想的收获
原载1950年1月4日《长江日报》。后
收1950年2月武汉市委组织部编《研
究方法与工作方法》。

文艺与人民生活
原载1950年2月12日《长江文艺》❷
2卷1期。

研究态度与研究方法
1948年12月12日在冀察热辽联合大
学研究室讲，原收1950年2月武汉市
委组织部编《研究方法与工作方法》，
后收《徐懋庸选集》。

武汉大学半年来政治教育的收获与经验
收1950年9月10出版的《高等教育文
件及参考资料》（中南军政委员会教
育部编）、1950年2月武汉市委组织部
编《研究方法与工作方法》。

五四运动与新民主主义革命
原载1950年10月18日《长江日报》。

学习鲁迅先生的统一战线思想
原载1950年10月19日《长江日报》，
后收《徐懋庸选集》。

十月革命的胜利在扩大着
原载1950年11月7日《长江日报》。

长自己志气，灭敌人威风
原载1950年12月1日《长江文艺》3
卷5期。

❶ 《长江日报》，1949年5月创刊，
1961年1月6日后与《湖北日报》合并，
1967年1月21日复刊。

❷ 《长江文艺》，1949年6月创刊，中
原文协筹委会《长江文艺》编委会编辑。

纪念五四，提高信心
原载 1951 年 5 月 1 日《长江文艺》4 卷 4 期。

《实践论》——知己知彼百战百胜论
原载 1951 年 5 月 10、18 日《长江日报》。后收入《〈实践论〉——〈知己知彼百战百胜论〉》，1951 年由中南人民出版社出版，收文两篇。

毛泽东思想与鲁迅思想
1951 年 10 月 19 日武汉市纪念鲁迅逝世 15 周年大会上的讲话。原载 1951 年 12 月 16 日《长江文艺》5 卷 10 期，后收《鲁迅——伟大的思想家与伟大的革命家》、《徐懋庸选集》、《徐懋庸杂文集》。

萧军的伎俩
1949 年 3 月写于沈阳，收《鲁迅——伟大的思想家与伟大的革命家》附录 2，中南人民出版社 1951 年 12 月初版。

《鲁迅——伟大的思想家与伟大的革命家》前记
收《鲁迅——伟大的思想家与伟大的革命家》，1951 年 11 月写。

鲁迅论中国小资产阶级知识分子
收《鲁迅——伟大的思想家与伟大的革命家》附录 3。1951 年 12 月中南人民出版社出版。

《矛盾论》在思想改造工作中的应用
原载 1952 年 4 月 5 日《长江日报》，后收入《论知识分子》、《学习〈矛盾论〉第一辑》。

悼念斯大林，努力学习斯大林的革命学说
1953 年 3 月 10 日撰，原载 1953 年 3 月 16 日《长江日报》。

马克思主义是人类思想的总汇
原载 1953 年 5 月 5 日《长江日报》。

纪念马克思诞生一百三十六周年
原载 1954 年 5 月《长江文艺》。

高尔基论社会主义现实主义文艺的二三问题
原载 1954 年 6 月《长江文艺》。

学习鲁迅的革命精神
原载 1955 年 10 月 1 日《长江文艺》。

想到《活捉》
原载 1956 年 11 年 17 日《人民日报》❶ 8 版，署弗先。后收《徐懋庸杂文集》、《徐懋庸选集》。

---

❶《人民日报》，1946 年 5 月 15 日创刊，1948 年 6 月 14 日停刊。1949 年 3 月 15 日从晋冀鲁豫根据地迁京出版。

对于百家争鸣的逆风

原载 1956 年 12 月 19 日《人民日报》8 版。署回春，后收《徐懋庸杂文集》、《徐懋庸选集》。

大国主义和大国

原载 1956 年 12 月 31 日《人民日报》8 版，署弗先。后收《徐懋庸杂文集》、《徐懋庸选集》。

对《何谓干预生活》的补充

原载 1957 年《人民日报》8 版。后收《徐懋庸杂文集》、《徐懋庸选集》。

"慢就是快"及其他

原载 1957 年 2 月 6 日《人民日报》8 版，署回春。后收《徐懋庸杂文集》、《徐懋庸选集》。

批评和团结

原载 1957 年 2 月 16 日《人民日报》8 版，署彭鼎。后收《徐懋庸杂文集》、《徐懋庸选集》。

关于《刻头发巧夺天工》

原载 1957 年 2 月 17 日《人民日报》8 版，署回春。后收《徐懋庸杂文集》、《徐懋庸选集》。

百家争鸣的效果

原载 1957 年 2 月 19 日《人民日报》8 版，后收《徐懋庸杂文集》、《徐懋庸选集》。

老实和聪明

原载 1957 年 2 月 23 日《人民日报》8 版，署弗先。后收《徐懋庸杂文集》、《徐懋庸选集》。

美的寻找

1957 年 3 月 1 日写，署彭鼎。收入《徐懋庸杂文集》、《徐懋庸选集》。

一副对联

原载 1957 年 3 月 1 日《人民日报》8 版，署彭鼎。后收《徐懋庸杂文集》、《徐懋庸选集》。

财神爷的教育

原载 1957 年 3 月 2 日《人民日报》8 版，署徐选牲。后收《徐懋庸杂文集》。

人与人之间

原载 1957 年 3 月 3 日《人民日报》8 版，后收《徐懋庸杂文集》、《徐懋庸选集》。

也是劳动

原载 1957 年 3 月 6 日《人民日报》8 版，署王纬。后收《徐懋庸杂文集》、《徐懋庸选集》。

对于领导者的识别

原载 1957 年 3 月 12 日《人民日报》8 版，署万松。后收《徐懋庸杂文集》。

简单与复杂

原载 1957 年 3 月 15 日《人民日报》，署回春。后收《徐懋庸杂文集》、《徐懋庸选集》。

谈含蓄
原载1957年3月21日《人民日报》8版，署彭鼎。后收《徐懋庸杂文集》、《徐懋庸选集》。

联想
原载1957年3月23日《人民日报》8版，署徐选性。后收《徐懋庸杂文集》、《徐懋庸选集》。

英国的传统
原载1957年3月25日《人民日报》8版，署徐选性。后收《徐懋庸杂文集》、《徐懋庸选集》。

精神的节约
原载1957年3月28日《人民日报》8版，署回春。后收《徐懋庸杂文集》、《徐懋庸选集》。

理论联系实际的一例
原载1957年3月30日《人民日报》8版，署弗先。后收《徐懋庸杂文集》、《徐懋庸选集》。

同志
原载1957年《文艺报》❶3月号。后收

❶ 《文艺报》，1949年5月4日创刊，《文艺报》编辑委员会编辑，作家出版社出版。

《徐懋庸杂文集》、《徐懋庸选集》。

给儿子的一封信
1957年4月1日写。收《徐懋庸选集》。

也论悲剧
原载1957年4月2日《人民日报》8版，署彭鼎。后收《徐懋庸杂文集》、《徐懋庸选集》。

英雄的意志和感情
原载1957年4月4日《人民日报》8版，署万松。后收《徐懋庸杂文集》、《徐懋庸选集》。

关于王国维的艺术思想
收《徐懋庸杂文集》、《徐懋庸选集》。

孩子的启示
原载1957年4月5日《人民日报》8版，署弗先。后收《徐懋庸杂文集》《徐懋庸选集》。

敌与友的关系
原载1957年4月6日《人民日报》8版，署徐选性。后收《徐懋庸杂文集》、《徐懋庸选集》。

一个好题材
原载1957年4月7日《人民日报》8版，署弗先。后收《徐懋庸杂文集》、《徐懋庸选集》。

同与异
原载 1957 年 4 月 10 日《人民日报》8
版，署弗先。后收《徐懋庸杂文集》、
《徐懋庸选集》。

从卓别林谈到法斯特和鲁迅
原载 1957 年《中国青年》第 7 期❶。后
收《徐懋庸杂文集》。

小品文的新危机
原载 1957 年 4 月 11 日《人民日报》8
版。后收《徐懋庸杂文集》、《徐懋
庸选集》。

关于"危机"的补充
1957 年 4 月 12 日作，收《徐懋庸杂文
集》，1983 年 2 月生活·读书·新知三
联书店出版。

社会的爱护和自己的奋斗
原载 1957 年 4 月 16 日《中国青年》8
版。后收《徐懋庸杂文集》。

不要怕民主
原载 1957 年 4 月 20 日《人民日报》8
版，署弗先。后收《徐懋庸杂文集》、
《徐懋庸选集》。

宋士杰这个人
原载 1957 年 4 月 26 日《戏剧报》❷8 期，

署弗先。后收《徐懋庸杂文集》、《徐
懋庸选集》。

不要怕不民主
原载 1957 年 4 月 27 日《人民日报》8
版，署弗先。后收《徐懋庸杂文集》、
《徐懋庸选集》。

共产党与科学
原载 1957 年 4 月 29 日《人民日报》8
版，署樊康。后收《徐懋庸杂文集》、
《徐懋庸选集》。

一个惊险故事中的平凡人物
原载 1957 年 4 月《长江文艺》，署弗
先。后收《徐懋庸选集》、《徐懋庸
回忆录》。

"花迎"
原载 1957 年 5 月 5 日《文艺月报》❸。后
收《徐懋庸杂文集》、《徐懋庸选集》。

真理归于谁家
原载 1957 年 5 月 5 日《文艺月报》。后
收《徐懋庸杂文集》、《徐懋庸选集》。

"应该让别人说完"
原载 1957 年 5 月 7 日《人民日报》8 版。

345

---

❶ 《中国青年》，1948 年创刊，中国青
年社编辑，中国青年出版社出版。

❷ 《戏剧报》，1954 年 1 月 20 日创刊，
主编张庚，编辑者中国戏剧家协会，艺术出版
社出版。

❸ 《文艺月报》，1953 年 1 月创刊，《文
艺月报》社编辑，新文艺出版社出版。

后收《徐懋庸杂文集》、《徐懋庸选集》。

学会思想

原载1957年5月16日《中国青年》10期，署弗先。后收《徐懋庸杂文集》、《徐懋庸选集》。

第三种人的体会

原载1957年5月16日《人民日报》8版，署弗先。后收《徐懋庸杂文集》、《徐懋庸选集》。

论和风细雨

原载1957年5月19日《人民日报》8版。后收《徐懋庸杂文集》、《徐懋庸选集》。

两句杜诗的一解

原载1957年5月21日《文汇报》❶3版，署彭鼎。后收《徐懋庸杂文集》、《徐懋庸选集》。

大场面的墙

原载1957年5月24日《人民日报》8版，署劳于农。后收《徐懋庸杂文集》、《徐懋庸选集》。

关于讽刺

原载1957年5月28日《北京日报》❷。后收《徐懋庸杂文集》、《徐懋庸选集》。

续论悲剧

原载1957年5月28日《文汇报》，署彭鼎。后收《徐懋庸杂文集》、《徐懋庸选集》。

没法就范的规范

原载1957年5月《长江文艺》，署彭鼎。后收《徐懋庸杂文集》、《徐懋庸选集》。

武器、刑具和道具

原载1957年5月《长江文艺》，署回春。后收《徐懋庸杂文集》、《徐懋庸选集》。

再论和风细雨

原载1957年6月1日《中国青年》11期。后收《徐懋庸杂文集》、《徐懋庸选集》。

质的规定性

原载1957年6月5日《文艺月报》6期，署弗先。后收《徐懋庸杂文集》、《徐懋庸选集》。

过了时的纪念

原载1957年6月7日、8日《文汇报》。后收《徐懋庸杂文集》、《徐懋庸选集》。

---

❶ 《文汇报》，1938年1月25日创刊，1956年4月28日停刊，1956年10月1日复刊。

❷ 《北京日报》，1952年10月1日创刊，1966年9月3日停刊，1967年1月20日复刊。

人和事和理
原载1957年6月8日《北京日报》。后收《徐懋庸杂文集》、《徐懋庸选集》。

后事如何
原载1957年6月12日《文汇报》,署弗先。后收《徐懋庸杂文集》、《徐懋庸选集》。

白薇
原载1957年6月14日《文汇报》。后收《徐懋庸杂文集》、《徐懋庸选集》。

意识的两重性
原载1957年6月15日《文汇报》。后收《徐懋庸杂文集》。

内和外,内因和外因
原载1957年6月15日《哲学研究》❶第3期。

关于李煜的词
原载1957年6月21日《文汇报》,署彭鼎。后收《徐懋庸杂文集》、《徐懋庸选集》。

对李凡夫同志《对徐懋庸错误理论的批判》一文的意见
1956年11月20日初稿,12月24日定

稿。原载1957年6月24日《教与学》第4期。

算帐的分歧
原载1957年6月30日《文艺报》。

极期
原载1957年6月30日《新观察》❷。

论刮风
原载1957年6月《政治学习》❸,署弗先。后收《徐懋庸杂文集》。

胡适和他的"蒋总统"
原载1957年《文艺月报》6月号,署徐选牲。后收《徐懋庸杂文集》。

苦闷
原载1957年6月《长江文艺》,署回春。后收《徐懋庸杂文集》、《徐懋庸选集》。

教条主义和心
原载于1957年6月《中国青年》12期,署回春。后收《徐懋庸杂文集》、《徐懋庸选集》。

阶级分析的方法并没有过时
载于1957年7月《政治学习》,署弗先。

❶《哲学研究》,原为季刊,1955年第1季度创刊,编辑者《哲学研究》编辑委员会,社会科学出版社出版。

❷《新观察》半月刊,1950年7月1日创刊,《新观察》编委会编辑,新华书店出版。
❸《政治学习》,1955年1月20日创刊,《政治学习》社编辑,通俗读物出版社出版。

347

我的杂文的过去和现在
原载于1957年7月《人民文学》❶。后收《徐懋庸杂文集》、《徐懋庸选集》、《徐懋庸回忆录》。

论"一朝天子一朝臣"
原载1957年《新港》❷7月号。

稚量
原载1957年《新港》7月号，署彭鼎。

"蝉噪居"漫笔
原载1957年7月《人民文学》，署回春。后收《徐懋庸杂文集》、《徐懋庸选集》。

关于杂文的通信
原载1957年《长江文艺》7月号。后收《徐懋庸杂文集》、《徐懋庸选集》。

大学里的右派
原载1957年7月24日《大公报》❸，署弗先。

冷却了的悲痛
原载于1957年8月《人民文学》。后收《徐懋庸杂文集》、《徐懋庸选集》、《徐懋庸回忆录》。

吞吞吐吐的原因
原载于1957年8月《长江文艺》，署回春。后收《徐懋庸杂文集》、《徐懋庸选集》。

教条主义和修正主义
原载1957年《徐懋庸言论集》（中国社会科学部编印——下同）。后收《徐懋庸杂文集》。

《辩证理性批判》译者前言
1963年6月撰。录自《辩证理性批判》，1963年12月由商务印书馆出版。

对萨特尔的《辩证理性批判》（法R·伽罗第作）
收入《辩证理性批判》附录一，署丁象恭译。

一九六〇年的萨特尔和辩证法（法L·塞伏作）
收入《辩证理性批判》附录二。署丁象恭译。

萨特尔和辩证理性（比A·万朗士作）
收入《辩证理性批判》附录十。署丁象恭译。

❶ 《人民文学》，1949年10月创刊，中华全国文学工作者协会《人民文学》编委会编辑。
❷ 《新港》，1956年7月15日创刊，中国作家协会天津分会编辑，天津人民出版社出版。
❸ 《大公报》由英敛之创办，1902年6月在天津出版。1927年9月1日起由吴鼎昌、胡政之、张季鸾等接办，1937年8月，日军侵占天津，移至汉口出版。1953年1月由上海《大公报》、天津《进步报》合并出版，1956年10月迁北京出版，1966年12月28日停刊。

临江仙　颂毛主席横渡长江
1966年夏撰载于1979年7月23日《战
地·增刊》❶1979年4期。

摸鱼儿　1976年5月29日
原载1979年11月10日《诗刊》❷11月号。

菩萨蛮·"牛棚"中　1966年冬
原载1979年11月10日《诗刊》11月号。

渔家傲·赠王韦　1970年秋，息县
原载1979年11月10日《诗刊》11月号。

玉连环　1967年1月
原载1979年11月10日《诗刊》11月号。

亡绝　1967年6月2日晚
原载1979年11月10日《诗刊》11月号。

释鲁迅的散文诗《希望》
1973年12月撰。原载1979年《鲁迅研
究年刊》❸，后收《徐懋庸选集》。

鲁迅致徐懋庸部分信的注释
1976年12月撰。原载1979年《鲁迅研

究》年刊，后收《徐懋庸选集》。

对一条电讯的意见
1976年12月撰。原载1979年《新闻战
线》❹5期，后收《徐懋庸杂文集》、
《徐懋庸选集》。

破阵子　1973年二月
读陈冷悼苏铭词，作此慰之。原载
1980年《战地》1期。

菩萨蛮　1968年初
原载1980年《战地》1期。

金缕曲　1964年
原载1980年《战地》1期。

南游杂诗　1973年10月5日至11月
15日
原载1980年《战地》1期。

考验
1959年初稿，1961年改稿。收入《徐
懋庸选集》。

鸡肋（历史小说）
1959年6月19日、23日初稿。原载
1981年2月20日《当代》❺第1期；

---

❶ 《战地·增刊》，1978年3月第1期，
《战地》编辑组编辑的不定期副刊，《人民日
报》文艺部出版。
❷ 《诗刊》，1957年1月25号创刊，编
辑者《诗刊》社，主编臧克家，副主编严辰、
徐迟，人民文学出版社出版。
❸ 《鲁迅研究年刊》，试刊两期，1979年
起正式出版，编辑者西北大学鲁迅研究室，主
编郭琦，副主编宇新，出版者陕西人民出版社。

---

❹ 《新闻战线》，1958年5月9日创刊，
《新闻战线》编辑委员会编辑，《人民日报》
社出版。
❺ 《当代》，1979年12月20日创刊，
人民文学出版社编辑、出版。

1981年4月《小说月报》、《小说选刊》选载；后收《徐懋庸选集》。

贾后和愍怀太子（原题《西晋的一场宫廷政变阴谋》）（历史故事）

1972年11月20日撰。原载1981年《人物》❶2期。

郭玉及其他（历史小品）

1972年撰。原载1981年10月《八小时以外》❷5期。后收《徐懋庸选集》。

孔融（历史小品）

1972年撰。原载1982年《中国通俗文艺》❸1期。后收《徐懋庸选集》。

回忆录一

第一章　下管社会

第二章　家　庭

第三章　从小学生到小学教师

1972年撰。原载1980年5月22《新学史料》❹第2期。后收《徐懋庸回忆

---

❶ 《人物》（双月刊），1980年5月8日创刊，《人物》编辑部编辑，生活·读书·新知三联书店出版。

❷ 《八小时以外》，1980年2月创刊。《八小时以外》编辑部编辑，天津人民出版社出版。

❸ 《中国通俗文艺》，1981年4月创刊，主编柯兰，副主编苗培时，《中国通俗文艺》社出版。

❹ 《新文学史料》季刊，1978年创刊，编辑者人民文学出版社《新文学史料》丛刊编辑组，出版者人民文学出版社。

录》（1982年7月人民文学出版社出版）、《徐懋庸选集》。

回忆录二

第四章　在第一次国内革命战争中

第五章　从中学生到中学教师

第六章　在上海"文坛"上

1972年撰。原载1980年8月22日《新文学史料》第3期。后收《徐懋庸回忆录》（人民文学出版社1982年7月出版）、《徐懋庸选集》。

回忆录三

第七章　我和鲁迅的关系的始末

1972年9月9日撰。原载1980年11月22日《新文学史料》第4期。后收《徐懋庸回忆录》、《徐懋庸选集》。

我和毛主席的一些接触（回忆录四）

1972年9月13日撰。原载1981年2月22日《新文学史料》第1期。后收《徐懋庸回忆录》、《徐懋庸选集》。

在抗大（回忆录五）

1972年撰。原载1981年5月22日《新文学史料》第2期。后收入《徐懋庸回忆录》、《徐懋庸选集》。

在太行文联的一年（回忆录六）

1972年撰。原载1981年8月22日《新文学史料》第3期。后收《徐懋庸回忆录》、《徐懋庸选集》。

在热河的二、三事及续（回忆录七）
1972 年 10 月 16 日撰。原载 1981 年
11 月 22 日《新文学史料》4 期。后收
《徐懋庸回忆录》、《徐懋庸选集》。

左联情况
1972 年撰。收入《徐懋庸回忆录》附
录二。

去延安的过程
1972 年撰。收入《徐懋庸回忆录》附
录三、《徐懋庸选集》。

回忆大革命时期新文化运动及国共合
作的情况
原载 1982 年 5 月 10 日《党史资料通讯》
15 期（中共上虞县委党史资料征集小
组编——下同）。

忆大革命时期上虞党的组织与活动情
况　张子敬　徐懋庸
原载 1982 年 5 月 10 日《党史资料通讯》
15 期。

徐懋庸著译书目

犹太人（当代名人传记第一辑）
上海新生命书局，1933年出版。

社会主义讲话（日本山川均撰）
上海生活书店，1933年出版。

托尔斯泰传（法国罗曼·罗兰撰）
上海华通书局，1933年出版。

法国革命史（小历史之五）
新生命大众文库本。上海新生命书局，
1933年出版。

罗斯福（当代名人传记之一）
新生命大众文库。上海新生命书局，
1933年7月1日出版。

甘地（当代名人传记之十）
新生命大众文库。上海新生命书局，
1933年8月12日出版。

印度革命史（小历史之六）
新生命大众文库。上海新生命书局，
1933年11月25日出版。

罪与罚（世界文学故事）
新生命大众文库。上海新生命书局，
1933年出版。

伊特勒共和国（小说，苏联·拉甫莱
涅夫著）
上海生活书店，1934年出版。

懋庸小品文选（曹聚仁编）
上海天马书店，1935年7月初版。
目录：
　序（曹聚仁）
　"我所见的世界
　给妇女读的书
　羊和猫
　打杂者造成的文化
　赏月

不可触的

光荣的下场

商定的世界文豪

"泽及牲畜"

黑人问题

旧事新感

过年

老家的放弃

砂糖与宝物

"直译之故"

金鱼

说小品文

打杂集（杂文集）

上海生活书店，1935年6月出版。

目录：

序[鲁迅（1935年3月31日）]

作者自记（1935年4月3日）

暧昧的语言

关于时轮金刚法会

卖论

苍蝇之灭亡

病

警句

墨索里尼劝农

《读书人》

　　附录（一）关于读书人（羊枣）

　　　　（二）攻徐专著（区区）

七月十四日

神奇的四川

桥头三阿爹们的言论

金圣叹的极微论

关于"极微论"

附录（一）"极微论"与"观察"

　　　　（垫容）

　　（二）徐懋庸先生和"极微

　　　　论"（梁韵松）

各尽所能

关于周作人先生

清代文坛掌故杂录

关于文言文

不同于吴稚晖先生的两点意见

《驾云梯取月》

一个笑话的写法

高尔基的意见

请看客观环境

刘半农的隔膜

要办这样的一个杂志

为谁而写作？

美学与生活

"少数"与"特殊"

　　附录　与徐懋庸先生论骈文书

　　　　（陈子展）

另一提议

　　附录　翻印古书之下（皇易）

再谈翻印古书

关于翻译

我在文学方面的失败

大处入手

《不惊人集》前记

记莉莉·珂贝

我的唱歌

我的失败

故乡一人

两种春天

不要纪念吧

我的心境上的秋天

可为而不可为

失去的机会

友谊与正义

在我们的时代

英雄崇拜

秋风偶感

参观德国影展印象记

柏拉图与孔子

萧伯纳（开明中学生丛书16）

上海开明书店，1935年出版。

目录

一、怎样去认识这位名人

二、他的故国

三、他的父母

四、他的幼年时代和少年时代

五、初到伦敦时的生活

六、小说失败，戏剧成功

七、恋爱婚姻和私生活

八、作为社会主义者

九、笑话商人或幽默家

十、总检阅

小鬼（小说　旧俄梭罗古勃著）

上海生活书店，1936年出版。

街头文谈

上海光明书局，1936年5月初版。上海
光明书局，1946年1月战后新一版。上
海光明书局，1947年1月战后新二版。

目次：

小引（1936年5月6日）

开始

看的能力

感的能力

描写的能力

现实

现实的观察

风景描写

心理描写

再谈心理描写

典型人物的描写

"为谁而写作"

创作的态度

通俗化问题

通俗文的写法

文学作品中的语言问题

论大众语

"作家的主观与社会的客观"

关于《莫拿丽萨》

美学与生活

大众文学跟纯文学的区别

杂谈幽默

大处入手

谈科学小品

对于农村文艺写作的几点意见

非常时内文艺研究工作大纲

中国文艺之前途

我在文学方面的失败

一个"知识界的乞丐"的自白

　　附录　一　心理描写与新现实主
　　义（苏联 Koussinov 作）

　　二　随笔三则（法国 A·纪德作）

　　三　王尔德（法国 A·纪德作）

　　四　"笑"之社会的性质与幽默艺

术（日本长谷川如是闲作）

文艺思潮小史（青年自学丛书）
上海生活书店，1936年初版，1938年
再版，1946年再版，1948年4月胜利
后第1版。上海生活·读书·新知三联
书店，1949年又再版。东北生活书店，
1948年东北版初版。
引言（1936年11月，上海）
目次
    第一章　决定文艺思潮的力量
    第二章　上古和中世纪的文艺思潮
    第三章　文艺复兴
    第四章　古典主义
    第五章　从古典主义到浪漫主义
    第六章　从浪漫主义到现实主义
    第七章　所谓"世纪末"的文艺思潮
    第八章　二十世纪的种种倾向
    第九章　新现实主义
    第十章　中国文艺思潮的演变

从一个人看一个新世界——斯大林传
（法　巴比塞著）
上海大陆书社，1936年9月20日初版。
1937年2月3版。汉口大陆书社，1938
年4月1日五版（粤）。上海新知书店，
1946年6月初版。

怎样从事文艺修养
上海三江书店，1936年12月15日初版。
前记（1936年11月）
目录

一、高尔基和香菱
二、几首诗的比较
三、一种基本的觉悟
四、偶然去做或拼命去做
五、李杜文章
六、文艺和社会科学
七、文艺和自然科学
八、文艺和哲学
九、文艺和一般艺术
十、文学遗产
十一、找寻影响
十二、"身边文学"和"世界文学"
十三、文艺家的人格修养
十四、怎样研究文艺理论
十五、怎样理解诗
十六、怎样理解戏剧
十七、怎样理解小品文
十八、怎样理解小说
十九、怎样理解文艺批评
二十、怎样理解文学史
二一、怎样研究文艺思潮史
  附录
    高尔基的新人道主义
    报告文学论
    跟青年农民作家谈文学（叶籁
    士译）

不惊人集
上海千秋出版社，1937年7月初版。
《不惊人集》前记（1934年）
目录
  见得多
  "揣"

"泼臭料"

论凑趣

"我所见的世界"

杂谈《小鬼》

给妇女读的书

"生命差"

羊和猫

打杂者造成的文化

蛇与 Sphinx

南行

赏月

读《房龙地理》杂感

一点异议

不可触的

观绍兴戏有感

又是一点是非

商定的世界文豪

真和假

关于《现实的认识》

　附录　现实的认识（侍桁）

泽及牲畜

黑人问题

复侍桁先生

　附录　关于《现实的认识》与《艺
　　　术的表现》（侍桁）

读《颜氏家训》

过年

元旦漫笔

上帝的心

影响

老家的放弃

谈变

笑

直译之过

"商业竞卖"与"名士才情"

金鱼

讨债的儿子

说小品文

预言

说打

不知其味

杂谈幽默

冷水文学

谈人头祭灵

游杭杂感

摩登之破坏

小说与随笔

镜子

无理想的结婚

我的失败

草巷随笔

列宁家书集（列宁1924年）（法国巴
比塞1935年辑）

上海生活书店，1937年初版，1938年
再版。上海生活·读书·新知三联书
店，1949年11月第1版。东北新华书
店辽东分店，1949年出版。上海生
活·读书·新知三联书店，1950年4月
第2版。

帝国主义

冀南新华书店，1938年7、8月出版。

社会科学概论

延安解放社，1938年初版。辽东建国

书社，1946年出版。

社会科学基础教程（何干之等同编著）
延安1938年初版。大连新生书店，1946年再版。

抗大简史
政治常识
华北新华书店，1943年6月初版。天津知识书店、北平励志书店，1949年再版。

释《阿Q正传》（鲁迅作品选注之一）
华北书店，1943年7月出版。注释者的声明（1943年4月1日）

释《理水》（鲁迅作品选注之二）
华北书店，1943年9月出版。

研究态度与研究方法
冀热辽联合大学，1949年1月印刷。

辩证法解释
冀热辽联合大学，1949年1月26日出版。

鲁迅——伟大的思想家与伟大的革命家
中南人民出版社，1951年12月初版，1952年4月再版。
目录
  前记（1951年11月）
  中国人民的胜利也就是鲁迅精神的
    胜利
  鲁迅的革命道路

  鲁迅关于革命的战略策略的思想
  毛泽东思想与鲁迅思想
    附录
      我所受于鲁迅的影响
      萧军的伎俩
      鲁迅论中国小资产阶级知识
        分子

《实践论》——"知己知彼百战百胜"
论
中南人民出版社，1951年出版。
目次
  1、《实践论》——"知己知彼百战
    百胜"论
  2、鲁迅关于革命的战略策略的思想

亚洲的民族解放运动（时事讲座丛书）
中南人民出版社，1951年5月初版。
  一、亚洲与帝国主义的关系
  二、亚洲的民族解放运动是无产阶
      级社会主义世界革命的一部分
  三、目前亚洲形势中的几个问题
      附录：东南亚的民族解放运动

马克思列宁主义和毛泽东思想的简单
介绍
中南人民出版社，1952年1月初版。
作者声明（1951年12月6日）
目录
  马克思和马克思主义的简单介绍
  什么是列宁主义
  列宁主义的理论
  什么是毛泽东思想

马克思主义的基本线索——阶级分析

《实践论》——"知己知彼百战百胜"论

工人阶级与共产党

中南人民出版社，1952年3月初版。

作者的声明（1952年1月16日）

共产党哲学的任务和对斯大林的哲学错误的批判（法 加罗蒂著，与陈莎合译）

生活·读书·新知三联书店，1963年3月出版（内部发行）。

人的哲学——马克思主义与存在主义（波兰 沙夫著，与林波、段薇杰、张振辉等合译）

生活·读书·新知三联书店 1963年11月第1版（内部发行）

辩证理性批判第一分册（法 萨特尔● 著）

商务印书馆，1963年12月初版（内部读物）。

译者前言（1963年6月）

人的远景（法·加罗蒂著，与陆达成合译）

生活·读书·新知三联书店，1965年8月第1版（内部发行）。

● 现通译萨特。——编者

徐懋庸回忆录

人民文学出版社，1982年7月第1版。

目录

第一章　下管社会（五四运动前后）

第二章　家庭

第三章　从小学到小学教师

第四章　在第一次国内革命战争中

第五章　从中学生到中学教师

第六章　在上海"文坛"上

第七章　我和鲁迅的关系的始末

第八章　我和毛主席的一些接触

第九章　在抗大

第十章　在太行文联的一年

第十一章　在热河的二、三事（上）

第十二章　在热河的二、三事（续）

后记　　王韦

　　附录

　　徐懋庸小传

　　"左联"情况

　　去延安的过程

　　被一张明信片引起的杂感

　　一个惊险故事中的平凡人物

　　冷却了的悲痛

　　我的杂文的过去和现在

　　《徐懋庸杂文集》序（任白戈）

　　徐懋庸及其作品（任白戈）

徐懋庸杂文集

生活·读书·新知三联书店 1983年出版。

目录：

序（任白戈）

不惊人集

前记

见得多

"揣"

"泼臭料"

论凑趣

"我所见的世界"

杂谈《小鬼》

给妇女读的书

打杂者造成的文化

蛇与Sphinx

南行

读《房龙地理》杂感

一点异议

观绍兴戏有感

又是一点是非

商定的世界文豪

真和假

关于《现实的认识》

　　附录：现实的认识（侍桁）

"译及牲畜"

黑人问题

复侍桁先生

　　附录：关于《现实的认识》与《艺
　　　　术的表现》（侍桁）

读《颜氏家训》

过年

元旦漫笔

上帝的心

影响

老家的放弃

谈变

笑

"直译之过"

"商业竞卖"与"名士才情"

金鱼

讨债的儿子

说小品文

预言

说打

不知其味

杂谈幽默

冷水文字

谈人头祭灵

摩登之破坏

镜子

草巷随笔

打杂集

　　序（鲁迅）

　　作者自记

　　暧昧的语言

　　关于时轮金刚法会

　　卖论

　　苍蝇之灭亡

　　病

　　警句

　　七月十四

　　神奇的四川

　　桥头三阿爹们的言论

　　金圣叹的极微论

　　关于"极微论"

　　　　附录：（一）"极微论"与"观
　　　　　　察"（堃容）

　　　　（二）徐懋庸先生和"极
　　　　　　微论"（梁韵松）

　　各尽所能

　　清代文坛掌故杂录（五则）

关于文言文
不同于吴稚晖先生的两点意见
"驾云梯取日"——致陶亢德先生信
一个笑话的写法
请看客观环境
刘丰农的隔膜
要办一个这样的杂志
为谁而写作？
"少数"与"特殊"
　附录：与徐懋庸先生论骈文书（陈
　　子展）
关于翻译
大处入手
我的唱歌
故乡一人
两种春天
不要纪念吧
我的心境上的秋天
可为而不可为
失去的机会
友谊与正主义
在我们的时代
英雄崇拜
秋风偶感
参观德国影展印象记
柏拉图与孔子

街头文谈
　小引
　开始
　看的能力
　感的能力
　描写的能力

现实
现实的观察
风景描写
再谈心理描写
典型人物的描写
创作的态度
通俗化问题
通俗文的写法
文学作品中的语言问题
论大众语
"作家的主观与社会的客观"
关于《莫那丽莎》
大众文学跟纯文学的区别
谈科学小品
对于农村文艺写作的几点意见
非常时内文艺研究工作大纲
一个"知识界的乞丐"的自白

打杂续集
《艺术论》质疑
关于"纯文学"
苟全性命法
说穷途
女主人与小犬
"汪达尔人"辨
论说文范
卢那卡尔斯基的话
希特勒与雍正帝
旧事新感
《怒吼吧，中国！》幕前
读经一得
光荣的下场
关于"因革"

《炼狱》读后感两点

砂糖与宝物

谈皇帝

怎样超越危机

收复失地的措辞

摩登文章

完人

关于金圣叹批改的《水浒》

答耳耶先生

为艺术的艺术与为人生的艺术

题《新诗歌》二卷三期后

两个问题

答施蛰存先生

改读历史

扪烛乱谈

　　（一）儿命名提记

　　（二）到底只能做"杂文"

感奋

文艺自由的代价

补订《文艺自由的代价》

"世界上还有人类的时候……"

现在的聪明人

对于中国文艺衰亡论的一点说明

高尔基的新的人道主义

肉身活埋和精神活埋

"人民大众问文学要求什么？"

理论以外的事实——致耳耶先生的

　　公开信

知我罪我，公已无言

鲁迅先生又有一比

论灵感

论艺术与政治的关系

由服务大众得到力量

太行区文艺界歪风一斑

写作者要请工农兵作顾问——向

　　《华北文化》的投稿者提议

人定胜天

论"正统"

面子

民主的好处

严肃与活泼

中国人民的胜利也就是鲁迅精神的

　　胜利

鲁迅关于革命的战略策略的思想

毛泽东思想与鲁迅思想

我所受于鲁迅的影响

鲁迅的杂文

纪念"五四"——纪念鲁迅

打杂新集

我的杂文的过去和现在——《打杂

新集》自序

想到《活捉》

对于百家争鸣的逆风

大国主义和大国

宋士杰这个人

没法就范的规范

武器、刑具和道具

吞吞吐吐的原因

对《何谓干预生活》的补充

美的寻找

"漫就是快"及其他

批评和团结

老实和聪明

关于《刻头发巧夺天功》

"花迎"

百家争鸣的效果
一副对联
财神爷的教育
人与人之间
也是劳动
对于领导者的识别
简单与复杂
谈含蓄
联想
英国的传统
精神的节约
理论联系实际的一例
也论悲剧
续论悲剧
英雄的意志和感情
关于王国维的艺术思想
"后事如何？"
两句杜诗的一解
真理归于谁家
学会思想
孩子的启示
敌与友的关系
一个好题材
同与异
同志
从卓别麟谈到法斯特和鲁迅
社会的爱护和自己的奋斗
小品文的新危机
关于"危机"的补充
　附录：我说小品文要消亡（范舟）
关于讽刺
胡适和他的"蒋总统"
不要怕民主

不要怕不民主
第三种人的体会
共产党与科学
"应该让别人说完"
论和风细雨
人和事和理
论刮风
"大场面"的墙
意识的两重性
质的规定性
苦闷
教条主义与修正主义
教条主义和心
关于李煜的词
过了时的纪念——重读《在延安文
　艺座谈会上的讲话》
关于杂文的通讯
"蝉噪居"漫笔
白薇
冷却了的悲痛
　母亲
　晔子
文艺与人民生活
高尔基论社会主义现实主义文艺的
　二三问题
对一条电讯的意见
后记（王韦）

徐懋庸选集
四川人民出版社 1983 年出版。
目录：

　徐懋庸及其作品——《徐懋庸选集》
　序（任白戈）

第一卷

不惊人集

　《不惊人集》前记

　见得多

　"揣"

　"泼臭料"

　论凑趣

　"我所见的世界"

　杂谈《小鬼》

　给妇女读的书

　"生命差"

　羊和猫

　打杂者造成的文化

　蛇与 Sphinx

　南行

　赏月

　读《房龙地理》杂感

　一点异议

　不可触的

　观绍兴戏有感

　又是一点是非

　商定的世界文豪

　真和假

　关于《现实的认识》

　"泽及牲畜"

　黑人问题

　覆侍桁先生

　读《颜氏家训》

　过年

　元旦漫笔

　上帝的心

　影响

　老家的放弃

　谈变

　笑

　"直译之故"

　"商业竞卖"与"名士才情"

　金鱼

　讨债的儿子

　说小品文

　预言

　说打

　不知其味

　冷水文学

　谈谈人头祭灵

　游杭杂感

　摩登之破坏

　小说与随笔

　镜子

　无理想的结婚

　我的失败

　草巷随笔

打杂集

　徐懋庸《打杂集》序（鲁迅）

　《打杂集》题记

　暧昧的语言

　关于时轮金刚法会

　卖论

　苍蝇之灭亡

　病

　警句

　七月十四

　神奇的四川

　桥头三阿爹们的言论

　金圣叹的"极微论"——小品文作

　　法讲义第一章

363

关于"极微论"

各尽所能

关于周作人先生

清代文坛掌故杂录

关于文言文

不同于吴稚晖先生的两点意见

"架云梯取月"——致陶亢德先生信

一个笑话的写法

高尔基的意见——关于文学不死大
　　祸不止

请看客观环境

刘半农的隔膜

要办一个这样的杂志——作为对于
　　《太白》编辑委员会的提议

"少数"与"特殊"

另一提议

关于翻印古书

再谈翻印古书

关于翻译——读《文学》三、四两
　　月的专号后

记莉莉·珂贝

我的唱歌

故乡一人

两种春天

我的心境上的秋天

可为而不可为

失去的机会

友谊与正义

在我们的时代

英雄崇拜

秋风偶感

参观德国印展印象记

柏拉图与孔子

街头文谈

　《街头文谈》小引

　开始

　看的能力

　感的能力

　描写的能力

　现实

　现实的观察

　风景描写

　心理描写

　再谈心理描写

　典型人物的描写

　"为谁而写作"

　创作的态度

　通俗化问题

　通俗文的写法

文学作品中的语言问题

论大众语

"作家的主观"与"社会的客观"

关于"莫拿丽萨"

美学与生活

大众文学跟纯文学的区别—— 为
　　《文学百题》作

杂谈幽默

大处入手——为太白社《小品与漫
　　画》特辑作

谈科学小品

对于农村文艺写作的几点意见

非常时内文艺研究工作大纲——为
　　《大众生活》"寒假期内研究工
　　作"特辑作

中国文艺之前途

我在文学方面的失败——为文学社

《我与文学》特辑作

一个"知识界的乞丐"的自白

文艺思潮小史

《文艺思潮小史》前记

第一章 决定文艺思潮的力量

第二章 上古和中世纪的文艺思潮

第三章 文艺复兴

第四章 古典主义

第五章 从古典主义到浪漫主义

第六章 从浪漫主义到现实主义

第七章 所谓"世纪末"的文艺思潮

第八章 二十世纪的种种倾向

第九章 新现实主义

第十章 中国文艺思潮的演变

第二卷

三十年代集外拾零

《艺术论》质疑

苟全性命法

说穷途

女主人与小犬

论说文范

希特勒与雍正帝

钟敬之译《苏俄底文学》小引

光荣的下场

旧事新感

关于"因革"

砂糖与宝物

谈皇帝

读《文学》的"翻译专号"后

怎样超越危机

收复失地的措辞

关于金圣叹批改的《水浒》

改读历史

完人

答施蛰存先生

画与诗的世界——参观许幸之的画

展后

两个问题

《芒种》编者的话

扪烛乱谈

一、儿命名提记

二、到底只能做"杂文"

《江亢虎文存》

看画有感

感旧

文艺自由的代价

补订《文艺自由的代价》

哀陈君冶

《太白》的停刊

"世界上还有人类的时候……"

对于中国文艺衰亡论的一点说明

被一张明信片引起的杂感

高尔基的新的人道主义

一九三六年八月一日致鲁迅信

还答鲁迅先生

《斯大林传》译者前记

关于《黑暗的势力》

读书杂忆

读书杂记

"文明"的滥施

饭

烽烟篇

论艺术与政治的关系

论灵感

纪念"五四"——纪念鲁迅

太行区文化界歪风一斑

研究国共力量对比的中心问题

论"正统"

写作者要请工农兵作顾问——向
　　《华北文化》的投稿者提议

由服务大众得到力量

中国国际地位的升降

蒋介石的新任务

面子

研究态度与研究方法

严肃与活泼

打杂新集

我的杂文的过去和现在——《打杂
　　新集》自序

纪念"五四",提高信心

高尔基论社会主义现实主义文艺的
　　二三问题

《随笔》题词

想到《活捉》

对于百家争鸣的逆风

大国主义和大国

对《何谓干预生活》的补充

两个领导者

关于王国维的艺术思想

同志

联想

"慢就是快"及其他

批评与团结

关于《刻头发巧夺天功》

老实和聪明

百家争鸣的效果

美的寻找

一幅对联

人与人之间

也是劳动

简单与复杂

谈含蓄

英国的传统

精神的节约

理论联系实际的一例

给儿子的一封信——谈对失学失业
　　的态度问题

一个惊险故事中的平凡人物

也论悲剧

续论悲剧

英雄的意志和感情

孩子的启示

敌与友的关系

一个好题材

同和异

小品文的新危机

关于讽刺

不要怕民主

不要怕不民主

第三种人的体会

宋士杰这个人

投法就范的规范

共产党与科学

武器、刑具和道具

"花迎"

真理归于谁家

学会思想

"应该让别人说完"

论和风细雨

再论和风细雨

两句杜诗的一解

"大场面"的墙

苦闷

过了时的纪念——重读《在延安文
　艺座谈会上的讲话》

人和事和理

"后事如何？"

关于李煜的词

教条主义和心

关于杂文的通信

白薇

"蝉噪居"漫笔

冷却了的悲痛

吞吞吐吐的原因

质的规定性

第三卷

鲁迅研究

　鲁迅的杂文

　我所受于鲁迅的影响

　鲁迅的革命道路

　鲁迅关于革命的战略策略的思想

　毛泽东思想与鲁迅思想

　学习鲁迅先生的统一战线思想

　对一条电讯的意见

　释鲁迅《忽然想到》

　释鲁迅散文诗《希望》

　释鲁迅杂文《拿来主义》

　释鲁迅小说《阿Q正传》

　释鲁迅小说《理水》

　鲁迅致徐懋庸七封信的注释

历史故事

　献策

　鸡肋

　考验

　孔融

　郭玉及其他

　晋西的一场宫廷政变阴谋

回忆录

　第一章　下管社会

　第二章　家庭

　第三章　从小学生到小学教师

　第四章　在第一次国内革命战争中

　第五章　从中学生到中学教师

　第六章　在上海"文坛"上

　第七章　我和鲁迅的关系的始末

　第八章　我和毛主席的一些接触

　第九章　在抗大

　第十章　在太行文联的一年

　第十一章　在热河的二三事

　附录　去延安的过程

写在《回忆录》之后（王韦）

后记（王韦）

徐懋庸未发表作品部分目录

一 诗 词

读尼采诗所感
1936年冬或1937年春作。

九月去延安留别蕴文
1937年残稿浙江黄岩作。

衡阳别敬之
1937年12月7日作。

七律
1937年在汉口闻平型关捷报（忘颈联，
今补）。

延安杂咏（剩一首）
1938年残稿在延安。

送某君去晋察冀敌后根据地
1938年在延安作。

思佳客——国庆前后，所遇多劳大同学
1957年10月2日作。

在野草湾青年水库
1958年5月13日作。

七绝二首
1958年6月4日。

麦收
1958年6月10日。

杀蛇
1958年6月11日。

拾穗
1958年6月11日。

学习
1958年6月11日。

红旗

1958年6月12日。

有感

1958年6月12日。

嘲某友人

1958年6月13日。

拉牛

1958年6月13日。

休息

1958年6月14日。

锄草

1958年6月17日。

顿地

1958年6月18日。

所见

1958年6月18日。

端午节

1958年6月21日。

雨

1958年6月25日。

别野草湾

1958年6月25日。

拉独轮车

1958年6月25日。

热

1958年6月25日。

心情

1958年6月27日。

戏赠林黛玉（林黛玉有诗云："盛世
无饥馁，何须耕织忙"）

1958年6月28日。

果果

1958年6月29日。

看水车

1958年7月1日。

答罗叔平自乌鲁木齐见同

1958年7月1日。

晚凉

1958年7月2日。

小豆

1958年7月2日。

甘薯

1958年7月4日。

寄王韦

1958年7月4日。

杂草
1958年7月6日。

看戏
1958年7月8日。

抗旱
1958年7月9日。

偶感
1958年7月8日。

小病读杜集
1958年7月10日。

喜雨
1958年7月13日。

镂地
1958年7月15日。

赞皇县下放干部大会所感
1958年7月20日。

棉田整枝
1958年8月7日。

立秋
1958年8月9日。

捣粪
1958年9月4日。

勉王韦
1958年8月30日。

水调歌头
1958年9月17日。

炼铁
1958年10月13日。

粪
1958年10月16日。

寄王韦
1958年10月26日。

别上游公社
1958年11月7日。

参观白草坪水库工程
清平乐 · 赠某君
1958年11月28日。

石景山劳动
1959年1月25日。

咏曹操（题《鸡肋》篇后）
1959年5月。

临江仙 · 读毛主席诗词
1960年。

读定庵诗韵次三首
1961年3月。

呈吴先生
1961年3月。

偶感
1961年4月。

读庄子书有感四首
1962年2月。

偶书
1962年2月。

读包世臣论文
1962年3月。

春节返里省婶娘
1962年。

沁园春
1962年4月游十三陵。

浣溪沙八首
陆续写于1962年4、5月间。

读郭公评拙著《鸡肋》篇后
1962年4月17日。

浪淘沙
1962年4月为和龚三首作答。

呈吴先生
1962年4月。

减字木兰花·五一观苏联影片《又是一个早晨》
1962年。

与友人论书法自嘲
1962年5月15日。

张子敬来访
1962年8月。

得陆老信，诗与慰之
1962年5月18日。

香山闲情集
1962年8月28日至9月30日。
题记
一、二、三、四、五、六、七、八、九。
十、苗得成同志自兰州来访
十一、
十二、九月三日游植物园
十三、吴先生寄示《（吊万人坑）二首和之
十四、十五、十六、十七。
十八、"人月圆"
十九、用宋子京"浪淘沙"调
二十、次儿上山夜话
二十一、《应天长》
二十二、
二十三、吴先生寄示"和玉渊感事诗"和之
二十四、二十五、二十六、二十七、
二十八、二十九、三十。
三十一、读郭公信

三十二

再和王渊感事诗
1962年10月5日。

杨一知先生寄示游庐山新诗，因忆昔
游，作四首和之
1962年8月24日。

点绛唇
1962年11月12日。

七律
1963年。

解珮令 · 六三夏，执模毕业于航空学
院赠之
1963年。

还乡杂诗
1963年1月9日至2月2日。

忆晔子
1963年2月27日。

一九六三年休假杂咏一、二、三、四、
五、六、七、八、九、十、又七绝 · 一
九六三年，观吴受璩演《断桥》有感
水调歌头 · 贺杨老
1964年。

某君示梅花诗，作一首报之
1964年2月7日。

七律
1964年生日。

浣溪沙
1966年3月29日。

菩萨蛮
1966年11月。

沁园春
1966年12月生日。

五律
1966年8月。

杂咏
1966年12月。

农历十一月十五，又值生辰，感赋《摸
鱼儿》一首沁园春 · 一九六七年春节
执模与张庄结婚，书此赠之满江红
1967年2月4日。

摸鱼儿
1967年2月13日。

戏改龚自珍《咏史》
1967年2月14日。

七绝
1967年6月2日。

解珮令·送小玖去黑龙江生产建设兵团
1967年11月。

风入松
1967年冬。

无题
1967年。

卜算子
1968年春。

菩萨蛮
1968年初。

五律·一九七〇年夏在河南息县
七绝·一九七〇年秋息县
卜算子
1970年初冬，息县（河南）。

虞美人
1971年明港（河南）。

闻说
1971年11月明港（河南）。

所思
1971年，河南明港。

七律·反一九六三年旧作用原韵
1971年12月，河南明港。

七律
1971年12月，河南明港。

五律
1972年元旦河南明港。

浣溪沙·有感于延迅的诗，写了一首
1972年4月26日。

浣溪沙·八月十七夜，与执模等三人
漫话甚久，感作七绝
1972年终，北京。

五古·读《读通鉴论》有感
1972年终，北京。

"抄"后存稿
七绝
1972年北京。

西江月
1973年3月。

满庭芳·出入曼榆馆十年矣，今始得
其词稿四卷，阅后题之
1973年3月。

七律·三月，斯大林逝世二十周年忌日
1973年。

忽忆·一九三七年集《饮水词》七绝
一首，补记
1973年3月。

南行杂诗·纪癸丑十月五日至十一月
十五日
南游杂诗之二·原作七绝九首，友人
见之，以为偷懒，乃加扩充而成七律
1973年12月。

五古·听家史一节
1973年12月。

七绝（自一九四五年在延安别任白戈，
已二十八年。近日偶闻他在北京，昨
偕罗学儒、王韦访之。归而作此。）
1973年12月。

蝶恋花·再提曼榆馆词
1973年12月。

五律
1973年12月。

七律二首
1974年1月、北京。

七绝·读杜诗
1974年1月。

望江南·春节
1974年春节。

水调歌头·国庆节，任白戈参与国宴，
书此赠之
1975年北京。

七绝·十一月二十八夜，梦中得"瓦
釜"句，醒后足成之。
1975年。

和荒芜
1975年。

念奴娇·元旦读了毛主席新发表的两
首词
1976年。

摸鱼儿·冬至日被三轮摩托车撞伤
1976年1月。

七绝·赠钟年年
1976年2月13日。

七绝
1976年3月20日。

南京杂诗一、二、三、四、五、六、八
1976年3月至6月。

二 其 他

一个百思不得其解的问题
1957年撰。

关于"不可知论"
1957年撰。

论真理（上）（下）
1957年撰。

"思维对存在的关系"问题是谁提出来的？
1957年撰。

论辩证唯物主义对待错误的态度
1957年撰。

巴尔扎克的《于絮尔·弥罗埃》——读后评
1960年6月下旬撰。

评加罗蒂对《斯大林〈辩证唯物主义和历史唯物主义〉》一书的纠正
1964年撰写。

萨特尔的无神论存在主义
1964年撰写。

发展的社会——文化因素（以时间的社会概念为例）（法《精神》杂志1965年7—8号）
1965年译。

萨特尔著《辩证理性批判》
1963年、1964年译。

萨特尔著《存在与虚无》
1964年、1965年译。

萨特尔的《存在主义是一种人道主义》一书的附录
1965年译。

马援（历史故事）
1972年撰写。

评容与堂刻本百回本《水浒》中李贽的评语
1975年9月12日撰写。

徐懋庸编过的报刊

1.《新语林》半月刊，1934年7月5日创刊，1934年10月停刊，存见6期。编辑人徐懋庸，办了4期，卸去编辑，由庄启东组织《新语林》社负责编辑。上海光华书局出版。《新语林》刊登杂感、论文、小说、散记、随笔、书评、人物志、长篇译文等。撰稿人有垫容、风子、周木斋、魏猛克、黎烈文、陈子展、许幸之、曹聚仁、杜谈、任白戈、陈君冶等。鲁迅起初劝徐懋庸不编这个刊物，但徐懋庸编了起来之后，鲁迅则"大力支持，多所指示"。此刊物系"左联"支持办的。

2.《太白》半月刊，1934年9月20日创刊，1935年9月停刊，共出24期。编辑艾寒松、傅东华、郑振铎、朱自清、黎烈文、陈望道、徐调孚、徐懋庸、曹聚仁、叶绍钧、郁达夫。编辑人陈望道。上海生活书店发行，发行人徐伯昕。《太白》刊登各门文字，画稿、木刻也刊载。特约艾芜、巴金、冰心、草明、陈子展、丰子恺、夏丏尊、廖垫容、夏征农、任白戈、胡愈之、杜重远、黄源、风子、洪深、杨骚等撰稿。

3.《芒种》半月刊，1935年3月5日创刊，1935年10月5日起，刊行第2卷第1期，存见11期（第1卷共10期，第2卷1期）。编辑人徐懋庸、曹聚仁。第1期起至第8期，由上海群众杂志公司发行，第9期起，改由上海北新书局发行，并组织编辑委员会，编辑委员：周木斋、唐弢、魏猛克、夏征农、何家槐、曹礼吾、徐懋庸、曹聚仁等，负责编辑人徐懋庸、曹聚仁。《芒种》刊登对社会大小事件的小评论、长篇论文、半月读报记、国外消息、历史小说、讽刺小品、随笔、短长篇小说。投稿者有乔木、姚雪垠、方之中、陈子展、沙丁、韩滔、盛公木、李辉英、聂绀弩、鲁迅、林焕平等。

4.《文艺群众》，"左联"机关内部刊物，1935年9月创刊，编辑：上海《文艺群众》社，编辑人徐懋庸。

5.《新知识》半月刊，1936年12月10日创刊，1937年1月停刊。存见2期。编辑：王达夫、吕骥、徐懋庸、张庚、钱绍华，上海《新知识》社出版。

6.《希望》半月刊，1937年3月10日创刊，编辑人徐懋庸、王淑明，出1期后，徐懋庸辞去编辑职务，从第2期起，由王淑明编辑。共出2期，由希望出版社出版，上海中国图书杂志公司总发行。《希望》刊登各项短篇文艺作品、译文。撰稿人有乔木、沙丁、罗烽、周木斋、周扬、郭沫若、何家槐、梅雨、立波、林淡秋、张庚等。

7.《时势新报·青光》副刊《每周文学》，1935年9月15日创刊，1936年6月2日终刊，共出36期。每周文学社编，徐懋庸、王淑明主编。主要内容为刊登文艺作品、译文。有何家槐、风子、立波、林淡秋、林焕平、旅冈、梅雨等投稿，多是左联常委成员。

8.《华北文化》半月刊，晋冀鲁豫文联办的刊物，1942年1月25日创刊。出至第2卷第3期改刊，共9期，《华北文化》社编辑，陈默君、张秀中主编，1943年4月25日改出革新号，由徐懋庸、林火主编，1944年2月25日停刊，共出16期，华北新华书店出版。

9.《热潮》半月刊，1946年6月创刊，承德《热潮》社编辑，徐懋庸、方纪主编。存见3期。

研究评论文章目录索引

读《社会主义讲话》（日本山川均著 徐懋庸译） 袁 矩
原载1933年12月16日《社会与教育》第7卷第3期。

关于《现实的认识》与《艺术的表现》
——答徐懋庸先生 侍 桁
文见《不惊人集》《复侍桁先生》附录，1937年7月千秋出版社初版。

现实的认识 侍 桁
文见《不惊人集》《关于〈现实的认识〉》附录，1937年7月千秋出版社出版。

"极微论"与"观察" 埜 容
文见《打杂集》《关于"极微论"》附录一，1935年6月生活书店初版。

徐懋庸先生和"极微论" 梁韵松
文见《打杂集》《关于"极微论"》附录二，1935年6月生活书店初版。

关于读书人 羊 枣
文见《打杂集》《读书人》附录一，1935年6月生活书店初版。

攻徐专著 区 区
文见《打杂集》《读书人》附录二，1935年6月生活书店初版。

翻印古书之下 皇 易
文见《打杂集》《另一提议》附录，1935年6月生活书店初版。

与徐懋庸先生论骈文书 陈子展
文见《打杂集》《"少数"与"特殊"》附录，1935年生活书店初版。

徐懋庸作《打杂集》序 鲁 迅
原载1935年5月5日《芒种》第6期。

《懋庸小品文选》序 曹聚仁
文见《懋庸小品文选》，上海天马书

店 1935 年 7 月出版。

评徐懋庸作《打杂集》　　　力　博
原载 1935 年 7 月 28 日《时事新报》。

评《打杂集》　　　　　　　张　庚
原载 1935 年 8 月 27 日天津《大公报·小公园》。

评《伊特勒共和国》（苏联拉甫莱涅夫著　徐懋庸译）　　　洛　洛
原载 1935 年 9 月 15 日《时事新报·每周文学》创刊号。

记徐懋庸　　　　　　　　　万　丽
原载 1935 年 10 月 18 日《立报·言林》。

什么是"一种基本的觉悟"？　星　莽
原载 1936 年 1 月 18 日《时事新报》·《每周文学》第 18 期。

答徐懋庸并关于抗日统一战线问题
　　　　　　　　　　　　　鲁迅
原载 1936 年 8 月 15 日《作家》第 1 卷第 5 号。

读鲁迅先生关于统一战线问题应为徐懋庸先生辩白的几句话　　灵　犀
原载 1936 年 8 月 22 日《社会日报》。

论友谊——寄徐懋庸先生的一封信
　　　　　　　　　　　　曹聚仁
原载 1936 年 9 月 1 3 日《社会日报》。

答徐懋庸并谈西班牙的联合战线
　　　　　　　　　　　　　巴　金
原载 1936 年 9 月 15 日《作家》第 1 卷第 6 号。

读徐懋庸《还答鲁迅先生》　马　达
原载 1936 年 10 月 7 日《星洲日报》（新加坡）。

《从一个人看一个新世界》（法　巴比塞著、徐懋庸译）　　　白　里
原载 1936 年 11 月 10 日《读书生活》第 5 卷第 1 期。

用怎样的态度去读传记——《从一个人看一个新世界》的读后感　陈泛
原载 1936 年 12 月《新知识》第 1 卷第 1 期。

戏联　　　　　　　　　　　何　典
原载 1936 年 12 月 26 日《立报·言林》。

关于《〈阿Q正传〉注释》的讨论
　　　　　　　　　　　　雷树勋
原载 1943 年《华北文化》革新 2 卷 4 期。

对徐懋庸错误理论的批判　李凡夫
原载 1956 年 7 月 7 日中共中央第五中级党校编辑、出版的《教与学》第 3 期。

辨明什么样的《活捉》　晓报·虑启
原载 1956 年 12 月 16 日《人民日报》。

"危机"问题试论　　　　　尹　秀
原载1957年4月24日《人民日报》。

我说小品文要消亡　　　　范　舟
原载1957年4月29日《人民日报》。

"匕首"和"针"——读回春同志《小
品文的新危机》
枝叶谈　　　　　　　　汤炳正
原载1957年7月10日《草地》7期。

驳一篇翻案文章　　　　　方玄初
原载1957年8月13日《人民日报》。

评徐懋庸的《武器、刑具和道具》及
《苦闷》　　　　　　　　长　河
原载1957年8月14日《湖北日报》。

读《蝉噪居漫笔》有感　　何　明
原载1957年8月18日《文艺报》20期。

徐懋庸站在什么立场说话　夏　至
原载1957年8月10日《学习》16期。

"螳臂"录　　　　　　　马前卒
原载1957年8月21日《人民日报》。

评徐懋庸的"共同人性论"　李凡夫
原载1957年9月2日《人民日报》。

《蝉噪居漫笔》剖析　　　谢天生
原载1957年9月8日《文艺学习》9期。

评《蝉噪居漫笔》及其他　冬　来
原载1957年9月8日《长江日报》。

为什么要宣扬"苦闷"主义？——问
徐懋庸的阶级观点何在　　王景山
原载1957年9月15日《文艺报》23期。

论杂文和"官话"　　　　景　山
原载1957年9月18日《长江日报》。

几篇杂文的杂感　　　　　巴　人
原载1957年《人民文学》9月号。

捕"蝉"者说　　　　　　王　健
原载1957年《人民文学》10月号。

"真理归于谁家"？——批判徐懋庸
杂文之一　　　　　　　姚文元
原载1957年11月21日《文汇报》（上海）。

徐懋庸的《小品文的新危机》是反党
的号角　　　　　　　　关　锋
原载1957年11月26日《人民日报》。

联系实际的魔术——批判徐懋庸杂文
之二　　　　　　　　　姚文元
原载1957年11月26日《文汇报》（上海）。

术语、花巧、杀气——批判徐懋庸杂
文之三　　　　　　　　姚文元
原载1957年11月29日《文汇报》（上海）。

徐懋庸贩的什么货色?　　　　人　勇
原载 1957 年 11 月 29 日《人民日报》。

斥徐懋庸的"老实"论　　　　秋　文
原载 1957 年 11 月 29 日《北京日报》。

批判徐懋庸　　　　　　　　马铁丁
原载 1957 年 12 月 1 日《文艺报》34 期。

徐懋庸的"反右"　　　　　原梦珂
原载 1957 年 12 月 2 日《中国青年报》。

剥去马克思主义的外衣　徐懋庸是混
入党的阶级异己分子
原载 1957 年 12 月 2 日《中国青年报》。

徐懋庸的巧作　　　　　　　山　柏
原载 1957 年 12 月 3 日《人民日报》。

徐懋庸煽动小品文作者反党　山　柏
原载 1957 年 12 月 6 日《人民日报》。

《独一无二》的逻辑——批判徐懋庸
杂文之四　　　　　　　　　姚文元
原载 1957 年 12 月 6 日《文汇报》(上海)。

对凶手的考察　　　　　　　庄　农
原载 1957 年 12 月 7 日《人民日报》。

如此"革命哲学家"和"革命文学家"
——批判右派分子徐懋庸大会报道
　　　　　　　　　　　　　陈　梦
原载 1957 年 12 月 8 日《文艺报》35 期。

徐懋庸的骗术（短评）　　　华　夫
原载 1957 年 12 月 8 日《文艺报》35 期。

徐懋庸的"好心肠"（短评）
　　　　　　　　　　　　　松　子
原载 1957 年 12 月 8 日《文艺报》35 期。

徐懋庸为什么反对"教条主义"?
　　　　　　　　　　　　　马仲扬
原载 1957 年 12 月 10 日《人民日报》。

粉碎徐懋庸企图混淆阶级界限的阴谋
　　　　　　　　　　　　　吴传启
原载 1957 年 12 月 10 日《人民日报》。

人性论者及其招供　　　　　林　遐
原载 1957 年 12 月 13 日《羊城晚报》。

反党的"民主"三部曲　　　丁　梓
原载 1957 年 12 月 14 日《人民日报》。

徐懋庸的反动哲学　　　　　关　锋
原载 1957 年 12 月 15 日《哲学研究》
第 6 期。

无产阶级人性最合情理——批判徐懋
庸杂文之五　　　　　　　　姚文元
原载 1957 年 12 月 17 日《文汇报》(上海)。

驳徐懋庸的"共同人性论"　易　茅
原载 1957 年 12 月 22 日《文汇报》。

驳斥资产阶级右派分子徐懋庸——章
乃器的反动合唱曲　　　　侯外庐
原载1957年12月22日《大公报》（北京）。

徐懋庸是屡教不改的反党分子　李凡夫
原载1957年12月23日《长江日报》。

从黑格尔到假洋鬼子——批判徐懋庸
杂文之六　　　　　　　　姚文元
原载1957年12月23日《文汇报》（上海）。

从徐懋庸小品文的"公案"谈起
　　　　　　　　　　　　淑　耘
原载1957年12月25日《长江日报——
浪花》。

徐懋庸提倡的是什么"小品文"？——
批判徐懋庸杂文之七　　　姚文元
原载1957年12月27日《文汇报》（上海）。

几句结束的话——批判徐懋庸杂文之八
　　　　　　　　　　　　姚文元
原载1957年12月30日《文汇报》（上海）。

徐懋庸"苦闷"什么？　　　马仲扬
原载1958年1月1日《长江文艺》1期。

徐懋庸杂文批判　　　　　长　青
原载1958年1月1日《长江文艺》1期。

真理和真情实感　　　　　叔　筠
原载1958年1月1日《长江文艺》1期。

灰色的毒蛇——评徐懋庸的《冷却了
的悲痛》　　　　　　　　徐　明
原载1958年1月7日《红岩》1期。

徐懋庸的感情和人性　　　卢　弓
原载1958年1月8日《人民文学》1期。

徐懋庸的反党纲领——《小品文的新危
机》　　　　　　　　　　于树作
原载1958年1月16日《湖北日报》。

也谈"质的规定性"——驳斥右派分
子徐懋庸的反动谬论　　　辜　奇
原载1958年1月26日《长江日报》。

关于小品文问题的讨论　　山　柏
原载1958年2月6日《人民日报》。

徐懋庸肆意歪曲毛主席《在延安文艺
座谈会上的讲话》　　　　袁水拍
原载1958年2月8日《人民文学》2期。

斥徐懋庸借鲁迅为广告的卑劣伎俩
　　　　　　　　　　　　陈鸣树
原载1958年10月18日《文汇报》。

《人间世》与《太白》、《芒种》
　　　　　　　　　　　　曹聚仁
文见曹聚仁著《文坛五十年》（续编）
1974年香港新文化出版社出版。

新发现一批鲁迅书信　　新华社记者
1976年12月23日新华社发，初载1976

年12月24日《人民日报》，后载1975、1976年《鲁迅研究年刊》。

《中国当代文学史稿》评徐懋庸的杂文　　　　　　　林曼叔、海枫、陈海著
文见《中国当代文学史稿》，1978年巴黎第七大学东亚出版中心出版，后中国文学研究所《文学研究动态》1980年6月（总41期）简介。

新风杂文　　　　　　　　　　寒　山
载1979年1月21日香港《文汇报》。

闻徐懋庸病殁金陵　　　　　　荒　芜
载1979年3月香港《文汇报》。

在林彪"四人帮"残酷迫害下含冤去世　徐懋庸、陈翔鹤、董秋斯同志追悼会在京举行
载1979年4月13日《光明日报》，后由1979年8月《新文学史料》第4期转载。

四十三年前被鲁迅大骂一顿　徐懋庸含冤去世目前获正式平反　　利康信
载1979年4月20日香港《明报》。

一次难忘的会见——追念徐懋庸同志
　　　　　　　　　王钦荣、尤东江
原载1979年浙江黄岩县出版《九峰》第2期。

《中国现代文学史》评徐懋庸杂文
文见《中国现代文学史》第2册第11章

第4节，人民文学出版社1979年11月出版，第267—268页。

徐懋庸及其与鲁迅的关系　　　张　琢
原载1979年《鲁迅研究年刊》，西北大学鲁迅研究室编。

初谈"余致力"（徐懋庸）　　曹聚仁
原载1980年5月《文教资料简报》，南京师范学院学报编辑部、中文系资料室编。又见曹聚仁著《我与我的世界》404页，题为"余致力"，人民文学出版社1983年3月第1版。

徐懋庸和他的《打杂集》　　　倪墨炎
原载1980年6月《书林》。

鲁迅致徐懋庸三信系年订误　　马蹄疾
原载1979年2月《辽宁大学学报》2期，后收《读鲁迅书信札记》，1980年6月湖南人民出版社出版。

《不惊人集》的下落　　　　　姜德明
文见姜德明著《书边草》，1982年1月浙江人民出版社出版。

徐懋庸注《阿Q正传》　　　　姜德明
原载1980年12月《书林》第6期。

《徐懋庸杂文集》序　　　　　任白戈
原载1980年12月17日《人民日报》，后载《读书》1981年元月号。

徐懋庸回忆延安精神　　　　　司徒浩
原载1981年3月17日香港《新晚报》
副刊《下午茶座》。

《中国现代散文史稿》评徐懋庸杂文
　　　　　　　　　　　　　　林　非
文见《中国现代散文史稿》，中国社
会科学出版社1981年4月第1版。

徐懋庸及其作品　　　　　　任白戈
原载1981年7月22日《文艺报》14期
（总第386期）。

《踏青归来》评徐懋庸杂文　张大明
录自《踏青归来》，天津人民出版社
1981年8月出版。原载《新文学论丛》
1980年第2期。

徐懋庸传略　　　　　　　　王　韦
原载1982年1月25日《晋阳学刊》
第1期（总10期）。

太行文联琐记——并忆懋庸同志
　　　　　　　　　　　　　　王　韦
原载1982年5月22日《新文学史料》
第2期。

《徐懋庸回忆录》后记　　　王　韦
录自《徐懋庸回忆录》，人民文学出
版社1982年7月出版。

一本很珍贵的回忆录——谈谈《徐懋
庸回忆录》　　　　　　　　牛　汉
原载1982年12月8日《文学书窗》8期
（总28期）。

逛旧书店与情操　　　　　　杭忠贤
原载1983年1月上海《新民晚报》。

《徐懋庸杂文集》后记　　　王　韦
文见《徐懋庸杂文集》，生活·读书·新
知三联书店1983年2月第1版。

鲁迅与徐懋庸　　　　　　　戴叔千
原载1983年8月《绍兴鲁迅研究动态》
第4期。

先睹为快（读《徐懋庸杂文集》札记）
　　　　　　　　　　　　　　张大明
原载1983年10月10日《读书》第4期
（总第49期）。

《徐懋庸选集》后记　　　　王　韦
文见《徐懋庸选集》，四川人民出版
社1984年出版。

后 记

　　徐懋庸一向被认为是一个文学工作者、杂文家。但他的一生中，专门从事文学创作却只有两个短暂的时期：第一阶段是1933年春到1937年春这四年；第二阶段是1956年下半年到1957年年中不到一年的时间。这两个不长的时期同时也都是他的创作高潮期。就时间来讲，徐懋庸的写作效率是相当高的，除了汇编成书的文章以外，散见于各种报刊的杂文、散文、文学论文、译文亦很多。这本资料，主要是在编辑《徐懋庸选集》、《徐懋庸杂文集》的基础上，再进行粗略的补充工作后编成的。由于时间仓促，条件限制，很多散佚文章，特别是徐懋庸早期部分作品和在敌后抗日根据地的部分作品都未能收入。另外，关于徐懋庸的生平、文学活动及对其作品的评论，也因上述条件所限，留有许多空白，未能做得更完美一些。这些，只有等以后有机会时，再做些补订和修正了。

　　选编这本《徐懋庸研究资料》，得到中国社会科学院文学研究所张大明同志、人民出版社常君实同志及北京图书馆、文学研究所图书室、资料室同志们的热情帮助，在此深表谢意。

王　韦

1983年3月10日于北京